絶対に不幸にならない生き方
― 無選択の気づきとユーモアのセンス ―

梅澤 義宣

はじめに

≪絶対に不幸にならない生き方≫・・・亡き父の生き方はこうであった。もしもこれについて書けたなら、本書も少しは世のためになるのかも知れない。

「高南中学校同窓会　昭和５３年度卒業」は、freeml というネット上のメーリングリスト・サービス内に設定した、仲間のコミュニティです。メール・サービスだけではなく、仲間どうしで楽しめる各機能もあり、日記や写真などを投稿してコミュニケーションを取ってました。

そのブログ機能を使い、この本の企みを思いつき進めました。それをまとめたものが本書です。

ブログ内では、「高南中学校同窓会　昭和５３年度卒業」を"高南５３"とか、"Ｋ５３"とか言ってます。

僕は、ume. です。コメント投稿はニックネームでされてますが、僕ならば、たまに"うめさん"になってたり、その他の友人も、ふだんの呼び方をしてしまってるところもあります。それは、前後の文脈から同一人物であることを判断して下さい。

《※ 注釈》としてあるところは、あとから書き加えた箇所です。いくつもありません。その他は、ブログのやり取りをソックリそのまま掲載しました。

諸事情・理由があって、書き始めた頃に目指したものにはなりませんでしたが、書きたかったことは書ききったと手応えを感じてます。

「無選択の気づきとユーモアのセンス」、多少、聞き慣れないこの言葉が、父の他界後、キーワードになりつつありました。前作「天国のお父ちゃんへ」は、急逝した父からの影響をフツーではない精神状態で一気に書き上げたものでした。本作は、僕にとって並みの存在ではなかったと実感しつつある父の影響を冷静に分析？したものです。もっとも、分析などという科学的？な思考回路は持ち合わせてはいないので、いわゆる、思うことを吐き出した、ってものになってしまってるとは思います。

さて、「難しいよ」。このブログを進めるに当たって、友人たちから何度も頂いた言葉です。確かに、気軽な感じのブログで取り上げる内容としては、その通りだったと思います。
　本書は、どういったカテゴリーに分類されるのでしょうか？　扱ってる内容的には、「精神世界」？　そんな感じでしょうか？　もうこれだけで充分に敬遠ぎみって方もいらっしゃると思います。僕は、そんなこの話題をできる限り日常に引っ張り出したかった。精神的なもの、心理的なもの、心の話、そして決定的に敬遠される宗教の話。宗教については、本文で、ほんの少し触れてますが、本来的な宗教は、今こうして話してても感じる一種独特の雰囲気ではなく、もっと日常的なものだと思ってます。僕らが本当に救われるチャンスは、真の宗教的精神にあると思ってます。そういったことを日常的な話題と共にサラッと話せたらいいな、と思っていたのですが、それは、それほどうまくいかなかったようです。それで、こういった話題に慣れてる方には、極めて解り易い話だと思いますが、慣れてない方には、「難しい」となってしまいました。
　で、どうでしょう？　パソコンや携帯電話の画面上のブログではなく、こうして印刷されたものを読んでみると、難しいものではなく、ごくフツーの読み物になったのではないかと思っているのですが・・・。

　本書は、「Part 1 序章」、「Part 2 本論」と分けてあります。
　「Part 1 序章」は、これからどう進めていこうか？　何を話していこうかと模索してるところです。コメントしてくれる人も多く、話題もあちこち飛びます。ブログっぽさがよく出てると思います。
　「Part 2 本論」は、いよいよ対話の的が絞れて、何について、どう話していくか見えてきたところです。コメントしてくれる人は限られてきますが、集中力のある探究ができたのでは？　と思ってます。

　父が、その"生"を当たり前のように共にした≪絶対に不幸にならない生き方≫。悪くないんじゃないかと思ってますが、さて、いかがでしょうか？
　お付き合い下さいませ。

梅澤義宣

絶対に不幸にならない生き方
目次

はじめに …………………………………………………………………… 2

Part 1 　序　章

無選択の気づきとユーモアのセンス–01 ＜1月28日＞ …………………… 10
　面白いことになるかどうか？／グッドタイミング、一緒にいこう！／注目してます
　　コメント：miwa、カツ丼、雪ぼうず、Nonrey、ロコ、NEGISHI

無選択の気づきとユーモアのセンス–02　＜1月29日＞ …………………… 16
　"クール" について／言葉の持つ意味／無選択の気づきって？
　　コメント：NEGISHI、みきる、miwa、バタ子、雪ぼうず、ロコ

無選択の気づきとユーモアのセンス–03　＜2月1日＞ …………………… 24
　占いとか霊視とか／言葉で表現するって難しいね／目に見えないモノの存在とか
　　コメント：miwa、ロコ、雪ぼうず、みきる、Nonrey、ほうたま

無選択の気づきとユーモアのセンス–04　＜2月7日＞ …………………… 43
　認知し得ない途方もない力の存在？／進化の頂点にある人類の責任？
　　コメント：miwa、Nonrey、みきる

無選択の気づきとユーモアのセンス–05　＜2月9日＞ …………………… 52
　永遠のカオス／心の革命／私たちの否定や肯定を受け付けない "なにか" って？
　　コメント：みきる、miwa、雪ぼうず

無選択の気づきとユーモアのセンス–06（中断）　＜2月15日＞ …………… 66
　中断
　　コメント：ほうたま

Part 2 　本　論

無選択の気づきとユーモアのセンス–06（再開）　＜2月15日＞ …………… 70
　再開、軌道修正／質問集／ユーモアのセンスについて
　　コメント：ほうたま、ひとし

無選択の気づきとユーモアのセンス–07　＜4月21日＞ …………………… 78
　全否定？／愛したい？愛されたい？／感謝、素直、幸せって？
　　コメント：ひとし、Nonrey、みにぶー、ハナ、ロコ、雪ぼうず

無選択の気づきとユーモアのセンス–08　＜4月30日＞ …………………… 96
　今後の話題の整理／"否定や肯定を受け付けない" REALITY ＝真実在の追及へ
　　コメント：miwa、みにぶー、ひとし

無選択の気づきとユーモアのセンス–09　＜5月2日＞ …………………… 102
　今後の話題／思考について／人人って？成長って？
　　コメント：みきる、雪ぼうず、みにぶー、うっしー、Nonrey、ひとし

無選択の気づきとユーモアのセンス–10　＜5月7日＞……………………… 114
　　　思考の傾向／理想？なりたい自分？／心理的蓄積＝エゴの強化
　　　コメント：ハナ、みにぶー、ひとし、Nonrey

無選択の気づきとユーモアのセンス–11　＜5月18日＞……………………… 129
　　　過去や未来、時間って？／思考とは、過去の記憶の蓄積の・・・？
　　　コメント：みにぶー、Nonrey、ひとし

無選択の気づきとユーモアのセンス–12　＜5月31日＞……………………… 139
　　　思考とは？"私"とは？／偏見、先入観／イメージの支配を笑い飛ばす
　　　コメント：ハナ、ひとし

無選択の気づきとユーモアのセンス–13　＜6月8日＞……………………… 152
　　　コミュニケーションと思考／過去・現在・未来を思考する？／"私"のご都合
　　　コメント：miwa、ひとし、ハナ、みにぶー

無選択の気づきとユーモアのセンス–14　＜6月18日＞……………………… 166
　　　依存するモンか！／"一生懸命"、"頑張る"、"努力する"？／セルフの不在
　　　コメント：ひとし、Nonrey、ハナ、みにぶー

無選択の気づきとユーモアのセンス–15　＜6月24日＞……………………… 178
　　　ワールド・カップ！／外的要因への対処？
　　　コメント：ハナ、うっしー、ひとし、miwa、peach

無選択の気づきとユーモアのセンス–16　＜7月5日＞……………………… 188
　　　ひとしの話／知識を溜め込む？／ナニも知らないってこと
　　　コメント：ひとし、ハナ、peach

無選択の気づきとユーモアのセンス–17　＜7月15日＞……………………… 201
　　　依存について／"ただ見る"って？／エネルギーの使い方？
　　　コメント：ひとし、miwa

無選択の気づきとユーモアのセンス–18　＜7月24日＞……………………… 215
　　　過去を背負って、見る？／ヤッカイな錯覚"私"／行為者と行為の一致
　　　コメント：みにぶー、ひとし

無選択の気づきとユーモアのセンス–19　＜8月1日＞……………………… 229
　　　放っとけば、奇跡は起こる／"私"の動機、"私"の本性／未知へ！
　　　コメント：ひとし

無選択の気づきとユーモアのセンス–20　＜8月9日＞……………………… 241
　　　既知を手放す／幸せについて／幸せの継続・理由／幼い頃の愛
　　　コメント：ひとし、みにぶー

無選択の気づきとユーモアのセンス–21　＜8月17日＞ ……………………… 255
　幼い頃の愛が全て？／全存在を懸けるって？／何のために生きてるの？
　コメント：みにぶー、ひとし

無選択の気づきとユーモアのセンス–22　＜8月23日＞ ……………………… 272
　若者の応援団！／全ては、自分が救われたい／教育について
　コメント：みきる、みにぶー

無選択の気づきとユーモアのセンス–23　＜8月27日＞ ……………………… 286
　"私"をなくす？／認められたい！／たった1人を全面的に認める
　コメント：ひとし、みにぶー

無選択の気づきとユーモアのセンス–24　＜9月2日＞ ……………………… 299
　余計なモノを捨てる／問題の消滅／地球のガン細胞／自由・幸せ
　コメント：みにぶー、ひとし

これは書かずにいられない！　＜9月8日＞ ……………………… 312
　コメント：ピロミン、みにぶー、Nonrey、ひとし、ハナ、雪ぼうず、うっしー

無選択の気づきとユーモアのセンス–25　＜9月14日＞ ……………………… 319
　感謝される人間になれ？／真空？／愛って？
　コメント：ハナ、ひとし

無選択の気づきとユーモアのセンス–26　＜10月22日＞ ……………………… 332
　恋愛について／恋愛・愛情・愛／気持ち弾むモード！
　コメント：みにぶー、ひとし、peach

無選択の気づきとユーモアのセンス–27　＜11月5日＞ ……………………… 345
　愛情について／期待せずに信じる／愛情から依存へ？！
　コメント：ひとし

無選択の気づきとユーモアのセンス–28　＜11月17日＞ ……………………… 361
　習慣について／真に緊急なこと？／みにぶーの質問
　コメント：カツ丼、ひとし、みにぶー

無選択の気づきとユーモアのセンス–29　＜11月23日＞ ……………………… 374
　悲しい人がいるだけ？／性格？／愛と共に／完璧な調和
　コメント：ひとし、peach

無選択の気づきとユーモアのセンス–30　＜11月25日＞ ……………………… 388
　死生観／自己知／自我の終焉／人格
　コメント：ひとし、みにぶー、miwa

無選択の気づきとユーモアのセンス−31　＜12月10日＞ ……………… 403
　　フラクタル／思いの法則／死と共に
　　コメント：ひとし

無選択の気づきとユーモアのセンス−32　＜12月21日＞ ……………… 417
　　心の構造＝世の中の構造／僕にできることは？
　　コメント：ひとし

無選択の気づきとユーモアのセンス−33　＜12月27日＞ ……………… 432
　　ある12月の朝
　　コメント：ミユタン、みにぶー

あとがき ……………………………………………………………………… 436

PART 1　序　章

無選択の気づきとユーモアのセンスー 01　　2010-01-28

面白いことになるかどうか？／グッドタイミング、一緒にいこう！／注目してます
コメント：miwa、カツ丼、雪ぼうず、Nonrey、ロコ、NEGISHI

面白いことになるかどうか？

マズ初めに、Ｋ５３コミュの共通ページは、
Ｋ５３のメンバーしか入って来られません。
しかし、この日記のページは、ume.の"マイページ"上のモノなので、
世界じゅうから、アクセス可能です。
「freeml会員まで公開」とか、「友達まで公開」とか設定することで、
外部からのアクセスを制限することはできます。

んでぇ・・・、実は、僕は本を出版してまして、その紹介でぇ・・・、
まあ、特にＫ５３の仲間には、もう、ウンザリかも知れませんので、
とりあえず、ご参考までに。

めるくまーる：http://www.merkmal.biz
アマゾン：http://www.amazon.co.jp

それで！です。また、執筆活動に入ろうかと思ってます。
父の他界後、ヤケに幸せナンで、
「僕に、ナニが起こってるンだろう？」と観察してました。
ここ数ヵ月で、色んな考えが、
「無選択の気づき」と「ユーモアのセンス」という、
ふたつのキーワードに集約されてきました。
これについて、本にまとめてみたいと思ってます。
ただ、ナニ者でもないただの歩く人間であるところの無名の僕が、
僕個人の私見をダラダラと述べてみたところで、
誰も気にしちゃくれないのは火を見るより明らかです。
そこでナンですがぁ・・・、
ブログ形式、対話形式の本にしたらどうだろう？と思ってます。
Ｋ５３の仲間の皆さんとの意見交換、対話の中で、

"ナニか大切なモノ"について、接近してみたい。
できれば、"ナニか大切な秘密"を解き明かしてみたい！ いかがでしょう？
僕が、ダラダラと日記を書きます。
皆さんからのコメントで、本が形作られていく。
本の題名は未定です。
でも、本のための日記は、「無選択の気づきとユーモアのセンス」でいきます！

うまくいくかどうか判りません。面白いモノになるかどうか判りません。
とりあえず、やってみます。完成は、死の直前か？

※ 広く意見を頂けたらと思ってますので、
　　このテーマについては、「全体に公開」設定です。

Comment：1　miwaさん
日記から本に✦ なんだかとっても楽しそうです 🐱❗
ume.さんなら、きっと良い本が書けますよ♪ 頑張ってね～
少しでも、お役に立てたら良いなぁ 🐱✵

Comment：2　カツ丼さん
ぜひ出版して！ ume.さんのヌード写真集！

《※ 注釈》
カヌーキャンプに行った時の光景で、
奥利根湖を裸で泳いでる写真を少し前に投稿したことから。

Comment：3　雪ぼうずさん
うん！ 新しいスタイルで面白いかもね。
このコミュがなかったら、
人生の一中学時代の思い出としか残らなかったものが、
様々なところで生き、様々な仕事に関わり活躍している様子が垣間見れて、
同じ時間を共有して同じ時代を頑張って生きてる感じがスゴくして、
心が滅入る時なんか、スゲーッ！ 励みになるし、
皆、個性があってスッゴく面白いし、今がみんな旬だよ！！

グットタイミングじゃないかな。
俺も少しでも、お役に立てたらいいんですが・・・。
みんなが生きてるうちに出版してよ。頑張れー！！

Comment：4　Nonreyさん
素晴らしいライフスタイル！そんな生き方、
何気にうらやましく思うことさえある。
プライド！才能！自分のポイントな部分を把握し生きてんだよね！
昔、よく言い聞かせた、「人生岐路に立った時、苦しいほうを選択しろ」
って言葉があったっけ！
俺たちもそんなに若くねーか！そろそろ違う入り方してもいいかな、
なんて思うこともある！一緒にいこう！

Comment：5　ロコさん
スゴいこと思いついちゃいましたね💡
今まで通りのおしゃべり感覚でコメント書いていいんだよね〜
楽しい会話から"ナニか大切な秘密"を解き明かして→
ume.さんのヌード写真集！だったらやだよ〜

Comment：6　miwaさん
えっ、ないの〜残念だなぁ〜🐯☆

Comment：7　ume.
Nonrey！！

＞一緒にいこう！

ナンテ、熱いコメント！涙がこぼれそうになった！
誰かと一緒に成長していきたい、って気持ちが、
この危なげな世の中をギリギリのところで、ナントか支えてンだと思う。
共にいく！この態度と行為こそが、もっとも尊い！
そんな瞬間を共有できれば、その結果どうなったかナンく、お構いなし！
資本主義のルールなんて、ハナから小バカにしきってる

僕みたいなナラズモノにはネ！
Nonrey、Forever Young！
若い気分でいることが必要な時、ここへ戻って来よう！

Comment：8　ume.
雪ぼうずクン

> 同じ時間を共有して同じ時代を頑張って生きてる感じ・・・

これだよネ！ 同時代を生きる者へのエール！
下の世代へナニかを残スンじゃなくて、僕らの世代が僕らの世代を生ききる！
そんな態度が、自然と下の世代に伝わっていけばいい。下の世代の解釈でネ！

> 今がみんな旬だよ！

これまでも旬、今が旬、これからも旬、永遠に旬！
"永遠"という言葉に時間は含まれない。"時間"の領域にあるモノは全て腐る。
そんなことを解き明かしていきたいと思ってるよ。ありがとう。

Comment：9　ume.
カツ丼ちゃん
やっちゃうよ！ 僕は、草薙クンの気持ちは、よーく解るタイプ。
各方面から苦情を頂きつつも、
やりたいこと、やってて気持ちのいいことしかしない
ワガママな僕の背中を押してくれて、ありがとう！
カツ丼ちゃんの許可を得たンだから、ナンでもやっちゃうよ！
その調子で、ユカイなコメント頼むよ！
だだし、気の向いた時、限定ネ。決して、義務にはならないように。
死ぬまでには活字に残す！

Comment：10　ume.
miwaちゃん
今となっては、このブログを支えてるのは、miwaちゃんだネ。

みんなの心のつぶやきに、優しいコメントを入れてくれる。
誰かに気にしてもらってるってのは嬉しいよ。
マザー・テレサは言いました。
「貧困や飢え以上に、この世でもっとも不幸なことは、
愛されてないと感じること」
貧困と飢えの最前線に、常に身を投じていたマザーの言葉は重いネ。
今、miwaちゃんがやってることは、マザーに通じる！ありがとう！

Comment：11　ume.
ロコちゃん

> 今まで通りのおしゃべり感覚でコメント書いていいんだよね〜

その通りです。好き勝手やって下さい！
僕は、マル裸になるよ。ただし、写真集に残すのは諦めときます。
僕の心をマル裸にしていきます。
人間の考え出した、惨めでクダらないモノ、
本当の自分を欺くため着飾った色んなモノを、
１つひとつ丹念にはぎ取っていって、そこに残るモノはナンなのか？
見てみたいとは思わない？

Comment：12　ume.
最近、朝が早いので、夜更かしは久々。
気まぐれな僕の思いつきに、付き合ってくれてありがとう。
今日、頂いた、いくつかのコメントの中にも、キーワードが溢れてる！
面白いモノになりそうな予感！た・の・し・み！！

Comment：13　ＮＥＧＩＳＨＩさん
いよいよ新プロジェクト始動だね。
ume.さんは、Ｋ５３の枠だけじゃあ物足りないのかもね。

僕は、中学卒業時にタイムカプセルに入れた「私の将来」の中の項目で、
一生に１度でいいから「本出す」と書いたんです。（初めて話します）

でも、そんなことはとうてい無理と気がつくのに、時間はかかりませんでした。
そんな中、中学時代の友人が、2冊めの本に取りかかる。
これは、もう、自分のことのように嬉しいです。
どこかで、何かで役に立てればと思い、今後の ume. さんページ注目してます。

Comment：14　ume.

処女作は、完全に心と身体のバランスを欠いた、
フツーではない ume. が書いたモノでした。
今回は、クールにいきたい。

Ｋ５３の枠かあ・・・。あんまり、枠という感覚がないな。
器の大きい人物とか、小さい人物とかもピンと来ない。
Ｋ５３の枠じゃ小さいので、さらに大きい枠を求めてるって訳じゃないし・・・。
どうやら、僕の脳には、枠という概念はないみたい。
僕は、"場"は、求めてません。ただ、やって、終わる、それだけ。
活躍の場とか、やったことの評価とか、知ったことじゃないなあ・・・。

本を書くには、
強烈に伝えたいこと。
伝えたい対象、誰に伝えたいのか？
このふたつがあれば、誰でも書けるって。文才は関係ないって。
僕の文章には、リズムがあるとは思うけど、とても文才があるとは思えない。
それでも本はできちゃうからネ。やってみることだよ。

無選択の気づきとユーモアのセンス-02

2010-01-29

"クール"について／言葉の持つ意味／無選択の気づきって？
コメント：NEGISHI、みきる、miwa、バタ子、雪ぼうず、ロコ

ひっまでぇ～す。
今、お手伝いに来てる富岡の事務所のデスク。
この近くに、のんちゃんママもお仕事に来てるよう。
相変わらず仕事は速いし、バッチリ成果を挙げてるンで、
みんな出払って、いなくなっちゃって、1人ナンだけど、
僕は、今日1日、ナニもしなくても誰にも文句言われない状態。
自慢だったか？

さて、「無選択の気づき」と「ユーモアのセンス」は切っても切れない関係。
どちらかがある場合、両方ある。どちらかがない場合、両方ない。
「無選択の気づき」は「クール」と置き換えてもいいンです。
ただ、それだと、誤解が大きいような気がして。
僕の言う「クール」と、一般的なクールは、だいぶ違ってると思います。
「ユーモアのセンス」も、多少、説明が必要ナンだけど、
それほど誤解はないと思うので、そのままにしました。

「クール」は僕にとって、ずーっと前からキーワードでした。
Style of Cool.
マイルス・デイビスの「クールの誕生」以来、
クール＝カッコいい、イカしてる、ナンて意味の最上級のホメ言葉。
最高にカッコ良くて、最高にイカしてる、って、どんな人？
どんな時 どんな状態？
皆さんは、クールには、どんなイメージがありますか？

"フォト共有"にある"kounan fifity-three"の"まるで、ゼップ・マイヤー！"
のフォト・コメントの、Nonreyと、ume.のクールについてのやり取り参照。

《※ 注釈》
"フォト共有"は、当然、本書では、見られません。

Comment：1　ＮＥＧＩＳＨＩさん
たったひとつの単語でも意味は色々ありますよね。
その人が、どのような意味でその単語を使っているか。
たぶん、10人いて、10人が微妙～に違うんだよね。

初めて会った人が「クール」と言えば、おそらく普通の意味（冷たい）と取る。
でも、だんだんその人と話しているうちに、
この人の言っている「クール」はどうやら違う意味なんだなあと、
分かってくるんだよ。
だから、知らず知らずのうち、身近にいる人たちのぶんくらいは、
Ａさんの「クール」と、Ｂさんの「クール」と、Ｃさんの「クール」が、
それぞれ、少しずつニュアンスが違っているというのが、
意識しなくても分かるようになっているんだよね。
となると、本当に相手の言いたいことが分かるようになるには
相当付き合わなければいけないし、
そのためには、1人ひとりの「クール」のように、
全員の全～部の意味を分かっていなければいけないということか。
そうそう、だから初対面の人には、ゴクごく一般的な表現で話さなければ、
相手に気持ちが正確に伝わらないってことだよね。

うー、だんだん分からなくなってきた。
こんなもんでも長い文章なのに・・・、ちゅうさんはスゴい。

Comment：2　ＮＥＧＩＳＨＩさん
でもね、（ちゅうさんのように）
ゴクごく一般的な表現だけだと、
結局は相手に、表面的な部分しか伝わらないんだよね。

そうそう、逆の話もある。1人で、色んな意味持っているややこしい話。
かつて、尊敬する料理人がいました。
その人は、申し訳ないけど語彙に乏しい。
だから、ひとつの単語に色んな意味があるんだよ。
例えば、昨日の「クール」は冷たいという意味。

でも、今日の「クール」はカッコいいという意味。
その前後や語調でそれを判断しなきゃあいけない。
それに、その前に、この料理長は「クール」の意味を3種類持っている、
ということに気がつかなければいけない。
最初は、ものスゴく苦労したけど、
だんだんその料理長の言っている意味が分かってきたんだ。
そしたら、そのオヤジ結構いいこと言っているというのに気がついた。
4年かかったけどね。

Comment：3　みきるさん
さすが ume.さん、話題までクール！
この形容詞はとても英語的で、ひとつの日本語で言い換えるのは難しいね。
実は私も10年ほど前から、クールな女性になりたい、と思い続けてきました。
でも、写真や鏡を見るたび、ない物ねだりだと気づいてしまって。
私のクールのイメージは、冷静で明晰な頭脳と、
情熱的なハートを兼ね備えていること。
結果、仕事とロマンが共存し得る人。
日本人には滅多にいないような気がします・・・
ところで、「無選択の気づき」って、どんな意味で言ってるの？
スゴく興味あるな。

Comment：4　miwaさん
そうですね、最近では洋画やアメリカンＴＶドラマで、
COOL は『超カッコいい』っていう意味で使われることが多いですね 🐱 ❗
言葉は何通りにも、意味があり、
受け取る側の受け取り方でもまた変わるから 🦀 ☆
本当は、言葉にする時は、慎重にならなくてはいけないんですが、
感情に流されたり、よく考えず軽く言ってしまうことも多いですね 💧
言葉は、人とのコミュニケーション手段だから、
心を込めたものでありたいですね 🐱 ❗
愛の言魂 ✺

Comment：5　バタ子さん

私もクールな人になりたかった・・・💧
私の思うクールは、冷静：大人：知的：格好いい（ボーイッシュ）
思いとは裏腹に１８０度、別人になってしまいましたが・・・🎷
私の人生、なるようになるさ、でここまで来てしまいました。
ぬるま湯ドップリ・・・😊
無選択の気づき・・・とは何でしょう❓

Comment：6　ume.
NEGISHIオーナー
言葉は会話において、話し手と聴き手に、完全に同じ意味として
交わされることは、ほとんどないネ。
言葉が、同じ意味として交わされた時、それは暴力的に作用する。

僕は、言葉には意識的なほうだと思います。
言葉の持つ、恐ろしいまでのパワーに恐れおののくと同時に、
言葉の限界も感じます。
言葉は、ある真実在の一部を切り取った象徴です。
象徴は、真の実在そのモノでは、決してありません。
ある意味に定義された言葉は、
決して、あるがままのそのモノを捉えることも、表現することもできません。
それは、思考の限界と同じです。思考の本性とは、ナンでしょう？

Comment：7　ume.
みきる姫
クールについて、ナンて言ってるけど、正解がある訳じゃないよ。
僕は、こんなふうに使ってる、ってだけだからネ。
姫！　明晰な頭脳は絶対必要だネ！
勉強ができるってことじゃないのは言うまでもないだろうけど、
例えば、勉強はできるけど、ゼンゼン頭脳明晰じゃない人もいるし、
勉強は大嫌いだけど、頭脳明晰な人もいる。
クールな人は、頭脳明晰であるのは間違いない。
そして！　情熱的なハートだネ！　これこそ必須！
人を指さない時の意味とは全く逆だけど、

熱いハートがなけりゃ、クールじゃないよネ！

「無選択の気づき」は、これからジックリ見ていきたいことです。
ナンたって、本のテーマだからネ！
バタちゃんも同じ質問をしてるンで、そこで、簡単にお話しします。

Comment：8　ume.

マザー・テレサ miwa！ いつも感謝してます。
調子づいて、マザーに通じてるナンて言っちゃったけど負担に思わないでネ。
ブログのやり取りが決して義務にはならないように。
そんな状態は、クールじゃないもんネ！

miwa ちゃんの真摯な思いが伝わるコメントです。
コミュニケーションには心を込めたいよネ。
でも、いつもこう思うけど、手段とか方法だとかはナンでもいい。
僕は、言葉の呪縛から解放されたい。
コミュニケーションは心を込めるけど、言葉には思い入れないようにしてます。
でも、クールとか、だいぶ思い入れちゃってるなあ・・・。

Comment：9　ume.

バタちゃん
冷静であることは大切だネ。
サッカーでは、頭脳が冷静で、ハートが熱いヤツのことを
"戦えるヤツ"と呼びます。

さて、「無選択の気づき」についてです。
今後、このことについて本を書こうと思ってることナンで、
簡単に言葉にできることじゃないンだけど、
先に進めるために、一応、こんな感じに思ってるってことを書いときます。

クール＝自己の把握度が高いってこと。
無選択の気づき＝自己を完全に把握しきった状態。

クールの最上級が無選択の気づきです。
時代や、状況に関わらず、軽やかに生き抜いてる人の共通点。
「無選択の気づき」と「ユーモアのセンス」、幸せのキーワード。
これから長〜く、このことについて、
皆さんとおしゃべりしていきたいと思ってます。

Comment：10　雪ぼうずさん
クール？？ 改めて投げかけられると難しいね。
カッコいい、イカしてるも難しいよねー。
クール・・・自分に自信を持って生きてる奴。信念を持って貫き通す奴。
人に感動を与えられる奴。
って俺の中では今後、定義していこうかな・・・？ 難しいー。
今後コメントできないかも・・・。

Comment：11　ume.
クール・・・シュンちゃんの中での新しい定義づけ！ イカしてるよ！
言葉に思考を限定されたり、限定された定義を打ち破ってみたり、
言葉遊びも、やってこうよ。
正解のない、結論のない、たわいもない言葉遊び。
今やり始めた、この試みは、全て、ume.の勝手な思いつきの話です。
単に、「オレ、ヤケに幸せナンだけど、その理由は、こうナンだよ。
どう思う？」って感じのモノ。
その時、その時の反応を、ここに書き連ねてみて。
そうのほうが、面白いモノができ上がるかも？ だろ？

Comment：12　雪ぼうずさん
だね。ありがとう。一応俺なりに感じてること書かせてもらうよ。
そう原点は、「オレ、ヤケに幸せナンだけど」だったね。

Comment：13　ume.
頼むよ、シュンちゃん！
こんなこと始めて、みんなに、ソッポを向かれないか？ ハラハラもんナンだぜ。
僕の意見を聞いてくれ！ってモノじゃないんだ。

ん？ まあ、多少はそれもあるけど、でも、一番は分かち合いたい。
共感できる人とは、ナニかいいモノを分かち合いたい。
共感できない人とは、その違う視点を教えてもらいたい。
あれこれ解釈したり、結論づけたりするンじゃなくて、
ただ、その過程を分かち合いたいンだよ。
そういった態度を貫いた時、ナニが見えてくるのか？
ナニも見えてこないのか？
とにかく、やってみるよ。

Comment：14　みきるさん

だんだん面白くなってきたね〜
雪ぼうずクンの言う、自信と、ume.さんの言う、自己を把握している、
というのはスゴく近いね。
だけど、把握している自己が好きじゃない場合は、
単に「冷たい」のクールになってしまう気がする。
自分自身を幸せにしてあげられることって、
大人にしかできない大切な能力だよね。
幸せって、与えてもらうものじゃなくて、生み出して与え合って、
育てていくものだと感じるから。
笑顔の挨拶、これはシンプルだけど全ての原点。そして愛ある突っ込み！
私はこれに弱い。

Comment：15　ume.

みきる！ありがとう！いい感じ！
本物は、人を癒せて自分も癒せる人だネ。
"幸せ"、"愛"、キーワードが出てくるネェ。
そのへんについて、堅苦しくならないよう注意しつつ、
好き勝手、おしゃべりしていきたい。
そう言えば、絶対、幸せになれる５ヵ条ナンてのもあったなあ。
まあ、たいして意味はないと思うけど、そんな話もしていきます。
ヨロシクどうぞ！

Comment：16　ロコさん

私のクールのイメージは清涼感かな・・・あとは爽やか、知的、清潔！
色で言ったら【青】ですかね〜
最近『クールビューティ』なんて言いますが、そんな女性になりたいです。
ちなみに私は娘の名前に『涼』という字を使いました。

Comment：17　ume.
知的！ 知的好奇心を持つのは、
恋をするのと同じくらい若くいられるンじゃない？
娘さんの名前に『涼』という字を！ クールだネ！

僕は、ある友人に、過度分析症と言われました。
自分の、あるいは、人の心の中に深く入っていくことは興味深い。
僕は、生まれてから 46 年間、ずーっと人の心に興味がありました。
これからも人の心には飽きることはありっこない。
心に関しては過度分析症かも知れない。
でも、知識的な蓄積が苦手で、ウンチクがない。
だいたいのことには、詳しくありません。
だから？っていうところが、実は重要で、「知識的、技術的蓄積」と「心理的蓄積」
これは、クールに密接につながってきます。また、追い追い。

無選択の気づきとユーモアのセンス－03　　2011-02-01
占いとか霊視とか／言葉で表現するって難しいね／目に見えないモノの存在とか
コメント：miwa、ロコ、雪ぼうず、みきる、Nonrey、ほうたま

また、今朝も、ひっまでぇ～す。
今、また、富岡の事務所。
今日は、夕方から熊谷の事務所に行ってくれって。
行って参りますよ、どこへでも！

さて、この日記、
表題を本にまとめたいっていう気持ちから始めさせて頂きました。
父の他界後、ヤケに幸せナンで、ナンでだろうと思い、
自分を観察して、少しずつ解りつつあることを皆さんと共有できたらな、
と思ってます。
つまり、「オレ、このところ、ヤケに幸せナンだけど、その理由は、こうナンだよ。
どう思う？」って問いかけ。
幸せの秘訣ナンて言うと、ハウツー本みたいで気持ち悪い。
"こうすれば幸せになれます"的なモノには、決してしたくないし、
なりっこないけど、"幸せ"は、キーワードであることは疑いもない。

「無選択の気づき」と「ユーモアのセンス」、幸せには、これだぜ！
って思ってるってことが出発点。
ポイントは、父の他界後、ってところ。
まあ、前々から、オメデタい人間ではあったように思うけど、
父の死を経験し、今まさに、オメデタさに、さらに磨きがかかってる。
これには、ナニか、"生"の秘密があるンじゃないか？って思ってネ。
"死"の中から、"生"が見えてきつつある、ってところ。
重たいかな？　僕にとって、"死"は、いつでもそこにある身近な概念。
決して、忌み嫌うモノじゃないし、重たい話題でもない。
死を見切ることこそ、軽やかな"生"を見出せる。
もっとも、当然、たかが僕が、死を見切った訳でもナンでもないけど。
んな訳で、気が向いた時、この試みを進めていきたいと思ってます。

さて、占いとか、霊視とか、どう思いますか？
信じる！とか、信じない！とか、意見がふたつに割れそうな問いかけですが、
話題としては、入り易いでしょ？

Comment：1　miwaさん
う～ん、占いはあまり信じない。星座とか、血液型とか枠が大きいから・・・
霊視かぁ～霊的なものの否定はしないし、どっちかと言うとあると思うケド～
商売としてやってるようなのは、ちょっと怪しい～
娘を出産したあとしばらく、不思議な夢を見るので、
ちょっと超常的なものにハマったことがあるけど～

Comment：2　ロコさん
私は一昨年の春に母を亡くしました。
こんなに私は親離れできていなかったのかと思い、悲しみ、悔み、
・・・精神状態最悪になりました。
『千の風になって』なんか何度も聞いちゃったりしてね
でも身近な母が亡くなったのを期に私の中の死へ対する恐怖が消えたのです！
今日があって明日、今日があって明日、
私はそれで生きる♪ケセラセラ♪みたいな・・・なんて。
占いはどうかな？ 自分に都合のいいのは信じます(笑)
悪いことは聞かなかったふり！
霊的な経験はたくさんあるけど、
これも自分の心が起こしていると思っています。
これも典型的なＢ型の特徴なのかな？(笑)

Comment：3　miwaさん
私もＢ型～

Comment：4　ロコさん
Ｂ型って変なところが神経質なんだよね～
人に言わせると『そんなこと気にしてたの？』って・・・
そう言われない？

Comment：5　雪ぼうずさん

占いや霊視どうなんだろう？
占いは時に自分への忠告や励み確信として捉えることはあるかなー。
霊視はどうなの？以前 ume. さんに聞いたことがある気がする。
あの話を聞くと真実味があるよね。
いずれにしろ自分自身の運命は自分自身にかかってて、
自分自身が幸せなら子供や親、友人も関わる人皆幸せなのかなー？
だから自分が楽しく前向きに生きる。何があっても！良くも悪くも全て自分！
結局俺はこれかな。

ume. さんは"死"の中から"生"が見えてきつつあるって書いてあるけど
俺は逆なんだなー
"生"から"死"を意識するほう。
行き着くところは同じでなく近いのかも知れないけど、
生きているということを考えれば考えるほど
"死"というものが見えてくるんだよね。「時間」かなー？
今まで怠けて生きてきたから懺悔の気持ちで
一生懸命（自分なりに）生きてると、
時間が足らないんだよね。時間が見えるというか・・・
やらなきゃいけないこと、やりたいこと、
残したいことを考えてると足らないんだよ。
だからかな？"死"というものが意識の中に出てくるのは？
分かんなくなっちゃった 😆 寝ます。おやすみなさい。

Comment：6　ロコさん

まだまだ私はやりたいことが見つかりませんが・・・
人から見て『生き急いでいる』と思われないように
ゆっくりいきたいと思っています。

Comment：7　miwa さん

ゆっくりやりたいです〜、でも社会に出て時間の流れが速く感じ、
子供ができてから、さらに加速して、
仕事しだしたらもっと速くなった気がする〜

それだけ充実してれば良いんだケド・・・なんか、たいしたことしてないのに・・・
このまま時間ばかりアッという間に流れそうで、ちょっと恐い・・・

Comment：8 ume.

僕の本名は、梅澤克久（よしひさ）。
でも、ふだんは、義宣（よしひさ）と書いてます。
高いお金を払って、"いい名前"に変えてもらいました。
実は、僕が、最近ヤケに幸せなのは改名したからです！
・・・ナンて話じゃありっこないよネ。
「学能寬榮」という名前の統計学。
僕は、「2万人に1人の変わり者」と言われました。
父の死も言い当てられてました。ナニかがあるとは思ってます。

miwaちゃんの超常現象の話も聴きたいなあ。
ロコちゃんの、

> 母が亡くなったのを期に私の中の死へ対する恐怖が消えた・・・

ってのもスゴいネ。
僕は、うさぎ年、おうし座、A型で、
それは、それぞれ、もっとも真面目ナンだって。
でも、名前だけは、2万人に1の人変わり者！
真面目なA型から見ると、B型のアーティスト性は憧れです。

シュンちゃん
「時間」については、かなり重要な概念として、考えてみたいと思ってます。
僕らが平等に与えられた24時間。
それと、もうひとつ、1人ひとりがたぶん全て違って持ってる心理的な時間。
ゆっくりいきたいと言う、ロコちゃん、
ヤケに時間が速く過ぎていくと言う、miwaちゃん。
時間とは、ナンだろうネ？
ナニかを成し遂げるためには、その目標の数値化と期限の設定が必要。
僕らは、ナニを成し遂げたいンだろうネ？

時間について、おしゃべりする前に、
もうしばらく、占いとか、霊視とかに見られる、
"運命"的な話をしときたいと思ってます。

Comment：9　ume.
えーっ！！ロコちゃん！

> 霊的な経験はたくさんあるけど
> これも自分の心が起こしていると思っています。

どんな経験？　おせーて、おせーて。

Comment：10　雪ぼうずさん
文章で自分の思いを伝えたり相手の思いを理解するって難しいね。
やっぱヒザを交えて目を見て表情を見ながらでないと思いを伝え、
感じるのは難しい。

Comment：11　ume.
セールスは、科学だ！
セールスマンとして散々トレーニングされると必ず出てきます。
セールスマンのナニが印象に残ったか？　というアンケート。
相変わらず、正確な数字は覚えてないンだけど、
表情とか、声の調子とか、服装とか、見た目とかで、9割以上が埋まってしまう。
話した内容、つまり言葉は、ホンの数パーセント。

僕は、言葉は、ゼンゼン！当てにしてません。んじゃあ、ナンで書くのか？
自分自身の証しだネ。身の証し、自分がナニ者なのか？
書くことで証しを立ててみたいンだ。自分自身の確認です。
皆さん、付き合わせてしまって、スイマセン。
書けば書くほど誤解が生じる。でも、書かずにはいられない。
学者さんでもない限り、モノ書きは、みんなそう思ってると思うよ。

Comment：12　みきるさん

確かに、会って話すのは大切だと思うけど、こうしてゆっくり考えながら、
日頃感じてることを改めて書き言葉にしてみるのも面白いと思うな。
会ってる時って愉し過ぎて、話すというより、ハシャぐ、で終わってしまいがち。
でも、私たちみたいに両方が可能な相手どうしだからいいのよね。
ume.さんは、話題が硬いのかも、と気にしてるようだけど、
ゼンゼンそんなことないよ。逆に、感謝してます。
心の神秘に関する話題は、日常生活ではなかなか出会えないものだから。

占いは、半分くらいは当たるような気がします。
ume.さんと私は、生まれ年も星座も血液型も同じね。
真面目なのは確かに私もそうだけど、反面、自由にスゴく憧れる。
型にはまらない考え方とか、
言葉を裏切るような喜びを追求したくて生きてます。
不思議な現象は、あって当然だろうと思うほう。
だって人間の知識なんて、まだまだゴク一部のものだと思うから。
分からないことを、分からないから嘘と決めつける根拠はどこにもないもの。
むしろ、不思議こそ未知への扉だよね。立ち止まったら成長はない。

うーん、言葉の限界・・・それを知りながら言葉に何かを託さざるを得ない・・・、
人間て切ない動物だよね。(^_^;)

Comment：13 miwaさん

さすがみきるちゃん❀ 私も同感〜❀
この世界、この宇宙の全てを解っているなんて人は、マズいないもの☆
まだまだ解明できない不思議なこと、たくさんあるから〜

では、ume.さんお待ちかねの私の不思議体験、
最初は小学生の時、風邪で高熱でうなされてたら、
一瞬、身体が軽くなった感じで天井の電気がスグ目の前に・・・
熱でクラクラしてたからだろ〜とも思うケド・・・❀
夢じゃないし・・・う〜ん ❀

確か金縛りの話は、バタ子さんところでしてたから〜

あとは〜小学生の頃から、予知夢的なものを見ます〜👑❗
知らない場所の夢を見るの。
それからしばらくして旅行とか行くと
夢で見たのとソックリなところがあったりする〜
『日本全国似たようなところたくさんあるだろう』って言われるかも・・・
でも、確かにそこだった👑❗
一番ビックリだったのは、夢の中で小さな娘に、新しい時代になるんだよ・・・
みたいなことを言ってた・・・数ヵ月後昭和天皇崩御、平成になった・・・👑❗
そういう夢はたいてい起きた時、鮮明に覚えてて、
忘れた頃に実現⁉ して甦るの〜 ☆ う〜ん、不思議⁉
否定的な人には、単なる思い込みだって言われちゃう
と思うくらいのものなんですケド〜 👑🎤

Comment : 14 ume.

そうか、みきる、みきると僕は、生まれ年、星座、血液型が同じナンだ!
そういったモノが統計学ナンだとしたら、3つの統計で同じ分類に入るンだ。
だいぶ、精度が高くなった同類だネ。
クールに対する認識も、結構、重なってたもんネ。
統計学は、充分に参考にはなるって証明でもあるネ。
まあ、占いに書いてあることを、
ソックリそのまま鵜呑みにして信じ込むようなことは、
多少でも、筋道立てて考えられるなら、あり得ないことだしネ。

「心の神秘」、「未知への扉」、「言葉の限界」。キーワードが出てくるネェ!
頭脳の発達、進化は、平和にはちっともつながりゃしなかった。
方法や手段をあれこれデッチ上げて、戦争のない世の中に!
ナンて言ったってムダなこと!
そう気づいてもいいンじゃないンかなあ?
進化という切り口が、全く無力になる、「心の変容」
僕らが、成し遂げる価値あることは、唯一このことだと思う。
完全に言い過ぎた。
でも、こう思ってはいるンだよ、って知らせといてもいいと思って、
そのまま残しておきます。

例えば、戦争のない世の中、これはまさに、未知の領域だネ。
既知から既知にしか移動できない「思考」に、
果たして「未知」は捉えられるのか？
「脳には理解できないこと」！
このシリーズでは、そのことに接近していきたいと思ってます。

Comment：15 ume.

miwa ちゃん、ナニかがあるよネ。
ナニかが、本当に起きているのか？
脳内現象なのか？
脳内現象だとしたら、ナニがそうさせてるのか？
まあ、解らなくてもいいけどネ。
解らないことが多いほうが、人間の脳は万能じゃない、って謙虚になれるよネ。
全く、神秘体験のない僕としては、そういったことに遭遇してみたい。

僕の予知夢は、必ず逆夢です。
Yes か、No がハッキリしてる夢を見ると、必ず反対のことが起こる。
父が死んだあと、父より先に他界してた、おじさんが夢に出てきました。
「お父ちゃんは元気？ まだ、会ってないの？ 死後の世界はあるの？」
って聴いたら、最後の質問には、うなづいてた。
死後の世界はある、って夢見ちゃった。ということは死後の世界はない。
そう思って残念だった。まあ、当てにならないけどネ。

Comment：16 ume.

miwa ちゃん

> この世界、この宇宙の全てを解っているなんて人は、マズいないもの☆

逃せないキーワードがあった！ これを言葉にできたらなあって思うンだよ。
もう、とっくに頭のいい誰かが説明してるのかも知れないけど、
僕の感覚を僕の言葉で表現してみたい。
「自分自身の在り方について考えることは、
宇宙の在り方について考えることと同じだ」

こう思った瞬間がある、何回か。
ナニについて、どう考えてる時、そう思ったかは、
今は、言葉に置き換えられません。
また、こんな瞬間もあります、何回か。
「宇宙をつかんだ！」
その瞬間、宇宙がこの手の中にありました。
僕の心に、"内なる宇宙"が姿を現してました！
ナニか、自分自身について新しい発見をした時だったと思います。
次の瞬間には、ナニをつかんだのか解らぬままに、
それは、スルスルと指の間をこぼれ落ちてしまうんだけど・・・。
自己知。
己を知ることこそ、社会の在り方、世界の在り方、
宇宙の在り方を知ることだと思います。
自分自身に、無選択に気づくって？ テーマに近づいた？

Comment：17 ume.

ごめん！ 続けます。みきる、自由に憧れるネ！ そうだネ！
僕の大好きなロックンローラーは、その昔、ライヴで、こう叫んでた！
「イカしたビートがなけりゃ意味がないのさ！
そして、いつでも、じ、じ、じ、自由じゃなけりゃ意味がないのさ！
そうだろっ？！」ってネ。
今は、年齢的には若くないので、ストレートにこうは言わなくなったけど、
歳相応の自由を追求・体現してる、クールなクリエイターだよ。

世界では、民主主義と引き換えに、たくさんの血を流してきた歴史がある。
日本の民主主義は、アメリカから与えられたモノだから、
血を流してまで獲得した貴重なモノ、ありがたいモノという意識がない。
日本の民主主義ナンて、三流のジョークだネ。
でもネ、自由は、ナニかと引き換えに獲得するモンじゃない。
ナニかを犠牲にして勝ち得たと思ってる自由は、自由じゃない。
やがて必ず、その自由という形にガンジガラメにされることになる。
僕らは、生まれ持って、自由な存在！
ナニが、僕らの自由を奪っていくンだろうネ？

Comment：18　みきる

ume.さん！　またまた共通の関心事があったねー
今、ランチタイムであんまり時間ないんだけど、さわりだけ。
ロックンロール、大好き！　そのアーティスト、もしかしてー？

それから、日本の民主主義の歪みについては、
私たち今こそみんな自覚すべき時だと感じてる。
敗戦後の教育が、日本人にトラウマを与えてしまったことの、
見過ごしてはいけない重大性。
やはり、これは・・・続きはのちほど。

Comment：19　ume.

今、ランチタイムなんだけど、相変わらず時間あります。
クールなロックンローラー佐野元春！　想像通り？
不勉強なモンで、日本のロックンローラーは、ほぼ、佐野クンしか知りません。
英米のロックの歴史は、唯一、多少、詳しい分野。ウンチクたれられます、多少ネ。
また、続き、お待ちしております。気が向いた時にネ！

Comment：20　みきるさん

やっぱりね、佐野元春は私も大好き！
あのオリジナリティは、日本の音楽史に燦然と輝き続けてる。
型破りこそ、ロックンロールの神髄だよね。
佐野元春の音楽は、歌詞の素晴らしさはもちろんなんだけど、
あのメロディーと唄声は・・・
言葉にできない〜魂に触れてくる音楽が、最近生まれにくいのはなぜ？

この間、大正時代の大作家、泉鏡花の本の展示を観てきたの。
戦前の日本には、こんなに独特で香高い文化が、
切磋琢磨しなから息づいていたんだなって、
つくづくうらやましいと感じた。
敗戦が、日本独特の文化や信仰を極端に排除してしまう契機だったのね。
政教分離って、今の日本では常識だけど、ついひと昔前まで、
ありとあらゆる神様が自然の中にも家の内外にも、

潜んでいたハズなんだよね、この国は。
私たちは、見えないものの息遣いや大切なメッセージを
感じたり求めたりすることを、
タブーのように封じ込めてしまっているような気がします。
本当に大切なものを捕らえる力を養わないといけないよね、
この情報の海のような時代に。

気の遠くなるような時間の流れの中で、
宇宙という未知の広大な空間の一点に生まれて、
同じ中学校で出会えたこと、この奇跡を大切にしたいなと感じてます。

Comment：21　Nonreyさん
お久しぶり！ スゲーコメントの数々、けっこう深いね！
実は私はもっと幸せを簡単に捉えています。
それは、「居心地の良い空間にいること」これが全てです。
もちろん私の場合です。
でも、どうすれば居心地の良い空間を作れるかです。
それは追求と妥協のバランスです。
さらに自分以外のエリアと自分の求めるものの真実とは？ です。
社会的欲求を制御し、どれだけ自分の実力＆キャパシティを
測定できるかによって楽になれるハズ。
例えば、力もないのに昇進したいために、
周りから見ていて滑稽な違う努力をしたり。
最初っから無理なのに、俺はなりたくないって言ったり。
現実を認めず何かに責任転嫁している自分が、一番不幸だと私は思います。
夢を語り、それを聞いてくれる、大切な人がそばにいる。
つまり、自分の良き理解者が同じ向きでいてくれることこそが幸せだと思う。
追求したい中で、同志と呼べるパートナーがいる最大限のエリアが、
幸せの境界線なんだと思う。
もちろん、ここもスゴく居心地が良い！

Comment：22　ume.
みきる、型破りこそ、ロックンロールの神髄！

そうだネ！ 破壊だネ！ 破壊の中にのみ創造がある。
そして、拒否！ 拒否こそエネルギー！
社会の心理的仕組みを丸ごと拒否する。自身の心理的蓄積を丸ごと捨て去る。
昨日の自分に対して死ぬ！
瞬間、瞬間、再生し、真に創造的な生き方は、
ロックンロール・スピリッツそのモノだネ！

泉鏡花かあ、よく知らないなあ。
今の日本は、アメリカの戦略にスッカリやられてしまい、
連中が脅威に思っていた日本人らしさを失いかけてるネ。過渡期だよ。
アメリカの文化を大量に押し付けられて、ナニが大切で、ナニがクダらないか？
まだ、みんな判断しきれてないンだよ。
短期間に色んなことが起こり過ぎた。
これから、落ち着くべきところに落ち着いていくと思う。

この"生"が奇跡だと思うかい？ 疑いもなく奇跡だと？
この"生"の全領域に無選択に気づいたとしたら、
過去や未来をウンヌンしてるヒマはない！
今この瞬間に酔っ払っちまうよ。
時間の領域にあるものは全て腐る。腐らないものは、今この瞬間のみ！
この"生"に乾杯！

Comment：23　ume.

Nonrey！ 久々に登場したと思ったら、いきなり先生みたいなお話！
おっ、先生だったか？

・追求と妥協のバランス
・自分以外のエリアと自分の求めるものの真実とは？
・社会的欲求の制御
・自分の実力＆キャパシティを測定できるか
・同志と呼べるパートナーがいる最大限のエリアが、幸せの境界線

定義したネ。僕の脳の中にはない発想もあって面白い。

Nonrey、ここでは、その定義を１つひとつ壊していって、
人間の存在をマル裸にしていきたい。
思考では捉えられない、未知のモノに出会うために。
比較による幸せではなく、超絶的な幸せ。こう書いてることが、すでにダサい。
このダサくなりがちなテーマにクールに迫ってみたい。

「無選択の気づきとユーモアのセンス」、幸せには、これだよと思ってる僕は、
一時的に、みんなを敵に回すことになる発言もしなきゃならないンだ。
いづれ誤解が解けるのか、多少、心配。でも、これは、まだ、ちょっと先のテーマ。
結論を出すことが目的じゃない、この試みは、
一体全体、この先どうなっていくンだろう？
話を深めていく前に、「無選択の気づき」と「ユーモアのセンス」を、
僕が、どういう意味で使ってるか、簡単にお話してる段階。
まだ、「ユーモアのセンス」には、一度も触れてないしネ。
まあ、相変わらず、この思いつきには興奮してるよ！

Comment：24 ume.

僕ばかりがしゃべってるのは避けたいところですが・・・、
キーワードには、触れておきたい。
みきるの言葉、

> ありとあらゆる神様が自然の中にも家の内外にも
> 潜んでいたハズなんだよね、この国は。
> 私たちは、見えないものの息遣いや大切なメッセージを
> 感じたり求めたりすることを、
> タブーのように封じ込めてしまっているような気がします。

ナニか、見えないモノ存在、僕らの認知し得ない途方もない力の存在、
これについて話しておきたくて、占いや、霊視って？ と投げかけてみました。
次回は、これに戻ってみます。また、みきるの言うような、

> 目に見えないものの息遣いや大切なメッセージ・・・

これら、秘密の空気感を言葉に定着させることができる人、
これを詩人と呼ぶんだろうね。
言葉では、その空気感を正確に捉えることはできないと絶望しつつも、
それにトライする。
それは、およそ商売になりそうもないチャレンジ。
詩人って、ナンてクールなんだろうネ！

Comment：25　みきるさん
私が短歌で表現したいのは、日本語の、意味を超えた響きとか音楽性、
風物のそこはかとないかすかな気配のようなものなんだ。
これは、日本語にしかない、言霊（ことだま）の為せる技なのね。
日本人は、言葉にまで霊の存在を感じるほど、霊的な民族なんだね、本来は。
私も、その末裔であるならば、そこに何かを見つけたい。

ところで ume. さん、今の私の関心事のひとつは、
どうしたらみんなが笑顔で生きられるだろう、ということ。
笑顔は、なぜ伝染する時としない時があるんだろう？
職場の朝のエレベーターの中の雰囲気、あの冷ややかさってなんなんだ？
うちの会社は、テナントビルの 11 F に入っているんだけど、
同じ会社のよく知ってる人でも、
会社のフロアで降りるまで挨拶をしない人が多過ぎる。
そのことが悲しくて、毎日落ち込んでしまうの。
こんな都会人の習慣にいつまでも馴染むことができないのは不器用なのかな。
悲しいものは悲しいよ。

人の心の本質は光だと聞いたことがある。
死んで身体から離れた魂は光となってどこかへ向かう？
でも生きている私たちが心をできるだけ明るく輝かせること、
それが笑顔と関係があるのは間違いないよね。
笑顔すなわちユーモアの結実？　そのあたりの話もスゴく楽しみ！

Comment：26　ume.
＞日本語の、意味を超えた響きとか音楽性、

> 風物のそこはかとないかすかな気配・・・

いいネ。クールだネ。
ジョン・レノンも影響された、俳句や、短歌は、言わない美学があったネ。
10を表現したいところ、7に抑えて、結果12を表現する。
クールの作法でもあるネ。
今は、ナンでもかんでも言う。言わなきゃ損、言ったモン勝ちみたいな、
アメリカン・マナーが幅を利かせてる。
グローバル・スタンダードなんて、クソ食らえ！ だネ。
言葉が違うってことは、文化が違って当たり前。
日本語のように、クールで美しい言葉に、
単純でビジネス・ライクなアメリカン・マナーは似合わない！

４０過ぎたら顔は重要だネ。それまでの生き方が、完全に顔に出てきてしまう。
女性の笑顔には、いつも癒されます。
僕ら男は、女性の笑顔のために、全存在を懸けて戦う。
それ以外には、戦いたくない。
んで、男も、笑顔だネ。
笑顔のいいヤツと友達になりたい。笑顔の悪いヤツとは遊んであげない。

感受性の豊かな人は、人一倍キズついちゃうネ。
そのぶん、感動も大きいし、多い。
一輪の花の、途方もない力強さは、破壊に対する無防備さにある。
僕らを無防備でいられなくさせてるモノは、ナンなんだろうネ？
色んなモノを着込んで、ヨロイカブトのように精神的に武装して・・・。
武装ってことは、敵がいるってことだネ？
僕らは、ナニがそんなに怖いンだろうね。ナニに、怯えてンだろうネ？
ヨロイカブトの下には、輝くような笑顔が隠されてンのに・・・。
みきる、ユーモアのセンスに関しては、日記の日付を変えておしゃべりしよう。

Comment：27　ほうたまさん

最近思うことに、自分は何を信じているのかなというのがあります。
子供を叱っていて、「そんな悪いことばっかりしてると神様のバチが当たるよ」、

この神様って誰?
よく外国へ旅行すると宗教は何信じてる? と質問されるらしいが、
無宗教ですって答えるとドン引きされるらしい!!
自分自身、漠然と神様はいると思っているけど、それは何かと聞かれると、
「初詣」、「お宮参り」、「クリスマス」くらいだな。
でも何か宗教的制約の中で生きているのだろうな。
江原啓之は、「あなたの前世はフランスの〇〇時代の貴族で・・・」
と言ってから数分しか経っていないのに、
「ホラ、おじいさんが右肩の後ろにいますよ」と。
仏教では死んだらスグ他のものに生まれ変わって輪廻転生するって
言ってたような気がするし、
でも、妻は「この人の言うことは真実だわ」などと言っているし・・・、
じゃあ何年空中をフラフラしてるとまた人間になるんだ?
そして夫婦喧嘩・・・。
死後の世界を考えないわけではないけど、
キリスト教徒は死んだら最後の審判を受ける時まで、
しばらく眠っているのだから、
はるばる何百年後の日本人に生まれ変わるとは思えないけどなー。
まあ初コメントです。難しいね、こういうの書くの。

Comment：28 ume.
おお、ほうたま! 入ってきて、入ってきて!

・自分は、何を信じているのか?
・漠然と神様はいると思っている
・輪廻転生
・死後の世界

今後、考えてみることになるかも知れないキーワードを出してくれたネ。
エバラ氏の霊視のことまでも。(エバラ氏の霊視は、キーワードじゃないけど)
僕は、何回か言ってる通り、だいたいのことに詳しくありません。
仏教、キリスト教などの知識もありません。
でも、宗教を必要とする人の心には、興味大ありです。

＞でも何か宗教的制約の中で生きているのだろうな。

これだネ！ 僕ら全員が、疑いもなく、その通りだネ！
「イヤ、僕は、私は、宗教的制約ナンて受けてない」
と言う人は、クールじゃないネ。自分が見えてない。
僕らは、どんな宗教的制約の中で生きてるンだろうネ？
少しずつ、進めていくよ。

Comment：29　ume.

みきる、興味の対象が、ほとんど僕と一緒ナンだネ。
うさぎ年、おうし座、Ａ型！ 家内もそうナンだよ。
もっとも僕は、家内の前では、完全な聴き役。家内の話をニコニコ聴いてます。

そうだネ、コメント、20に近づいたら、日記を更新します。

Comment：30　みきるさん

ほうたまさんのコメント読んで、色んなことを書きたくなった。
でもume.さん、そろそろこの日記、更新しない？
今はパソコンで見てるけど、携帯だと26番めのコメントの途中で、
先が見られなくなっちゃった。
今日から明日にかけて遠出をするので、
出先でも見られるように、お願いします。

宗教的制約、なるほど確かに私たちみんなそこから離れては生きられない。
それが大切なキーワードであることは間違いないね。
ただ、特定の宗教に帰依する、あるいはすがる、ということとは全く違う。
そこにしか生きる意味を見出せない、過酷な状況の中に生きている人たちも、
世界にはたくさんいるからね。
それじゃ、せっかく与えられたこの精神的な自由を、どう生かすべきか、
やっぱりそこに行き着いてしまう・・・

Comment：31　みきるさん

あ、書き直してる間に、ume.さんに先を越されちゃった！
このシリーズ、他の人たちはどう読んでるんだろうね・・・？
タイムリーな話題だと思うけどなぁ。
うちの夫とは、結婚当初は私がこの手の話題を出すと、
いつも喧嘩になったけど、今では共通の関心事となりつつあります。

Comment：32　Nonreyさん

また入ります！ 私は占いや霊視について、
幼い頃より信じていると言うより怯えてたね。
自分で後悔していることや、取り返しのつかないことを
いつも何かに見透かされて、
必ず今後の人生に影響を受けてしまうと思ってしまう。
バチが当たるって昔の人はよく言ったもんだ。
一瞬の出来事より時間をかけてやってしまったことのほうが心から離れない。
10年も昔、妹が、
「あなたのお兄さんは何月何日に死ぬか半死にするかの大事故をするでしょう」
と、そのスジの方に言われてきたことがあった。
私はスグにそこに行き、お祓いをしたのは言うまでもなかったね。
流せなかったのがツラかった。

「笑顔」・・・ume.の40歳過ぎての笑顔のコメントいいところ突いてんね。
私にとってこの数年で一番気になるポイントになってるかな。
笑顔のために！ 普通過ぎることなのに、なんで相手を幸福にできるんだろう。
今思えば私はいつも笑顔にやられてた気がする。
子供の時に楽しい瞬間にしてた笑顔を、
何の意識もなく放ってる中年は信用できる。好きになれる。
ume.が2人に挟まれて写ってる写真があったっけ！ その笑顔がこれかな！

Comment：33　ほうたまさん

少し前まで、Nonreyが言うような霊能者からの予言を信じて
お祓いするようなことは、
科学的ではないバカげてることと勝手に考えていました。
そう、大槻教授が（だったと思うが）

「超常現象は科学的ではない、
そのようなものを信じる心が科学の進歩を妨げる」
と言っていたけれど、実は、それを信じているのは人間の心。
ずーと古来から最近までそれが常識だったということ。
先祖からの遺伝で脳の中に組み込まれた大切な記憶なんだろうと思う。
明治天皇は即位の前に、タタることで有名な崇徳上皇という
ご先祖様のところへ御祈りに行ったらしいし、
世の中、科学だけじゃ割りきれないものだらけだしね。

無選択の気づきとユーモアのセンス－04
2010-02-07

認知し得ない途方もない力の存在？／進化の頂点にある人類の責任？
コメント：miwa、Nonrey、みきる

携帯からだと、日記のコメントが、26 の途中で読めなくなってるよう。
パソコンからは、大丈夫。日記を書いた本人の携帯からも大丈夫。
freeml 事務局に、問い合わせておきました。
んで、携帯でのスクロールは、時間がかかっちゃうので、
これからは、コメント 20 に近づいたら、日記を更新していきます。

－3 での投げかけ、
「占いや、霊視って？」に、Nonrey と、ほうたまのコメントが戻してくれました。
ナニか、見えないモノの存在、僕らの認知し得ない途方もない力の存在、
これについて話しておきたくて、占いや、霊視って？ と投げかけてみました。
これに戻ってみます。

※ とりあえず、コメント 26 から、転記しときます。
不具合が直ったら、削除しちゃいます。

Comment：1　・・・　－3 の Comment：26　から、
Comment：8　・・・　Comment：33　までの転記です。

Comment：9　ume.

＞私は占いや霊視について、幼い頃より信じていると言うより怯えてたね。

Nonrey ほどの人が、こういった場で、
こう発言できるってことが素晴らし過ぎる！
誰もが、ナニかに怯えてるネ。なぜ、怯えてるのか？ ナニに、怯えてるのか？
しかし、それを直視する勇気がない。
自分の弱さに気づかれないように、あるいは、気づかないように、
フタをして目をそらしてしまう。
ゼンゼン、クールじゃない！

「実を言うと、僕は、怯えてるンだ」と認めないことには、
心の中に深く入っていけない。
自分の弱さを認め、直視できた時、そして"理解"できたその時、
全ての問題は、解決ではなく、"消滅"している。
そんなことを考えていきたいと思ってるよ。

> 一瞬の出来事より
> 時間をかけてやってしまったことのほうが心から離れない。

このコメントも、重要キーワード！
人は、一生懸命やればやるほど、そのことに思い入れが大きくなる。
そして、やがて、それは、そのことへの依存に変わる場合が多い。
"人は、必ず！ 依存したものに滅ぼされる"、これだよ！
クールこそが、依存から逃れられる心の状態！

ははは、Nonrey、笑顔＝無防備。
僕らは、外的には、色んなモノに依存し、無防備ではいられない。
しかし、内的な依存のない状態、無防備な状態、これの追求！
この状態は、"笑顔"だネ、みきる？ ユーモアにつながったネ。

Comment：10　ume.

> せっかく与えられたこの精神的な自由を、どう生かすべきか、

みきるの、この投げかけ。色んな意見を頂きたいネ。
皆さん、ご意見お願いします。
ただ、その前に、僕ら、本当に精神的な自由を持ってるのかどうか？
そのことについて考えていきたい。
今後、どうすべきか？ あるいは、過去どうだったか？ じゃなく、
今この瞬間、どうなのか？ 今この瞬間に無選択に気づくって？
これが主題だからネ。

Comment：11　ume.

どうナンだろう？ ほうたまコメントの大槻教授の話？

科学者としての立場を取って、偽悪的な態度を取って、
ワザとそんなこと言って、考えさせてるンじゃないかなあ？テレビ的にも。
超常現象的なモノ全てを信じはしないけど、
中には、ウソだ！と言えないモノもある。
「超常現象は科学的ではない、
そのようなモノを信じる心が科学の進歩を妨げる」
と本気で言ってるとしたら、それこそ、愚かな科学信仰だよネ。
今時、そんな大人いるのかなあ？

父の他界後、この２年あまりで、
強く影響を受けた"ジドゥ・クリシュナムルティ"。
この人の本を探すなら、「宗教・哲学」の分類となってるでしょう。
ところが、クリシュナムルティ（以降、Ｋと表記）という人は、
今、皆さんが「宗教・哲学」という言葉から受けたイメージとは、
ほど遠いところにいる人です。
"真の宗教者" ＝ "真の自由人" とでも言っておけば、
かなり正確ナンじゃないでしょうか？
Ｋは、多くの著名な科学者に友人を持ちます。
科学を見切った人と、人の心を見切ったＫの言ってることは、お・な・じ・です。
それはつまり、
「僕らの外側に、僕らにはどうすることもできない力の存在がある」
ということです。

さて、これは、どう受け取られるでしょうか？
運命論？宿命論？僕らは、あらかじめ決められたシナリオに沿って
生きてるンでしょうか？

Comment：12　miwaさん

ume.さん、転記して頂きありがとうございます～🐱♪
相変わらず、前の日記は、26で止まっちゃう🐱💧
これでまたコメント入れたり、読んだりできます～
また、のちほどコメ入れます🐱♪

Comment：13　ume.

おお！ miwaちゃん、早速ありがとう！
もう、13コメになっちゃった。この日記も早く更新だネ。
ナンとかしてくれよ、freeml！
ちょっと話題に戻って。
"宗教"この言葉には、誤解が多過ぎます。そのことにも、多少、触れときます、
あとでネ。

Comment：14　Nonreyさん

ume.が書いたこの部分の話。

> 誰もが、ナニかに怯えてるネ。なぜ、怯えてるのか？ ナニに、怯えてるのか？
> しかし、それを直視する勇気がない。
> 自分の弱さに気づかれないように、あるいは、気づかないように、
> フタをして目をそらしてしまう。

実は前の前に書いたコメントがそこにある。自分が1人になって考える時、
思い出すとイヤな感じになる部分をあえて挙げてみた。
なんかイヤな感じがする部分です。勇気を持って直視したところなんだ。
ホントはもっとフリーにいきたいんだよね！

Comment：15　みきるさん

ume.さん、日記更新、ありがとう〜助かります。
クリシュナムルティー、私も読みました。
当時、人間関係で苦しんでいた私は、
精神世界についての本をずいぶん読みました。
Kの言葉は、既成の世界観を全く超越していて、
衝撃を受けたのを記憶してます。

大いなるものの存在、そしてそのゆるぎない意思に、私たちは動かされている。
それは決してネガティブな考え方ではなくて、生命の謎を解く鍵なんですね。
大いなるものの意思によって生み出された、自然界の驚異的な美しさを、
大いなるものが自ら鑑賞したいがために、人間だけに心を与えた、

という説もあります。
だから人間には、責任がある。生命全体に対する責任が。

頭で考えても答えの出ないことってたくさんある。
そんな時は、頭ではなく、
心を使って感じることがスゴく大切だと気づかされました。
幸せに向かって成長したいという、心の本能、
私はできるだけそれに従うようにしています。

Comment：16　ume.

Nonrey、ありがとう。あまりにも尊い行為。

> 思い出すと、なんかイヤな感じになる部分をあえて挙げてみた。

Nonreyが、ここまで言ってくれた！ 少し、先走ります！
その感じを、ただ"見る"ンです。
あれこれ解釈したり、評価したり、結論づけたりせず、ただ、"見る"。
僕らは、ありのままをありのままに見ることは、ほとんどできません。
真の実在をありのままに見ることは、至高の行為です。
だた、見ることができた時、無選択の気づきが訪れます。
そして、自分の恐怖を理解できた時、その恐怖から解放されます。
その時、自分の恐怖を笑い飛ばすことができます。

これが、僕の言うところの「ユーモアのセンス」です。
かかずらわっている日常を笑い飛ばせるだけの勇気。これです。
もっと、ロックンローラーふうに言うと、
ムシャクシャしてることを吐き出して、笑い飛ばすこと！
これは、自分への深い理解がないとできることじゃない。
クールじゃなけりゃ、絶対にできない！ 理解です、自己知、自分への理解。

Nonrey、ありがとう。
「無選択の気づき」と「ユーモアのセンス」、ちょっとつながった、
多少、イヤだいぶ、こじつけ！

これについては、日付けを変えて、もう少し、突っ込んどきたい。

Comment：17　ume.
みきる、驚きだネ！ Kを知ってるとは！ 実は、K５３の中で、２人め。
知らぬ間に退会してしまってる、みらんママ。
彼女から、未読だったKの本、２冊借りてます。
これについては、別の機会にだネ。長くなり過ぎる。

＞頭で考えても答えの出ないことってたくさんある。
＞そんな時は、頭ではなく、
＞心を使って感じることがスゴく大切だと気づかされました。

今日、大河ドラマ「龍馬伝」観た？
吉田松陰役の生瀬さん、渾身の演技だったネ！
松陰から龍馬へ、
「君は、ナニをしたいンだ？ナニをするために、ここにいるンだ？」
言葉の出ない龍馬。
「考えるな！ 心を見ろ！ 答えは、そこにある！」ってネ。
そんな感じのやり取りだった。

頭で考えて出た答えナンて、当てにならないネ！
思考は、その本性からいって、極めて断片的。
無選択の気づきは、決して思考からは生まれない。
思考の限界、想像力の限界を知ることは、それほど困難なことではないと思う。

＞私はできるだけそれに従うようにしています

"それ"に、ひざまずく覚悟ができてるかどうか？
"それ"に、身をゆだねる覚悟があるのかどうか？
さあ、僕の身体を、ご自由にお使い下さい。あなたのご意志に従います。
先走り過ぎたか・・・？ うん、だいぶオカシイ。

Comment：18　miwaさん

う～ん、思ってることが伝わるように書くのって難しいかも・・・ 🐱⭐
でも、頑張る～
前にコメした、不思議な夢をよく見てた頃に超常的なものに興味津々で、
『ムー』って雑誌を買ってた。
同じものに興味を持つ人とお話ししたくて、ペンフレンド募集を載せ、
（当時は、そんなアナログな方法しかなかったから 🐱）
色んな人からお手紙もらいました。
結構、新興宗教信者の方もいたりして・・・
私もキリスト教（プロテスタント）の過去があるので、
色んなやり取りで、論争になったことも・・・

で、私がたどり着いた考えは、（ちゅうさんのところでも、コメしたケド）
宗教の根底はみんな同じで、
それぞれの宗教は、国や文化によって違いが出ただけ・・・
結局のところ、人間の道徳心を導くものだし、心の指針を与えるもの・・・
代弁者であるキリスト、モーゼ、ブッタ、etc・・・その大もとは神・・・
私が一番シックリくると思うのが、日本古来のやおよろずの神、
太陽や月、山や川、草にも木にも、魂があり、神が宿る・・・
全ての根源がそこにある気がする・・・
なんか漠然としてしか捉えられないケド・・・

広い広い宇宙に、地球だけにある（もちろん発見してないだけかもね～ 🐱）
この生命の不思議、人間だけ突出した進化・・・
う～ん、偉大なる何かがある気が・・・

Comment：19　ume.

＞だから人間には、責任がある。生命全体に対する責任が。

このみきるの言葉。昨日、あるＮＰＯ法人の設立記念イベントに参加しました。
Ｋ５３からは、のんちゃんママとお母さま、顔面、２人が参加してくれました。
ホントッ、ありがとうネ。
その中に、
フィリピンのゴミ捨て場で生活する子供たちのドキュメント映画の

ダイジェスト試写会もありました。
フィリピンの失業率は、50%を超えてます。
10%が富裕層。20%が、まあフツーに生活できる人。残りの70%が極貧層です。
ゴミ捨て場で生活する家族の構成は、父、母、子供が5人とか、7人とか。
その子供のうちの何人かは、死んでるンだそうです。
一家に必ず、早死にした、子供がいる。
僕らの幸せは、そういった子供たちの犠牲の上に成り立ってるンです。
本当に、僕らは、幸せナンでしょうか？

Comment：20　ume.

miwaちゃん、充分、伝わってきます。
遺伝子に詳しい人は、いないかなあ？
日本人だったと思うけど、最先端の遺伝子読解に成功した人の言葉、
「私は、そこに書いてあるモノを読んだに過ぎない。
驚くべきは、それを書いた誰かがいるってこと」
Something Great ＝ ナニか偉大なるモノの存在。響くよね。
人間の想像力は驚異的で、ありとあらゆる発明をし、
こんなに豊か(？)な今日を創り出しました。
確かに、想像されたモノは、創造されると言えるほどです。
でも、そこには多くの欠陥があり、今日の混乱まで生み出しました。
人間の想像力ナンて万能でありっこない。
人間は、ナンでも創り出せると言うなら、地球を創ってみろよ、
宇宙を創ってみろよ、ってことだネ。

キリスト、モーゼ、ブッタ、先ほど触れた、クリシュナムルティ。
彼ら、目覚めた人たちが見ていたモノは、全て同じだネ。
しかし、それを伝えるために教義を作ってきた人は、目覚めた人じゃない。
広報活動の天才たちのやったこと。
その都度、伝え易いように、長い年月をかけて、その地の文化に応じ、
解釈され、形成されていった。
教義そのモノが、初めにあったモノとはかけ離れていて当たり前ナンだネ。
色んな人の手を経て、今、ここにある教義。
それらを捨てて、初めにあったモノに触れることができたら興奮しない？

Comment：21　みきるさん

miwaちゃんが苦労してたどり着いた今の感覚に、私もほとんど同感！
宗教や宗派の違いは文化の違いに過ぎない、
そのことにみんなが深く気づくことができたら、テロや戦争もなくなるのにね。

ume.さん、龍馬伝、我が家も欠かさず観てるよ。
吉田松陰って、あんなにスゴい人物だったのね〜
あれが脚色じゃなくて史実だったなんて！
歴史が大きく動く時には、ああいう目覚めた人が必ず出てくる。
開国が、世界認識における革命をもたらしたとすれば、
今は、地球の行く末をかけた、心の革命をしなくちゃいけない時なのかな。
今この瞬間にできること・・・、心の革命は、自分から起こすしかないからね。

Comment：22　ume.

・テロや戦争のない世界！
・心の革命！

出てきたネェ！
コメントが26の途中で切れちゃうのは、携帯によっての文字数制限だって。
日記を書いた本人の携帯からなら見られるということではなかった。
いづれにしても、20に近づいたら更新するってことで、
22になっちゃったので更新します。

無選択の気づきとユーモアのセンスー 05

2010-02-09

永遠のカオス／心の革命／私たちの否定や肯定を受け付けない"なにか"って？
コメント：みきる、miwa、雪ぼうず

－4で、みきるが書いてくれたこと、

・テロや戦争のない世界
・心の革命

を考えてみましょう。
人間の歴史が始まって、どのくらい経つンでしょう？
中国 4000 年の歴史、古代文明の歴史は数千年前のお話。
猿人にまで、さかのぼれば、数万年ナンでしょうか？
まあ、知識的な詮索は、学者さんにお任せするとして・・・、
人間の歴史が始まって以来、戦争のなかったことってあるンでしょうか？
弱者の犠牲の上に、強者が立っていたンじゃないでしょうか？
強者が、弱者を搾取することで、
社会が成り立っていた、あるいは、いるンじゃないでしょうか？
万人に納得のいく"方法"ナンてあるンでしょうか？
誰かにとって利益のある方法は、
他の誰かにとって不利益な方法ナンじゃないでしょうか？
テロや戦争のない世界は、人間の歴史が始まって以来、
１度も実現されていないように思われますが、
誰か、歴史上、夢のような社会を形成していた時代、
場所があったら教えて下さい。
僕は、知りません。

そして、自分の心を注意深く、そう、並み外れた機敏さを持って、
心の中を注意深く見てみれば、
争いのない世界ナンて、ありっこない！と解るンじゃないでしょうか？
どうでしょう？
僕らは、些細なことで、毎日、争ってるンじゃないでしょうか？
それらの総和が戦争です。

僕らの心の中に葛藤がある限り、
その葛藤の総和の究極的な最悪の表現として戦争に行き着きます。

葛藤に満ち溢れた脳に、葛藤のない世界は描けません。
僕らは、脳の考え出す"方法"では、幸せにはなれないンです。

テロや戦争のない世界！ これは、未知の領域です。
今まで、知られてきたモノの中には、そんな幸福な状態はありませんでした。
僕らは、既知のモノを捨て、未知の領域に入っていかなければ、
争いのない世界を観ることはできないンじゃないでしょうか？
未知の領域に触れてみたいとは思わないでしょうか？
それとも、未知の領域に触れることは、不安でしょうか？
未知の領域には、争いのない世界があるかも知れません。

・心の革命

革命には、危険な響きがあるネ。それについては、また、あとで。

Comment：1　みきるさん
地球上の全ての動物の中で、飢えのため以外の理由で互いに殺し合うのは、
人間だけだそうです。そして、心を持つのも人間だけ。
ということは、戦争のタネは、
間違いなく人間の心の中にあるのではないでしょうか。
分別。これがないと社会生活は営めないけれど、この分別というのが、
自分と他者との価値を、全く別のものとして認識してしまう根源でもある、
と聞いたことがあります。
今の私たちは、たった１人で、
あるいは小さな閉じられた世界に籠もって存在するのは難しい。
同じ時代を共有し、共存する人々の中に、
戦争に巻き込まれている人々がいるということを、
知ることなく生きてはいけないのが、この情報化時代です。
それを知る時、悲しいと感じるのは人として
ゴク自然なことではないでしょうか。

なぜなら人の心は、閉じたままではいられないという
性質を持つからだと思うのです。
みんなが幸せだから自分も幸せ、
それが最も健康な心の在り方なのも知れませんが、
心を本当の意味で健康な状態にするのは途方もなく難しいことなのでしょう。
だから戦争はなくならないのですね。

分別は、脳の働き。悲しいと感じるのは心。
今、私たちに大切なのは、少なくとも脳で考えることじゃない。
心の革命？ その先にある世界。
もしかしたら死の瞬間にちょっとだけ垣間見えるのかな？
それが人類の限界？？ 人生という修行の、永遠の繰り返しが。

Comment：2　ume.

みきる、あまり、先を急がないで、ゆっくり見ていこう。
「オレ、ヤケに幸せナンだけど、その理由は、こうナンだよ。どう思う？」
これが、出発点です。
できるモノなら、この気分をみんなと分かち合いたい。
みんなと一緒に、"ナニか大切なモノ"に接近してみたい。
できれば、"ナニか大切な秘密"を解き明かしてみたい！

僕が、ある瞬間、魂が舞い上がり、「これだぜっ！」って最高の気分になる瞬間、
そこにあるのは、疑いもなく、"無条件の解放"の感覚です。
ナニかと引き換えに得た解放ではなく、身も心も、完全に解き放たれた、
唯一無二の解放の瞬間、
あとから思い起こしてみると、「夢が叶った！」と思ってる瞬間です。
Ｋ５３のみんなと、同じ時間を共にすることが多くなった最近では、
「夢が叶った！」と思うことが、ホント、よくあるので嬉しいよ。

さて、その瞬間、
僕は、ナニから解放されたンでしょう？
僕は、ナニから解放されたがってるンでしょう？
解放されたがってる時、決して、解放はありません。

僕をガンジガラメにしてるモノを、ただ"見て"、そして、理解した時、
僕をガンジガラメにしてるモノをそっと手放しているンです。

ちょっと、入ってきづらい話になっちゃってるかな？

Comment：3　miwaさん
このume.さんのお題のコメントとみきるちゃんのコメント、
私が以前から考える永遠のカオスとほぼ同じかも〜👾⭐

この世界が完全に飢えも貧困も争いもないとしたら・・・
生まれながら何不自由ない世界だとしたら・・・
悲しみ苦しみも知らず・・・
それでは、人間の成長はあり得ないんじゃないでしょうか・・・
例えばお金に不自由ない人に、貧困な人の本当のツラさが解るでしょうか・・・
両親がいて温かい家庭に育った人に、
親のいない子の本当の悲しみが解るでしょうか・・・
その苦しみ悲しみを頭では想像できたとしても、
当事者として経験しなければ、本当に解ることはできないと思うのです〜

悲しい経験、苦しい経験をして初めて悲しみ苦しみを知る・・・
人間にもし、それらがないとしたら、
ロボットのような、何か感情が欠落したものになってしまうのでは・・・
もちろん、殺人や戦争が良いとは思わないですが・・・う〜ん👾💧
だから、完璧な幸福しかない世界って必要なんでしょうか・・・

よく、現世は修行の場であると言うけど、その通りだと思うのです〜🐱
で、完璧な幸福だけの世界って、
あるとしたら天国って呼ばれるところでしょうか・・・
人生を全うしたら、ちょっとの間、安らぐ場所・・・
で転生して、また喜んだり悲しんだり、色んな経験を積む・・・
そうだったら良いのになぁ〜✺

Comment：4 ume.
この miwa ちゃんのコメントに、返コメするのは、運転しながらじゃムリだネ。
最近は、この時間帯は、熊谷に向かって運転中です。
今日も、ナニか、魂の舞い上がる瞬間に出会えるかな？ また、あとで、ゆっくり。

Comment：5 ume.
マズ、「完璧な幸福しかない世界」は、あり得ないよネ？ どう？
あり得ないことを「あるとしたら」と仮定したら、
おかしな感じになっちゃうかな？
どう見たって、僕らのいるこの場所は、クソったれだよネ？
この、クソったれの世界にあって、喜びを見出したい。
"悲しみの反対物"であるところの喜びじゃなく、喜びしかない喜びを。

輪廻転生。
僕は、懐疑的です。もちろん、あるかも知れない。
否定するつもりは全くありません。
でも、「この世は修行の場で、善く生きれば、あの世で安らげる」
という仏教的な考え方は、僕には、"逃避"と感じます。

この瞬間、この現実で、僕にナニが起きているのか？
どんなことが僕に起ころうとも、そこから逃避せず、現実を直視し、
この深遠なる"生"の秘密に迫ってみたい。
この世が修行の場であるならば、修行の中に、
"悲しみの反対物"ではない喜びを見出したい。
大切な人と一緒に。ロマンチック過ぎるかな・・・？

Comment：6 ume.
まだ、早過ぎる！
みきるや、miwa ちゃんが、核心に迫る深いコメントをくれるンで、
僕も、先走ってる。

miwa ちゃんのコメントに否定的なこと書いた。
前にも、触れといたけど、「みんなを敵に回すような発言をしなきゃならない」

やっぱり、本にしようともなると、戦略を持たざるを得ない。
「既成の概念をヒックリ返す」これが、僕の企みです。
もうちょっと信頼関係を築いてから、否定に入ろうと思ってたんだけど、
miwa ちゃんの深いコメントが、僕を先走らせた。
miwa ちゃん、どうか、気を悪くせず、これからも、気軽だったり、重かったり、
色んな意見、お願いします。
みんなに、ソッポを向かれたら、この試みは失敗だから。

Comment : 7　miwa さん

やだ〜 ume. さん、ゼンゼン〜気を悪くなんてしてないですよ〜 🐱❗
だって、そう思うだけで、それが『絶対』とは、言えないし・・・
何かひとつに『絶対』と執着してしまう恐ろしさは、
お手紙のやり取りしてた時に、
新興宗教信者の方でイヤと言うほど解ったから〜

あっ、それから完璧な世界を『天国』って言ったケド〜
それを信じて寄りどころにするつもりはないですよ〜
あくまでも、あったらそういうところかなって 🐱
ume. さんの言う通り、人によってはそれは逃げ道にも、
現実逃避にもなりかねないですから・・・
何はともあれ、『今現在を思いっきり生きる』それだけかな〜 ✳

ume. さんは、時に敵に回しても〜信頼関係を築いてから〜と、言うケド、
中学生からの友達だから、そのへんは、大丈夫だと思うのですが・・・
ねぇみきるちゃん 🐱❗

Comment : 8　ume.

やってしまったことが気にかかり、
１日じゅう気分が浮かないなあと感じてたり、
ホッとして、また、いきなりヤケに強気になったり・・・。
僕は、いつも、こうして支えられ、励まされ、許してもらってます。
miwa ちゃん、ありがとう。行けるところまで行ってみます。続けるネ。

> 分別というのが、自分と他者との価値を、
> 全く別のものとして認識してしまう根源・・・

この、みきるの指摘は、今後、ジックリ見ていきたい脳の働きです。
"分別"を、そう捉えたことはなかったけど、
脳は、必ず、"私"と"非・私"を作り出します。
確かに、それは分別だネ。当たり前過ぎる話かな？
この当たり前のことに、疑いの目を向けてみるってことだネ。

さて、心の革命について。
そうだネ、確かに、疑う余地もなく、僕らが、一瞬でもいいから、実感すべきは、
心の革命であると言ってもいいネ。

ただ、僕らは、新しい言葉を見つけ出す必要がありそうだネ。
これまで、いくつもの政治的革命が成されてきました。
明治維新は、世界でも例のない無血革命であり、
日本人として誇るべき歴史上の事実として記録されています。
しかし、どうでしょう？ 革命は、ある人が英雄として名を残すとか、
関わった人が、よく頑張ったと、人生に満足するためには、
この上もない劇的な出来事でしょう。そうに違いないですネ？
でも僕には、革命も、クソッたれです。
革命とは、あるひとつのやり方を否定して、
別のやり方に移動するだけの行為です。
やがて、その別のやり方も腐り、次の革命を必要とすることになります。
この繰り返しです。
とにかく、そういった先の見え透いてる、自己満足的な大袈裟さには、
もう、ホンット、ウンザリなんです。僕は、どうやら、些細なことが好きナンです。
世の中を変えよう的なノリは、ウソっぽくて関わりたくないンです。
革命ナンて、クソ食らえ！です。

僕は、どんな時も、あなたと僕のことだけに、全存在を懸けてるンです。

Comment：9　みきるさん

ume.さん、人類の過去の歴史を、私は否定しません。
全ては、刻々と変化し、一瞬たりとも「進化」に向かって
留まることはできないのではないでしょうか。
宇宙の時間に比較したら、人類の歴史なんてまだ始まったばかり。
今の私たちには愚かに見える祖先の行動のその延長線上に、
私たちは生きているのです。
歴史は、決して繰り返しではなく、螺旋状に進化している、と私は信じたい。
そう思えなかったら、歴史に何の意味があるでしょう？
人種差別は当たり前から非常識へ、
戦争は何の目的をも認められない究極の罪悪として、
認識されている現代の常識は、
人類が、尊い命と引き換えに学び取ったものなんですから。

それにしても・・・miwaちゃん、ume.さん、なんで私たちは、
こういった話題になるとこんなに熱くなってしまうんでしょ？
知りたい！ 私はそれしか説明の言葉を見つけられません。

Comment：10　miwaさん

そうですね、全く興味がない人には、ある意味、異様に見えてるかも〜
でも〜こういった話題で話ができる相手がいなかったから〜
なおさら、はた目も気にせずコメしちゃう
全てはなぜ⁉から始まってると私も思います❗

Comment：11　ume.

"完全な創造"の瞬間の比類なき喜びを体感するために、
否定の反対物ではない、唯一無二の絶対的肯定のために、
みんなを敵に回す、"全否定"が始まっちまったンでしょうか？
ニーズ換気の失敗。プロセールスマンとしとは失敗オペレーション。
今、興味がある人だけの話になってしまったネ。
まあ、お構いなしにいこう！ 本にするっていうアイデアは捨てときます。

みきる、意味がないのは、歴史どころの話ではありません。
そもそも、僕らの"生"そのモノに、ナンの意味もありません。

ナニかに意味を求めるのは、人間存在の弱さゆえです。
もちろん、その、か弱い人間存在が、恋しくてたまらないンだけど、
ここでは、これまでに経験できなかったモノに触れようとして、
この試みを始めたモノでした。
一瞬でも、その弱さを克服しなければ、新しいモノには出会えません。

もう、企みは捨てます。
結果、本になるようなモノになれば嬉しいけど、極めて雲行きは怪しい。
ここからは、本にしようとして進めはしません。

Comment：12　ume.
さて、花の美しさを否定する人はいませんネ？
その美しさ、一輪の花の力強さを目の当たりにして、
花に、なぜ、咲いているンですか？
とは、問いませんネ。
花は、ただ、全存在を懸けて、そこに咲いているだけだから、
圧倒的に美しいンです。
ところが、人間の意識は、全て、過去の延長です。未来は、過去の延長です。
未来＝過去です。未来に新しいモノは、ナニひとつありません。
進化という言葉の、意味ありげな響きに、惑わされてはいけません。
脳は、だいぶ進化しましたが、心は、全く進化してません。
心は、過去も、今も、未来も、永遠に進化しないでしょう。
心は、進化という切り口では、読み取ることはできません。

科学の進歩や、技術的、知識的蓄積を否定してる訳じゃないよ。
僕は、そこまで非現実的じゃない。
ただ、心理的蓄積には、ナンの意味もない。
意味がないどころか、明らかに害がある。

きっと、成長の過程ってのがあるンでしょう。
だんだん、善くなっていくって感じ、僕も好きです。
少しずつ成長していきたいとも思います。
しかし、僕の意識の中で、"少しずつ"と認知できるモノの中に、

新しいモノは、ナニひとつありません。
色んなことを経験したり、勉強したり、脳には、それらが蓄積され、
だんだん賢くなっていくでしょう。明らかなことです。
しかし、心に、"だんだん"は、ありません。
心が変わる可能性があるとしたら、それは、"今この瞬間"これしかありません。
ナニか、新しいモノが発見できるのは、"今この瞬間"これしかありません。
そのためには、既知のモノの全否定は、"欠かせません"！

新しいモノに出会うために、
過去＝心理的蓄積を全て捨て去る覚悟はありますか？
革命という使い古された言葉を捨て、
「サイキの変容」に向かう準備はありますか？

Comment：13　雪ぼうずさん

久々に登場です。
今やついていけませんが戦争やテロ、心の革命、脳の働き等、
深くは語れませんが、私なりの経験を少し書いてみます。
umeさんの意図から脱線しちゃったらごめんね。

大学卒業後、地元の会社に就職。朝会社に行って夜家に戻り夕食をとって寝る。
週末は飲み。
こんな日常が1年半続いたある晩バラエティー番組を見ていました。
売れないタレントが生徒となり、業界の大物が講師で招かれ、
売れるにはどうすべきか？というお題で講義をします。
この時の講師がハナ肇さんでした。
ハナさんが言った言葉、
「人生を変えたかったらマズ心を変えなさい。心が変われば環境が変わる。
環境が変われば付き合う人が変わる。付き合う人が変われば人格が変わる。
人格が変われば人生が変わる」
この一言で次の日辞表を提出して会社を辞めて2週間後に長野へ行きました。
その結果、環境・付き合う人・人格・人生に変化が起きて
今に至るみたいな感じです。
今思えば現実からの逃避だったかも知れないけど、

あの当時は後先考えずこの言葉だけを信じて行動しちゃったんだろうね。
守るものも何もなかったし。親は驚いたけどね。
家を出る時、「精神貧乏になるね」と初めて親父の弱気な言葉を耳にしました。
心に染みました。
が、この瞬間、許してもらえたことへの感謝の気持ちも同時に込み上げ、
半端じゃ戻れないと思ったね！
このハナさんの言葉は今でも自分の心の中にあって、
自分の中で凝縮されて、「人間素直であれ！！」ということなんだと
受け止めてます。
難しいことだけど素直でいることが一番楽だと思う。
自分にも人にも素直でいられたら、きっと戦争や殺人もなくなる？
少なくなる？ 世の中になるのかなんて。
そんな単純なものではないと思うけど。
人を許す心を持ち、自分が周りの人たちのために何ができるのか！
自分のことだけでなく関わる人たちのことを考えて、
その人の立場になって考え行動したら、打ち解けていけるのかな？ なんて・・・

smapの歌にもあったけど、人それぞれ違った良さを持ってて、
それが個性であって人間の素晴らしいところだと思う。
自分と人を比較したり争ったりするのでなく、
自分らしくいればいいんだと思う。
一度きりの人生だから。

Comment：14　ume.

シュンちゃん、ようこそ！ コメントありがとう！
ハナ肇大先生は偉大だネ！ 先達の言葉には、耳を傾けるべきだネ。

> 次の日辞表を提出して会社を辞めて２週間後に長野へ行きました。

さすが、シュンちゃん！ クールだネェ。
こっちも、今、多少寒いみたいだけど、
そっちは、まだまだ、冬真っ只中ナンだろうネ？
久々に、スキーにも行ってみたいけど、早く、武尊に春が来ないかなあ。

シュンちゃんのグラウンドで、みんなで、大笑いしながら、でっけぇ～声出して、
思いきり、汗かきたいネ！

Comment：15　雪ぼうずさん
四季を通して色んなシュチェーションで皆と会いたいね！

Comment：16　ume.
まったく、まったく！！

Comment：17　みきるさん
私たちは何のために、なぜここに、ということに、ずっと拘ってきた私が、
15年ほど前、
「その背後には、私たちの計り知れない大きなものの意思が働いている」
という話をある方から聞いた時の、あの感動は忘れられません。
天のみぞ知る、という言葉、そこには何の付け足しもない、
そのままの意味だったんだ、と気づいた瞬間でした。

宇宙の始まりがビッグバンだったというのは、今では科学者の間では定説です。
ひとつのエネルギーが爆発したために、のちに宇宙と呼ばれる空間が誕生し、
様々なものが発生していく中で、地球が、物質や生物が発生した。
しかも、この宇宙は、今なお拡大を続けているそうです。
このことには、もちろん科学的な裏づけがあります。
私たちもまた、宇宙というエネルギーが産んだ子供。
ですが、それにしても、人間だけに与えられた、心。
咲いている花を美しいと感じる、心。
自分の中に在るハズなのに、自分ではコントロールできない、心。
いったい何のために与えられたのでしょう？
私は、人の心が産んできた全てのことは、
宇宙が拡大するための必然であったと感じています。
貧困や戦争、身分差別、人種差別に苦しんだ、過ちも含む全てのことを。
そのあたり、永遠のカオスを問い続けるmiwaちゃんと私の感覚は
ほとんど近いところにある、と思ってます。
ただし、宇宙の意思が善なのかそうでないかは、まだ分かりません。

雪ぼうずさんの素直な生き方には、直感的な否定をやり遂げたあとの、
ある種の肯定感を感じます。とても健康的な生き方だなって。
ume.さんは、まず否定することをエネルギーにして、
何か新しいものを創造しようとしているのですね。
それは、ある場合には重要な側面だと思います。
ただ、私たちの否定や肯定を受け付けない"なにか"が在るといういう認識を、
私たちは共有できたということのほうが、
"否定"することよりも大切なのではないかな？
どうしても、男性は主体的な立場から、
女性は受容的な立場から物事を見がちな傾向があるかもね。

Comment：18　ume.

ナンにせよ、僕は、この"生"に興奮しきってます。
例えば、去年の僕を振り返ってみて、
「ナンて、無知だったンだろう！」と思えることは快感です。
いつも、「おマエなんて、ナンにも解っちゃいないンだよ。
この発見があって少しは解ったか？」
って、頭をガツンとやられるようなことに出会いたい。
自分の中で、発見を繰り返したい。
たかが僕が、いくら考えたって、
"生"の深遠なる神秘を捉えきることはできない。
"生"は、それほどまでに深遠で、僕の思考は、それほどまでに浅はかです。
まあ、つまり発見をしよう！って気さえあれば、
死ぬまで発見し続けられるってことだよネ？興奮するネ！

> その背後には、私たちの計り知れない大きなものの意思が働いている・・・

その、計り知れない大きなものの意思に触れることができたらどう？
かなり楽しそうなトライじゃない？
人の心も、宇宙も、間違いなくカオスだよネ！僕も、そう思うよ。
疑いの余地もないよ。
ただ、

> ume.さんは、まず否定することをエネルギーにして、
> 何か新しいものを創造しようとしているのですね。

そうじゃないよ。
僕が、戦略を持って進めようとしたのは、あくまでも、「本にするために」、
これだけです。
その目論見は捨てました。
ある立場をとって、方法として、否定してる訳じゃないよ。
ナニかあるところに創造は生まれません。ナニもないことこそが、即、創造です。
"ナニもない"ってのは、どういうことなのか？
それについてを探求していきたいと思ってます。

> 私たちの否定や肯定を受け付けない"なにか"

これに触れることができたらどう？
人に言われて、そうナンだと思うンじゃなくて、
自分で、一瞬でも、感知できたらどう？
強く前向きになれる使命を持った、ナン％かの幸運な人じゃなく、
僕みたいに、夢も希望もないヤツだって、こんなにも楽しいぜ！！って気分、
サイレント・マジョリティー＝大多数のフツーの人たちで、
これ、共有できたら悪くないよネ？ どう？ どう？

無選択の気づきとユーモアのセンスー 06（中断）　2010-02-15

中断
コメント：ほうたま

携帯からだと、日記のコメントが、今度は、18 の途中で、
また、読めなくなってるよう。更新します。

表題を本にしようと始めた試みでしたが、そんな才能はありませんでした。
本にするつもりで進めるのは諦めときます。
ただ、結果、本になったら嬉しいな、とは思ってます。
んで、続けます。
これを始めたのは、
「日常の僕が、今、あまりにも軽やかナンで、それを分かち合いたい」
って気持ちがキッカケです。
"無選択の気づき"、"クール"には、多少、触れつつありますが、
"ユーモアのセンス"には、まだ、ほとんど触れてません。
ー6では、ユーモアのセンスにも、多少、触れときたいと思ってます。

※　とりあえず、途中で読めなくなってる、コメント 18 を転記しときます。

Comment：1　・・・　ー5の Comment：18 の転記です。

Comment：2　ほうたまさん

えー、感想
誰が何を信じていてもかまわない
太陽だけが僕の中で動いてる
全ての伝説だとか
全てのリーダー
全てのムーブメントに
全てのパーティー
そして全ての英雄だとか
全ての尊師

ごちゃまぜの世界に空回りさ
　　　　　　　　　　以上

《※ 注釈》
ここで一旦、この試みを中断しました。
僕には、手応えがあったンですが、僕の独り善がりが進行してしまい、
かなり気恥ずかしくなってしまいました。
書くことの快感を知ってしまった僕としては、
断念するつもりは全くありませんでしたが、
ほうたまのコメントまでで、ブログを非公開にしました。

PART 2 本 論

無選択の気づきとユーモアのセンス-06（再開）　　2010-02-15

再開、軌道修正／質問集／ユーモアのセンスについて
コメント：ほうたま、ひとし

《※ 注釈》
日記の日付は、2月15日のままで再掲載しますが、
2ヵ月弱ほどの冷却期間を置いて、
4月9日、ひとしのコメントで再開しました。
ひとしの登場で、様子がガラッと変わってます。

携帯からだと、日記のコメントが、今度は、18の途中で、
また、読めなくなってるよう。更新します。

表題を本にしようと始めた試みでしたが、そんな才能はありませんでした。
本にするつもりで進めるのは諦めときます。
ただ、結果、本になったら嬉しいな、とは思ってます。
んで、続けます。
これを始めたのは、
「日常の僕が、今、あまりにも軽やかナンで、それを分かち合いたい」
って気持ちがキッカケです。
"無選択の気づき"、"クール"には、多少、触れつつありますが、
"ユーモアのセンス"には、まだ、ほとんど触れてません。
－6では、ユーモアのセンスにも、多少、触れときたいと思ってます。

※　とりあえず、途中で読めなくなってる、コメント18を転記しときます。

Comment：1　・・・　－5のComment：18の転記です。

Comment：2　ほうたまさん

えー、感想
誰が何を信じていてもかまわない
太陽だけが僕の中で動いてる

全ての伝説だとか
全てのリーダー
全てのムーブメントに
全てのパーティー
そして全ての英雄だとか
全ての尊師
ごちゃまぜの世界に空回りさ

                              以上

Comment：3　ひとしさん

うひょー！！ ほうたまさんもいる！
コメントが、カッコ良過ぎます！！
でも、俺の頭では意味が分かりませんです！
ume.さん！！ こんなところで、何か面白そうなことをやってますねー！
ぜひ！ 混ぜてください！！

Comment：4　ume.

おお！ ひとし！ 入ってきて、入ってきて！
このミッションに込めた僕の思いが、やがて精神的な磁石となり、
ひとしを呼び寄せるってことは、初めから分かってたよ。
ナンつって！ 作家ふう。
ぜひ、混ざって！！

Comment：5　ひとしさん

ナンつって！ 作家ふう。のume.さん！ 聞きたいことだらけですよ！

①
> 人間の考え出した、惨めでクダらないモノ、
> 本当の自分を欺くため、着飾った色んなモノを、
> １つひとつ丹念にはぎ取っていって、そこに残るモノはナンなのか？
> 見てみたいと思わない？

見てみたいです！ 何が残るんですか？

②
> 無選択の気づきは思考からは生まれない。思考の本性とは、ナンでしょう？

思考の本性って、ナンなんですか？

③
> 僕らは、本当に精神の自由を持っているのか？

持っていないってことですよね？
ume.さんにとって、幸せや自由、愛とは何ですか？

④
>「知識的、技術的蓄積」と「心理的蓄積」
>「外的な依存」と「内的な依存」

これは、どういうことですか？

⑤
> 時間の領域にあるものは全て腐る。

ume.さんの言う、時間って何ですか？

⑥
> 自己知。
> 己を知ることこそ、社会の在り方、世界の在り方、
> 宇宙の在り方を知ることだと思います。

己を知ることが、何で全てを知ることにつながるんですか？

⑦
> 僕らは、ありのままをありのままに見ることは、ほとんどできません。
> 真の実在をありのままに見ることは、全高の行為です。

んぅー。・・・どういうことですか？
分からないことを、いきなりたくさん並べてスミマセン！！
まだ、いっぱいあるんですが、この7つの質問から教えて下さいませ！

Comment：6 ume.

おおおっ！ひとし！目次ができた！
これらの質問を"ひとし目次"と名づけ、
一緒に、オモシロおかしく探求していこうか！
まあ、"ひとし目次"は、やり過ぎだな。
だいぶ、生真面目な感じにしちゃいました。面目ない！
ひとしからの質問も、ヤケに真面目だモンな。
でも、ジックリ探求していきたいことばかり！
時間をかけて、ゆっくり進もう！
ひとしの登場で、我に帰って陽気にやっていきたい！

質問を1つひとつ、ジックリ解き明かしていく前に、
「ユーモアのセンス」について、もうちょっと、触れときたい！
ユーモアのセンスのある人って、どんな人？

Comment：7 ひとしさん

「ユーモアのセンス」ですか？
お笑い芸人とかは、やっぱりセンスのある人ではないですか？
色んな人をよく知っていて、それぞれの人が楽しめたり、
幸せな気分にさせてくれますよね！
場が和むっていうのも、ユーモアかしら？
それぞれの人に接する、バランス感覚に優れた人が、そうなんでしょうかね？

Comment：8 ume.

お笑い芸人は、ユーモアのセンスがある場合は多いだろうネ。
でも、ただ"笑いを取る"のとは明らかに違う。
最近の若いお笑い芸人は、才能に溢れてる。天才的なヤツも多いネ。
でも、明らかに才能だけでやってンで、芸が浅い。
メディアがそうさせてるように、明らかに短命だネ。

芸を肥やす時間は与えてくれない。
面白い才能を枯れるまで金にして、んで、使い捨て。連中もラクじゃない。
ひとし、素晴らしいコメントをしてくれてるけど、もう少し、突っ込もう。
彼ら、天才的な若いお笑い芸人に共通してるところってナンだろう？

Comment：9　ひとしさん

んー、そうですねぇ。
ネタが豊富！・・・飽きも早いのですが、
そうすると、スグに新しい内容でお客様を放さない！
笑いのツボを心得ていて、そこを逃さずに、
アレンジして進んでいっている感じがします！
まあ、そう考えると、笑いのネタを常に考えなくてはいけなくて、
若手のお笑い芸人たちも、気の抜けない仕事ですね！

Comment：10　ume.

うん、うん、なぜ、ネタが豊富ナンだろう？　笑いのツボって、ナンだろう？

Comment：11　ひとしさん

ネタが豊富であるということは、やっぱり、ひとつのネタがブームになって、
ブームが去ると、また流行りに乗りそうなネタを生み出して。
・・・の繰り返しによって、引き出しが増えていったのかな？
笑いのツボは、確実に笑ってしまう、言葉や行為！
ベタなところで、お笑い芸人どうしが、話題のズレに対して、
必ずズッコケるとか！
とてもクダらなくて、素晴らしいですね！！

Comment：12　ume.

引き出しの多さは、キャリアに比例してくるとも言えるネ。
繰り返しによる蓄積ではなく、"ネタを生み出す"という一点に絞って、
どうして、ネタを豊富に生み出せるンだろう？
確実に笑ってしまう、言葉や行為って、どんなモノ？
また、その時の心理状態は、どんなモノだろう？

Comment：13　ひとしさん

うひょー！ いよいよ深くなっていきますね！
さらに面白いものを！ と追い討ちをかけてくる
メディアや視聴者の方たちの欲？
みたいなプレッシャーがあって、
若手お笑い芸人は、この"ネタを生み出す"ことに
切羽詰っているんじゃないですか？
「・・・いよいよ、ヤバイ！」みたいな状況から、パニック状態になりつつも、
あれこれと対応していたら笑いが取れた！「あれっ？ これかっ！」
あれこれしてたら、あれっ？ これかっ！・・・スミマセン。
語呂が良かったもので。
俺も、切羽詰って、ネタを生み出しましたかね？

Comment：14　ume.

いいよ、いいよぉ！
うん、切羽詰まったパニック状態ネ。
これは、明らかに、はたから見てて笑える状況だネ。
大真面目にやってることって、当事者以外には、結構、コッケイに映るネ。
まあ、「あれこれしてたら、あれっ？ これかっ！」ってのは、
たいしたネタじゃないけどネ。
まあ、語呂の良さは重要だネ！
切羽詰まった状況は、確かに、思いもかけないアイディアが
啓示のように降りてくる瞬間だネ。
彼ら、才能あるお笑い芸人のふだんの姿勢はどうだろう？
"ネタを生み出す"このためのふだんの姿勢は？

Comment：15　ひとしさん

本当、失礼しました！
お笑い芸人の、ネタを生み出す姿勢ですか！ そういうことだったんですね？
ふだんから、ネタづくりのためのアンテナを張り巡らせて、
それを注意深く観察していますよね！
そこから、ネタが生まれてきているんでしょうか？

Comment：16　ume.

そうだネェ。彼ら、よく人間を観察してるネ。
ナンでもないようなシーンでも、
その時の心理状態などをオモシロおかしく描写して笑わせてしまう。
人の心理を読む、というのは、
間違いなく、自分の心理状態をシッカリ把握してるってことだネ。
あんな場面では、オレはこうだった、
ヤツも今、こう思ってるに違いない、ってネ！
実は、隠しときたいンだけど、隠し通せた時より、
誰かに暴かれてバラされた時の方が、
かえって、ホッとするってこと、よくある場面だよネ？
そーゆーのって、間違いなく笑えちゃえるネ。笑いのツボかな？

「並み外れて機敏な注意力」は最重要キーワードだよ！

Comment：17　ひとしさん

うぉほー！「並み外れて機敏な注意力」！
俺も、そんなふうになりたいんですよ！
常に意識してますね！気配りとか目配り、心配り！
あと、自分のことをよく解っていれば、
場の雰囲気を和ませることもできますしね！

ウンチクですが、「ユーモア＝ｈｕｍｏｒ」は、
「ヒューマン＝ｈｕｍａｎ」から来ている言葉ですよね？
「ユーモアのセンス＝人間性（が優れている）」
と定義しちゃっていいのかな・・・？
これって、題名の「無選択の気づき」にもつながっています？
ユーモアのセンスがあれば、窮地に陥った場面や、そんな心理状態から、
自分も、周りの人も、みんな救えるってことですよね？

それと、この－6を読み返してて、あとひとつ、質問いいですか？

> ナニもないことこそが、即、創造です。

ナニもないことって、どういうことですか？

Comment：18　ume.
もう、僕が解ったようなこと、付け加えることはナニもありません！
ユーモアのセンスをよーく見てみれば、
それは、必ず、「無選択の気づき」につながります。
ユーモアのセンスのある人ってのは、
自分自身と、その場を和ませることができる人だネ。
窮地を救うのは、いつだってユーモアのセンス！

"ひとし目次"⑧が追加だネ。
よし、日記を更新して、質問を1つひとつ、ジックリ解き明かしていこう！

無選択の気づきとユーモアのセンス-07　　　2010-04-21

全否定？／愛したい？愛されたい？／感謝、素直、幸せって？
コメント：ひとし、Nonrey、みにぶー、ハナ、ロコ、雪ぼうず

もう六十年近くも前のこと。
「梅澤なあ、ボーッと生きても、一生懸命生きても、同じ一生なんだぞ」
担任の先生の言葉。
中学卒業の時、社会に出る直前。
小・中学生時代をボーッと過ごしてきた父への言葉。
この執筆に際して、きいちゃんから初めて聞いたんだ。
この言葉は、父の心に結び目を作った。

父は「面倒臭い」という言葉を吐いたことがない。
面倒臭いってのは、どんな時だろうか？
古い二十四時間が終わり、新しい二十四時間が来る。
反抗のポーズを見せつつも、
古い二十四時間の居心地の良さに潜む危険性を、無自覚に、安易に引き受け、
その延長で新しい二十四時間を浪費する怠惰な精神に、
すっかり鈍感にされている時、
この刻々の"生"を面倒臭いなどと思うのだろうか？
あるいは、
極めつけの怠惰と鈍感が支配する精神、
限られた時間の中で、何かを成し遂げなければならない、
という認識がある時、
古い二十四時間が終わった時、何かの結果を出しておかなければならない、
と時間の奴隷になっている時、
その何か以外のことを面倒臭いと感じるのだろうか？
何を成し遂げたいのか？！何の結果を出したいのか？！僕たちは！

父には、それがなかった。
ただ、あるがままの二十四時間を受け止め、
全存在を懸けてあるがままに関わっていた。
「お父ちゃん、コーヒー入れて」

「面倒だな、自分でやれ」
一度もなかった会話だ。
「ん、飲むか？」って、カップを温めることからやってくれた。
父の行動には、動機がなかった！
何の動機もないままに、瞬間、瞬間の問いかけに、全存在を懸けて応答していた、
並み外れて機敏に、鋭敏に。
それは、結果や評価を全く気にする必要のない、
そんなものとは無関係の生き方だった。
動機がない、目的がない、打算がない、
結果の保証を求めて方法について思考しない、
何の見返りを求めることなく"行為"がある。ただ"刻々の体験"がある。
この透明感！！

今日一日をどう生きようが、今日は終わり明日が来る。
一生をどう生きようが、命は終わり死が訪れる。

巧妙に仕組まれ、仕込まれてきた"こうあるべきこと"。
父は、そこから自由だった。
人は"その本性から言って断片的でしかあり得ない思考"や、
過去の経験や知識による条件づけの結果として存在している。
父は、何ものにも条件づけられなかった！！
常に、既知のものから自由だった！
日々、いや瞬間、瞬間、再生し、瞬間、瞬間、新しく、真に創造的な生き方だった。

父は、このようなことを僕や、あるいは他の誰かに
一度たりとも語ったことがない。
そんなこと誰にも言わず、たぶん意識することもなく、
初めから終わりまで全面的に、このように生きていた。

何て美しい生き方なんだろう！！

生きながらにして透明な存在だった父が、
今また、透明に…、透き通って…、

透き通って…。

その"生"を生ききって、何の思いも残さずに、
サッとこの世から消えていった…。

Comment：1　ume.
拙著「天国のお父ちゃんへ」の重版の際、付け加えることになってる小編です。
発売当時、無名の作家にしては売れ行きが良く、スグに、重版ですよ、
ナンて、出版社の人と進めてました。
でも、まあ、当たり前のことですが、友人・知人に行き渡ったところで、
パッタリと、売れなくなりました。未だ、重版には至っておりません。

これは、父の生き方、現在の僕の"生"への眼差しを
完璧に描ききることができた、個人的会心作です！
「K53のみんなを敵に回すかも知れない」全否定！ それが、これです。
全否定という言い草に、ヒンシュクも買いましたが、
これが、僕の言うところの全否定です。
ナニを否定してるのか？
ひとしの質問を、１つひとつ解き明かしていきながら、
これについても、おしゃべりしていきたいと思ってます。

Comment：2　ひとしさん
この、重版の際、付け加えることになってる小編は、
いくつかラジオの中で、朗読している ume. さんの声を聞きました！
感情が溢れ出てきそうな、でも、落ち着いているような、
何とも言い表せないのですが、良かったなぁ！

営業マン時代からのお付き合いの ume. さん！
色んなノウハウ、身につけるべき習慣！ 向かっていくべきヴィジョン！
成し遂げるための目標！ その他モロモロ！ こうしていけばいいんだ！
と、ume. さんを教科書に、いつかは抜いてやる！ てな感じで、
たくさん勉強させて頂きましたよ！

お父様が亡くなったあと、ume.さんは
お父様との記憶の執筆に没頭していました。
そのあとでしたよね！
上記にある、営業マン時代のお話から、全く違ったume.さんの話が！
例えば、「良いことを習慣にしていく」だったのが、
「あらゆる習慣は怠惰の始まり」とか言うし！
最近、ようやく整理がついた（更新した？）感じですが、
当時の俺は、？？？が続きまくりでした！
"全否定"は、これもそうでしたかね？

Comment：3　ume.
ひとし、ひと回り下のうさぎ年生まれの良き友よ。ありがとう。
ナニもかも楽しかったな。ひとしとやったことで、
うまくいかなかったことは1度もないモンな。
そうだな。"全否定"、明らかに父の死後、言い出した言葉だな。
これについて、ジックリ考えていくのは、ヒドく楽しみだし、
当初の目論見のように本にはできないまでも、
ナンらかの形で、自分の考えをまとめていけるってことには興奮するよ！

さて、この小編、「みんなを敵に回す」ところが、顕著に出てるのは、どの部分？

Comment：4　Nonreyさん
確かにラジタカの放送で気になった部分だ。
聞いたあとに生活に影響を受け、俺の仕事っぷりに変化が出た。
「何のために」、自分を合理主義者と決めつけ、
この言葉が、まず一番に脳裏をよぎってた。
その後、この考えが多少なりとも稀薄になった。
「ぬるま湯」、これが退屈で大嫌いだった十代。今は好きかも！

Comment：5　ume.
Nonrey！嬉しいよ！久々の登場だネ！
飛ばし過ぎてたＫ５３のコミュも、最近、いい感じで落ち着いてきてるよ。
こんな感じで、気ままに、ダラダラやれたらいいネ。

２ヵ月弱のインターバルを置いて再開した、このシリーズ、
過去に、Nonreyには、かなり貴重なコメントをもらってる。
ジックリ考えてみたいことだったよ。
忙しいとは思うけど、気が向いたら、たまに入ってきて！

金曜日、ビブス受け取りに行くよ。５月２日の不定期戦の準備は万端？

Comment：6　ひとしさん

やっほー！新しくなった人工芝で、不定期戦をお楽しみ下さいませ！
Nonreyさんも、ご覧の皆様も、５月２日お待ちしております！
そして気になる・・・
小編から、「みんなを敵に回すかもしれない」部分のところなんですが、

> 限られた時間の中で、何かを成し遂げなければならない、
> 古い二十四時間が終わった時、何かの結果を出しておかなければならない、

この認識が、「極めつけの怠惰と鈍感が支配する精神」
と言っているんですよね？
俺の？？？で言うなら、
良いことであれ、決めてしまい、習慣になった時点で怠惰が始まり、
鈍感になっていく。・・・と解釈してますが、大丈夫かな？

Comment：7　ume.

うん。解釈は、人それぞれでいいです。
ご指摘通り、その部分が、最も解り易い挑戦的な発言だネ。
だいぶ、誤解されてると思う。
これを読んでるいい仲間たちには誤解を解いておきたい。
いい仲間じゃない人には誤解されたままのほうが面白いけど！
この発言は、全く持って、的を射てると確信してるけど、
そうしてる人たちを否定したり批判してる訳じゃない、ってことを、
本１冊ぶん？のやり取りを通して、ゆっくり、お伝えしていきたい。

Comment：8　ume.

例えば、人生の目的？っぽいモノを探し出す。
人生の指針、考え方、理念みたいなモンだね。
んで、その目的達成のために、目的に近づくために、目的のようであるために、
ナニをすべきか行動計画を作成する。これが、目標設定だネ。
目標には、数値と期限が必要。1年後には、これこれを達成する！ とネ。
そこから逆算して、1ヵ月後までに、やらなきゃならないこと、
1週間後までに、やらきゃならないこと、今日、やらなきゃならないこと、
今やるべきこと、と行動計画ができ上がる。
優秀なセールスマンは、皆、そうしてるネ。
そういった方々は、みんな素晴らしい方々で、尊敬さえできる人も多い。
その生き方を否定できる訳がない。いわゆる"成功者"の毎日。

ただ、そういった人は、僕の目から見て、"面白くない"。
僕は、スキだらけで、欠点だらけで、失敗だらけで、
お互い様だよな！ と笑い合える、そんな愛すべき人格を、"面白い"と感じます。
クダらないことに埋め尽くされた日常を"面白い"と感じます。
もっと言うなら、日常に潜む"過激性"に興奮しきってます。
非日常的なこと、過激なことの中には、作為が感じられ、
本当の過激性ナンて、ない場合が多い。
そーゆーのには、興奮できません。

だいぶ語っちゃいましたが、そーゆー訳です。
って、どんなワケ？ ゆっくり、お伝えしていきます。

僕は、夢や希望を持って、一生懸命やってる人は、大好きです！
そう、不変の事実をお伝えした上で、夢や希望に潜む、危険性について、
ゆっくり、ジックリ話を進めていきたいと思ってます。

Comment：9　みにぶーさん

久しぶりです。みにぶーです。
興味深そうなタイトルで、参加したいと思ってました。
色々忙しく、初めて覗いてみたところです。
あまり時間がなく、まだ、よく見てないのですが、

ひとつ問題提起というか、質問していいですか？
あまり関連なくピントがズレてたら、コメント要りません。

うめさん（皆さん）は"自分が愛する人"と一緒にいたいですか？
それとも、"自分を愛してくれる人"と一緒にいたいですか？
何か特別に言いたいことがあるわけではなく、
結論じみたものを持っているわけでもありません。
ただ、昔色んな人に聞いてみたいと思ったことのある質問なんです。
フッと思い出しました。

Comment：10　ume.
うっほー！　みにぶー！　そう来なくっちゃ！　お待ちしておりました！
だいぶ忙しいようだけど、息抜きはここで！
ナンつって、ここで余計に息が詰まらないようなモノにしたい！

"究極の２択"とかって昔あった？
必ず、どちらかを選ばなければならない、ってヤツ？
でも、まあ、それじゃない訳だからぁ・・・、どっちもイヤです。
僕にとって、愛は、したり、されたりするモンじゃないので！
愛するとか、愛されるってのは、今の僕には、全くピンときません。
いきなり挑発的な回答発言？！
みにぶー、ひとしからの質問にも、

> ume.さんにとって、自由、幸せ、愛ってナンですか？

ってのがあって、
それには長〜く時間を取って話していきたいと思ってたことです。
これは、今の僕の感覚をお伝えする、とても重要な質問になった！
この言い草が、どんな訳で出てくるのか？　うまく伝えられればいいけど・・・。
やってみるよ、みにぶー。ありがとう。

Comment：11　ひとしさん
みにぶーさん！！　俺も、そこは聞きたいところですね！

そして、なんか、Ｋ５３は良いつながりだなぁ！ 素敵！
「自由、幸せ、愛」に、ジックリ時間を取って頂けるということで！
マズは言いたいこと！ 言っちゃいますよ！

俺は、ひと世代上の ume. さんから、
「この、クソッたれの世の中」で、こうすればいいんだ！ と、指針や方向性や、
自分を失わずに生き抜いていくノウハウを学ばせて頂きました！
今度は、俺が ume. さんからのノウハウを次の世代へ示してあげないと！ と、
使命感に溢れました！
ところが！ 今の ume. さんたら、「夢や希望なんて信じるな！」と言うんです！
「夢や希望を持てる世の中を作れなかった大人が悪い？」
「イヤ、そもそも、なぜ、夢や希望が必要なのか？」こんな感じで。
以前は、「肯定的」、「前向き」が似合う、まぶしいくらいの ume. さんだったのが、
執筆後からは、「肯定的」でも「前向き」でもなくなっているんです！
それでいて、以前にも増して輝いてるような！
１８０度変化の秘密を、徹底的に暴かせて頂きますよ！
こんなに突っ込んじゃって、いいですか？
コッチは、楽しみでワクワクします！ ヨロシクどうぞ！

Comment：12　ume.

ははは、ひとし・・・、
「夢や希望ナンて信じるな！」は、ひとし用です。
特定の立場から特定の立場へのメッセージ。誤解される。
一般的には、「夢や希望を持って頑張ろう！」です。
それに、
「肯定的」でも「前向き」でもなくなっているンです！
＝「否定的」で「後ろ向き」ということでもない。１８０度は変化してません。
と、とりあえず、お断りしといてぇ・・・。
ここでは、徹底的に突っ込んでいこう！
みにぶーの質問へのひとしの答えはどうなの？

Comment：13　ひとしさん

俺用！？ そうだったんですか！

もう、コメント入れちゃったので仕方がないですね！
みにぶーさんの質問への答えですね！
俺は、"自分が愛する人"と一緒にいたいですね！
ちょっと、"愛する"が難しいのですが。
スグ人を好きになっちゃうタイプなので、
女性の方なら、相当一緒にいたくなります！

Comment：14　ume.
ひとしらしい回答だネ。追われるより追ってるほうがいいモンな。
男は、みんなそう？　どうナンだろう？
で、女性は、追われるほうがいいのかな？　どうナンだろう？
誰か、入ってきてくれないかなあ・・・。

Comment：15　Nonreyさん
また、入ります。私は完璧に何があろうとも愛する人と一緒にいたいです。
愛されたいは、愛する人から思ってもらいたいことである。と感じている。
あくまで俺の場合！
そんな簡単には人のことは愛せない。物も同じ。
大切なものは何歳になろうと、なぜか変わらない。

Comment：16　ハナさん
こんばんは。
みにぶーさんの質問を見て、少し前に読んだ辻仁成の「サヨナライツカ」の中に、
「あなたは、死ぬ時に、誰かに愛されたことを思い出すか、
それとも誰かを愛したことを思い出すか」
という内容のくだりがあったのを思い出しました。
で、「追うほうがいいのか？　追われるほうがいいのか？」ですが、
私は、追うのツラそうなので、追われるほうがいいかな。
でもストーカーはイヤですけど。

Comment：17　ume.
ンなーっ！！！し・あ・わ・せ・す・ぎ・る！
みにぶー！みにぶーの質問のお陰で、

Nonrey と、そして、ナンと、ハナちゃんが入ってきてくれた！！ありがとう！
男の Nonrey は、愛したい。女性のハナちゃんは、愛されたい。
うーん・・・、僕の予想が当たってる・・・。

Nonrey、「そんな簡単には人のことは愛せない」僕も、そう思います。
"愛する"ってことと、"愛"は、大違いだと思うので、
僕の場合、人のことは、"愛する"じゃなくて、"好きになる"です。
んで、簡単に好きになります。男女に関わりなく。
でも、簡単には、好きじゃなくなりません。
"熱し易く、冷め易い"部類には入りません。

ハナちゃん、辻仁成も、もとロックンローラーだよネ。
死ぬ瞬間って、どうナンだろうネ？
死ぬ瞬間と、死んでからは、そうなってみなきゃ解らないし、
解ったところで誰にも話せないからネ。
早く、死んでみたいとは思ってます。楽しみです。
そう簡単に死ねるモンじゃないと、よく解ってるつもりナンで、
こんなことを言うンですが。
辻仁成は、中山美穂のことを思うのでしょうか？

愛は、大きなテーマ。
僕などが解ったようなこと言うのは、多少、気が引けますが、
僕の著書にするつもりで始めたモノ。
好き勝手、言いたいこと言って、ナンとかまとめてみたいと思います。

Comment：18　みにぶーさん
（初の携帯からのチャレンジ。この方法でコメント入るかな？）
愛という言葉は何気なく使っちゃったのですが、
俺は「愛してくれる人と一緒にいたい」です。
積極性が足りない、男らしくない奴かも。
愛する人と一緒にいても、落ち着かず疲れちゃいそう・・・
俺の場合は、愛してくれる人といたほうが幸せになれそうな気がする。
でも、一方的に愛されていたいわけではなく、

俺は自分を愛してくれる人を愛おしく感じると思います。
そして、俺のほうこそが愛しているようになる可能性があります。
ハンターにはなれない、ぬるま湯にいたい体質なのかなぁ・・・
でも、そんな部分もひっくるめて、そんな自分が嫌いじゃないんで、
直りそうもないなぁ・・・
（明らかに欠点でしかない部分は、改善していきたいと思ってます）

Comment：19　ume.

みにぶー、サンキュー！
色んな人からコメントが入ると話がふくらむよ。人の数だけ意見の数がある！
みんなから意見を頂きつつ進めていければ、きっと面白いモノになる！
主題が主題だから、観念的にならないよう、精神論にならないよう、
注意しながら進めていきます！

ひとしに、再度、質問事項を箇条書きで頂いて、
それをコピーして、そのまま－8に貼りつけて更新します。
次の－8から、いよいよ、1つひとつ、ジックリ掘り下げていきます！
さあ、うまくいくかどうか？！皆さん、入ってきてくれるかなあ・・・？
んじゃ、ひとし、お願いします。

おっと、みにぶーの質問へのコメント、あれば続けてどうぞ！

Comment：20　ロコさん

私は、私を愛してくれる人を愛せます。

Comment：21　ume.

ドキッ！うおっほーっ！ロコちゃん、ようこそ！
ドキドキだよ！刺激的なメッセージ！

40過ぎると、言葉に生きた年月ぶんの重みが出るよネ！
僕ら、この歳、46～47歳、みんなそれぞれの事情を抱えてる。
初めの頃、雪ぼうずクンが言ってたけど、いいタイミングなんだネ。
いいタイミングで、このコミュが立ち上がり、

いいタイミングで、この試みを始めることができた。
もっと若い頃には、こういったことを顧みる余裕もなかったろうし、
もっと歳とってからでは、
立ち上げも、継続も、エネルギーが続かなかったろうし。
必ず、まとめるよ！ 燃えてきた！

Comment：22　ロコさん
そうです💡今だから解る・・・です。よ～

Comment：23　ume．
若過ぎて、ナンだか解らなかったことが、リアルに感じてしまう、この頃さ！
SOMEDAY！ この胸に SOMEDAY！ 誓うよ SOMEDAY！
信じる心いつまでも！ OH！ SOMEDAY！

そうナンです！ 僕が、この試みでつかみたいモノ！ それは、このリアルさ！
REALITY＝リアリティ＝真の実在＝真実在。これナンです！
僕らは、真実在を捉えることができるでしょうか？
裸の心と、裸の目を持って、対象に迫ることができるでしょうか？
ロコちゃん、さすが真夜中！ high になってきたよ！

副題ができた。
「無選択の気づきとユーモアのセンス」
－ このふたつを持って、REALITY＝真実在に迫る！ －

Comment：24　雪ぼうずさん
イヤーッ！ 入っちゃたよ。
文章力や読解力に乏しいので静観しながら勉強させてもらおうと思いましたが
入っちゃった！

ume．さん、そうなんだよ！
まさに俺が以前書いた"タイミング"や"旬"ってそういう意味だった。
中学卒業以来３０数年時が経ち皆が違う人生を歩んできた。
その間の良くも悪くもあった様々な経験や人間関係も人それぞれ。

若い頃は怖いものなしで突っ走って、誰かに守られ責任もなく、
ただただその瞬間の時間を楽しんできた。
いつしか結婚して家庭を持って、仕事場でも主婦でも、
世間が大人にしてくれて、責任を背負って生きる人生になった。
・・・そして今、
皆が各々の経験してきたことをもとに考えや思いを話せる場ができた。
良き仲間の言葉が励みや自信となる。そして考えさせられる。
今、自分の周りにない人間関係がここにあり、拠りどころとなる。
この年代になったからこそ受け止められ今後に反映できる。
だからこの"タイミング"なんだよ。
大げさだけど時代の小さな歯車を動かせる年代に生きているから
"旬"なんだよ。

ところで"愛"について「みにぶーのお題」だけど・・・
俺は人間なら"愛し愛され"両方がいいです。
でも、どっちか！と言うなら
"愛"に限らず人に何かを求めることはあまり好きではないので、
"愛する"ほうかな。
"愛"の根底には"感謝"があると思ってます。
家族（妻・親・子供・じーばー）友・仲間・水・空気・時間、もっとあるけど・・・。
ここには利害関係も損得もなく"無償の愛"だけが存在して、
ただただ支えられてる感謝の思いだけがある。
そして自分もその感謝の気持ちを"無償の愛"で応える。
今できる自分の全てを注いで・・・。
"感謝"が愛する気持ちを継続・増幅させてくれる。
でも"感謝"の根底に"素直"がこれまた存在する。
素直な気持ちがなければ感謝は生まれないと思うし、
自分も成長しないと思ってるからです。
以前にも書いたけど"素直でいる"ことは、スッゴく難しいことだけど、
人間が人間らしく"楽"に生きられる根源ではないかなーなんて思ってます。

やっぱ俺文章力乏しい。伝えきれないや。また、どこかでおじゃましまーす。

Comment：25　ume.

シュンちゃん！ 文章力、充分！ 伝わります。
当然、伝わりきりっこないけどネ。悪い意味じゃなくネ。
僕などは、今の僕の感覚をお伝えするため、
本1冊ぶんのやり取りをしよう！って決意してンだし、
そう簡単には伝わらないよ！
でも、それをナンとか伝えようってのが、生きるってことでしょう！

感謝！ 感謝です！ これに尽きる！
あとで、ゆっくり進めたいことだけど、感謝こそ、幸せだと思ってます。
「感謝の心と、不幸は同居できない」、どう？
心から感謝してる時、間違いなく、幸福感に包まれてるよネ！
それと、素直！ これこそ、無選択の気づきです！ どんピシャ！！
やっぱり、いいモンができるよ！ この狙いは間違ってない！
的外れじゃないって確信した！
シュンちゃん、また、力を貸してネ。

Comment：26　ハナさん

> 感謝こそ、幸せ・・・
> 心から感謝してる時、間違いなく、幸福感に包まれてる・・・

確かに、そうですね。
でも、常に感謝の心を持ち続けるのって、
簡単なことではないような気がします。
自分だけではなく、お互いの心に感謝の気持ちがあってこそ、
成り立つのではないかなと。

Comment：27　ume.

ハナちゃん、コメントありがとう！ 嬉しいよ！ そうだね。
感謝の心を持ち続けるのは、不可能だね。
この指摘は、あまりにもジャストな、そこにあるべき指摘です。
・・・ナニか・・・、導かれてるような気がしてきた・・・。
・・・来たぞ、来たぞ、来たぞ・・・って感じ・・・。

この問いかけに応答する状態こそ、無選択の気づきです。
無選択に気づいていようと努力するところに、
決して、無選択の気づきはありません。
いつも感謝の心を持とうと努力するところに、
決して、感謝の気持ちはありません。
そういった一切から離れたところに、無選択の気づきが訪れます。
無選択の気づきがあるところ、
そこに、REALITY＝真実在が、その姿を現わします。
ゆっくり、見ていきましょう。どうぞ、ご一緒に。

Comment：28　みにぶーさん
皆さん、こんばんは。ハナちゃんもこんばんは。
あまりジックリ読む余裕がなくて、
だから余計に「難しい話が多いなぁ・・・」と思ってました。
そもそも"無選択の気づき"、"ユーモアのセンス"という意味を
図りかねていました。（だんだん俺にも解ってくるところかな・・・）
そんな解りづらかった中で、
シュンちゃん（あ、雪ぼうずさんでなくてＯＫかな？！）の話は、
俺に解り易くスッと入ってきました。
（似た感覚を持っていたということかな？）
特に"素直"という話に「そうなんだよな」と思いました。

> "素直でいる"ことは、スッゴく難しいことだけど、
> 人間が人間らしく"楽"に生きられる根源ではないかな・・・

とありました。
私は、かなり親しい人でないと「素の自分を出していなくて」
今"仕事で苦戦気味"なのも、
これを乗り越えるには「もっと裸で・本気でぶつからねばならない」
のだと思っているところです。
シュンちゃんの言っている意味を正しく理解していないかも知れないけど、
俺なりの解釈で共感しました。そして、少し背中を押してもらえた気がします。
ありがとうです。

ちなみに（話がずれていくかな）、俺はこれまで「本気」で「なりふり構わず」
何かに取り組んだことがありません。
不真面目という感じではなく、気恥ずかしいような、
常に妙な理性が働いている感じでした。
1度、「本気の取り組み」ができた時に、
ようやく1段上れるのだろうと思ってます。
「俺の本気」・・・自分でも見たことがありません・・・結構スゴいかもよ？！
理性のリミッターを外し、なりふり構わず取り組めるようになった時、
俺もume.さんのように裸の写真を撮れるようになるのでしょう！・・・？？
・・・？？・・・あれ・・・俺とume.さんのヌード写真集になっちゃう！？！？
俺のユーモアのセンス、どう？・・・そういう意味じゃないよね！
（あらら、自分のブログでつぶやいているようになってる・・・
まぁいいや、ume.さんなら許してくれるでしょう）

Comment : 29 　Nonreyさん

幸せを求める。じゃあどうすればいい？ 何が幸せなのか？
普通に暮らしている空気、その中に知らないうちに
幸せがあるのかなって思っている。
何でかって？ 何か空気が変わってきた時に、なぜか良かった時が懐かしい。

当たり前の生活に隠れた本当の幸せを定義したことは
あまりありませんでした。
人に話す時、もっともらしいことを言葉にして、
今日は良いこと言ったな、なんて思ったりすることは、
結構、私自身多いかも知れない。
もしかしたら感動の言葉をチョイスしてるのかも知れない。
そして、いつも何かを求めている自分がいるのも事実である。
その気持ちの裏返しの言葉かも知れない。
自分の夢に向かって努力はいつもしているつもりである。
でもその目標が幸せをつかむことだとは思えない。
それは俺のメンツとプライドの部分が大半のような気がする。

家に帰って普通の会話があり、笑顔があり、寝顔がある。

そして、みんなで家族の応援をする。
俺はこれだけでいいわ！ 幸せは自分が感じてることだと思う。
「愛されたい」は実は求めるもの！ 何をそんなに求める！
笑顔だけで充分だろってか！
笑顔がないだけで心配になっちゃうよ！ あくまで俺の意見。

Comment : 30　ume.

みにぶーのユーモアのセンス、悪くないネ。モロに、そーゆー意味です！
ume.のヌード写真集まで話が及ぶンなら、だいぶ入ってきてるネ。ヨロシク！

「無選択の気づき」の意味を正確に捉えてる人は、僕も含め、ここにはいません。
これから、できれば１人でも多くの仲間と探っていきたいと思ってるところ。
誰かが入ってきてくれて、コメントもらえると、
もう、それだけで、こんなにも話がふくらむ。
みんなの協力なくしては、進まないし、まとまらない試み！
みんなが入ってき易いように注意して進めていくよ！

Comment : 31　ume.

シュンちゃんの、＞"素直でいる"ことは、スッゴく難しいこと・・・
ハナちゃんの、＞常に感謝の心を持ち続けるのって、簡単なことではない・・・
みにぶーの、＞素の自分を出していなくて・・・
Nonreyの、＞何が幸せなのか？
深く迫っていこうと思う！
ここへ来て、REALITY＝真実在へ、グッと迫っていく焦点が定まってきた。
絶対、面白いモノになる！ みんなにしてもらえる！ 確信した！

Nonreyの置かれてる立場は、大変だよ。
「夢や希望は、罪悪だ」と若い連中には言えないし、言う必要もない。
むしろ、「夢や希望を持って頑張れ」と言うでしょう。それでいい。
でも、今こうして同じ年齢を重ねてきた仲間たちには、
例えば、「夢や希望は、罪悪だ」
「それは、つまり、こういった側面から捉えると、こうナンだ」という話ができる。
人には、成熟がある。成長がある。イヤでも大人になる。

若いままでいていい部分と、若いままでいたら罪悪な部分がある。
人を導くってのは大変だネ。

ところで、このブログ、文字数に制限があって、
携帯では、許容数を突破すると読めなくなっちゃう機種もあるンだよ。
大丈夫かな？　そろそろ更新します。次は、－8だ！

無選択の気づきとユーモアのセンス− 08　　2010・04・30

今後の話題の整理／"否定や肯定を受け付けない" REALITY ＝真実在の追求へ
コメント：miwa、みにぶー、ひとし

ひとしから、以下の８つの質問をもらいました。

① 人間の考え出した、惨めでクダらないモノ、本当の自分を欺くため、
着飾った色んなモノを１つひとつ丹念にはぎ取っていって、
そこに残るモノはナンなのか？　見てみたいと思わない？
　　　— 見てみたいです！ 何が残るんですか？

②無選択の気づきは思考からは生まれない。 思考の本性とは、ナンでしょう？
　　　— 思考の本性って、ナンなんですか？

③僕らは、本当に精神の自由を持っているのか？
　　　— 持っていないってことですよね？
ume. さんにとって、幸せや自由、愛とは何ですか？

④「知識的、技術的蓄積」と「心理的蓄積」
「外的な依存」と「内的な依存」
　　　— これは、どういうことですか？

⑤時間の領域にあるものは全て腐る。
　　　— ume. さんの言う、時間って何ですか？

⑥自己知。
己を知ることこそ、社会の在り方、世界の在り方、
宇宙の在り方 を知ることだと思います。
　　　— 己を知ることが、何で全てを知ることにつながるんですか？

⑦僕らは、ありのままをありのままに見ることは、ほとんどできません。
真の実在をありのままに見ることは、至高の行為です。
　　　— んぅー。・・・どういうことですか？

・あとからの追加で、
⑧ナニもないことこそが、即、創造です。
― ナニもないことって、どういうことですか？

これらを軸にして、話を進めていきたいと思います。
多少、僕がいじって、まとめたり、順序を変えたりして、
まあ、とりあえず目次っぽくして、再度、アップします。

Comment : 1 ume.
ここまでの日記を振り返ってみました。

> 僕らの外側に、僕らにはどうすることもできない力の存在がある。

僕のこの言い草のせいで、話を観念的な方向に導いてしまいました。
軌道修正のために中断してしまい、お付き合い頂いた人には、
申し訳ないことをしてしまいました。スイマセンでした。

これについては、「僕らの理解の範囲を超えてるモノ」と捉えてます。
語ることはできないし、語ったところで、
全部ウソになる類のモノと捉えてます。
言葉では表せないし、思考では捉えられないし、
脳には理解できないと思ってます。
それが、ナンなのか追求することすらできないモノと思ってます。

> 私たちの否定や肯定を受け付けない "なにか"

この、みきるの指摘については、ナニを指してるのか
違ってるかも知れないけど、
これこそ、僕が見たい！と心から強烈に願ってる、REALITY＝真実在です。
真実在、これこそ、真に実在してるモノだから、
肯定とか、否定とか、脳の考え出すモノが入り込む余地はありません。
脳の考え出すモノ一切を否定して、
時間から離れた "目" で、ただ、"見る" 時、真実在が、そこに姿を現してます。

ナニ言ってンだよ、ume.！
おマエがしゃべれば、しゃべるほど、こんがらがっちゃうよ！

Comment：2　miwa さん
ume. さんの日記再開嬉しいです🐱♪ しばらくアップがなかったので、
ちょっと ume. さんのペースを乱しちゃったコメとかで
疲れちゃったかなぁ〜🐱⁉ と心配でしたが・・・
前の 7 でコメするチャンスを伺ってたら、
また携帯のスクロールが終わりのほう、途中で効かないし〜🐱🎤
とにかく、良かった🐱☀

Comment：3　ume.
miwa ちゃん、どうも！ 大丈夫、ゼンゼン疲れてないよ！
僕には、ペースってモノがないみたいナンで、ペースも乱れてないよ！
フツフツと、まとめる意欲が湧いてきてます！

やっぱり？！ 今度は、コメいくつで中断？！

Comment：4　miwa さん
えっとコメ 26 まで読めます〜🐱☀ 27 以降が見られません🐱⭐

Comment：5　みにぶーさん
転記はまだかな？ 転記が終わってからコメント書こうと思ったんだけど、
忙しいのかも知れないから、待たずに書きます。
「無選択の気づき」という意味が 最初よく分からなかったんだ。
－7 でだったか、ひとし君のコメントで、少し分りかけた気もしてきました。
まだピンときてないかも知れないので、質問です。
「"無選択の"気づき」というのは、
「"無意識に"気づく」というのとは違いますか？
多少、似てますか？
"無選択"という言葉自体を俺はあまり使わないし、
あまり聞くこともなかったんで、頭にスム　ズに入ってこなくて・・・

Comment : 6 ume.

この質問にも、最大限の誠意を込めて、お答えしなければなりません。

－2で、便宜上、一応、

> 無選択の気づき＝自己を完全に把握しきった状態。
> クールの最上級が、無選択の気づきです。

としました。また、－7では、

>「無選択の気づき」の意味を正確に捉えてる人は、
> 僕も含め、ここにはいません。

と言ってます。
さて、「"無意識に"気づく」というのとは全く異なります。
思考は、既知のモノから、既知のモノへとしか移動できません。
知らないモノは考えることができません。
無選択の気づきは、思考を超えたところにあるモノです。
思考では、捉えることができない状態ナンで、言葉でも表現できません。
ただ、無選択の気づきの状態への準備段階としては、
多少、言葉にできる状態があると思います。
間違いかも知れませんが。
ベクトルのない気づき＝方向や強弱のない気づきです。
完全に、消極的で、受動的な、並み外れて機敏な注意です。
これが、どういうことなのか？
言葉にできるギリギリのところまで探究していきたいと思ってます。

Comment : 7 ume.

そっか、miwaちゃん！ 転記しときます！ 以下、27～31です。

Comment : 8 ・・・ －7のComment : 27 から、
Comment : 12 ・・・   Comment : 31 までの転記です。

Comment：13　みにぶーさん
俺からの質問ばっかりになっちゃってごめんね。
「気づき」という言葉から俺は「気遣い」という言葉を
ついつい連想しちゃって、混乱してたんだけど、
「他人や他の物などについて」じゃなくて、
「自分自身について」ということだったのかな？

Comment：14　ume.
とことん、突っ込んで下さい！
この試みは、≪皆さんからの質問・疑問が命≫です！！
１つひとつ、一歩一歩、了解を得つつ進めていければなあ、と思ってます！

「他人や他の物などについて」、「自分自身について」、これらを選択しません。
全てです。
ただ、ひとしの質問にもあるように、「自己知、己を知ることが全てを知ること」
という言い草を僕はしてます。
自分自身の構造を知ることが、他者の、あるいは社会の構造を知ること。
と言ってる訳です。
これについて、ゆっくり確認していきたいと思ってます。

Comment：15　ひとしさん
さすがは ume. さん！ 人を惹きつけるお方だ！
聞きたいことを目次にして頂き、ありがとうございます！
俺も、知りたい！ が詰まっている内容なので、
目の離せない話題になりますね！
うー！ 興奮するー！

Comment：16　ume.
ひとしのお陰で突破口が開けました。ありがとう！
僕が、人を惹きつけているのではありません。僕が、人に魅せられているのです。

Comment：17　ひとしさん
うぉー！ カックいぃー！！

Comment：18　ume.

キマった！

Comment：19　ume.

>" 無選択 " という言葉自体を俺はあまり使わないし、
> あまり聞くこともなかったんで、頭にスムーズに入ってこなくて・・・

それと、コメント 5、このみにぶーの指摘、
僕らは、新しい言葉を探し出す、あるいは発明する必要があります。
以前にも言いましたが、言葉は、ある真実在の一部を切り取った " 象徴 " です。
言葉では、決して、そのモノ自体を表現できません。言葉に思考は限定されます。
思考を限定されない、僕らだけの秘密の約束の結晶としての言葉！
その言葉を交わした瞬間、過激に、破壊的に、暴力的に作用するような、
僕らだけの秘密の言語！
当然、それは、スグに使い古されちゃうンだけどネ。まあ、言葉遊びかな？

無選択の気づきとユーモアのセンス－09

2010-05-02

今後の話題／思考について／大人って？ 成長って？
コメント：みきる、雪ぼうず、みにぶー、うっしー、Nonrey、ひとし

ひとしからもらった貴重な質問を、今後、話を進め易いように、
以下のようにまとめてみました。
まとめたと言っても、まとまりませんでした。
特に、目次の役割にはなりそうもありません。
それぞれ、関連が強いので、話し始めると、
だいぶ前後に飛ぶような気がします。
これから、こんなことを話していくンだな、と思って頂くモノ、って感じです。

① 思考について
② 時間について
③ 心理的蓄積、内的依存
④ 恐怖、不安
⑤ 幸せ、自由、愛
⑥ 学ぶということ、己を知るということ、関係、理解
⑦ ありのままをありのままに、ただ見る
⑧ 自我の終焉

いづれにしても、ここまで来られました。
お付き合いをしてくれた方々に感謝！
ここからは、先を急がず、ゆっくり、ジックリ進めます。

さて、思考について考えてみたいと思います。
僕にとって、とても印象的だったＣＭについて。着物のＣＭだったと思います。
和服で着飾ったお母さんに、子供が、「今日は、特別な日？」って聞きます。
すると、お母さんが、「特別じゃない日ナンてないのよ。」って！！
ん？ありゃ？ 思考について、とは関係ありませんでした。

もうひとつ印象的なＣＭを見つけました。それについて。

Comment：1　ume.

ナンのＣＭだったかは判りませんが、
人気の妻夫木クン、なぜか、ロックンロール・ブルースマン、あの"チャー"、
(チャーは、Nonreyが、よく歌ってます。僕も得意)
そして、歌舞伎の中村勘三郎さんの出るヤツ。

妻夫木クンが、「大人ってナンですか？」みたいな質問をする。
チャーが、「大人っていいぞぉ～」みたいに応える。
勘三郎さん、
「考えたって答えナンて出やしねぇさ。
答えが出たとしたら、そんなの、ろくなモンじゃないンだよ。」
みたいなやり取り。

このやり取りをどう思いますか？　また、大人ってナンですか？
和服のＣＭについても、ナニかコメント頂けると嬉しいです。

Comment：2　みきるさん

ume.さん、ニューヨークから帰ってきました。
まだ時差ボケで、頭の回転がトンでもなく鈍いのですが、
久しぶりに覗いたこの日記のやり取りがスゴく刺激的なので、ちょっとだけ。
チャーは私大好きなので、そのＣＭを１度だけ見たのはよく覚えてるけど、
そんなクールなやり取りだったのね～
大人って、自分の価値観で自然に行動できて、
自分も他人をも楽しませることができるってことかな。
みんなの幸せという、ただひとつの目標のためには、
かなり自由自在な発想と行動力が必要だよね。
そろそろ日本にもそういう人が出てきて、政権取ってもらいたいな。

Comment：3　雪ぼうずさん

おう！？ みきる―久しぶり＆お帰り！
ってニューヨーク！？　あーっ行ってみたい。
そして思いっきりオノボリさんしたい！！
ume.さんのお題全体で考えるとなかなかコメント控えちゃうんだけど、

その中に何か今回のような「大人ってナンですか？」
みたいなポイント投げかけががあると入り易い。

大人って？　そう、こう投げかけられて初めて考える。
日常では大人だと無意識に自覚している。
でも「大人って何？」深く考えたことはない。
まさに ume. さんの言う「自己知」・・・簡単に使っちゃってごめんね。
己をどれだけ分かっているか、知っているか、
ということではないかと思います。
うまく説明できないけど。
大人になれば自分の力量・器量・身の丈というようなものが自覚できて、
生き方や人との付き合い方にもバランス良く適応・対応できるべき。
背伸びをしたり、人と比較したり、世間がどうだからとか、いい年だからとか、
自分を見失うような生き方は疲れるし、本当の自分ではないし、
大人という仮の姿をしているだけで本質は違うのではと思う。
（ちょっと過激かな？）
そう言ってる自分はまだまだ小僧なんだけど。
このコメントは自分への言い聞かせでもあるのでお許し下さい。

俺は 46 年間振り返ると色んなことを経験させてもらい、
その都度成長させてもらい、
今の自分がいることにスゴく"感謝"しています。
そしてその経験もマイナスなことも確かにたくさんあったけど、
"時間"（気持ちの上での）を絶対に戻すことはなかったし
無駄にしてこなかった。
だから今の自分の中にたいていのことではヘコタレナイ「生き力」は
身についてると自負しています。
ume. さんこれって「自己知」のひとつ？

"感謝"、"時間"、出てきたねーこのお題も後々ゆっくりと・・・
issei この日記見てたらコメントしてみて。issei の生き様、興味あるんだけど。

Comment : 4　ume.

１年半くらい続いた絶好調期が終わってて、このところ、足腰がガクガクぎみ。
京小・滝小不定期戦は、いつも思いっきりやって、
クタクタになっちゃうんだけど、今は、思いっきりできない状態。
身体は、疲れてないけど、ヒザがガクガク。

不定期戦も、このところ女子サポーターが増えて、
ホント、嬉しい！来てくれて、ありがとネ！
今、打ち上げが終わって、２次会のアールから帰宅しました。
尚ちゃんの奥さんも来てくれて、打ち上げがから参加のブルちゃんは、
ウェディング・ケーキを差し入れ！ナンて、イキな計らい！
ホンット、素晴らしい仲間たち！今日も、また、楽しかったよ。
今日は、酔っ払ってます！また、明日！

Comment : 5　みにぶーさん

どうも。疲れの蓄積と睡眠不足で、不定期戦開始早々（開始前からかな）
腰にきてしまい動けませんでした・・・

さて、今回の目次の整理で俺にも分りやすい（イメージしやすい）
言葉ばかりになって、考え易くなりました。
それぞれ大きな・意味も広範囲な（？）言葉ばかりだけど、
言葉自体は自分もよく使うような、また、よく聞くようなものなので考え易く、
入り込み易くなりました。
（入ったあとは、広く・深そうな言葉ばかりだけどネ）

「思考」・・・面白いな、逆説的だな、と思うのは、
何かを探して、何かを追求しようとして、「思考」したりするけど、
何かを見つけたり、何かが分かった時には、
それは「思考」の延長線上には、なかったものだったりして、
「ひらめき」っぽいものだったりすることがあると思います。
あれこれ「思考」したことと、少し次元の違うところに、
（直接には「思考」が役に立たなかったかのように）
答えのような結論のようなものが、あったりして・・・

「ひらめいた」答えは、「思考」の延長線上にはなかったので、
「思考」が無意味だったような気もするんだけど、
でも、ただただ「ひらめく」のを待っていても、ひらめけなかったりして。
結局、「思考」の先に答えはないかも知れないけど、
「ひらめく」ためのキッカケ作りのような意味合いで、
やっぱり「思考」は必要だったのかな、
なんて思うことがあります。
答えを求めず、素直に「思考」していると、「ひらめく」ことがある、
ということかな？

Comment：6　みにぶーさん
サッカーとかスポーツでも似たことが言えると思うんだよね。
「こういう時は、こうだから、こうすればいい」ということで、その練習をする。
「考えて」「練習」あるいは「訓練」をする。
それができると、一流かも知れないけど、
考え通りにできても、考えてやっている間は、たぶん、そこまで止まり。
考えずに「感じて」動けるようになった時が、超一流なんだと思うんだよね。
だからと言って、「考えて」「練習」している間は、まだダメ！と、
ただ「ひらめく」のを待っていても始まらない。
「考えて」「練習」しているうちに、ある時、フッと「ひらめいて」
「感じたまま動ける」ようになる。
そんな感じじゃないかな・・・？（二流選手の俺には分からない世界だけど）

ume.さんの追及したい「思考」とは、別の話かも知れないけど、
そんなことを思ったので語りました。

Comment：7　うっしーさん
ume.さんへ
1日早いようだけど、誕生日っ！おめ〜〜っ！
よっしゃ　＼(＾o＾)／バンザーイ

Comment：8　ume.
おお！うっしークン！久々の登場ありがとう！

「幸せな入院」だっけ？ 入院中の日記以来だネ。誕生日メッセージありがとう！
これからも、相変わらず好き勝手やっちゃうンだろうけど、
どうぞ、また、遊んで下さいな！

Comment：9　ume.

みきる、お帰りなさい。
だいぶ長く、ニューヨークにいたようだけど、どのくらいいたの？
再開した日記、刺激的なモノにしていけたら嬉しいです！
みきるも、チャー好き！ やっぱり趣味合うネ！

> そろそろ日本にもそういう人が出てきて、政権取ってもらいたいな。

僕は、政治には、ナンの期待もしてないし、
ナニも求めてないので、誰が政権取るかは関心ないンだよ。
いつも、関心と興味大ありなのは、僕と"あなた"の関係について。
目の前のモノからの問いかけ、それに対する反応。
問いかけと反応の積み重ねによってでき上がる関係。
僕と、"非・僕"との関係です！ これについて、突っ込んでいけたらと思います。
うまくいくか、どうか？

Comment：10　ume.

シュンちゃん、先ほどは、どうも。
いよいよ花咲も春だネ！ 緑の芝生が僕らを呼んでるぜ！

> 己をどれだけ分かっているか、知っているか、
> ということではないかと思います。

うん。大人は、自分が子供だと知っていて、子供は、自分が子供だと知らない。
これは言えてると思います。

> 背伸びをしたり、人と比較したり、世間がどうだからとか、いい年だからとか、
> 自分を見失うような生き方は疲れるし、本当の自分ではないし、
> 大人という仮の姿をしているだけで本質は違うのではと思う。

> (ちょっと過激かな？)

過激にいきましょう！ ガンガン過激に突っ込んで、思いを吐き出して！
「自己知」だよネ。初めの頃に言ってた、自己の把握度が高い、クールってヤツ。

> 自分の力量・器量・身の丈というようなものの自覚・・・

そして、自分の反応の傾向を知る。
さらに、突っ込んで、全ての動機を突き止めていければと思います。

Comment：11　ume.
みにぶー、分析的な視点！！ だいたいのことをよく知らない僕にとって、
今やろうとしてることを科学的に、分析的に進めようってのは、
容易なことじゃないンだ！ぜひ、その突っ込みをお願いします！

「思考」と、その先にあるモノという点において、まさに、その通りの指摘です。
ユーモアのセンスについての、ひとしとのやり取りで、
「切羽詰った時に、どこからともなく面白いアイディアがひらめく」、
みたいな話が出ました。
セールスの最前線で悪戦苦闘してると、その感覚はよく解るンです。
みにぶーも言ってた、

> 本気の取り組みができた時に、ようやく1段上れるのだろうと思ってます。

いわゆる成功者は、数字の出し方がハンパじゃない。
平均より3割増しとか5割増しとかじゃなく、
2倍、3倍、それ以上の数字を叩き出す。
それは、完全に、理論的な範囲ではなくなってます。
対象と同化した時の"相乗効果"。いわゆる奇跡的な結果！
それは、味わうべき快感です！
これは、間違いなく、思考に思考を重ねた果てに訪れる、
「ひらめき」の範疇だと思います。
発明ナンかも、そういったことナンだなと思います。

でも、まあ、ビジネスで成功するってことは、ここではどうでもいいことナンで、
なにがしかの結果を得ようと努力するという方向性があるモノじゃなく、
ただ、思考するってことはどういうことナンだろう？
これを考えてみたいと思います。

Comment：12　Nonreyさん
試合、そして夜の部、お世話になりました。
みんなの前になると、昔のままの自分をさらけ出し、
ちっとも成長のない自分が逆にオモシロイ。
自己知って俺にとってスンゴい変化がない。
小学校の頃からずっとこんなところを直さなければって思ってたけど、
大切な時いつも外しちゃう自分がいる。
まあ、俺の特徴かな、なんて、開き直っちまうのも良いかも知れない。
よく成長したとか、自分のこと言える人もいますが、全くそんな気になれない。

> 背伸びをしたり、人と比較したり、世間がどうだからとか、いい年だからとか
> 自分を見失うような生き方は疲れるし、本当の自分ではないし、
> 大人という仮の姿をしているだけで本質は違うのではと思う。

Comment：13　ume.
ん？ Nonrey！ これは、まだ途中でミス投稿？ これでいいの？
お互いパソコンに向き合ってるところかも知れないので、
まず、みにぶーのコメントについて、話を進めときます。

サッカーの話も面白いネ。その通りだと思うよ。
考えることが必要ないとか、ムダだっていうことは絶対ないよネ。
ただ、考えて得た結果、サッカーなら勝利、ビジネスなら大きな利益、
それへの過程が大変であるほど、苦労した結果であるほど、
僕らは、間違いなく、そのことに執着するネ？
やって、終わって、終わらせることは、マズできない。
ナニが、そうさせるンだろう？ これは、もうちょっと先だネ。

今はマズ、思考って？ 思考の本性は？ を見てみたい。

そこで、問いかけです。思考の傾向って、どこから来る？
あなたの思考に傾向はありますか？ それは、なぜ、そうなンですか？

Comment：14　Nonreyさん
続き！ コメント12でｕｍｅ.の書いた言葉をコピーさせてもらいましたが、
いいこと書いてますね。
でも、成長って何だろうって言われると、
捉え方によってはそれを本質としなければならないこともたくさんある。
俺はそういったことばっかりになるのがイヤで
大人に対して抵抗しまくっていました。
でもバランス感覚が大切だよね。
死んでも負けたくねえって、いつも心に刻まれているの事実だし！

自分の発言の影響力にたまにハッとすることがある。

Comment：15　ume.
Nonrey、あれは、僕の言葉じゃないよ。シュンちゃんの！

そうだネ。成長ってナンなんだろうネ？
成長と言うからには、なにがしかのモノサシが必要です。
僕は、このヤッカイなモノサシを持たないことがカッコいいと思ってるので、
確かに成長という言葉には、抵抗を感じます。
残念なことに、僕は、ナンの成長もしてません。
正社員として採用された会社を7社辞めてれば、
だいたい、まともな大人だとは思ってもらえません。
今の生業は、奇跡的に12年目に入ってますが、
それまでは、18ヵ月の法則ってのがあって、
だいたいのことが、18ヵ月で飽きちゃいました。
それに今、ビジネス的には、ダラダラです。
そういった意味では、ビジネス的にバリバリやってた頃と比べたら、
明らかに、？ん？ 成長の反対はナンだ？ 明らかに、悪くなってます。
・・・笑い飛ばしてます！

Nonreyのような影響力のある立場、実績、人格、
これは、特に、影響を受け易い立場にいる人にとっては、
一発で人生を変えかねない。
ホントは、一発で人生が変わるナンて、あり得ないンだけど、
影響を受けた本人が、あれがキッカケと思いたがるからネ。
ホント、大変だと思うよ。

Nonrey、死んでも負けたくねえって、いつも心に刻まれてるのは、ナンで？
自己知に、いづれ深く入っていきましょう。
中断前に、もらったコメントの中に、深く入っていきたい話があった。
Nonreyの個としての自己知、そして、人間共通の自己知。
待った！ここでは自己知に入っていくのではなく、思考について！

Comment：16　ume.
> 成長って何だろうって言われると、
> 捉え方によってはそれを本質としなければならないこともたくさんある。

Nonrey、これ、もうちょっと説明して下さい。
具体的な例もあると解り易くて嬉しい。

Comment：17　Nonreyさん
ちゃんと説明します。でも、本日は体力の限界に達し、寝なければなりません。
成長には大きく分けて2種類に分類される。
そのうちのひとつが俺にとってのキモだ。
寝ます。のちにジックリと！

Comment：18　ume.
成長を2種類に分類！そのうちのひとつは、Nonreyのキモ！楽しみ！

Comment：19　ひとしさん
ume.さん、高南53の皆さん！先日は、大変お疲れ様でした！
たくさんの応援の方もいて、ビックリ！
こんなに素敵なつながりに、感動しました！

次回は、アラフォーカップでしょうか？楽しみにしています！
そして、キマシタ！これ知りたい！

> あなたの思考に傾向はありますか？それは、なぜ、そうなるンですか？

これは、どんな時に考えていますか？と、捉えたのですが、あってますかね？
やっぱり、解らない時に考える！理解をしたいから！・・・単純過ぎるかな？
この問いかけは難しいですね！
何かを見ただけでも、思考しているだろうし、
自分の知らないことが、目の前に起こった時とかは考えていますよね？

Comment：20　ume.

ひとし、不定期戦、なおチャンのビッグ・サプライズもあって、
とても盛り上がったネ！
サンキュー！次は、アラフォー・カップ！ヨロシクどうぞ！

ああ、そうか、問いかけが、解りづらかったかな？
思考の傾向、悪いほうに考えがちとか、いいほうに考えがちとかです。
同じモノ、同じことを見たり聞いたりしても、人それぞれ受け止め方が違うネ？
素直に受け止めるほうとか、ヒネクレた受け止め方をするほうとか。

ひとしの、どんな時に考えてるか？これについては、"いつでも"だネ？
僕らは、意識的に思考しなくても、いつでも思考してます。
あらゆる人・モノ・こと・が、－あらゆる情報が－
引っきりなしに脳に問いかけてきます。脳に刺激が伝達されます。
そのたびに、僕らは、ナンらかの反応をしてる訳です。
自分で認知してる反応か、そうでないかに関わらず。
僕らの脳は、この問いかけ(刺激)と反応を四六時中、繰り返してる訳です。
果たして、僕らは、この自分の反応に、
どれほど、無選択に気づけるようになるのでしょうか？

Comment：21　ひとしさん

いつでも思考してますね！

でも、なぜ、無選択に気づけるようになることが必要なんですか？

Comment：22　ume.
ひとし！ それらへの無選択の気づきこそ、僕が、これを書き始めたキッカケ、軽やかな"生"に直結するモノだからです！

無選択の気づきとユーモアのセンス－10　　2010-05-07

思考の傾向／理想？ なりたい自分？／心理的蓄積＝エゴの強化
コメント：ハナ、みにぶー、ひとし、Nonrey

携帯スクロールの都合上、コメント 20 を超えたら更新していきます。

① 思考について
② 時間について
③ 心理的蓄積、内的依存
④ 恐怖、不安
⑤ 幸せ、自由、愛
⑥ 学ぶということ、己を知るということ、関係、理解
⑦ ありのままをありのままに、ただ見る
⑧ 自我の終焉

のうち、①思考について、
皆さんと、あーでもない、こーでもないと、
やり合っていきたいなと思ってるところ。
成長についての Nonrey からのコメント待ち。
Nonrey、プレッシャーに感じないでネ！ ヒマな時に、ヨロシク！

そんな訳で、僕からの問いかけ、
「あなたの思考に傾向はありますか？ それは、なぜ、そうなるンですか？」
を進めると同時に、「成長って、ナンだろう？」これについても、ご意見下さい！
特に「成長って？」については、あまり考えたことがないンで、
僕のほうから、こうナンじゃないンですか？ みたいな、
誘導尋問的な進め方もありません。
ホント、好きなこと言って下さい、聞かせて下さい！

Comment：1　ハナさん

> あなたの思考に傾向はありますか？ それは、なぜ、そうなるンですか？

私は、悪いほうに考えがちです。

素直に受け止めて、失敗をした経験があるから、
ヒネクレた受け止め方をするほうだと思います。
同じもの、同じことを見たり聞いたりしても、
人それぞれ受け止め方が違うのは、
人それぞれ、過去の記憶や経験が違っているからだと思います。
－９、コメント２０、

> 僕らは、意識的に思考しなくても、いつでも思考しています。

確かにそう言えば、そうですね。
－９、コメント２０、

> 果たして僕らはこの自分の反応に、
> どれほど、無選択に気づけるようになるのでしょうか？

－８のコメント５で、みにぶーさんが質問していたように、
私も最初、「無選択」とは「無意識」という意味なのかと思ったのですが、
－８のコメント６で ume. さんが否定してますね。
無選択の気づきに近い状態を
「完全に、消極的で、受動的な、並み外れて機敏な注意」と答えていますが、
「並み外れて機敏な注意」とは、どういうことですか？

Comment : 2　ume.

ハナちゃん、助け舟！ 話を進められて嬉しいです！

> 同じもの、同じことを見たり聞いたりしても、
> 人それぞれ受け止め方が違うのは、
> 人それぞれ過去の記憶や経験が違っているからだと思います。

まさに、その通りだネ！ そして、ハナちゃんの場合は、
失敗の経験から学んだ訳だネ。
さらに、突っ込んでいきたい話です！
－２で、オーナー NEGI が、

尊敬するシェフのエピソードを披露してくれました。
ひとつの言葉に、いく通りもの意味があるって話。
オーナーは、社運のかかった部門に配属され、今まさに、大忙し！
入って来られないだろうなぁ・・・。
あの話も、この思考の傾向と同じ理由によるだろうネ。

ハナちゃんの「過去の記憶や経験」にもう少し踏み込んでいきたいと思います。
ちょっと、待ってネ。

＞－９　コメント２０、

＞＞　僕らは、意識的に思考しなくても、いつでも思考しています。

＞　確かにそう言えば、そうですね。

僕は、脳科学には、と言うか、だいたいのことに詳しくないンで、
自分の経験上の話ですが、脳は、ほとんど休んでないようです。
脳が"静まる"といったことは、ほとんどないように思われます。どうかな？
引っきりなしに、脳は「過去の記憶や経験」を蓄積してるように思われます。
そして、それを教訓にして、次のケースに対応しようとしますネ。
臆病になったり、注意深くなったり、大胆になったり、自信を持ったり。
どうでしょう？

ハナちゃんに重要な質問をもらい、重要な投げかけをもらいました。
「過去の記憶や経験」について、進め方を考えて、また、コメントします。

Comment：3　ume.
＞「並み外れて機敏な注意」とは、どういうことですか？

そしてこの「並み外れて機敏な注意」、これこそ、決定的キーワードなんです！
それが発展し、行き着く先に"無選択の気づき"があると思われます。
そして、それが、このブログを始めた命題、
「どの時代でも、どんな状況にあっても、軽やかに生き抜いていく」、

このことに直結します！

実は・・・、僕にも、よく解らないンです。解るハズもないンです。
思考を超えたところに「無選択の気づき」はあると、
みにぶーの質問にも答えてます。
便宜上、そう言いましたが、思考を超えてると言う以上、
思考を超えたところにあるとも言えるハズがない訳です。
言葉では、決して表現できない、
思考では決して捉えることのできない状態？領域？です。
「解った」とは、決して言えない領域です。ますます、？？？ですネ。
しかし、まとめていきます！進め方を考えて、また、コメントします！

「あなたの思考に傾向はありますか？ それは、なぜ、そうなるンですか？」
「成長って、ナンだろう？」
このふたつについては、コメントあれば、ヨロシクどうぞ！

Comment：4　みにぶーさん

＞あなたの思考に傾向はありますか？ それは、なぜ、そうなるンですか？

・・・これについては、ハナちゃんと同じで、
人それぞれ受け止め方が違うのは、
人それぞれ過去の記憶や経験が違っているからだと思います。
少し自分の話をすると、
俺は、その時々により（精神状態により）
プラス思考の場合とマイナス思考の場合とあると思います。
それは多かれ少なかれ大半の人がそうかな？
ただ、基本的には割りと素直に考える（受け止める）
ほうだったと思います。（過去形）
でも、それは"洗脳され易い"のだと思いました。
俺は日本の教育（文部省の価値観？）に洗脳されていたようだ、
とある時思いました。
骨抜きの・優等生の・もやしっ子にされようとしていた、と思いました。
（ume.さんの進めたい方向と違った話かも？ 失礼！）

そう思ったキッカケのひとつは、高校の時の東大出の英語のＦ先生でした。
入学後１～２ヵ月経った頃だったでしょうか、
出席確認で皆を一通り見渡して・・・
「おマエらはバカか！ こんないい天気に全員出席か？！
サボる奴は１人もいないのか？！ しょうがない、授業をするか・・・」
と言いました。
半分ジョークでしょうが、後頭部をハンマーで殴られた気がしました。
無意識に「優等生にならなくては」と思っていた自分がヒックリ返されました。
しかも、それが真理のような気もしました。

Comment：5　みにぶーさん
また、その先生はある時こんなことも言いました。
（ume.さんには挑戦的な話になるかな？）
「おマエら、本は読め！ 優秀な人・考えに出会えるぞ！
本でも読まなきゃ、優れた人には、なかなか出会えないだろう！
回りを見てみろ、ろくな者はいないだろう！ 親も然り！
偉そうなことを言ったって、どうせおマエらの親なんか、
ろくなモンじゃねえだろう！
優れた人間が、そうそうそのへんにいるわけはない！・・・」
またまた、衝撃でした。
正しい（？正当な？）教育は、
「親には尊敬・感謝しなさい」「そうでない者はダメ人間です」
といった感じではないでしょうか・・・
そして、そんなきれいごとに、ほんろうされていた気がします。
「そうだ！ そうなんだ！ 親なんてろくなモンじゃねぇ！」
と認められた時に、楽になりました。
それまでは、「親を敬えなければいけない！ でも・・・」
と悶々としたものがありました。
それが、「ろくなモンじゃねぇ」とハッキリ意識した時に、スッキリしました。
そして、「あんなろくでもねぇ者が、曲がりなりにも、俺を養ってきた・・・」
と思った時に、
むしろ「なかなかやるじゃん！」「偉い偉い！」と思えたのです。
そんなこともあり、

変な洗脳をされてしまわないようにも、ありのままを見極められるためにも、
"まず、疑ってみる！"、"逆は真でないか？"
と考えるようにしようと思いました。
素直に受け止められるためにも、ヒネクレた見方も必要ではないか？！
と思いました。

何が言いたいのか、分からなくなってきました・・・軽く流して下さい。
それにしちゃ、長過ぎたか？！ 話もそれちゃったようです、失礼。

Comment：6 ume.

みにぶー、忙しいところ、ありがとう！ 僕の、唯一の進めたい方向は、
「皆さんに入ってきてもらう」、「多くの視点、意見を言ってもらう」、これです！
もう、眠くて眠くてしょーないので、お風呂に入ります。続きは、また明日！
ありがとう、ホンット！

Comment：7 ume.

みにぶー、興味深い話、ありがとう！
東大卒の英語のＦ先生、教わってないなあ、残念！ 昔は、楽しい教師もいたネ！
高等教育の、ひとつの重要な意義に、"視野を広げる"も入るでしょう。
今は、どうナンだろうネ？
Ｆ先生みたいに、面白い視点を投げかけると、父兄からクレームが出たりネ？
Ｆ先生の真意がどこにあるのか？ 突き止めて特定する必要はないけど、
こーナンじゃない？ ああ、そうか、でも、こーナンじゃない？
って、あれこれ探ってみるのは面白いよネ？

「ろくなモンじゃねぇ」出た！
思考について、を考えようってンで、僕が出したお題、
勘三郎さんの「答えナンて、ろくなモンじゃないンだよ」
そして、Ｆ先生は、親ナンて、ろくなモンじゃねぇ、と言って、
優秀な人・考えに出会うために、本を読め！ と。
実は、僕は、ナニも言われなかった父から、唯一、言われてたことが、
「本を読め」！
読まなかったなあ。言われたことはできなかった。

大人になって、必要に駆られたってこともあって、
割りと本を読むようになりました。
でも、小さい頃からの読書習慣がないので、読むのが遅いンだよ。
そんなことは、どうでもいいンだけど。
さて、多少、本を読むようになって、
「世の中の構造＝人の心の構造」も、多少、解りつつあり、
Ｆ先生の言う、優秀な人・考えにも触れ、感想は、
「解ったようなこと書いてある本、優秀な考え、優秀な人、
みんな、ろくなモンじゃねぇ！」
ふふふ・・・、思いきり反論が欲しいところですが・・・。
みんな、ろくなモンじゃねぇとしたら、
ろくなモンは、一体全体、どこにあるンでしょうか？

Comment：8　ひとしさん

いやっほー！ 入ります！ 人それぞれの、思考の傾向があると、
会話をする時などで、どう捉えているんだろって、
ちょっと気になっちゃいますね。
好きな人には、なおのことですね！ そして！

> ろくなモンは、一体全体、どこにあるンでしょうか？

これは、自分の理想？ なりたい自分が「ろくなモン」と
なっているんではないんでしょうか？
なかなか、なれない自分がいるのですが。

> 成長って、ナンだろう？

が、人間として発達したとか、自分の理想に近づけると、成長した！って、
思えるとか！

Comment：9　ume.

理想！ なりたい自分！
うーん・・・、ここで、また、ヒンシュクを買いそうな、

過激発言をしなきゃか・・・。
実際には、どこにもなくて、脳の中にだけあるモノ、
それが、REALITY＝真実在を見る目を腐らせます。
REALITY＝真実在を見ることができる時、
理想ナンてモノを追い求めてるヒマはなくなります。
理想ナンてモノに逃げ込む弱さは要らなくなります。

Comment：10　ひとしさん

厳しいー！ なにか、とてつもないところの話になってきてますね！
理想や、なりたい自分が、

> 実際には、どこにもなくて、脳の中にだけあるモノ、

としても、なぜ、

> 理想ナンてモノを追い求めてるヒマはなくなります。
> 理想ナンてモノに逃げ込む弱さは要らなくなります。

というようになるんでしょうか？
理想も、ろくでもないというと、その脳の中にだけあるモノもろくでもないと？

Comment：11　ume.

その通りです。僕の言い草"全否定"。
何度か、サラッと書いてますが、"脳の中にだけあるモノ"、
これが全否定されるべきモノです。
さあ、うまく伝えられるかどうか？
多少、言葉を選ぶなら、"脳に蓄積されたモノ"は全否定されるべき。
① 思考について、を進めてますが、
ハナちゃんの「過去の経験や記憶」をよ〜く見ていくため、
② 時間について
③ 心理的蓄積、内的依存
も併せて進めていく必要がありそうです。

理想とは、ナンなんでしょう？ 理想＝脳に蓄積されたモノ？
この言い草には、かなり抵抗があるように思われますが、いかがでしょう？
少なくとも、僕は、数年前まで、"蒼い理想主義者"でした。
達成可能と思われる夢や希望を持ち続ける！
これが、心の安定に欠かせないと思ってました。
ところが、どうでしょう？
僕は、単に、少しばかり幸運だったに過ぎないンです。
そう簡単に、達成可能と思われる夢や希望を持ち続けられますか？

Comment：12　ume．

＞ume．さんには挑戦的な話になるかな？

それと、みにぶー、ここのところで、
「親も、ろくなモンじゃねぇ」って思うことから、
「なかなか、やるじゃん」って思えるようになったって話。
いい話だよネ。まんまと、F先生のワナにはまったのかもネ？
これへの回答として、
「父に言われたことは、本を読め！ だけだった。読まなかった。
言われたことはできなかった」
これだけで片づけましたが、
この回答の強い思いは、たぶん伝わってないと思うので、
やっぱり説明を加えときます。
僕は、親孝行ナンて、考えたこともありませんでした。
ただ、父と僕は、"個"として悪くない関係にあったンだと思われます。
親孝行は尊い、という考え方を否定する人は少ないと思います。
僕も、親孝行の"行為"は最も尊いと思います。
でも、親孝行が頭の中にあるモノだったら、
そんなモン、ろくなモンじゃねぇのは明らかです。

Comment：13　Nonreyさん

「ろくなモンじゃねぇ」って！ いきます。
学んだもので武装する。本当に自分はそれでいいのか？
そんなことにスッカリ錯覚を起こし、苦しくなっていないか？

本当は違うだろ！
本当はもっと自分にとって、シックリしたスタンスがあるだろ！
最近なぜか、こんなことを思うことが多い！
周りが、認めてくれるだろうと思うことを、ワザワザ選び言動すること。
私はだんだんズレてきちゃうんだよね！
簡単に言えば「ろくなモンじゃねぇ」かな！
もっと、今起きていることを大切にしたい。もっと簡単に目の前にあること！

「成長ってナンだろう？」
申し訳ないが、俺には理想に近づいたなんてことは簡単には起きない。
自分の心にある、クダらない拘りを、サラリと流せるようになることが
俺にとっての成長かな！
でも、いつも全ての場面で勝気な性格が顔を覗かせ、苦しくしちゃうんだよね！
だから、ちっとも変わんない！

Comment : 14　ume.

Nonrey、お疲れさん。
今まで、ほうたま、まーぼー、けんぼっき、3の3仲良し＝腐れ縁4人組で
飲んでました。4人だけは、久々！
やっぱり、Nonrey！
Nonreyには、無選択の気づきに関する一切のことが伝わる気がします。

> 学んだもので武装する。本当に自分はそれでいいのか？

これから話していきたいことの中に、
⑥ 学ぶということ、己を知るということ、関係、理解
という項目もありますが、学ぶということ！
解り易い例として、受験勉強。
一生懸命、知識を蓄積して、その蓄積した知識を武器に試験と戦う。
この受験勉強は、学ぶということではありません。
学ぶということは、瞬時のモノで、ナニか、セッセと溜め込み、
それをあとで使うというのは、
決して、学んでいるということではありません。

まさに、Nonreyが言うように、そんなモン、ろくなモンじゃねぇ！

> 自分の心にある、クダらない拘りをサラリと流せるようになることが
> 俺にとっての成長かな！

至言です！ 全く、同感！
ナニかを蓄積していくということの中に、決して成長はありません。
蓄積したモノは、全て、腐ります。腐らないモノは、瞬時のモノだけです。

Nonreyには、完全に伝わってる！
また、「大丈夫、多くは誤解されても、必ず、伝わる部分もある！」
って自信を深めることができました！
１つひとつ、キッチリ進めていくよ！
"もっと、今起きていることを大切に"！！　by Nonrey

Comment：15　ハナさん
つまり、「思考」とは、過去の記憶の蓄積でしかなく、
その蓄積の中に、成長はないんですね。
＜脳は、ほとんど休んでいない＞ということは、
人は、意識しているか否かに関わらず、常に、絶えず何かを思考していて、
その思考とは、結局は、自分の欲望を満たすためのもの。
だから、思考したものは、
全て＜ろくなモンじゃねぇ＞ってことなんでしょうか（？）
（書いているうちに、自分が何が書きたかったのか、
よく分からなくなってしまいました・・・）

Comment：16　ume.
ハナちゃん、その通りです！

> その思考とは、結局は、自分の欲望を満たすためのもの。

このハナちゃんの指摘は、完璧な洞察です。
この先、思考の各レベルをさらによ〜く見ていきましょう。

③心理的蓄積、内的依存
これについて、進めてみたいところです。
思考という行為自体は、瞬時の思考は、尊いモノと思います。
しかし、それらは心理的な蓄積を作り出します。
この心理的な蓄積は、間違いなく有害です！ この有害なモノを全否定する！

これから、シニアリーグの開幕戦に行ってきます！ また、のちほど！

Comment：17　ひとしさん
お疲れ様です！ 前にも聞いた、気になる言葉として

> ③心理的蓄積、内的依存

心理的な蓄積を、もうちょっと分かり易く説明して頂けますか？
思い出とか、積み重ねた経験とかという感じでしょうか？
その中の、良かった思い出や経験に依存しているということでしょうか？

Comment：18　ume.
思考について、話を進めてます。
思い、考える。考えるってのは、あんまり瞬時のモノってことがないのかなあ？
思うってのは、瞬時のことも多いよネ？
愛しく思うとか、嬉しく思うとか、その瞬時、瞬間に思うことって、
結構ありますネ。
まあ、どちらにしても思考です。
思考自体が有害なモノである訳はないですネ。
そーゆーことを言ってるンじゃありません。
ひとしの質問、

> 心理的な蓄積を、もうちょっと分かり易く説明して頂けますか？

これについて、ちゃんと話しておきましょう。
ただ、今日は、シニアリーグの開幕戦。１対１の引き分けでした。
クタクタ。もう眠りたい。

結果は、勝ち点1だったけど、このシーズンを占う意味で、
かなり手応えのあったゲーム。
チームとして機能し、気持ちがひとつにまとまる兆しがありました。

さて、僕は今日、いい試合に、だいぶ気分がいい。
一生懸命やって、やった結果がどうであれ、結果を受け入れて終わる。
この繰り返しです。
果たして、この、"やって、終わる"ということ、
簡単にできることじゃないですネ？
誰でも、多かれ少なかれ、今日、頑張った"私"を評価してもらいたいと思う。
サッカーをやってる私、頑張った私、体調がいい私、
みんなから必要とされてる私、
あるいは、誰も認めてくれない私、・・・こんなに一生懸命やってるのに・・・。
人は、ナニかをやればやっただけ、"私"を強化していきます。
エゴ＝自我が強化されていきます。
それは、意識できる範囲でも、無意識にでも、ほぼ間違いなく、
エゴイズムにつながっていきます。

心理的蓄積＝エゴの強化です。
もうちょっと、例を挙げたりして話してみます。今夜は、もう眠ります。

Comment : 19　ume.

このところ、平日は、ほとんど熊谷です。朝、1時間半、車の中。
こうやって、運転しながらメールをカチカチやってて、
いつか事故るンじゃ？と多少心配ですが・・・。

思考は、"私"と"非・私"を作り出します。
私と、それ以外のモノを区別して分離させます。
この、私とあなたの分離、私とあなたの間に作り出した壁、
これが、ほどなく、私とあなたの対立を生み出します。
思考は、この繰り返しです。
決して、思考では、争いのない世の中を描くことはできません。
意識してる思考の範囲では、いくらでも平和な世の中を思い描けます。

しかし、僕らは、意識してるしてないに関わらず、
ほとんどいつも、ナニかと対立しています。
このことを否定できる人はいますか？
自分の心の中を多少なりとも注意深く覗いてみれば、
いつも争ってる自分に気づくハズです。
その、"対立してるナニか"が、"非・私"です。
僕らは、僕とあなたの間に作り出した、
ヤッカイな"壁"を取り除くことができるでしょうか？

Comment : 20　ひとしさん

お疲れ様です！ 以前、ume.さんから、仕事の話かな？
「何かを生み出そうとする時にエゴがあればうまくはいかない」
ってのを思い出しました！
でも、無意識に、
自分にとっても良い方向にいかせようとしていた感じもありますね。
やっぱり、心の底でどうしても、エゴはあるような・・・。
そうすると、"対立する何か"、"非・私"が現われている訳ですよね？
自分というものを捨てて、物事を考えられたらいいのになぁ。

Comment : 21　ume.

おっと、ひとし！ いきなり結論っぽい話に！
ひとしからの質問をまとめた"これから話していきたい項目"、
⑧ 自我の終焉
僕らは、エゴを捨て去ることができるのだろうか？
無選択の気づきが訪れてる時、自我＝エゴは、"静まってます"！！
これについて、本1冊ぶんのやり取りをしてる最中です。

ビジネスで、うまくやるのは簡単です。爆弾発言？！
① 誰よりも一生懸命やる
② 自分の利益を基準にしない
これだけ。
判断に迷った時、「こりゃ、オレが得しそうだな」ってことをやらなきゃいい。
ビジネス談義は以上。面白くないネ。

"私"がある限り、対立する"非・私"が必ず現われます。
それが葛藤の始まりです。
そして、その葛藤の行き着くところの、ひとつの最悪の顕現が戦争です。

さて、「自我＝エゴを捨てたい」と言う時、言ってるのは誰？
そう言ってる主体そのモノがない状態が、自我が静まってる状態です。
つまり、自我を捨てたいと言ってるようじゃ、
決して自我は捨てられないってのは明白です。

無選択の気づきとユーモアのセンス－11   2010-05-18

過去や未来、時間って？／思考とは、過去の記憶の蓄積の・・・？
コメント：みにぶー、Nonrey、ひとし

あまりに性急に話しを進めるのはいけない。
ブログ上の皆さんとの対話をまとめたい。
≪皆さんからの疑問・質問が命≫！！
と思いつつも、主題と対象が明確ナンで、
書きたいことが、次々と出てきてしまいます。
おい、ume.！ そりゃ、オカシイだろ？
というご意見・視点・反論こそが話を深められます。
過去の日記のページに戻って、コメント頂くのも大歓迎ナンで、
ヨロシクどうぞ！

主題：僕が、ヤケに軽やかだってこと。
対象：同世代の皆さんと分かち合いたいってこと。

僕に、ナニが起きてるのか？ それをジックリ観察していってるところです。
んで、僕の幸せをヒケラカすようなモノになれば、
皆さんから、ソッポを向かれるのは当然だし、
僕のケースが特殊ならば、皆さんと分かち合えない。
ナニか、皆さんにも意味のあるモノになればと思ってます！

さて、－10のコメント15、ハナちゃんの興味深い指摘です。

> つまり、「思考」とは、過去の記憶の蓄積でしかなく、
> その蓄積の中に、成長はないんですね。
> ＜脳は、ほとんど休んでいない＞ということは、
> 人は、意識しているか否かに関わらず、
> 常に、絶えず何かを思考していて、
> その思考とは、結局は、自分の欲望を満たすためのもの。
> だから、思考したものは、
> 全て＜ろくなモンじゃねぇ＞ってことなんでしょうか（？）

今後、何回も引用させて頂くことがありそうな超重要キーワードが、
ふたつ含まれてます。
ご本人の許可は得てませんが、これを題材にして、
① 思考について
② 時間について
③ 心理的蓄積、内的依存
このあたりについて、進めてみたいと思います。

Comment：1　ume．

思考は、ろくなモンじゃねぇのは明らか（？どうでしょ？）ですが、
有害とまでは言えるモノではありません。
有害なのは、思考によって作り出す、③ 心理的蓄積、内的依存です。
そのへんについて、結論っぽいモノをここで出しておくモノでもありません。
まだまだ、僕らの心の構造を覗いてみましょう。

その前に、② 時間について
いかにも、全否定すべきモノって感じで、ここに並べられてますが、
まあ、そういうことナンです。
ただ、それは、日常生活に欠かせない、時計の時間ではありません。
時計がなくなってしまったら、電車やバスに乗れなくなっちゃいますもんネ。
日常生活の目安となる時間を否定するほど、僕は、非現実的じゃありません。
それでは、時間について。
過去・現在・未来ってのがありますが、
いつまでが過去で、いつから、いつまでが現在で、
また、いつから未来ナンでしょう？

Comment：2　みにぷーさん

過去・現在・未来というのは、考えたことがありました・・・
子供の頃は、「過去は昔のことだから、現在ではない」、
「未来も、当然、現在ではない」
という認識でした。でも、高校生の頃だったか、
「結局、何をやるのも、全て現在にしかできない」ということに気づきました。
"過去にやったこと"も、その時に（その時が）現在だった時にやったこと。

"未来（将来）にやろう"というのも、
それは「今（現在）やることではない」のではなく、
やるとすれば、未来が（時間がたって）現在となった時にやること。
結局、「やるのは、全て現在である時」
「今、やるのがイヤ」だからと後回しにしても、結局、やる時は、その時が今。

過去も未来も実在しないというか、現在の積み重なったもの・・・
そういう意味で、現在が全て、ということになるかな・・・
現在にしか行動できない、現在にしか生きられない、ということかな。

Comment：3　ume.
みにぶー、これから、この話しを進めていくのに、
あまりにもジャストなコメント！
サッサと進めることはできますが、もう少し待ちましょう。

昨日は過去でしょうか？　明日は未来でしょうか？
１時間前は過去でしょうか？　１時間後は未来でしょうか？
１分前は過去でしょうか？　１分後は未来でしょうか？
１０秒前は？　後は？　１秒前は？　後は？
現在って、いつからいつまで？

Comment：4　Nonreyさん
俺にとってこの環境が今です。

Comment：5　ume.
美しい認識ですな。あの環境や、その環境じゃなく、
この環境に、全存在を懸けたいモンですな。

Comment：6　ひとしさん
＞１０秒前は？　後は？　１秒前は？　後は？

って考えると

> 現在って、いつからいつまで？

これは、過去と未来の境界線！？

Comment：7　ume.
うん、うん。境界線・・・。点や線には面積はない。
つまり、"現在"には、時間的な幅がないってことかな？

Comment：8　ひとしさん
あぁ！そうですね！
過去と未来が、隣り合わせになっていて、その境目となる現在には、
幅がないですね！

Comment：9　ume.
どうでしょう？ 時間についての、この捉え方。
過去と未来の境目の現在には、時間的な幅がない？
みにぶーは、「過去も未来も実在しないというか・・・」と言ってます。

一方では、現在には、時間的な広がりがない一瞬のモノだと。
一方では、過去も未来も実在しないと。

この相反するかのような、時間に対する認識。
過去も未来も実在しない。実在するのは現在のみ！
しかし、その現在には、時間的な広がりはなく、この一瞬のみ！
んじゃ、時間って、一体全体、ナンなんだ？
この認識をどう観ますか？
僕は、この認識を持った時、まさに、「宇宙をつかんだ！」と思いました。
大げさでしょうか？ 当たり前でしょうか？ 訳が解らないでしょうか？
僕は、この認識を持てた時、
深遠なる、そして広大なる"生"に接したような気がしました。
伝わってるでしょうか？

Comment：10　ume.

まあ、僕の発見・驚きはいいとして、さて、話を進めましょう。
過去は、どこにありますか？ 未来は、どこにありますか？

Comment：11　ひとしさん
どこにあるかっていうと・・・
過去は、過ぎ去ってしまったもの（記憶の中）？
未来は、これからやってくるもの（願望や欲）？
ちょっと分かりませんが、どちらも脳の中でしょうか？
過去の歴史などは残されていますが、どこにありますか？ となると、
やっぱり脳の中？

Comment：12　ume.
みにぶーが、初めに指摘してる通り、
「過去も未来も実在しない」のは、間違いないですネ。
そして、僕らは、その実存しないモノに対して、
タイムマシンなどという未来の乗り物で、
過去に戻ってみたい、未来を覗いてみたい、と儚い夢を見る訳です。
それほどまでに、僕らは過去や未来に関心があり、
その関心は、おおよそのパターンとして、過去や未来への依存に行き着きます。

ひとしの言う通り、「過去や未来は、脳の中にしか存在しません」
それで、また、脳の中を、多少なりとも注意深さを持って覗いてみれば、
脳が思考するモノは、過去や未来のことしかないと判ります！
僕らの脳は、四六時中、実在しないモノのことでいっぱいナンです！
これは、大変、奇妙なことだと思われますが、どうでしょう？

Comment：13　ひとしさん
お疲れ様です！
時間についてのことをこんなにジックリ考えたことはなかったです！
ume.さんの認識ほどではないかも知れませんが、
今を一生懸命に生きよう！ と気持ちがふくらんできました！
そこで、ume.さんのコメントが気になっていて、

コメント-9、

> 僕は、この認識を持った時、まさに、「宇宙をつかんだ！」と思いました。

ume.さん、何かつかんじゃってる発言！
これほどまでの発見には俺はまだ行き着いていないので、
その興奮、感動を知りたいです！

コメント-１２、

> これは、大変、奇妙なことだと思われますが、どうでしょう？

奇妙？これも、もう少し知りたいです！
「脳が、実在しないモノのことでいっぱい」
あぁ、そうかも！と思いましたが奇妙と感じるのには、何かあるのでは！？

Comment：14 ume.
（金）なおチャンの結婚式
（土）２の２っぽいクラス会
（日）サッカーの試合
（月）明日の日韓戦、雨？の埼玉スタジアム
こう書くと、もうこれ以上、ナニが必要なの？って感じ。
ナンて、僕は幸せナンだろう・・・と、謝罪します。
昨日、遅くまで飲んでたけど、
雨の中、ヤギキンは、同点ゴールを決めるし、
僕も、闘争心の充実しきった会心の守備！
クタクタだよ。ナンて、幸福な疲労感。

ひとし、ナニかをつかんだ瞬間、発見した瞬間の、
「これだっ！」って感覚！経験あるだろ？
「これだっ！」って思った瞬間、魂は舞い上がり、
無条件の解放感を味わったことってないかい？
その瞬間が全てです。

あとになって、これこれ、こーゆーことナンだよ、
ナンて、言葉にできて伝えられるモノだったとしたら、
そんなモン、ろくなモンじゃねぇンだよ。

実在しない、どこにもない過去や未来のことを思う。
人間の脳の思考活動は、ほとんど、それだけのように思われます。
どうでしょう？
んじゃあ、実在してるモノ－真実在－については、どうでしょう？
僕らは、この瞬間、瞬間に過ぎ去っていく"現在"にだけある、－真実在－に、
どれほど気づいているでしょう？
瞬間、瞬間の今を、どれほど大切にしてるでしょう？
僕らは、全く、この"真実在"を見ることができないので、
過去や未来などという、どこにもないモノに、ウツツを抜かし、
この"今"をないがしろにしてるンです。

>> 理想ナンてモノを追い求めてるヒマはなくなります。
>> 理想ナンてモノに逃げ込む弱さは要らなくなります。

> というようになるんでしょうか？

という、ひとしの質問にも、まだ答えてないですネ。
理想は、なぜ、そんなに大切ナンですか？
未来を思うのは、なぜ、そんなに大切ナンですか？

Comment：15　ひとしさん
ume.さんの、この質問の前に、聞きたいことがあります！
過去や未来を、思考することがいけないのであれば、
今この現在について、思考すればいいということでしょうか？

Comment：16　ume.
ははは、素直ですな。ゼンゼン違います。
この短い質問の中に、3つの間違いがあります。

マズ、ひとつ。過去を思考すること、未来を思考すること、
これらをいけないと言ったことはありません。
思考について、"有害"という言葉を使ったことがあったけど、
思考自体を有害とは言ってません。
ろくなモンじゃねぇ、とは言ってますが。
思考には、尊い思考、美しい思考、また、クダらない思考、ツマらない思考、
あるいは、瞬時の思考など色々あります。それらは、人間的で、愛しいモノです。
ただ、その思考の内容が蓄積すること。
必ず、そうなることが決められているかのように、
その蓄積されたモノに依存が始まること。
蓄積や、それへの依存によって、自我が強化されること。
これらは、疑いもなく有害です。
この区別は、ハッキリさせておいたほうがいいネ。

Comment：17　ume.

ふたつめの間違い。対立する反対物を作り出して、片方がダメなら、もう片方！
というパラダイムは、全否定されるべきモノです。
上がダメなら下、右がダメなら左、表がダメなら裏、
という捉え方の枠組みこそ、捨てるべきモノです。
この場合、実在しない過去や未来を思考するのがいけない。
ならば、実在する今を思考するのがいい。
このパラダイムは、全ての問題を、決して解決しません。
相反する反対物を作り出した時、片方は、もう片方を含みます。
表には、必ず、裏があるように、相反する反対物は、実は一体です。同じモノです。
政治的な論議にも、右翼とか左翼とか出てくるようですが、どちらも同じです。
右翼は、左翼がなければ成り立たない。逆も同じ。
対立するモノは、実は、そのモノ自体です。
僕らの脳は、対立軸を作り出して、自分の立場を確認するという
悪いクセがあります。
この思考のクセは、必ず、争いに行き着きます。葛藤の始まりです。
伝わってるでしょうか？

Comment：18　ume.

そして、最後に。今この瞬間を思考することは、決してできません。
思考は、過去や未来といった時間の領域の中にしかありません。
僕が、全否定すべきと言う"時間"とは、
過去や未来が、うんとこさ蓄積された時間のことです。
過去や未来でいっぱいになった時間は、真実在を見る妨げです。
そして、今この瞬間を捉えることが、無選択の気づきです。
感受性の最高形態、"英知"の状態です。
果たして、僕らは、この深遠で、広大な"生"の全領域を
感じることができるでしょうか？気づくことができるでしょうか？
無選択の気づきは、どんな時に訪れるンでしょうか？
それらを、ゆっくり見ていきたいと思います。

Comment：19　ひとしさん

おぉ！ババーっときましたね！
俺の解釈で言うと、たくさんの思い出や、経験したことが、
自分の中だけの基準みたいなものになってしまい、
それを頼りに、また先の考え方となってしまう！
そうやって、自分を固めてしまうとマズい！
相対するものがあったらいけないし、そもそもなくて、同じもの！
自分の立場なんて考えているから、対自分を作ってしまっている！
あってるかな？
なんか、思考を積み重ねていけばいくほど、
ろくでもない感じになっちゃいますね！

Comment：20　ume.

うん、まあ、あってるよ。
まあ、解釈ナンて、どうでもいいンだけどさ、人それぞれでネ。
あれこれ解釈したり、評価したり、結論づけたり、
まあ、それっぽいこともやっちゃってるけど、決して、それが目的じゃない。
僕の感覚をナンとかして、まとめておきたい。皆さんの力を借りてネ。
それは、うまくいってるよ。
たまに入ってきてくれる皆さんの視点や言葉で、
僕の新しい視点や言葉が見つかってる。

グレートな作業です。

> なんか、思考を積み重ねていけばいくほど、
> ろくでもない感じになっちゃいますね！

ひとし、いいこと言うネ！ 全く、その通り！
思考について、を進めてますが、話は、まだまだこれから。
思考の正体を暴く、思考が本当に、ろくでもないことを暴く。
ともすれば、人間だけが与えられた特権？ 的な、
尊いモノと位置づけられてる思考。
人間だけが操れるからこそ、ろくでもない！
そんなモノに頼るからこそ、ろくなことにならない！って話しを、
これから進めていきます。
ハナちゃんの

> 過去の記憶や経験・・・
>「思考」とは、過去の記憶の蓄積でしかなく、・・・

これに戻ってみたい。

Comment：21　ひとしさん
お疲れ様です！
思考のほとんどは、過去の積み重ねからの未来を思い描くのでしょうか？
俺も、ハナさん題の、過去の蓄積についての話から進めて欲しいっス！

Comment：22　ume.
日記の締め括りにピッタリなコメント、サンキュー！
思考の本性、自我の本性を探りましょう。
コメント20も過ぎたし、更新します。

無選択の気づきとユーモアのセンス−12   2010-05-31

思考とは？ "私" とは？／偏見、先入観／イメージの支配を笑い飛ばす
コメント：ハナ、ひとし

―11、コメント21のひとしの要望、

> 思考のほとんどは、過去の積み重ねからの未来を思い描くのでしょうか？
> 俺も、ハナさん題の、過去の蓄積についての話から進めてほしいっス！

そして、その前に同じく、ひとしから質問されてた、

>> 理想ナンテモノを追い求めてるヒマはなくなります。
>> 理想ナンテモノに逃げ込む弱さは要らなくなります。

> というようになるんでしょうか？

そして、ハナちゃんの、この指摘、

> つまり、「思考」とは、過去の記憶の蓄積でしかなく、
> その蓄積の中に、成長はないんですね。
> ＜脳は、ほとんど休んでいない＞ということは、
> 人は、意識しているか否かに関わらず、
> 常に、絶えず何かを思考していて、
> その思考とは、結局は、自分の欲望を満たすためのもの。
> だから、思考したものは、
> 全て＜ろくなモンじゃねぇ＞ってことなんでしょうか（？）

これらを進めていきます。
あれこれ解釈したり、評価したり、結論づけたり、決して、それが目的じゃない。
と、言いながらも、話を進めるために、
思考とは？
私＝自我＝エゴとは？
を、この−12のやり取りの中で、便宜上、定義づけときます。

僕が、解ったような顔して、断定的なこと言ったら、
おい、ume.！ そりゃ、オカシイだろ？
と、ぜひ、ご意見下さい！ ヨロシクどうぞ！

Comment：1　ume.

僕らの脳は、過去や未来の心配事でいっぱいで、
本来の鋭敏さ、機敏さを失い、スッカリ鈍感になってしまい、
瞬間、瞬間に過ぎ去っていく、この現在の、驚異的、爆発的な
"創造性"に触れるには、あまりに怠惰に慣らされてしまってます。
多くの人は、このことの重大性を取り上げることもありません。
この、大き過ぎるもったいなさ、損失に気づいてません。
僕らが、どれほど、この掛け替えのない"今"をないがしろにしてるか？
過去や未来に捉われて、目が曇り、
あるがままをあるがままに見ることができないか？
REALITY＝真実在を見られないでいるか？ これを見ていきます。

Comment：2　ume.

僕らは、言葉で思考しますネ？
言葉以外で思考する人、場合があれば教えて下さい。
そして、言葉は、定義された意味を持ちます。
言葉をどんな意味で使ってるか？ によって、
このブログの初めの頃にあったように、例えば、"クール"って？ とか、
オーナーNEGIの披露してくれた、同じ言葉をいく通りもの意味で使う、
語彙の乏しい（失礼）尊敬するシェフの話とかがある訳です。

言葉は、ある真実在の一部を象徴したモノです。
例えば、会話の中で「木」と言ったとします。
その「木」は、決して、木そのモノを表してません。
みんなの頭の中のイメージとしての「木」が思い起こされます。
「木」と聞いて、全く同じ木、全く同じ背景、
全く同じ登場人物を思い浮かべる人は、マズ、いません。
それらをイメージした時に感じる気分も、人それぞれでしょう。
「木」だけのことじゃないですよネ？

使っている言葉、全てに同じことが起きてる訳です。
ある言葉、ある思考は、ハナちゃんの言うように、
全て、その人の ≪過去の記憶の蓄積≫ したモノの中から、
意識的にも、無意識にも選ばれてるンじゃないでしょうか？

Comment：3　ハナさん

> ある言葉、ある思考は、
> 全て、その人の ≪過去の記憶の蓄積≫ したモノの中から、
> 意識的にも、無意識にも選ばれてるンじゃないでしょうか？

ふだん、自分でそのことを意識したことはないけど、
でも実は、脳が人それぞれの ≪過去の記憶の蓄積≫ したものの中から、
色んな記憶の断片を集めてきて組み合わせ、
私たちの頭の中のイメージを作り出しているんですね。
私たちの頭の中は ≪過去の記憶の蓄積≫ をもとに
脳が作り出したものに支配されているんですね。

Comment：4　ume.

ハナちゃん、コメントありがとうネ！ 全く、その通りです！

> 私たちの頭の中のイメージを作り出しているんですね。

まさに、これだよネ！ イメージ！ 僕らは、イメージに支配されてます。
「木」を例に挙げたけど、
人を見る目ナンて、もっと、もっと、極端に、先入観とか、偏見に満ちてるよネ？
ろくに話もしてないのに、「アイツ、大嫌い」とか！
会って話してみると、結構、いいヤツだった！ ナンて。よくあることだよネ？
僕らは、過去に学習して、経験として蓄積してある、
どうあがいてもモロに偏狭な "知ってること" を総動員して、
その人（モノ・こと）のイメージを作り上げます。
そして、そのイメージを持って、つまり、思いきり過去を背負って、
その人（モノ・こと）に接します。
ホント、いつもそうしてます。

そういった状態で、その対象の本当の姿を見ることができるでしょうか？
どうでしょう？

Comment：5　ハナさん
最初から偏見を持って、人に対しても、物事に対しても、向き合っていたら、
上手くいくハズのことも、なかなか上手くいかないですよね・・・。
その偏見が邪魔をして、
人や物事に対しての本当の姿が見えなくなってしまいますね。

Comment：6　ume.
そうですネ。
偏見や先入観は、本当の姿を見る邪魔をしてるのは間違いないですネ。
でも、本当の姿を見ることは、
資本主義のルールの中では、必要じゃないことが多いンです。
だから、ほとんど誰も、本当の姿を見られない事実を取り上げません。
マズいことナンじゃないか？　おかしなことになるぞ！　とは誰も言いません。
僕みたいなのが騒がない限り。

僕ら、セールスの仕事をしてると、必ず、叩き込まれます。
結果の保証を求め、ノウハウに拘り、情報を集め戦略を練り、
できる限りの準備をして、オプションを想定し、
いわゆる"想定内"の範囲で仕事を進める、というプロセスは、
資本主義のルールの中で結果を出すには有効です。
このセールスという戦場で起こってることは、
"私"という、作り上げたイメージが、
"あなた"という、作り上げられたイメージと関係を持ってるということです。
そこには、本当の"関係"はありません。
資本主義のルールの中で、勝った負けたとやってるのは、
イメージとイメージの戦いで、そこに、触れ合いが生じるのはマレです。
僕が、誰かと接する時、ルール上の勝ち負けは、あまり関心がありません。
セールスマンとしては明らかに失格です。
僕が、欲しいモノは、裸の"僕"と、裸の"あなた"の触れ合いです。
・・・？　心のことですよぉ〜

そりゃ、疲れちゃうだろうよ。
理論武装？ バカバカしい言葉だけど、そんなヨロイをまとって、
まるで戦争に出かけるかのように人と接してたら、ストレス溜まっちゃうよ。
企業戦士とか、仕事に命を懸けるとか、男の言い逃れだネ。
仕事を一生懸命やってると言うことで、
他の全てから逃れようとしてるのは明白。
この"生"を生ききるには、全ての逃避は罪です。
僕に、ナニが起きていようとも、この現実から目をそらさないで、
この現実を直視し、この現実に全存在を懸けて関わっていく。
それが、生きるってこと。

Comment：7　ume.

ああ・・・、今日、ちょっとした納得できないことがあって、
ナンで、みんなカッコばかりつけてるンだろ？
いいじゃん、失敗したって、人間ナンだから！
お互い様だろ？ 許してやれよ！ カッコつけンなよ！
と思うことがあったので、ツイツイ、脱線しちゃいました。

つまり、言いたいのは、
"僕"と"あなた"は、お互いの作り上げたイメージ同士で接するしかないのか？
それとも、ただの"僕"と、ただの"あなた"が接することはできるのか？
ってことです。
僕は、ナンの偏見も先入観もなく、あなたを見ることができるのでしょうか？

Comment：8　ひとしさん

>"僕"と"あなた"は、
>お互いの作り上げたイメージ同士で接するしかないのか？
>それとも、ただの"僕"と、ただの"あなた"が接することはできるのか？

それぞれの人が、イメージしているものがあれば
イメージしたもの同士の"ズレ"が生じてしまって、
近づいているのだろうけど、しっかりと通じ合えないですね！
考えずに、真っ裸でいけばいい！・・・と言ったものの、真っ裸になれるのか？

なったとしても、相手も真っ裸で迎えてくれるのか？
それでも、言葉で表せば、これも"ズレ"が生じてしまうんでしょうね。

Comment：9　ume.

ひとし、だいぶ的を射てきてるネ！
そうだネ。僕らは、真っ裸になれるのか？ これを考えていきましょう。

> 相手も真っ裸で迎えてくれるのか？

これは不要です。
どんな場合においても、他者をコントロールすることはできません。
他者を変えることはできません。
しかし、自分のことは、完璧に知る必要があります。できるでしょうか？

Comment：10　ume.

> 考えずに、真っ裸でいけばいい！

それと、ひとし、これじゃ、原始人だな。
繰り返しになるけど、考えること、思考することは、尊く、美しい行為です。
考えて、考えて、深く思考して、真っ裸になりましょう！
問題なのは、思考への対処の仕方です。ゆっくり見ていこう。

Comment：11　ひとしさん

まさに原始人ですな！ 考えずにいることも、ムリでしょうし！
コメント９の"自分のことを完璧に知る"、
コメント１０の"思考への対処の仕方"
これは、何か、深いところでつながっていそうですね！
ワクワクしてきましたよ！

Comment：12　ume.

"自己知"、自分のことが見えてくると、"思考への対処の仕方"も見えてきます。
バッチリつながってます！

> 考えずにいることも、ムリでしょうし！

理解したモノは、手放すことができます。
思考を理解することで、思考を手放すことができます。
考えずにいることが、ムリじゃなくなった状態、思考を手放した状態に、
一緒に行ってみましょう！

Comment：13　ume.
脱線ぎみですが、思考について、を進めてます。
思考は、知ってるモノから、知ってるモノへ移動するのみです。
知らないことは、思考できませんネ？
そして、知ってるモノとは、蓄積された過去です。
思考は、過去の蓄積の中を行ったり来たりしてるに過ぎません。
んで、こう言ってはいけないでしょうか？
「思考とは、蓄積された過去の反応である」
≪思考＝過去の反応≫
間違えてないと思いますが、どうでしょう？

Comment：14　ハナさん
過去の反応を理解することで、思考を手放すことができる。
思考から自由になれるってことですか？
（よく分からないのに、コメントしてしまい、スミマセン・・・）

Comment：15　ume.
はい、そうです。
それに、解らないところを突っ込んでもらうことこそ、大歓迎です！！
でも、その前に、マズ、
≪思考＝過去の反応≫
という言い草には、賛同して頂けるか？です。
考えるという行為そのモノは、尊く、美しい。何回か言ってる通りです。
しかし、考える内容は、全て過去の反応で、
そこには、新しいモノは、ナニひとつない！ということです。
人間の行為としての思考は、尊くも、美しい。

しかし、たかが人間の行為ナンで、そんなモン、ろくなモンじゃねぇ！
と、愛しさを込めて言ってます。
僕は、ろくでもない、たかが人間が大好きなので。
また、違った側面からは、
思考ナンて、過去の反応ナンだから、そんなモン、ろくなモンじゃねぇ！
と、軽蔑を込めて言ってます。
この両面から、思考ナンて、ろくなモンじゃねぇ！ という言い草ナンです。

過去や未来を、あれこれ思い悩む仲間がいたら、クダらねぇ！
とは思いません。よーく耳を傾けて、話を聴きたいと思います。
みんな、ナンとかこの現実をやり繰りして、
明日を生きる理由、明日を肯定する理由を探してンだな、と、
心底、愛しく感じます。
しかし、やはり、悩む人、その人の人格を切り離したところで、
思考の内容、悩んでる内容だけを取り上げてみると、
それは、明らかにクダらない。
僕らは、他人から見たら、ホント、クダらないこと、どーでもいーことに、
あれこれ心を奪われて、集中してンです。

僕の大好きな人間が、ほぼ間違いなく、ろくなモンじゃねぇ思考を頼りにし、
ろくなモンじゃねぇ思考に依存し、ろくなモンじゃねぇ自分の考えに執着し、
エゴを強化させ、非・私との葛藤に、エネルギーを削られる。
これが、あまりに悲し過ぎるンです。
これらを、「なるほど！」と思って頂けるのなら、
ろくでもない思考を手放し、ろくでもない思考から自由になることが、
今までに経験したことのない境地、未知の領域へ足を踏み入れることだ！
と伝わるかも知れません。伝わってるでしょうか？

Comment：16　ハナさん

誰にも人それぞれの悩みがあって、何とか人生を生き抜いていくために、
現実をうまくやり繰りしようと悩むわけで、
その悩む人自体は愛しいけれど、
悩んでいる内容自体は、他人から見たらクダらないこと。

ホント、そうかも知れませんね。
自分の悩みを客観的に捉えることができたら、
そんなに悩まなくても済みますものね。
考えるという行為自体は、尊く美しい。
けれど、考える内容は、全て過去の反応で新しいものは何ひとつない。
だから、≪思考＝過去の反応≫なんですね。

Comment : 17　ume.

ハナちゃん、ありがとう！
まるで、この対話の進行役かのような、的確な指摘や質問に、
心より感謝します！

> 自分の悩みを客観的に捉えることができたら、
> そんなに悩まなくても済みますものね。

これこそが、ユーモアのセンス！
自分自身の心の動きを正確に把握してれば、
そのコッケイさを笑い飛ばすことができるネ！
切羽詰まったヤバい状況って、当事者以外には、割りとコッケイなモノ。
「ハハハ、ナニ、オレ、こんなクダらないことで、
この世が終わるかのような気分になってンだろ？！」ってネ！
僕の大好きなロックの世界では、割りと一般的？な話。
英国人は、自分のことを笑えるのは大切なことで、
自分を笑えないのは野暮という文化があります。
"自嘲"。英国では、クールな在り方です。
日本は、「武士は食わねど、高ようじ」、身分相応に、ムリしてカッコつける文化。
日本人に決定的に欠けてるモノ、それは、"グッド・センス・オブ・ユーモア"！！
いかがでしょう？

Comment : 18　ひとしさん

> 日本は、「武士は食わねど、高ようじ」、
> 身分相応に、ムリしてカッコつける文化。

確かに、位置づけた自分でいると、そうなったりしているのかも。
日本人は、自尊心が強いのでしょうかね！立場などが重くなるといっそう！

> 自分のことを笑える・・・

そう考えると、これって超カッコいい！
"グッド・センス・オブ・ユーモア"最高！！

Comment：19　ume.
ハナちゃんのコメントで、ユーモアのセンスにも触れることができた。
いい感じ！
ひとしのコメント、

> 確かに、位置づけた自分でいると、そうなったりしているのかも。
> 日本人は、自尊心が強いのでしょうかね！立場などが重くなるといっそう！

以前、－10、コメント18で、

> 心理的蓄積＝エゴの強化です。
> もうちょっと、例を挙げたりして話してみます。

と言って、そのままになってた話に戻れます。
例えば、知識豊富であるってこと。
生きてく上で、知識的な蓄積や、技術的な蓄積は必要です。
この高度に複雑化、組織化された現代社会を
知識や技術なしで生きていくことはできません。
しかし、僕らは、知識や技術を、"それが必要な時にだけ使う"
という単純なことが、ほとんどできません。
つまり、知識を持ってる自分、技術を持ってる自分、
これが一番大事になってしまいます。
知ってる自分、持ってる自分が、心理的にもドンドン蓄積され、
ますます、自我は強化されていきます。
"私"が強化されればされるほど、"非・私"との対立も強化されます。

心理的蓄積＝エゴの強化は、ますます葛藤を生み出します。

そういった、エゴのカタマリ的な人と話するのはイヤですネ。
例えば、初対面とか、あるいは、まだ、お互いよく知らない時とか、
思いっきり、それまでの背景を持ち込んできて、
"なにがしかであるところの私"を一生懸命見せつけようとする人。
まあ、解り易い例としては、
「オレは、エラいンだよ、スゴいンだよ」
と過去の実績をやたらとチラつかせるような人とか。
「オレは、あんたの背景とかイメージには興味ないンだよ。
今、そこにいる、あんたと話したいンだよ」って気分になるよネ。
ほぼ、例外なくと言っていいほど、
ひとしの言う、「位置づけた自分」をヒケラカそうという態度は、
「立場などが重くなるといっそう」顕著だよネ。
そーゆーのに付き合うのは、ウンザリ！

僕らは、ナンで、そうまでして、過去の蓄積が大事になってしまうンでしょう？

Comment：20　ハナさん
私も、自分がどんなに偉くて、スゴいのかってことを、
他人に自慢しようとする人は、あまり好きではありません。
（私には、人に自慢できるようなことが何もないからかも知れませんが・・・）
人には、自分以外の相手に、自分の存在価値を認めさせたい、そうすることで、
自分自身が満足したいという願望（欲望）があるからでしょうか。
（あまり、質問の答えになってないかな・・・）

Comment：21　ume.
イヤ、ハナちゃん、正確な答えです。
以前、このブログで、miwaちゃんを、
「このブログのマザー・テレサ」と言いました。
その時、こんなふうに引用しました。
マザー・テレサは言いました。
「貧困や飢え以上に、この世でもっとも不幸なことは、

愛されてないと感じること」
貧困と飢えの最前線に、常に身を投じていた、マザーの言葉は重いネ。

僕らは、いつだって、自分の重要性を確認していたい。
誰かに、必要とされてる自分、誰かの役に立ってる自分、
誰かに愛されてる自分を確認しなければ生きていけません。
"私という中心"が求めているモノは、常にこれです。
"私という中心"がやることは、常に"私"のためです。
"私という中心"が、「世のため人のため」と言った時、
それは、そう言って気分良くなってる"私"のためです。
"私という中心"から発せられたモノは、全て、
"私"に返ってこなければ気が済みません。
そこまで、貪欲な"私"とは、ナンでしょう？
僕らが、"私"と思ってるこの貪欲の中心とは、ナンでしょう？

Comment：22　ひとしさん
お疲れ様です！　私は私？・・・エゴかな？
脳の中で考えるうちに、必ず、"私"ができ上がるのではないのでしょうか？
思考をして、基準（＝私という中心）みたいなものができ上がり
それが、自分自身の考え、"私"ではないでしょうか？　ナンだか難しいですね！

Comment：23　ume.
そうかぁ・・・、難しいかぁ・・・。簡単にするには、どうすればいいンだろ？
"難しい"ンじゃなく、"慣れてない"ンじゃないのか？　判ラン、進める！

> 思考をして、基準（＝私という中心）みたいなものができ上がり
> それが、自分自身の考え、"私"ではないでしょうか？

これも完璧な指摘ですよね？
あなたの、今、考えてること、それこそが、あなただ！
あなたの思考自体が、あなただ！
ナンて、どこかで、聞いたことありますネ？
だから、ポジティブな人生のため、ポジティブな思考をしよう！

ってつながる"成功の秘訣"みたいな。
まあ、成功の秘訣は、どうでもいいですが、
思考＝私、という指摘は、全く持って、的を射てると思いますが、
いかがでしょうか？

"私"とは、私の思考のこと！ 思考とは、蓄積された過去の反応！ とすると、
"私"とは、蓄積された過去の反応の総和ですネ？ どうでしょう？
"私という中心"が求めるモノ。"私"の本性を暴くために、
≪思考＝過去の反応≫
≪私＝思考の束≫すなわち≪私＝過去の反応の束≫
と言っておきますが、いかがでしょう？

無選択の気づきとユーモアのセンス−13　　2010-06-08

コミュニケーションと思考／過去・現在・未来を思考する？／"私"のご都合
コメント：miwa、ひとし、ハナ、みにぶー

---

① 思考について
② 時間について
③ 心理的蓄積、内的依存
④ 恐怖、不安
⑤ 幸せ、自由、愛
⑥ 学ぶということ、己を知るということ、関係、理解
⑦ ありのままをありのままに、ただ見る
⑧ 自我の終焉

のうち、
① 思考について
② 時間について
③ 心理的蓄積、内的依存
あたりを進めてます。そして、
≪思考＝過去の反応≫
≪私＝思考の束≫すなわち≪私＝過去の反応の束≫
と言っておきましたが、このまま進めても問題ないでしょうか？

"私"が思考すればするほど、思考という人間らしい行為を通り越し、
思考の内容に重きを置くようになり、
思考の内容が蓄積された"私"＝"思考の束"が強化されます。
これらの過程も、全て、人間らしいモノではありますが・・・。
"私という中心"があれば、ベクトルが生じます。
方向や、強弱、範囲、境界線などが作られます。
戦争ゲームのスタンバイですネ？
範囲があるということは、範囲外があるということです。
そして、それら相反する反対物は、必ず、対立に行き着きます。
"私"がやってることは、全て、この繰り返しです。

さて、どう進めましょう？

僕は、今だいぶ、この試みに集中する時間が多くなってます。
この"集中"という過程を見てみましょう。
ナニかを成し遂げる時、集中力は重要ですネ？
目標を明確にし、その目標だけに集中する。
この集中という過程は、明らかに、否定的ではないですネ？
親ならば、子供に、「そんなに集中していてはいけません。」とは、あまり言いませんネ？

僕の、この投げかけに、あまり集中しないで下さい。
これまでの話の中で、ナンでも、コメント下さいな。

Comment：1　miwa さん
こんにちは〜
私の思考回路に蓄積されたモノをヒックリ返したり、かき回したり・・・
でもなんかコレっていうのが見つからない〜
内容的に、何も考えずにコメできないし〜
まさに『思考』について『思考』してます〜

Comment：2　ume.
深く考えて、たどり着いたモノに固執するンじゃなく、
思考に思考を重ねて、その過程や結果を笑い飛ばす。
こんな作業にしていければなあ、と思ってます。
このあと、"私"の本性を暴くために、
④ 恐怖、不安
についても、時間を費やすつもりですが、その次には、いよいよ、
⑤ 幸せ、自由、愛
についても話せればと思ってます。
これナンかは、皆さんが、入ってき易いかな？ ナンて思ってます。
さて、どうなることやら？ マザー miwa ！ ありがとうネ！

Comment：3　ume.

さて、また朝、運転中に携帯カチカチやってます。
こうしてる時、だいぶ、この試みに入り込み、集中力も高まってます。
興味を持って頂ける方がいるかどうかは別にして、
僕としては、手応えを感じ、いいモノができる！と確信してます。
僕の今の感覚が着々とまとまりつつあると思ってます。

さて、この集中するという過程。僕は、多くのことを"排除"してます。
コメント作成に集中して投稿完了。よし！ＯＫ！と思い、窓の外を見ると、
朝の汚されてない無垢な雲の浮かぶ青い空、
遠くに見える、青と、空気が澄んでれば緑の山々。僕の大好きな風景。
ナンと、僕は！ろくなモンじゃねぇ思考を巡らし、
過去や未来で脳の中がいっぱいになってる間、
車の窓を次々に流れていく明日は違ってしまう風景、
それら全てを見逃していたンです！
その上、お気に入りの曲が大音量でスピーカーから流れていたのも
聴き逃していたンです！
大げさ？　たいしたことじゃない？　当たり前？
そうナンです。これが世界じゅうで僕ら人間がやってることです。

どこにもないハズの過去や未来、
その広がりが脳の中では大き過ぎて、
それについて考えることの重要度が高過ぎて、
そして、一瞬、一瞬、過ぎ去っていく"今"が、あまりに素早過ぎて、
脳は、その素早さに、ついていくだけの機敏さを
スッカリ失ってしまってるンで、
このことの重大さに気づくことはありません。
過去や未来は、どこにもありません。この一瞬に、全てがあるのに！です！
だいぶ、伝わりづらい話になってきましたか？

Comment：4　ひとしさん

一瞬に興奮中！・・・話戻りまして

> ≪思考＝過去の反応≫
> ≪私＝思考の束≫すなわち≪私＝過去の反応の束≫

この定義でいいと思いますよ！
ume.さんの言う通り、確かにこういったことに、慣れていないのですね！

過去の思考の束が増えてしまい、自我が強化されてしまうのは、
平和から離れていくようで、寂しいですね。
まさに"戦争ゲームのスタンバイ"中なんですよね。束をほぐしたいな！

Comment：5　ume.

ひとし、美しい表現をするネ！腕を上げたネェ～過去の束をほぐす。
これは、テーマだネ！
"アイデンティティーの確立"。西洋では、さかんに使われてるようです？
間違ってたらスイマセン。
"自己同一性"。ナニ者かである自分を確立するってヤツ。
欧米に押し付けられた考え方。どうナンでしょう？
僕が、今ここで、やってみようとしてるのは、"アイデンティティーの溶解"！
これです。
まさに、"私"＝"過去の束"をほぐすこと！

Comment：6　ハナさん

何かに集中している時は、それ以外の大切なことが
見えなくなっている時でもあるんですね。
過去や未来で脳の中がいっぱいになっている間に、
"今この瞬間"を見逃しているんですね。
大切なのは、過去や未来じゃなくて、
一瞬、一瞬過ぎ去っていく"今この瞬間"なんですね。

Comment：7　ume.

そうですネ！集中するということには、必ず排除の過程があります。
決して、無選択に気づくことはできない状態です。
集中の過程は、思考の特徴を解り易く表してます。

集中することに見られるように、思考は、極めて限定的、断片的です。
しかも、これまで見てきたように、思考＝過去の反応。
思考は、思考者の過去に支配されてます。
このようなモノに頼っていてはいけないンです！
思考は、決して、無選択の気づきをもたらすことはありません。

愛が現れてる時、英知が訪れてる時、そこには、思考は存在しません。
その時、僕らの行動は、パーフェクトです。
ナニひとつ欠けているものはなく、完璧に調和した美の状態です。
これは、しばらく先の話題でした。

Comment：8　ume.

思考では、この刻々と過ぎ去っていく、
"今この瞬間"を捉えることはできません。
思考や言葉で表現してるモノは、
みな過去や未来という時間の領域にあるモノです。
"今この瞬間"は、素早過ぎ、思考や言葉は、"うすのろ"です。
僕らは、このことに強烈に気づく必要があります。
僕らのコミュニケーションは、フツー思考と言葉で行われます。
人との触れ合いには誠意を込めたい。
僕の関心のほとんどは、この"人との触れ合い"です。
つまり、コミュニケーションです。
ところが、コミュニケーションの手段は、かの、"うすのろ"たちナンです！
僕が、もっとも関心を持ち、誠実に関わっていたいこと、その手段は、
かの、"うすのろ"たちナンです！
これは、お笑いですネ？
グッド・センス・オブ・ユーモアがなけりゃ、やってられませんネ？
真剣ならば、真剣なほど、真剣な自分を笑い飛ばせる勇気が必要ナンです！

Comment：9　ひとしさん

お疲れ様です！"人との触れ合い"は、俺も大変関心があります！
コミュニケーションを取るのに必要な思考や言葉が、"うすのろ"であっても、
触れ合うために、欠かせないものですよね！

思考や言葉と、瞬間の関係について、もう少し聞かせて下さい！

> "今この瞬間"は、素早過ぎ、思考や言葉は、"うすのろ"です。
> 僕らは、このことに強烈に気づく必要があります。

瞬間では、コミュニケーションを取れない？
そもそも、気づきが浅いってことでしょうか？

Comment：10 ume.

おっ！ 本気の質問だネ。

> そもそも、気づきが浅いってことでしょうか？

浅い、と言うか、完璧に！ 僕ら、全く気づいてないンです。

> 瞬間では、コミュニケーションを取れない？

いいえ、全く違います。コミュニケーションこそ、瞬時のモノです。
瞬時のやり取り、瞬時の触れ合い、瞬時の刺激と反応、瞬時の問いかけと応答、
これこそ、コミュニケーションです。
しかし、僕ら、この瞬時の出来事を"うすのろ"の言葉や思考を介して
行おうとする。
－10、コメント10、ume.の言い草へのひとしの質問、

>> REALITY＝真実在を見ることができる時、
>> 理想ナンてモノを追い求めてるヒマはなくなります。
>> 理想ナンてモノに逃げ込む弱さは要らなくなります。

> というようになるんでしょうか？

これに戻れるネ。
無選択の気づきが訪れてる時、REALITY＝真実在を見ることができる時、
それは、愛が現れてる時、英知が訪れてる時・・・、

そこには、思考は存在しません。
愛＝英知が訪れてる時、
≪僕らのコミュニケーションは完璧です≫！！
思考が静まってる時、脳の思考機能が停止してる時、
私、自我、エゴ、セルフ、まあ、呼び方はナンでもいいです。それらが不在の時、
≪僕らのコミュニケーションにミスはありません≫！！
こういった状態？ 領域？ 境地？
これら、たぶん一瞬のモノで、これ以上、説明は不可能と思われますが、
これらを、できるギリギリのところまで、うすのろの思考を用いて、
言葉として定着させてる最中です。
いかにも、ムダな抵抗って感じで、僕らの思考の笑っちゃう限界を、
この作業自体が示してますネ。

いずれにしても、ひとし、今この瞬間に、無選択に気づけたなら、
過去や未来ナンてモノについて、あれこれ時間を割くヒマはなくなります。
今この瞬間に、全てがあります。今この瞬間にしか、他には、ナニもありません。
僕らは、今この瞬間、深遠で、広大な、
この"生"の全領域に気づけるでしょうか？
ぜひ、やってみましょう！
多少なりとも、ご興味おありの方は、お付き合い、お願いします。

Comment：11 ume.

過去について、あれこれ思い拘るのは、あんまり、いいこととは言えない、
という風潮はありますネ？
未来について、あれこれ思い巡らすのは、あんまり、いいこととは言えない、
という風潮は、割りと、ありませんネ？
過去を思うのは、思考です。未来を思うのも、思考です。思考は、過去の反応です。
未来を思考するのも、過去の反応です。
つまり、ー僕らの思考するー 未来は、明らかに、過去の延長です。
僕らは、"未知"は思考できません。僕らの思考は、"既知"の繰り返しです。
僕らが、"明るい未来"を思考する時、
それは、ちょっとだけ、表面的に修正を加えた、昨日の延長ノンです。
昨日の安定が約束され、多少の修正が加えられた、相変わらずの過去です。

ひとしの言葉を借りれば、"理想"。
これも、"自分の都合のいいように、表面的に修正を加えた過去"です。
ある段階で、理想を持って頑張るのは、結果も出易いし、いいことだと思います。
理想を持つことが、この現実を純粋に"行為"する手助けになるのなら！
しかし、お決まりのことですが、必ず、頑張った内容、頑張った自分に
"依存"が始まります。
依存＝逃避の場ですネ。理想が、逃避の場になったら、それは、全くの有害です。
ひとしの質問への回答は、
「理想を持つことは、いいことです。
しかし、多くの場合、そうなってしまうように、
理想が、逃避の場＝依存になってしまっては有害です」
あらゆる依存からの自由、決して逃避せず、この現実を"ただ見る"こと。
これが、無選択の気づきです。

Comment：12　みにぶーさん

どうもです。始めの頃より、話が解り易くなってきた気がします。
話が進んできたのもあるでしょうし、
ハナちゃんの、まとめ？コメントも効いてるのかな・・・

過去・現在・未来の話だけど、
「戻れない過去に浸ったり、悔いたり」というのは愚か。
「不確実な未来に逃避する」のも愚か。ということかな・・・
過去や未来に想いを巡らすのも悪いことではない気もするんだけど、
「過去を振り返り、それを現在に活かそう」と言うなら、
現在の話になるから有意義。
「未来を思い、そこから、今、何をすべきか」と言うなら、
現在の話になるから有意義。
ということになるのかな・・・

Comment：13　ume．

僕ら、この歳になって、このＫ５３があったり、
その他、色んな企画で顔を合わせることが多くなって、
仲のいい学年だったンだなと実感してます。嬉しいことだよネ。

んで、仲間で集まって話すことと言ったら、中学の時、誰が好きだった？とか、
あの頃は、バカなことばかりやってたネ！とか、
おおかた、昔話に花を咲かすことに、ウツツを抜かしてる訳です。
僕は、そういった話、そういった時間が大好きです。

> 過去や未来に想いを巡らすのも悪いことではない気もするんだけど、

過去や未来に思いを巡らすのは、とても楽しいことですネ。
僕も、しょっちゅう、そうしてます。
だいぶ、話しも進みつつあり、
僕の言う"全否定"の誤解を改めて解いておきます。
ナンでもいいです。意義深く思われることでも、他愛もないことでも。
「やって、終わる」、この中に、僕が嫌いなことは、ほとんどありません。
人間の"行為"の中に、否定すべきことナンて、ほとんどナニもありません。

これから、ちょうど入りつつあること。"内的依存"、つまり逃避ですネ。
全く、いいことがなく、破滅に向う心の在り方。
これについて、徹底的に否定してみます。
それが、テーマです。
だからと言って、僕が、ナンの内的依存もしてないのか？
と言えば、そんなことはありません。
みんな、色んな依存があって破滅に向かいつつあります。
それは、自ら進んで破滅に向ってるかのようです。
まるで、自滅の道を突き進んでるかのようです。
僕を含めたみんなが、依存から解放されますように！
仲間たちが、自滅から救われますように！
僕は、誰も救えません。

Comment：14　ひとしさん

> やって、終わる・・・

超クール！！
俺にも多々、"内的依存"があるんでしょうね！

見つけ出して、そこから解放されたいなぁ！

> 真剣な自分を笑い飛ばせる勇気・・・

これも超クール！！

Comment：15　ume.

「やって、終わる」！、「真剣な自分を笑い飛ばせる勇気」！
これら、ジーザス・オブ・クール＝クールの極めつけ！ だネ！
全ての行為を、やって、終わりたい。
全存在を懸けた行為を、「へへ、ま〜た思いっきり真剣にやっちゃったよ」
って、笑って、終わりにしたい。

Comment：16　ひとしさん

確認したいことがあります！ 突っ込んじゃっていいですか？
ume.さんは過去や未来を思うことを悪いことだと言っているのですか？
ただ思うのではなく、過去を踏まえて現在に活かしたり、
未来を見据えて現在に活かすのが、いいということなんですか？
お願いします！

Comment：17　ume.

そうですか・・・、突っ込まれちゃいましたか・・・。んじゃ・・・前半部分。

> 過去や未来を思うことを悪いことだと言っているのですか？

僕が、頭の中で考えてることを、誰かに、いいとか悪いとか言われたら、
「お構いなく。放っといて下さい。ご迷惑は、おかけしません」と、お応えします。
どうぞ、頭の中で、殺人をしてみて下さい。あらゆる犯罪をしてみて下さい。
ホントにやっちゃ、マズいですが。
その時、ナンで、そんなことを考えるのか？ とか、
その時の気分は、どうだったか？ とか、
自分の思考、心の動きをジックリ観察してみて下さい。
考えて、考えて、思考の本性を暴かないことには、

思考を手放すことはできません。
思考に支配されないためにも。思考に居場所を与えてあげるためにも。
満開の花が、やがて枯れて散り死を迎えるように、
思考を手放すには、思考の開花が必須です。

この質問に関しては、まさに、あれこれ解釈したり、評価したり、
結論づけたりするモノではありません。
過去や未来に、ウツツを抜かすことを、悪いことだとは、決して言いません。
後半部分。

> 過去を踏まえて現在に活かしたり、
> 未来を見据えて現在に活かすのが、いいということなんですか？

これは、やっかいな質問です。皆さん、そうやって生きてますネ？
より良い明日を求めて。
簡潔に答えておいて、詳しくはのちほど。「そーゆーことでは、ありません」

Comment：18　ume.

> 過去を踏まえて現在に活かしたり、未来を見据えて現在に活かす・・・

みんな、と言うか、より良い明日を！ と思ってるならば、
みんな、こう考えてるのかな？
戦略的な思考の捉え方？ とでも言いましょうか？
僕らの認識できる範囲の人生とは、ほとんど競争、戦いですネ？
生きていくための戦略、見当外れではありませんネ？
戦略的と言うからには、ナニかしらのルールの中で、
結果を導き出すため、戦いに勝利するため、という前提があることになります。
例えば、資本主義のルールの中でとすれば、
より改善された方法を用い、より良い結果を得るには大切なことでしょう。
しかし、これは、明らかにルールあってのパラダイムです。
ある保証されたルールに、いかに適応しようか、
その中で、いかに、より良い結果を得ようか、という方向性があります。
また、より良い明日、と言うからには、

良くなった分量を計るモノサシが必要です。
そのモノサシは、明らかに過去の自分です。
モノサシの測定値を保証してくれるルールも必要ですネ。

Comment : 19　ume.

僕は、"理想"を、"自分の都合のいいように、表面的に修正を加えた過去"
と言いましたが、悪いように聞こえちゃいますネ。
理想を悪いモノだと言ってるンじゃありません。事実を述べたに過ぎません。

> 過去を踏まえて現在に活かしたり、未来を見据えて現在に活かす・・・

これも、理想と同じですネ？
過去の様々な状況を、既知の範囲の修正を加えて、
現在を生き、明日を作り上げようというモノですネ？
この思考の範囲のやり繰りの中に、
相変わらず、新しいモノはナニもありません。
守られたルールの中の安定があり、安定の中の居心地の悪い不満を取り出し、
多少の修正を加えた都合のいい"明日"を求める。
この"明日"に、新しいモノは、ナニひとつありません。
全て、同じことの繰り返しです。
僕ら人間は、もう何世紀にも渡って、この同じことの繰り返しをしてます。

僕らは、根本的に変わることを嫌います。全面的な変容を、ナニよりも恐れます。
つまり、自分では、全く変わろうとせず、
自分の都合のいいように、他人や状況を変えようとしてるンです。
これが、"私"のやっている全てです。
都合のいいところだけ、都合のいいように変えようってのは、
ムシが良過ぎませんか？
僕らが、日々努力してる内容って、このムシの良さナンじゃないですか？
こういった一切から離れたところに、無選択の気づきはあります。

Comment : 20　ひとしさん

参ったなあ！

思考を重ねながら、ご都合のよさと、
変化を恐れている自分を創っちゃっているんですね！
確かにそうかも知れません。これは、どうしようもないんですかね？

Comment : 21　ume.

おおぉ、解り易い解説・・・！！まあ、それが人間存在ってヤツだからネ。
その、どうしようもない人間存在が、たまらなく愛しいンだから・・・。
うん、どうしようもない・・・、どうしようもないネ・・・。
いくら思考に思考を重ねて、素晴らしい未来を！と、スゴんでみたところで、
思考の本性が解りつつある今、決して、万人が納得できる方法ナンて、
みんなが幸せになれる決まりごとナンて、争いのない平和な世界ナンて、
思考ではたどり着けない！ってことが、動かしようのない事実だと・・・、
どうでしょ？

マズは、人間だけの特権で、万能だと思い込もうとしてる"思考"は、
実は、"私"のご都合に合わせた幸せは思い描けるけど、
争いのない世界を見出すには、ナンの役にも立たない！
ってことを認めることでしょう。
僕らは、一部を修正することでは、ナニも変われません。
新しい視野は開けません。新しい視点は持てません。
根本的に変わること、全面的な変容、
－ 今、知ってるモノを全て手放すということです －
これに怖がらずに挑戦できる時、ナニかが変わり始めます。

ほぼ、脳の中は、思考でいっぱいです。
その大半を占めてる思考がなくなったとしたら・・・、そこは、真空です。
ナニもないことこそ、即、創造です。
真空って、どういう状態ですか？小学校の時、理科で習いましたか？
真空状態とは、あらゆるモノを引き寄せる状態ですネ？
ナニもないことこそ、驚異的なエネルギーです！

脳の中の広大な空間、それを一瞬でも感じたら、
この"生"の広大さに震え、爆発的な内なるエネルギーを感じ、

生きているということの神秘に涙が止まらなくなります。
存在ということの尊さに感動し、心から感謝せずにはいられなくなります。

無選択の気づきとユーモアのセンス－14   2010-06-18

依存するモンか！／"一生懸命"、"頑張る"、"努力する"？／セルフの不在
コメント：ひとし、Nonrey、ハナ、みにぶー

僕のコメントが長くなっちゃってて、
携帯スクロールが、すでに、できなくなってるようです。
早めに更新していきます。

さて、皆さんからのコメントが入ると、話が広がり、また、深まります。
皆さんからのコメントに応える形で、僕も、新しい視点や、視野が広がり、
自分の考えをまとめていける作業は、だ・い・ぶ、エキサイティングです！
そこで、お願いです。
このブログ、皆さんの目に留まります。記録としても残っていきます。
うまくいけば本になるかも知れません。
んで、思うところがあっても、コメント入れるには気が引けてしまう、
ってことも、あるかも知れません。
そしたら、僕のページに D.M. 下さい。ダイレクト・メッセージですネ。
何度かは、頂いてます。ほ・ん・と・う・に、ありがとうございます！
皆さんの感じ方を知りたい。
皆さんからの、指摘、意見、質問、疑問、反論、などが、
この試みを深めてくれます！
ヨロシクどうぞ！

Comment：1 ume.
③ 心理的蓄積、内的依存
④ 恐怖、不安
このあたりについて進めていきたいと思ってます。
が、コメントあれば、ナンでも嬉しいです！ ぜひ、思うところをお寄せ下さい！

心理的蓄積を自我の強化と言いました。
技術的な蓄積や、知識的な蓄積は、
現代社会を生きていくためには不可欠ですネ。
古き良き心を取り戻そうと言って、現代社会に背を向けて、

原始人みたいになろうということではありません。
しかし、まず、例外なくと言っていいほど、
技術的、知識的な蓄積は、自我の強化につながっていきます。
技術を持ってる自分、知識のある自分が大事になってしまいます。
そして、そのことへの依存が始まります。
知識や技術を、それが必要な時にだけ使う、ということは、
かなり困難なことのようです。
自分の中で、知識や技術の居場所を作ってあげる、
そういう考え方は、あまり一般的ではないンでしょうか？

僕らは、外的には、やはり、色んなモノに依存しなければ、生きていけません。
食べ物に依存してるし、着る物や、住むところに依存してます。
地域のルールや国のルールにも依存してます。
配偶者への依存ナンテ、かなりのモノがありますネ？
しかし、それらを内的な依存にしてはいけません。
この試みで、僕が徹底的に否定してみたい依存とは、この"内的依存"です。
内的依存を、よ〜く見ていけば、
④ 恐怖、不安
につながっていくと思います。

Comment：2　ひとしさん
お疲れ様です！ 気になった２行から！

> 知識や技術を、それが必要な時にだけ使う、
> 自分の中で、知識や技術の居場所を作ってあげる、

内的依存を理解していくうちに、
上の２行のようなことが行えるのでしょうか？
少なからず、自分が得たものとして固執しちゃったり、
自慢してしまうように思えますね！

Comment：3　ume.
そうだネ。僕らは、いつだって自己の重要性を確認していたい。

誰かに必要とされていたい。一角のモノだと認めてもらいたい。
こう思ってます。
そのために、自分の特別性を発揮していたいンです。
「人とは、ここが違うよ、僕が必要でしょ？」ってネ。
この、"特別性"＝"エゴ"って訳ですネ。
んで、知識や技術を身につければ、それに固執したり、
自慢したりになっちゃうンだね。
頑張れば頑張るほど、持てば持つほど、特別性＝エゴは強化されていきます。
エゴの強化は、対立するモノ、すなわち、非・私との争いに行き着きます。
まるで、戦いの準備のための人生のようです。
人生＝戦い！ という人も結構います。
常に、勝利のみが、その人のアイデンティティーです。
そういった方には、今、ここで進めてる全てが無意味です。
ここでの試みは、
「どの時代でも、どんな状況にあっても、軽やかに生きるために」です。
さて、ひとしの質問について、

>> 知識や技術を、それが必要な時にだけ使う、
>> 自分の中で、知識や技術の居場所を作ってあげる、

> 内的依存を理解していくうちに、
> 上の２行のようなことが行えるのでしょうか？

全く、その通りナンですが、内的依存を理解していくうちに、と言うより、
自分自身を理解していくうちに、でいいと思います。
セルフの本性、セルフの動機、セルフの反応、
これらを理解していくうちに、依存や執着、固執から解放されます。
僕らは、依存や執着から逃れることはできません。
依存や執着のない、悟りの境地にたどり着ける人ナンて、
何百年かに１人しか現れません。
依存や執着から逃れようとせず、目を背けようとせず、
徹底的に関わり、直視することで、それらを理解することができます。
依存や執着を理解することで、それらを手放すことは、誰にでもできます！！

一緒に見ていきましょう！

Comment：4　ume.

さて、ここで、Ｋ５３共有フォトのページを転記してみます。
Ｋ５３カラオケ大会の様子。写真は転記の方法が分からないのでナシ。
僕が、ジュリーの"憎みきれないろくでなし"をやったヤツ。
Nonreyが、アップしてくれました。
そこに、４カット連続で、長めのコメントを入れました。
ちょうど、僕が入院してて、日記サーファーやったノリで、
病院のベッドでの、highになってる状態の作品です。
"セルフ"の動機、僕のスタンス？、特に、依存するモンか！
と決意表明してる態度とか、よく出てると思って。

Comment：5　ume.

美しき魂の告白Ⅰ

思うに、僕は、幸せ過ぎます。

芸術家たちの世界では、
「幸せ過ぎると、天使にやきもちを妬かれ、天国に連れて行かれてしまう」
ということになってます。
僕は、芸術家じゃないンで、その心配はないけれど。

完全に満たされている時、完全な幸せの状態の時、
人は、ナニもする必要がありません。
僕らは、理想と現実のギャップを埋めるため、満たされない心を満たすため、
ナニかしらの行動に駆り立てられます。
明日への不安、安定への渇望が全ての行動の動機です。
昨日と同じか、あるいは、昨日より少し善くなった、明日の保証を求め、
今日を費やします。
そういった生命維持、生活安定への恐怖がない時、
人は、ナニもする必要がありません。

完璧に満たされている状態とは、"生"への恐怖がないということでしょう。

仮に、ある芸術家が、その状態にあったとしたら、
彼は、ナニも表現する必要がない。
誰かに、私を解ってもらいたい、私を伝えたいという欲求のない状態。
表現こそが"生"である芸術家にとって、このような状態は"死"でしょう。

冒頭の、芸術家たちの世界での迷信は、強く納得できるものです。

by Nonrey －鋭い入り方！ オモシロイ！
俺なんか、満たされるってことなんかあり得ない。
励ましてくれる人のおかげでなんとかってとこだね。
それにしても、は○みチャンの視線はいったい？
by ume. － DVD で観たら、スゴかったネ！ コミュにアップできるかなあ。
ナンとかしたいなあ・・・。

Comment：6 ume.

美しき魂の告白 II

行動には、"動機"があります。
動機があるということは、その動機に応じた結果が必要となります。

そうやって、僕らは、原因と結果の環の中で、堂々巡りを繰り返します。
それが"生"でしょう。
僕は、そんな同じことの繰り返し、堂々巡りばっかの、
些細なことに埋め尽くされた"日常"が大好きです。
うまくいくこともあるし、うまくいくかないこともある。
そんなことの繰り返しに、スッカリ恋してます。

さて、動機のない行為とは、あるンでしょうか？
動機がなければ、動機に応じた結果も必要ない。
結果を考えずに生きることが可能でしょうか？
結果を考えずに生きられたら、どうでしょうか？

動機がないって、どんな状態ナンでしょうか？

僕の極めて身近に、
「動機のない行動」を当たり前のように生きていた人がいました。
一昨年、他界した父です。
父は、僕に、ナンの結果も求めませんでした。
父という存在の、ナニをも、僕に押し付けませんでした！
これは、いったい？

Comment：7 ume.
美しき魂の告白Ⅲ

さて、僕は、幸せ者です。昨日、今日と手術入院でした。
心配のないモノだったので、Ｋ５３の皆さんにも告知しました。
その結果、温かいメッセージを多数頂き、
昨夜は、夜中まで、その対応に追われました。
ナンて、嬉しいことナンでしょう！
まるで、みんなが僕に付き添っていてくれたみたい！
僕は、ひとりぽっちだナンて全く思わずに済んだんです！
本当に、ありがとう！

NEGISHIオーナーが立ち上げ、皆さんの温かい思いやりと愛情に支えられ、
ちょっと飛ばし過ぎてはいるＫ５３コミュ。
まだ、始まったばかりだけど、これまで僕は、本当に楽しかった！
イヤイヤ、過去形ではないけどネ。
僕が楽しいことを好き勝手にやって、みんなを巻き込んでただけ？
ちょっと出過ぎ？
うん、言えてる。でも仕方ないよネ？　だって楽しいんだモン！
そこは、許してやって下さませ。いつも全エネルギーを注ぎきってるしネ。
んで、使えば使うほど新しいエネルギーが充填されてきちゃうんだけどネ。
まあ、楽しいことばかりやってンだモン、ちっとも疲れやしないよ。

さて、ume.、ナンのために？　一体全体、ナンのために、これやってるの？

by Nonrey －すっかり、読んじまった！じ～んとした。キザ
by ume. －キザなセリフぅだネェ～
by Nonrey －超高速 Reaction
by ume. －まだ、日記サーフィン中！
by Nonrey －○○好きってやっぱり、2文字？？
by ume. －そう、それ！

Comment：8　ume.
美しき魂の告白Ⅳ

僕は、正真正銘の風来坊。チョーワガママ。楽しいことしかやらない。
楽しくなくなった瞬間に、誰にナンの断りもなく、サッと消えてます。

正社員採用された会社を7社辞めてたら、
まあ、世の評価は、完全にドロップアウト組。
んで、全く、その通り。
このコミュも、全く同じ、楽しいからやってるだけ。
ただ、人と人とのつながり、仲間のことがツマらなくなるとは思えないけどネ。

んでネ、たぶん、オーナー NEGISHI も、そうだと思うけど、
アシスタントなんてやってるからか、ヤケに、みんなから感謝されるンです。
もちろん嬉しいよ。
ありがとう、って言われれば嬉しいし、みんなが、オーナーやアシスタントに、
感謝の気持ちを伝えたいって気持ちもよく解る。
でも気をつけなきゃいけない。
別に、僕ら、エラい訳でもナンでもないし、
ホント、感謝されるようなことナンて、やっちゃいないンだから。
勘違いしないように注意しなきゃ。

何度も言うけど、楽しいからやってるだけナンだから！
僕らのほうこそ、楽しませてもらってるンだから！
今、この瞬間を精一杯生きるため、楽しむため。
そして、僕ら、おばあさん、おじいさんになった時、

フッと帰ってきて癒される場所、
そして、また楽しく笑い合える場所、そんなコミュニティになれたらいいよネ？
そう思わない？

んで、これ一生懸命やる見返りは？
「そういうことじゃ、ないンだよ。」

完
at T.クリニック

by Nonrey －心の拠りどころ。こっちはもっとキザ！
by ume. －決まりモンクぅだネェ～

Comment：9　ume.

"美しき魂の告白"とは、我ながら、よく言ったモンだと気恥ずかしいですが、
ふだん言えないようなことを言っちゃうのが執筆の過激なところ、
面白いところです。
生死について、動機について、
ナンのために？っていうギブ＆テイクのゲームへの反発、
全存在を懸けて瞬間を生ききるナンてこと、
そして、一生懸命？やったことを評価され、それに、どう対処するかってこと。
このあたり、スッカリ、この試みのテーマそのモノです。

例えば、このコミュのアシスタントという立場。
オレがこんなに一生懸命やってンのに！と言い出したら、ジ・エンドです。
ありがちじゃありませんか？　一生懸命やってる自分を評価してもらいたい。
オレがこんなにやってるンだから、おマエもやれ！　協力しろ！みたいな。
挙句の果てには、見返りを要求する、みたいな！
完全に、自己満足の押し付け、親切の押し売りです。
もう、これは、"一生懸命にやってる"という状態の自分に、
完全に依存してる症状です。
"一生懸命にやってる"という状態の自分に逃げ込み、
"一生懸命にやってる"という状態の自分を思いきり背負って、

対象に接する訳です。
とりあえず、"一生懸命にやってる"という状態ならば、
アドバンテージがあるような気がしますから。
そうやって、ナニかしらのアドバンテージを持って、
対象に接したいと考えるし、その状態が安心な訳です。
でも、これは、接しられてる人から見たら、いい迷惑ですネ？
そんな状態では、決して、接してるモノの真の姿を見ることはできません。
決して、真のコミュニケーションは成立しません。

Comment：10　ひとしさん
ウォー！美しき魂の告白！！"一生懸命にやってる"という状態に依存かぁ！
聞いちゃいます！
これは、一生懸命にやらないほうがいいってことでしょうか？

Comment：11　ume.
はい、そーです。"一生懸命"ってのは、クセ者だネ。
"頑張る"とか、"努力する"とかネ。

Comment：12　ひとしさん
おほぉ？？つまり、ume.さんは一生懸命やるのは、ume.さんだけでいい！
他はテキトーにやって下さい！と言うのでしょうか？
俺から見て、ume.さんが一生懸命じゃないとは、
とてもじゃないけど、思えませんが・・・？

Comment：13　ume.
ふふふ・・・、僕は、何事も一生懸命やりません。

Comment：14　ひとしさん
えー！そうですか！？　ume.さんは、いつだって、何をやるにしたって、
"全存在を懸けて"、エネルギーを全て出しきっているように見えますが！
ホントですか？

Comment：15　ume.

もし、ひとしに、そう見えるなら、
それこそが、僕の"生"が今、途方もなく軽やかな理由でしょう。
そのことについて話し出すと、結論めいた話になっちゃうンで、
半分は後回しにして、残りの半分について話します。

"一生懸命"、"頑張る"、"努力する"、これらの言葉には、
どんなイメージがありますか？

Comment：16　ハナさん

こんばんは！
"一生懸命"や"頑張る"や"努力する"って言葉には、
良いイメージを持ってしまいますが・・・。

Comment：17　ume.

ハナちゃん！ありがとう！
Ｋ５３のブログなのに、－14は、ひとしとume.のやり取りで終わるのか？！
と、ヒヤヒヤだったよ！
そうだネ！言葉には、一応、定義がありますネ。
「一生懸命やってます！」、「頑張ってます！」、「努力してます！」
と言っとけば、とりあえず、いいことをしてるンだから、放っといてくれ、
黙っててくれ！と逃げることができるネ？どうでしょう？
それらの言葉を使うことで、本当にしなければならないことから、
逃げてるってことはないですか？

Comment：18　みにぶーさん

（うめさんにだったか、誰かに話したことあったと思うけど）
俺も「一生懸命」というのを良いことと思う反面、イヤなイメージもあるんだ。
「一生懸命でない」より「一生懸命」のほうが良い気はするけど、
本当の最高の状況の時は、
ゼンゼン「一生懸命という自覚はない」んだと思うんだよね。
ただ、はたから見ると「一生懸命に見えたりする」んだと思う。
勉強でもスポーツでも、仕事でも遊びでも、
「歯を食いしばって一生懸命やっている」時より、

「夢中で（あるいはノリノリで）やっている」時こそが、
最高の状態だと思うんだよね。

有名選手が、「陰で並々ならぬ努力をしていた」
というエピソードがあったりするけど、
周りが勝手に、「一生懸命」、「努力」、「継続」・・・などと美談にしてるだけでは？
本人は、ただ「好きだから」、「面白いから」、「ツイツイ、ノッちゃって」・・・
というだけのことが多いのでは？！
自分が「好きなことを夢中でやっていた」時のことを思い出すと、
はた目には、「偉いねぇ、一生懸命頑張ってるね！」と見えた気がします。
子供たちが「夢中で、真剣に、遊びにのめりこんでいる」姿は、
偉いということではないですよね。

やらねばならないことは「一生懸命やるべき」かも知れないし、
それは良いことかも知れない？けど、
一番良いのは「一生懸命頑張らなく」ても、
もっと気楽に「夢中に」なれる状態だと思うんだよね。
ただ、なかなか、そういう状況になれなかったりするんだけど・・・

Comment：19　ume.

みにぶー！ 入ってきてくれると、ホッとするよ！
解り易い！ 分析的な視点を持ちつつ、自分のことを振り返って、
具体的に話してくれる。
ありがとう、みにぶー！ 全く、その通りだよ！そーゆーことです！
おフロに入ってきます。睡魔に勝てれば続けます。
ダメなら、また明日、車の中から！

Comment：20　ume.

みにぶーの言ってることこそ、"忘我" = "セルフの不在" です。
子供の頃は、色んなことの蓄積がないから、"我を忘れ" がちです。
大人になると、蓄積が多過ぎて、つまり、エゴが強烈で、
我を忘れることは、なかなかありません。
Simple is Best.　僕の大好きなロックの表現でも、よく使われます。

シンプルにしかできない未熟さ、これも芸術として、大きな魅力ですが、
色んなテクニックを身につけて、ひと通り散々使ってみて、
過剰な装飾は良くない！っつって、
シンプルなロックンロールに戻る！みたいな。
シンプルにしかできない未熟さ＝子供の無邪気さもいいけど、
ナンでもできるけど、それら一切を捨てて、
シンプルにやる＝大人の無垢ってのは、やはり深みがあります。

あまりにも心地のいい朝ナンで、
思考と戯れるのは、ここらへんで、一旦、やめときます。

無選択の気づきとユーモアのセンスー 15

2010-06-24

ワールド・カップ！／外的要因への対処？
コメント：ハナ、うっしー、ひとし、miwa、peach

③ 心理的蓄積、内的依存
④ 恐怖、不安
このあたりについて進めてます。

内的依存に走り易い、最良の言い訳、
"一生懸命"、"頑張る"、"努力する"、について、
みにぶーから、非常に解り易いコメントをもらいました。ありがとう！
ume.の言い草、

> "一生懸命"、"頑張る"、"努力する"、これらの言葉を使うことで、
> 本当にしなければならないことから逃げてるってことはないですか？

みにぶーのコメント、

> やらねばならないことは「一生懸命やるべき」かも知れないし、
> それは良いことかも知れない・・・

僕らが、やらなければならないことって、ナンでしょうネ？
これも、"後回しにした半分"に入るンで、まだいいか。

まず、"一生懸命"、"頑張る"、"努力する"、
に見られる心の動きを暴いていきたいと思います。
これら、全て、いいことです。依存に走らない限り！
さて、自分で、一生懸命やってる時、頑張ってる時、努力してる時、
悪い気はしてないですネ？悪い気の時もあるのかな？
では、誰かに、「一生懸命やりなさい、頑張りなさい、努力しなさい」
と言われたら、どんな気分ですか？ナニを要求されてると受け止めますか？

Comment：1　ハナさん

こんばんは！ －14の、みにぶーさんのコメントは、私にも解り易かったです。
誰かに、「一生懸命やりなさい、頑張りなさい、努力しなさい」と言われたら、
たぶん、相手の期待に応えようと頑張ってしまうような気がします。
でも、ちょっと強要されている気分かな。

＞ナニを要求されてると受け止めますか？

良い結果を出すことかな。

Comment：2 ume.

そうだネ！ 結果だネ！ 期待に応えようと頑張るネ！ 悪いことじゃないです。
しかし、うまくいかなかった時のストレスは大！
まさに、今夜の日本代表は、
日本じゅうのサッカーファンの期待に応えなければならない！
大きなストレスにさらされてる！
「一生懸命やりなさい、頑張りなさい、努力しなさい！ 代表チーム！」
ストレスをエネルギーに換えて！
27時まで眠ります。おやすみ。

Comment：3 ume.

歴史的な快挙を目撃できて幸せでした。
3時に、ほうたがやって来て、けんぼっきにバースデー・メッセージを打ち、
その後、3時30分のキックオフ！ 家内と3人で応援！
日本代表、たくましくなった！
チームとして、ツラい時期を乗り越え、
チームとして "成長" した若者たち＆日本サッカー！
こうやって歴史は積み重ねられていく。

改めて、強く宣言しておきます。
夢や目標を持ち、プレッシャーに打ち勝ち、ストレスをエネルギーに換え、
結果を残していく。
飛躍的な成長を遂げる過程ですネ。これには、シビれます！ 快感です！
日本代表の快挙を引き合いに出して、自分のことを話すのは、

多少、気が引けますが・・・、ステージが違い過ぎですが・・・、
スポーツもセールスも、達成の快感を味わうことができます。
そして、当然、未達の悔しさ、失望も味わうことができます。
僕は、これら全てが大好きです！
今日、日本代表が成し遂げたことを否定する人は誰もいないでしょう。
いたとすれば、目立ちたがり屋のヒネクレ者です。

ああ、梅雨だというのにナンて爽やかな朝！
ナンて気持ちのいい、空、そよ風！
ああ、世界は美しい・・・。

Comment：4　うっしーさん

いやぁ～　ホントに素晴らしい勝利でした。
結局、追いつかれて引き分け・・・かな！？
（まぁ　それでもイイ）と思っていたら・・・
トドメーーー！　ヨカッタ。ヨカッタ。歓喜！
何事も準備が大事だと「世界の本田」に教えられました。
さて寝る準備に入ります・・・。

あっ、皆さん、岡田監督に謝って下さい (^w^)

Comment：5　ume.

おっ！　うっしークン！
サッカー談義になると止まらなくなるので、他の機会にネ。
そうだネ、岡田監督は、これで日本サッカー史上、最高の監督になりました！
もともと、日本人の中には、おかチャン以上の監督はいないけどネ。
オフト、トルシエ、ジーコ、そして、オシムまで、抜いてしまった！
たった1試合の勝敗（カメルーン戦）で、これほど評価が変わってしまう。
代表の監督って仕事は過酷だネ。
それだけ、みんなの期待を背負ってるってことだネ。

本田はネェ、2点めと、3点めを仲間に譲ったことに、ビックリしました！
僕は、好きな選手じゃなかったけど、あのふたつのゴールを生み出したことで、

日本代表になくてはならない選手となりました。
3点めは、観ての通りだけど、
2点めは、遠藤が蹴ると決断した時点で決まってたゴール。
遠藤には、イメージができてた。軌道が描けてたね。
GKは、完全に、本田のキックを想定して壁を作り、ポジションを取ってた。
本田クン、よく、遠藤に譲ったネ！
いやあ、今日は、スポーツニュースのはしごをしたい！

Comment：6　ume.

K53共有ページでも、少しお伝えしましたが、
僕ら、K53の何人かは、全国高校サッカー選手権大会に出場してます。
小・中と一緒にやったNonreyとは、敵・味方に分かれて
全国大会の3回戦で戦ってます。
たった、これだけでも、その後の生き方に、大きな影響をもたらします。
自信になったり、天狗になったり・・・、その他、もろもろ。
それが、国外W杯、初の決勝トーナメント進出となったらどうでしょう？
彼ら、これで人生が変わるような大きな出来事です。
このエポック・メイキングな結果に、頑張った自分に、
そして、劇的に変わる周りからの扱いに、どう対処していくか？
それは、ここで僕らが、色んな欲望とか自分の反応に、
他人からの評価とか外的要因に、どう対処していくか？
これを考えていくことと同じ地平に立ってます。

今朝の日本代表のような舞台を用意される人が、どれほどいるでしょうか？
大きな夢と希望と目標、そして野心を持ち、国の威信を懸けて戦うナンテ、
限られた幸運な人にだけ許された貴重な経験です。
そうではない大多数の僕らのようなフツーの人が、
夢や希望を持ち続けるのは簡単ではありません。
舞台こそ、大きな差があるように見えます。
W杯優勝に必要なことに、"運"を挙げない人はいません。
結果は、多かれ少なかれ、運に左右されます。
しかし、どの時代でも、どんな状況にあっても、
運に左右されないところで、"元気（正気）を保つ"。

それは、運のあった彼らにも、とりあえず、それほどの運はないでいる僕らにも、
同じように大切なことだと思われます。

この偉大なる結果に依存して、迷路に迷い込んで終わるのか？
それとも、うまく対処して、自分自身を失わずにやっていけるのか？
僕ら、自分のことをシッカリと見つめつつ、
今、日本じゅうに元気をくれた、あの頼もしい若者たちを、もうしばらくの間、
見守っていきましょう。

Comment：7　ひとしさん
お疲れ様です！ ワールドカップに、皆さんが注目してますね！
始めは、どうかな？ なんて思ったりもしてましたが！
大舞台というのはすごいなぁ！

> 舞台こそ、大きな差があるように見えます。

有名になり、環境も変わり、重圧も強くなりで、
いきなりの変化に自分を見失わずいけるか？
と言われると、俺ならちょっとビビッちゃいますね！
そんな舞台にいないので、いらぬ心配ですがね！
２９日も、感動と興奮を！

Comment：8　ume.
有名になり、環境も変わり、重圧も強くなり、いきなりの変化に自分を見失い、
行き着くところまで行ってみればいいンだな。
シッペ返しを食らい、ヒドいめに遭って、
フッと我に帰って軌道修正すればいい。
思考のいいところは、そんな時には大活躍できるってところだから。
そしてまた、軌道修正できたことに依存してしまわなければネ。
うまくいこうが、いくまいが、依存さえしなければいい。
うまくいった自分の栄光に、うまくいかなかった自分の悲惨さに、
依存さえしなければいいンだから・・・。
いづれにしても、睡眠不足は続く・・・。

夢のような、4年に1度の6月～7月。

Comment：9　miwa さん

ume. さんたちと、Nonrey さんの試合は、当時の彼と TV 見てました～
（暴露大会のあの方じゃないよ🐱）
同じ中学の同級生って、ちょっと、イヤ、かなり自慢でしたよ♪

日本人も、外国のチームでプレイしてたり、国自体も外国人が増えたり
（高崎でも黒人さん見かける～⭐）
今の若い人たちは、ワールドワイドになりつつあるのかな～
それが、メンタル面にもつながってるんでしょうか・・・✳
プレッシャーに負けず、自分の力を発揮するって、難しいよね～🐸💧
それも、あんなに大きい舞台で～
まあ、普通の人にはなかなかそこまでは、ないケド・・・
やらなきゃって時に、その時できることを
自然体でこなせたら良いなぁ～と思いますが・・・🐸✳

Comment：10　ume.

＞当時の彼と TV 見てました～（暴露大会のあの方じゃないよ🐱）

！！！そうかぁ～、
僕らチームとしては、お恥ずかしい試合をお見せ致しました。
全く、歯が立たなかった！
Nonrey にも、ヘディング・シュート叩き込まれたしネ！

＞プレッシャーに負けず、自分の力を発揮するって、難しいよね～🐸💧
＞やらなきゃって時に、その時できることを
＞自然体でこなせたら良いなぁ～と思いますが・・・🐸✳

これは、なかなか大変だよネ。
場数を踏み、場慣れしてないと、なかなかできることじゃない。

特定のルールの中で、そのルールに沿った結果を出すってのは、

まさに、色んなところで言われたり、本に書かれたりしてる、
いわゆる、ノウハウが大事になってくるよね。
その道で成功するためには？ みたいな。
佐野クンの曲の一節、
「教えてもらう、１つひとつのことが、いつの間にか、スグ、役立たずになるのさ」
そういうことだと思います。
僕は、そういった、イタチごっこには加わりたくない。
イヤ、日々、イタチごっこの繰り返しだけど、
その、イタチごっこ状態の自分に依存する気はサラサラない。
ん？ 話がそれたし、伝わりづらい話になってきましたか？

とりあえず、サッカーの試合に行ってきます！ 行くぜ！ ヤギキン！

Comment：11　うっしーさん
いやぁ～　青侍、残念だったケドよくやったねぇ～d(>_<) GOOD！
駒ちゃんドンマイ。

Comment：12　ume.
うん。駒野を責める人は誰もいないでしょう。
実り多きＷ杯だった！ この収穫をＪリーグにいかに落とし込むか？
日本サッカーの新たな可能性が見えてきたネ！
結果的には、"最高"だったでしょう！
誰もが「よくやった！」と言ってくれる４試合。
開幕前の全く可能性の見えない状態と比べたら奇跡と見える。
そして、「Ｗ杯ベスト８は、まだ早過ぎる」。Ｗ杯は、そんなに簡単じゃない。
この悔しさを次につなげていかなくては！ 最高の幕引きだったと思います。

Comment：13　ひとしさん
感動しました！！
サッカーを知らない俺でも、
日本代表の４試合は最高の試合と言っちゃえますね！！
昨日の、日本対パラグアイ戦は、
初めて、まるまる１試合に夢中になれました！！

ありがとう！ 日本代表！！

Comment：14　ume.
あれ？ ひとし、サッカー知らないのに、
フットサルクラブのゼネラルマネージャーなんてやってンの？

Comment：15　ひとしさん
あれ？ それー！ 知らずに盛り上がってます！
高南５３の皆さん！今月も、お待ちしております！

Comment：16　ume.
７月は、第５土曜がある！ また、アラフォー・フットサル大会で盛り上がろう！

さて、このブログを読んでくれてる人には、ひとしと僕は、
それなりの間柄なのかな、と伝わってるとは思います。
ここで、ひとしについて話してみます。うまくいくかどうか判りません。
僕の声、表情、仕草、人格などを通して話しても、
結構、笑い話になっちゃうンです。
ここで、文字だけで伝えることに挑戦してみますが、
この"並み外れてる"僕の相棒の、ナニが、並み外れてるのか？
うまく伝わるかどうか・・・？？？
テーマに沿った話です。ひとしー"自分＝過去の束"に依存しない珍しいヤツ！

Comment：17　ひとしさん
テーマに沿った話？って！ イヤ、マ、マズいですよ！
またいきなり！ 困っちゃうなぁ！

Comment：18　peachさん
ume.さんの相棒のひとしさん・はじめまして。
わたしは・ひとしさんのこと・今までず〜っと謎でしたョ。
並み外れな・珍しいヤツ・・・なのですね・・・ムズかしい〜。

Comment：19　ume.

peachさん！ いつも読んでくれて、ありがとうネ。謎は多い方がいいネ。
先の見え透いた分かりきったこと(政治とか)よりも、
これからどうなるか判らないこと(W杯とか)のほうが、ゼンゼン！ 面白い！

ひとしはネェ・・・、間違いなく並み外れてます。
僕ら、40年以上生きてると、私－過去の反応である思考の束－に
ドンドン影響されて、フツーでいるのは、かなり困難なこととなってきます。
もっとも、自分はフツーだと、僕も含めて、みんな思ってますが・・・。
正気を保つのは難しい。まともでいるのは簡単ではない。
多かれ少なかれ、誰もが狂気を抱えてます。
多くの人は、それを否定します。自分は常識的だと。
ナンだ？ 常識って？
多くの人は、自分の狂気を見たがりません。
見えそうになると、目を背け、フタをします。
ナニに怯えてるンだ？
僕らは、私＝過去の束の抱える"恐怖"によって、
日々、歪んだ恐ろしい内面を作り出します。
そして、外面的には、ナニもないかのように、隠して隠して、フツーぶります。
この、内面と外面のギャップが全ての不幸のタネです。
私＝思考の束が強化されてくると、もとあった、慈しむべき本来の姿から、
ドンドンかけ離れていってしまいます。

本来、僕らは、祝福された存在です。
イヤ、"本来"ではなく、そもそも完全に！ この"生"は祝福されています。
無選択の気づきは、それを解らせてくれます。
当然、ひとしが無選択に気づいてる訳ではありません。
僕も、そうではありません。
ただ、無選択に気づくことへの障害が、極めて少ない！
その点が、並み外れてます。
ひとしの話をうまく伝えられれば、
無選択に気づくことへの障害はナンなのか？ これも伝わると思います。

Comment：20　ひとしさん

peachさん！ はじめまして！ 謎ですか！
ちょっと嬉しいですね！ ヨロシクお願いします！
じゃあ、ume.さん！ いってみましょう！

Comment：21　ume.

ＯＫ！ んじゃ、ひとしの話、日記を更新して、やってみましょう。

無選択の気づきとユーモアのセンスー16　　2010-07-05

ひとしの話／知識を溜め込む？／ナニも知らないってこと
コメント：ひとし、ハナ、peach

過去の束＝自分自身への依存度が、極めて低い、ひとしについて話してみます。
これは、いいこととしての話です。
いいとか、悪いとかの評価や判断は、常に、受け取った側に、
お任せしとけばいいンですが、
これについては、僕が、いい！と思ってる話です。
それって、いいことなの？って感じかも知れないンで。
－15で、話題にした、W杯で大活躍した選手でも、
その成し遂げた結果と、うまく付き合っていけず、
道に迷ってしまうこともあるってこと。
ひとしは、サッカーのこと知らないくせに、
サッカー施設のマネージメントやってるってこと。
これらと関連したお話です。

Comment：1　ume.

僕らみんな、誰かに接する時、
過去の束を思いきり背負って接していることに気づいていますか？
顔見知りなら、それまでにできたイメージを持って。
初対面なら、事前に得た情報からイメージをふくらませたりして。
どちらともに、なにがしかであるところの自分のイメージを用意して、
接していることに気づいていますか？
僕らはみんな、過去の束という色メガネをかけて、対象を見てしまうンです。
相手のイメージと自分のイメージを作り上げ、私と非・私を分離させ、
あなたと私の間に壁を作って、
さあ、どうぞ、話を聞きましょう！とやるンです。
これが、僕らのやってる、いつものことです。
コミュニケーションが、うまく取れないってのも、ムリもない話ですネ。
実は、僕ら、人の話ナンテ、ほとんど聴こうとはしてません。
僕らの優先順位は、いつだって、僕を解ってくれ！＝僕を守ってくれ！です。
行き過ぎました。まあ、つまり、"私"ありきナンです、

ってところでやめときます。

坂本龍馬という偉人がいました。
今は、猫も杓子も、リョーマ、りょーまナンで、
間違っても、僕は龍馬ファンとは白状できませんが、
坂本龍馬という人は、
この、"過去の束という色メガネをかけて対象を見てしまう"
ことのなかった人です。
相手との間に壁を作らず、フトコロに、スッと入って同化してしまうンで、
その親しみ易さに、心を許してしまうンです。
ひとしに、これに近いものを感じます。
だからと言って、ひとしが坂本龍馬みたいだってことじゃありません。
間違っても、あんな大物じゃありません。
こう断っとかないと、スグ調子に乗るからな。
それでは、もっと具体的に。

Comment : 2　ひとしさん
お疲れ様です！ さすが！ お調子者！ 危なく、その気になっていましたよ！

Comment : 3　ume.
7～8年くらい前かな？ フットサルクラブの運営依頼が舞い込んで来ました。
そんなモン、商売になるのか？ と調査をしたところ、
こりゃ、なかなか面白いかも！ と思い、引き受けました。
そこで、コイツとやれば必ずうまくいく！ と引っ張ってきたのが、ひとしです。
まあ、大成功でした。
やること為すこと好き勝手、思う存分やったので、楽しかったし、
興奮したし、充実してた。休まずやりましたネ。
うまくいった要因のひとつに、
ひとしが、サッカーのことをナニひとつ知らなかった、
ってことが挙げられます。
その後、元Jリーガーとか、サッカー経験者を、
スタッフとして、だいぶ迎え入れましたが、
元Jリーガーとか、○○大会出場とか、

そんな肩書きは、サービス業にはナンの役にも立ちません。
お客様の前で、「オレは、元Jリーガー！」みたいに偉そうにされても、
そんな訳の解らないプライドは捨ててくれ！ってなモンでした。
ひとしには、それがありませんでした。
来て頂いたお客様に、誠心誠意接する。できることは、それだけでした。
今でも、スタッフの温かさは、他の施設を圧倒してるハズです。

あれから、だいぶ経ちました。
ひとしと言えば、相変わらずサッカーのことをほとんど知らないンです。
いかがなモンなんでしょう？

Comment：4　ひとしさん
いかがなモンって！ そんなバラさなくても！ 一応、知ってますから！
本日、２７時から準決勝戦！ ドイツ ｖｓ スペイン戦！ どうだっ！

Comment：5　ume.
おっ！ よく知ってたネ。
ドイツ vs スペインは、このＷ杯屈指の好カード！ 楽しみ！
ひとし、ちゃんと観るの？ 観る気ナンて、ないンでしょ？ 僕は、必ず、観ます！

んじゃあネェ・・・、ひとしは、これについてなら、よく知ってるよ、
って自慢できること、ナニかあるの？

Comment：6　ひとしさん
そりゃ、ありますよ！ 自慢できることですよね！
例えば・・・まあ、ないっスね！！

Comment：7　ume.
決勝！ オランダ vs スペイン！ 楽しみ！
スペインの華麗なるパスサッカーの勝利！ ひとし、観てた？

さてさて・・・、そうナンです。
ひとしは、知識的に、これに詳しいってことがないンです！

どう思われますか？"知ってること"に頼ったひとしを見たことがありません。
これで仕事ができなけりゃ、ただのダメなヤツです。
ところが、頭はいいし、理解力はあるし、まあまあ注意力もあるし、
仕事ができちゃうンです。
そして、ナンと言っても、いつだって、明るくて元気ナンです！
これは、僕には、驚異的なことと感じられます。

Comment：8　ume.

「ナニも知らない」という状態に耐えられますか？
例えば、僕のようなプロのセールスマンなら、
自分の扱ってる商品を知っていなくてはならない。
お客様に最高のサービスを提供するために、
豊富な商品知識を持ち合わせる。
あまりにもまっとうな、ごもっともな話です。
しかし、僕は、本当にお客様の利益を考えて、
商品知識を身につけてンでしょうか？
特に保険では、"免責"という考え方が強くあります。
訳の解らない専門用語を細かい字でたくさん並べといて、
ナニか問題が発生した時、「ホラ、ここに書いてあるでしょ」ってやる
"言い逃れ"です。保身ですネ。
僕らがナニかを知ろうとする時、それは、自己防衛のためであることは、
少なくないと思いますが、いかがでしょう？
笑っちゃう"理論武装"ナンて、モロにそうですネ？
あるいは、知ってる自分をヒケラカしたい、
そんな動機で、せっせとガラクタ(不要な知識)までも、
溜め込んでるってことはないですか？
知るということの裏側には、知ってるモノを使って、
自分を守りたい、相手を打ち負かしたい、自己満足に浸りたい。
そんな心理がチラチラと顔を覗かせてます。

Comment：9　ume.

実際、セールスに際して、出たての新商品を詳しく知らずに、
お客様の前に出るのは、かなりの不安です。

「まだ、勉強してない！お客様に聞かれたらどうしよう！」ってネ。
そんなめに遭いたくなくてセッセと勉強する訳です。
んで、勉強すると、今度は、それを言いたくて言いたくてしょうなくなります。
お客様にとって、まるっきり不要なモノについて、
延々と説明をし、悦に入ってる売れないセールスマンも、よく見かけます。
まあ、いわゆる的外れですネ。
実は、この的外れが、僕らの日々のコミュニケーションで
起こってることナンです。
僕らはみんな、"思考＝過去の反応"をフル回転させて、
"私＝過去の束"を思いきり背負い、
私が！ 私が！ というエゴを散々強化した状態で、
さあ、解り合いましょう、とやる訳です。
人の話を聞くふりをするンです。
これで、人の話ナンて聞けるハズありっこないンです。
コミュニケーションの不毛です。
僕らは、過去の束という色メガネを外せないので、
目の前にあるモノの、ありのままの姿をありのままに見ることは、
ほとんどできないンです。

さて、ナニも知らないひとしは、自分を守る知識なしに、
相手を打ち負かす知識なしに、仕事に際して、不安ではないのでしょうか？

Comment：10　ひとしさん

フムフム。知識なし、知識なしでも不安なし！ 問題なしですね！
それと、自分を守ろう、相手を打ち負かそう、
というのはちょっと考えたことなかったですね！
俺でも、「何も知らない」というのは恥ずかしいんです！
恥ずかしいんですけど、モノにできないというか、身につかないというか・・・。
初めて勤めた会社でも、営業マンとして覚えておくべき？
クロージングトーク集を覚えられず、
１ヵ月、研修期間を延ばして頂いたこともありました！
いやぁ、延ばして頂いた所長には感謝してます！
それでも、トーク集は最初しか覚えられず、

何とか社員になった頃でもゼンゼン使えませんでした！
だがしかし！ 世間は温かい！
俺も、巡り会わせが良かったのか、迎え入れてくれる方々と、仲良くなれまして、
生き残れるギリギリのラインで営業マン生活を送れました！
人と接するのが大好きで、人と触れ合うと、明るく元気になれてました！
何も知らなくても、温かい皆様がいる限り
まだまだ不安なく生きておりますともー！

Comment：11 ume.

> 自分を守ろう、相手を打ち負かそう、
> というのは、ちょっと考えたことなかったですね！

セルフの動機は、全て、この自己防衛です。
意識的には、そう思ってなくとも、
深層心理は、必ず、この自己防衛という動機があります。
ところが、ひとしは、本当に、そんなこと考えてないように見えます。
全くの無防備で、人に接するンです！
いわゆる"小賢しい"ってことと無縁に見えます。
このブログにお付き合い頂いてる方には、
うっすらと伝わってるかな？とも思いますが、
僕らが考え出すモノ、それが、いかに高尚であろうとも、
どんなにか、よく練られたモノであろうとも、
思考の範囲にあるモノは、全て、浅はかです。全て、小賢しいモノです。

ひとしは、よく考えるほうです。しかし、思考の限界をよく知ってます。
もちろん本能的に。
だから、"知ってるモノ"に頼ることがありません。
ゆえに、対象との間に壁を作ることがありません。
対象に、完全に身をゆだねてしまう、"坂本龍馬的高等戦術"を
初めから持ち合わせているンです！
小賢しさで身を守ろうとする、僕ら大多数に対して、
この、ひとしの在り方は、途方もなく自信に満ち溢れている！
と見えますが、いかがでしょうか？

色んなことを知ってることを競う、とか、仕事の成果を競う、とか、
どれほどモテるかを競う、とか、
そういった一切のモノサシから離れたところで、
コイツ、並み外れてる、と思う理由です。
立派な人は、結構いますネ？ でも、あまり面白くありません。
しかし、並み外れてるヤツは滅多にいません。これは、面白い！！

Comment：12　ひとしさん
ume.さん！ 俺は、ホメられているのでしょうか？
でも、面白いヤツであれたなら、とても嬉しいですよ！

Comment：13　ume.
ひとし！ 僕は、ホメてるンでしょうか？
お互い、気分良くなれたとしたら、それでいいンじゃないでしょうか？
ホメられてるのかどうか？
というモノサシも、思考が生み出す浅はかな基準です。
構わず、いこう！

Comment：14　ひとしさん
そうですね！ 構わず、いきましょう！

Comment：15　ume.
んでネ、ひとし、自分を守ってくれる会社や組織にも属さず、
自慢できる地位も、肩書きも、資格もなく、そして、金もなく、
ホント、ろくなこと知りもしないで、(ナンか、ヒデェ言い方だなあ・・・)
フツーなら、不安で不安でたまンないと思うんだけど、
そういったモノ一切が要らないと思える、
ナニか特別な、大事なモノを持ってるの？
そういったモノ一切に頼る必要のない、絶対的な自信って、どこから来てるの？

Comment：16　ハナさん
こんばんは！－16のume.さんとひとしさんのここまでのやり取りを読んで、
このブログを始めたume.さんはもちろんですが、

ひとしさんも、(お会いしたことはありませんが) 1人の人として、
何だかとても素敵な方なんだな〜と思いました。(ただの感想で、スミマセン)

Comment : 17　ume.
ハナちゃん、ありがとう!
ハナちゃんが入ってきてくてると、ホント嬉しいです!
K53の誰でも、入ってきてくれると、ホッとします。
危なく、ひとしと　ume.の対話になるところでした。

このブログの初めに、完成は死の直前か? みたいなこと書きました。
ゼンゼン、ウソみたいです。
以前、父の本を書いた時も、何年か後にはまとめたい、と書き始めてます。
その時は、3ヵ月で書ききりました。
皆さんとの対話にしたいと思ってンですが、
みんな忙しいお歳頃ナンだろうし、
話も、それほど面白くないみたいです。
みんなからの意見をもらいつつ進めるってのは、夢物語だった・・・。
今この瞬間に思ってることを、今この瞬間に書いていきます!
そうしないと、魂のこもった文章にはならないだろうから・・・。
完成も、そう先ではないでしょう。

文章に力がある! と言われたことがあります。
おマエ、本気で書いてるだろう? と言われたことがあります。
文章に引力がある! とも。嬉しいことです。
テクニックのない、僕のようなモノは、
この瞬間の爆発を書きつけるしかありません。
書きたいことが溢れ出てくるに任せて、ドンドン進めます。
一応、対話形式は維持したいので、
付き合ってくれる人には意地でも付き合わせて!
ナンつってぇ〜・・・!!
このトーンが、依存の始まりですネ。僕が、書いている僕に依存し始めてる。
書いてる僕を認めないヤツは、みんな敵だ! みたいな。
大丈夫、僕は、そんな僕を笑い飛ばしながら、

それでも、疾風の勢いで進めていきます！
僕が、性急過ぎたとしても、ナニか、引っかかることがあれば、
どんなことでも歓迎です、コメント下さいな。
文脈や、流れのことナンて、どうでもいいンで！

Comment：18　ひとしさん
お疲れ様です！考えたことのない領域の質問に返答に困っておりました！

> ナニか特別な、大事なモノを持ってるの？

ここで、他の特別な、大事なものなんてのを考えてたら、特になくて、
そもそも、上の地位とか肩書き、ナンタラカンタラ自体が
それほど特別でも、大事でもないのでは！と、たどり着いているところです！

> 絶対的な自信って、どこから来てるの？

絶対的な自信も、これも、自信っていうか？
地位とか肩書きにそれほど興味がなく、
お金も、食べていけるだけあれば充分だと思うので、
自信があると言うか、フツーです！
イヤー！文章って難しいですね！

Comment：19　ume.
フツーです！って、おマエ・・・。
ナンと言うか、まあ、いいや、解る人だけが、クスッとしてくれれば。

そうですか。それでは・・・、
ナニか、特別なモノを持ってる訳でもなく、
質問にあるような"ガラクタ"もナニも持ってなく、
その上、これと言った自信もある訳ではない。
ひとしの現状を、僕に、こう指摘されて、不安にはならないの？
この、先の見えない時代状況にあって、その、先の見えない個人状況。
これから、ナニを指針にして、ナニを頼りにして、どう生きていくつもり？

Comment：20　ひとしさん

そうですねぇ。俺は、どうしようもないヤツだってことが分かってます！
なので、ume.さんや、関わる人たち、みんなに助けられて生きている！
これは、間違いないと確信しています！

>ひとしの現状を、僕に、こう指摘されて、不安にはならないの？

そんな俺なんで、やっぱり、大丈夫かな？という不安はあります！
先のことを考えれば考えるほど、それは増殖していきます！

>この、先の見えない時代状況にあって、その、先の見えない個人状況。
>これから、ナニを指針にして、ナニを頼りにして、どう生きていくつもり？

これですよねぇ。見えない先の、世の中の流れや俺の将来！
これを考えると、もう怖くて！
でも、ビビッていてばっかりでも、しょうがないので、
今回の、『時間について』の話にあった、変わるこの瞬間！
この今に燃えて生きていければと思っています！

Comment：21　ume.

ふふふ、ひとし、まあ、そういうことナンだろうね。
将来どうするのか？ナンて、思考の生み出す時間の領域にある
"全て腐る"モノについての、意味のない質問をしてみました。
どーでもいいことを真剣に答えさせてスマナイ。
余すところなく、この瞬間に気づいていられれば、
先のことなど考えてるヒマはありません。
腐らないのは、今この瞬間のみ。
どこにもない過去や未来に、ウツツを抜かすことなしに、
この瞬間の≪全奇跡≫に、気づいていられれば、
深遠で広大なる、この"生"の全領域に、気づいていられれば、
全ての恐怖がなくなります。
不安ナンて、僕らの心が生み出すモノです。
そんなモン、僕らの心の中以外のどこにもありません。

だというのに、あるいは、だからこそ、僕らは日々、明日への不安を抱え、
ナンとかして、その不安に打ち勝とうと悪戦苦闘を繰り返します。
それが、人間です。
それでいいンです！ ナンて言って、
ホントに、それでいいと思えるなら問題なしです。
その通りに違いありません。
でも、それじゃ困るという人のほうが圧倒的に多いでしょ？
恐怖や不安の正体を暴く必要がありますネ？

Comment：22　ひとしさん
あります！ ホントあります！ 暴いっちまいましょう！

Comment：23　ume.
日記を更新する前に、最後にちょっと。ハナちゃんからのコメント、

＞１人の人として、何だかとても素敵な方なんだな〜と思いました。

嬉しいお言葉を頂きました。僕らは、"ただ独り立つ"ことが必要です。
"ただ独り立つ"こととは、孤独や孤立とは、だいぶ離れたイメージです。
言葉の意味を定義してるのではないので、
限定的な説明を加えるのはやめましょう。
ただ、ぼくの言う"ただ独り立つ"は、
このお話しを進めていく上で、極めて重要なイメージです。
だんだん伝わっていけばいいな、と思います。
それと、ひとしの、

＞俺は、どうしようもないヤツだってことが分かってます！

「僕は知っている」と言う人は、自分がどれほど無知か知らない人です。
僕らが知ることができるのは、僕は、いかにナニも知らないのか！
ということだけです。
ひとしが、どれほど本気で、そう言ってるのか？
本気で、そう言える人だけが、"生"の全祝福を受け取れる人です。

それでは、日記を更新して、
③ 心理的蓄積、内的依存
④ 恐怖、不安
に戻って、進めていきます。

Comment：24　ume.

携帯スクロールは大丈夫かな？ひとしの話の続きナンだけど・・・、
ナ～ンにも知らないから、「教えて下さい」と素直に言えるってこと。
知ってるぶってるところがないから、
教えてくれる人の話を本気で聴こうとすること。
この態度は、教えるほうにとっては、可愛いですネ？
どんな人が好きかって言ったら、
実は誰だって、自分の話を、よく聴いてくれる人が好きナンです。
もっともっと教えたいと思っちゃいますネ？
まあ、教えたことをスグ忘れやがるンだけど。
そして、コイツの超越した自信の出どころは、
"誰よりもお客様に対して真剣に関わっている"、
"全身全霊をかけて、機会を大切にしてる。"
こんなところにあるハズです。
あのフットサルクラブに集まる連中は、みんな、ひとしのファンです。

Comment：25　peach さん

ume.さん・ひとしさん・・・お２人の関係は・・・
なんだかとっても・うらやましいですょ。
これからも・マイニチ・お話・楽しみにしてマス。

Comment：26　ume.

し・あ・わ・せ！peach さん、ありがとうネ。
ひとしーひと回り下のうさぎ年生まれ。
「２万人に１人の変わり者。
あなたのしゃべってることは、だいたいの人には理解されない」
と言われた、暗い過去を持つ僕の話をよく聴いてくれる、たぶん、変わり者です。
でもまあ、僕らは、

僕らほど、正気を保ってるヤツは、僕らほど、まともなヤツは、僕らほど、フツーのヤツは、他にはいない！
と思ってるンだけどネ！人、それぞれ。

無選択の気づきとユーモアのセンス-17　　2010·07·15

依存について／"だた見る"って？／エネルギーの使い方？
コメント：ひとし、miwa

僕らが「知っている」と言った時、その知ってるモノが、
いかに偏狭で、頼りにならないか、ということを本能的に知っていて、
その偏狭で頼りにならない知識に、
ほとんど全く、依存しないひとしについて書いてみました。
伝わったでしょうか？
僕が、この話をする時、「コイツ、ホント、ナニも知らないンだよぉ～！」
って、トーンになるので、どうしても笑い話になりがちですが、
これは、文章だけで伝えたほうが、かえってシリアスに伝わったかな？
ナンて思ってます。

僕らが知ることができるのは、僕は、いかにナニも知らないか！
ということだけです。
そして、知らなければならないことは、
その決定的に無知である、"自分自身の全構造"についてです。
しかし、僕らは、この知ることができるチャンスを、ほとんど逃してます。
一見、あまりにも刺激的な外の情報に夢中になり、
一生懸命それらをかき集めるのに疲れ果て、
かき集めた、自分を守ってくれそうなガラクタに、
ガンジガラメにされて身動きがとれなくなり、
スッカリ機敏さを失って、鈍感になり、怠惰になり、身軽さを失くしてしまい、
唯一、知れるハズの、そして、知らなければならない自分自身のことを、
注意深く、ただ見るだけのエネルギーが損なわれてしまってます。

ただ見ることには、並み外れたエネルギーが必要です。
ただ見ることは、それ自体が、並み外れたエネルギーでもあります。

僕らは、その"並み外れたモノ"を、
自分自身というワクの中に閉じ込めることによって、
全く"月並みなモノ"にしてしまってます。

そして、月並みなモノサシで測定しあって、
大きいとか小さいとか、勝ったとか負けたとか、
知ってるとか知らないとか、持ってるとか持ってないとか、
比較による幸せをナンとかつかもうとしてるンです。
この途方もないようなエネルギーの浪費の果てに、
"幸せ"が待っているとでも？

いづれにしても、
③ 心理的蓄積、内的依存
④ 恐怖、不安
に戻って、僕らの心の構造を暴く作業に、再び、挑戦してみます。

Comment：1　ume.

－14で、僕の例え話として、
Ｋ５３のアシスタントを一生懸命やるってことに依存する。
こんな話から始めたので、一生懸命ってことが悪いことと受け取られたら、
スイマセン、そうじゃありませンネ？
一生懸命やってる自分に依存するってことが悪いことです。

例えば、薬物依存症とか、アルコール依存症とか、
一般的な基準では"悪いこと"となってることへの依存は、
"症"ナンてくっつけて非難の対象になってます。まさに、逃避ですネ。
薬物への逃避、アルコールへの逃避。現実からの逃避が依存を生み出します。
その逆の例を先に挙げてしまいました。
一般的な基準では"いいこと"となってることへの依存も、依存は、依存です。
破滅の始まりです。
その他、例えば、ワーカホリック－仕事中毒ナンてのもありますネ。
これは、非難の対象にはなってませンネ？　どちらかと言えば、ホメ言葉？
よく働いて、エラいネェ、って意味で、使いますネ。しかし、これも同じです。
薬物やアルコールに依存するのも、一生懸命という状態に依存するのも、
仕事に依存するのも、全て同じ、破滅の始まりです。
悪いことに依存してると、悪いことをしてるって意識があります。
周りからも非難されます。

犯罪にまで走らなければ、こっちのほうが、まだタチがいい。
しかし、いいことに依存してると、マズいことしてるって意識がありません。
周りからは、非難されるどころか、賞賛されたりしちゃいます。
実は、これが僕らみんながやりたがってることです。
みんな、いいことを探して接触したがりますネ？
４６～７歳にもなれば、悪ぶってムリに悪いことに、
接近するようなことはしなくなってきますネ？
そこで、これだ！って探し出した"いいこと"に依存が始まる訳です。
その"いいこと"に逃げ込み、現実から逃避するンです。
そして、僕らは、≪必ず≫依存してるモノに滅ぼされます。

Comment：2　ume.

依存はラクです。とりあえず、この現実から逃げていられますから。
僕らは、奥底に抱える"恐怖"から逃れるため、安心領域を捜し求めます。
この瞬間をシッカリ見つめ、この瞬間の奇跡に、スッカリ気づくには、
侵食されてない、並み外れたエネルギーが必要です。
もとより"うすのろ"の思考では、全く手に負えない"素早さ"こそ、
この瞬間です。
この瞬間の素早さに挑むには、途方もないエネルギーが必要です。
ところが、僕ら、どーでもいいこと、
－自分を守ってくれそうなガラクタを集め回ることーに、
スッカリ、エネルギーを浪費してしまってます。
んで、とりあえずラクな、過去や未来といった、"知られているモノ"に
安住しようとするンです。
で、どうでしょう？
４６～７年も生きてれば、安住の地ナンて、
どこにもないと気づいてはいませんか？
ひとまず、安心できる居場所を見つけることはできます。
ほどなく、そこは、そうではなくなりますネ？違いますか？
"知られていないモノ"に挑むには、僕らは、勇気がなさ過ぎるンです。
未知への不安や恐怖に挑む"勇敢さ"は、スッカリ、去勢されてしまってます。
しかし、どんなに不安であろうとも、未知への扉を開けなければ、
それは、僕らの奥底に潜む"恐怖"を、消滅させることはできません。

Comment：3　ume.

ナンの証明もされない、ナンの裏づけもない、
僕の"当て推量"をダラダラと書いてしまいました。

ここで、依存談義でもできたらな、と思うンですが・・・。
思い当たるフシがあれば、「これも依存かな？」みたいに。
まあ、残念ながら、そういう土壌はできてないので、
僕の経験談になってしまうのかな？
こんなところで披露できっこない深刻な依存もあれば、
笑い飛ばせる罪のない依存もあるでしょう。
でも、吐き出して、笑い飛ばすところに、"癒し"があるのも確かなようです。
この試みが、そういう場になれるとは思ってませんが、
ナニか、ホッとするようなモノになれたらいいなとは思います。

Comment：4　ひとしさん

このところ、タバコの本数が増えてきています！
以前は、１日１箱にならないくらいでしたが、
今では、多い日には２箱に届いてしまいます！
ＳＴＡＦＥの皆が気にして、
２ｍくらいの壁の高さに俺のタバコ置き場を用意してもらい、
取りに行かないと吸えないようにしてもらったこともありました！
でも、タバコがなくなったら、自分で買って、そばに置いたままにしてしまい、
それに気づいたＳＴＡＦＥが、また置き場に置く、
といったようなイタチごっこが続き、
今では、その置き場もないという結末！　どうにかしないとなぁ！

《※ 注釈》
ＳＴＡＦＥ＝固有名詞。スタッフ・チームの名前。誤植ではありません。

Comment：5　ume.

ひとしは、タバコ依存症かあ。
タバコを吸わない僕には、タバコの良さは解らないけど、
いいことも悪いことも、過度なのは依存だね。

これがなけりゃ、死んじゃう！ とか、こうじゃなけりゃ、ダメ！ とか、
みんな依存の状態だけど、まあ、どーでもいいことも多いネ。
原因は？ 更生するつもりは？

Comment：6　ひとしさん
吸おうという気もないまま、タバコに手が届くといった・・・！！
今も持ってしまった！ クセになっているのでしょうか？

＞更生するつもりは？

減らすことができれば程度です！
こうやって書いていたら、なんか、そんなに本気じゃない気がしてきた！
失礼しました！

Comment：7　ume.
僕の亡き父は、ヘビースモーカーでした。
ナニかのストレスがあって、イライラした気分を鎮めるのに良かったようです。
やはり、製図作業に集中したりして、精神的に？ 神経的に？ 疲労すると、
吸いたくなるようでした。
タバコを吸って、それらが和らぐならいいことだよね？
父は、65歳で仕事から離れた時、パッタリ吸わなくなりました。
やっぱり、仕事には必要だったのかな？
んで、70で、パッタリ死にました。
タバコなんて、例えば、100歳まで生きられるハズだった人が、
98歳までしか生きられなくなる。そんな程度だと思ってます。
若く健康な人が、気にするようなモノではない。
周りからワーワー言われて気に病むほうが、よっぽど、病気のもとでしょう。
最近の禁煙運動のほうこそ、過剰反応で、
禁煙運動に依存してるように見えます。
まあ、タバコを吸わない僕には、どーでもいいことでした。

Comment：8　miwaさん
禁煙ブームに、エコブーム、

特に日本人はそういったブームに流され易いですね〜🙂❗
良いモノもあると思うケド・・・
皆と一緒というのに安心感を求めてるのかな〜🙂✺
これも一種の依存ですね〜⭐
私も喫煙者ですが、確かに吸いたくない人に、
ケムたい思いをさせたら申し訳ないから、仕方ないケド〜あまりにも〜🙂🚬

Comment：9　ume.

miwaちゃん、どうも！

> 禁煙ブームに、エコブーム、
> 特に日本人はそういったブームに流され易いですね〜🙂❗

そうだネ。人は皆、そういった傾向があると思うけど、
日本人は、特に、そうかも知れないネ。

> 良いモノもあると思うケド・・・
> 皆と一緒というのに安心感を求めてるのかな〜🙂✺

そのことだけを見たら、だいたい良いモノだよネ。
禁煙にしたって、エコにしたって。
でも、禁煙運動をしてる私、エコ運動をしてる私が、
大切になっちゃうよネ？　多くの場合。
僕は、そういうのには関わりたくない。
禁煙して、終わり。エコして、終わり。やって、終わりたい。

> これも一種の依存ですね〜⭐

完全に依存ですネ。全く持って、その通り！！
生きてること自体が不安定で、危険極まりないモノ。
タバコの煙くらいで、僕の"生"が、どうなるモノでもないよ。過剰反応だネ。

Comment：10　ひとしさん

他に、依存話と考えていて、依存の状態を気になりだしてしまいました！
良いことでも、悪いことでもそれをしている"私"に力が入ってしまうと、
何でも依存になっちゃうということでしょうか？

> ただ見ることには、並み外れたエネルギーが必要です。
> ただ見ることは、それ自体が、並み外れたエネルギーでもあります。

これも、気になっていて、依存の状態にあると、
上記のようなことにエネルギーを注げないってことに？
いや、そもそも、"ただ見る"ってことが解りません！
突っ込みまくっちゃいました！

Comment：11　ume.

"私"がある限り、"私"は、"私"の安全を求めて、
ナニか、すがれるモノを探し出し、
それを自分の居場所とし、必ず、依存が始まります。
"私"は、依存しないではいられません。

> 良いことでも、悪いことでも・・・

思うんだけど、いわゆる"悪いこと"に依存してる場合、
ひとしの「タバコ依存症」とか、まあ、アルコールとか薬物とかネ、
「症」をくっつけてるヤツ。
それは、悪いことしてるって自覚があるぶん、
内面的な破滅から、ナントか離れようとできるような気がする。
自分が依存してるって気づかない、いわゆる"いいこと"に依存してる場合、
知らず知らずに、依存が進行して、
内面的な破滅から、逃れられなくなってるような気がする。
僕は、「症」のつくような依存には興味がない。
自分では、いいことしてると思ってて、ヤバい依存状態になってる。
そっちのほうに興味がある。
僕の言ってる依存は、ほとんど、そっちだネ。
後半の質問は、やっかいだネ。そして、もっとも伝えたい重要ポイントでもある。

> 依存の状態にあると、"ただ見る" ことにエネルギーを注げないってことに？
> そもそも "ただ見る" ってことが解りません！

"ただ見る"。これは、結論ナンです。僕の、この試みの結論。
並み外れたエネルギー状態である、これさえできれば、
いつだって元気！いつだって正気！いつだって軽やか！ってのが、
この "ただ見る" ということです。
これには時間をかけましょう。

Comment : 12　ume.

依存してると、"ただ見る" ことにエネルギーを注げないのか？
という質問を見ていきます。
マズ、依存してると、本来の充分なエネルギー状態になれないのは、
全く持って、その通りです。依存には、いいことがありません。
ただ、この言い方だと、"私" がいて、"私" が対象にエネルギーを注ぐ。
という、当たり前の過程が思い浮かべられますが、
そもそも、それが間違ってます。
"私" という範囲に限定されたら、"私" のエネルギーを注ぐ、
ということになってしまいます。
だから、ガソリンのように、エンジンを動かして、自分自身を燃焼させ、
いづれ、なくなる、という図式が成り立ちます。
"私" のエネルギーは代償です。
ナニかと引き換えに、だんだんなくなってしまいます。
でも、エネルギーは、代償ではありません。？？？ですネ？

Comment : 13　ume.

そこで、僕は、何事も頑張りません。という言い草に戻ってみます。
ひとしは、ume. さんが頑張ってないとは思えない。と言いました。
頑張る、努力する、一生懸命、これらみんな、理由がありますネ？
目標があって、達成のために、結果を求めて、こうします。
僕らが、結果を出すには、重要で、有効な過程です。
世の中で、モテはやされてる "成功" は、全て、この過程の結果ぐすネ！
このことには、必然的に、排除の過程が伴います。

目標以外のことを犠牲にする必要があります。
僕は、ナニも犠牲にしたくありません。だから、ナンの目標も持ちません。
ただ、目の前のことに、全存在を懸けて対処する。
やったら、終わる。これだけです。
そして、いつでもこうあれたらなと思ってます。
でも、僕の"私"が、なかなかそうはさせてくれません。
私を守りなさい、私の安全を確保しなさい、私を満足させなさい、
と耳元でささやくンです。
これが"私"の正体です。
"私"は、"私"のために"私"のエネルギーを使い果たし、
クタクタに消耗させられてンです。
フツー、頑張ると言ったら、私が、私のために、
まあ、あるいは、誰かのために、と言っておいてもいいですけど、
ナニかの結果を得ようと、私のエネルギーを使って、
頑張るということを指します。
んで、当然、頑張ると疲れます。エネルギー消耗が起こります。
僕は、頑張ってないので疲れません。エネルギー消耗を起こしません。
そーゆーことです。

Comment：14　ひとしさん

わー、パニック！
そーゆーことです。って、どーゆーことですか！？

> 僕は、頑張ってないので疲れません。エネルギー消耗を起こしません。

そのようなことはあり得るんでしょうか？

> 目の前のことに、全存在を懸けて対処する。

これって、一生懸命に頑張ることではないのでしょうか？
ume.さんは、絶対に頑張っている！・・・ハズですよね？

Comment：15　ume.

ひとしが、そう言うンなら、それでいいです。
言葉の意味には、捉われないようにしましょう。
ただ、僕は、僕のために、僕の身を削って、
なにがしかの結果を得ようと、あくせくするのは、
もうウンザリなんで、やめました。
エネルギーの浪費としか思えないンで。
もとより、僕のエネルギーは有限です。
僕が、僕のために、僕のエネルギーを使ったら、
たちまち、僕のエネルギーは枯れ果て、クタクタになってしまいます。
ひとしに、僕が頑張ってるように見える時、
僕は、僕のエネルギーは使ってません。
そのエネルギーは、僕という器を通してないので、
減ることもなければ、増えることもありません。
いつも、そこにあります。
ますます、はあ？？？ ですか？

Comment：16　ume.

例えば、サッカーやフットサルをする時、
不定期戦や、アラフォーで、僕のプレーぶりを見てますネ。
僕が手を抜いてるのを見たことはないハズです。
相手に合わせて、真剣勝負を挑まない時もあるけど、
そんな時は、100％の力を傾けて、相手に合わせてますネ？
ひとしなら、この言い草、解りますネ？
その時、どのようなエネルギー消費があるでしょうか？
まず、ひとつは、試合に勝つために、僕の全エネルギーを傾けます。
フツーのエネルギー消費です。
当然、僕には、かなり優先度の高い、価値あるエネルギー消費です。
このあと、休息が必要になります。新たなるエネルギーの充填が必要です。
もうひとつ、僕が、今、全力でやることで、
ナニか、他の副産物を得ようという動機、
全力でやった僕を周りがどう評価してくれるだろう？
ナンとかして周りを認めさせよう、

などなど、自分にできること以外の余計なことに、
実に大きなエネルギーを割いてませんか？
そんなことない！ とは、ほとんど誰も言えません。
僕らの悩みのほとんどが、この、ムダなエネルギー消費から生まれてます。
つまり、僕らは、わざわざ大切な"私"のエネルギーを散々浪費して、
自分で悩み事を作り出しているンです。
僕は、試合に勝つために全エネルギーを注ぎます。それで終わりです。
僕は、僕が頑張ればナンとかなることに全エネルギーを注ぎます。
僕が頑張ってもどうしようもないことには、一切のエネルギーを使いません。
価値あるエネルギー消費は、それ自体が、非常にスガスガしい。
クタクタに疲れきって、最高の気分を味わえます。
そして、新たなるエネルギー充填が自然に起こります。
間違ったエネルギー消費は、なかなかエネルギー充填が起こりません。
疲労感、徒労感だけが残ります。
僕ら、ナンて、クダらないことに、この貴重なエネルギーを浪費してることか！
現実的に言えば、僕は、エネルギー消耗を起こさない、
というのは、こーゆーことです。

Comment：17　ひとしさん

なるほど！
ume.さんは、非常にバランスよく効率的にエネルギーを使っていることが
解りました！
でも、ume.さんの言葉の、

> 本来の充分なエネルギー状態・・・

> そのエネルギーは、僕という器を通してないので、
> 減ることもなければ、増えることもありません。
> いつも、そこにあります。

減ることも増えることもない本来のエネルギー状態が、
いつも、どこかにあるってこと？
これを、もうちょっと詳しく教えて下さい！

Comment：18 ume.

ナンか、現実的ではないような、ミョーな雰囲気にはなってない？ 大丈夫？
オカルトチックな話では、決して、ありませんので。

頑張っても頑張っても、ゼンゼン疲れやしないみたいな、
まるで、僕が、エネルギーの使い方、配分を心得てるかのような、
話になっちゃいました。
でも、ゼンゼンそーゆーことではありません。
エネルギーの使い方、エネルギーの配分は知りません。
ただ、やって、終わってるだけです。
僕は、目の前のことに全存在を懸けて対処しようとします。
ここに、多少、こうあろうとする努力の跡が見られますが、
特に、そのことに依存してはいないンで、
エネルギーの浪費は、起こしません。イヤ、多少の浪費で済んでます。
割りと好きで、よく使ってる"全存在を懸ける"と、"一生懸命する"は、
だいぶ違ってます。
僕は、何事も一生懸命しません。
でも、ひとしが言うように、
「ume.さんは、いつも一生懸命」に見えるのかも知れません。
「いつも、そんなに一生懸命で疲れないのか？」という質問にも、
一生懸命じゃないので疲れません。となります。

Comment：19 ume.

幸せについても、あれこれ話してみたいなと思ってますが・・・、
葛藤のないエネルギー状態、
例えば、思いと行動の一致、内面と外面の一致、
メンタルとフィジカルの一致ですネ。
ここに摩擦は生じないので、エネルギーの浪費も起こりません。
この状態は、僕には、ホント幸せだなと思われます。
"頑張る、努力する、一生懸命"には、この幸せな一致はありません。
幸せになろうとして、夢や目標に向かい、
思いと行動の、内面と外面の、理想と現実のズレをなくそうと、
"一生懸命"やります。

そこには、摩擦が生じます。
一方、"全存在を懸ける"には、このズレがありません。
ゆえに、摩擦も、葛藤もありません。
そして、この、摩擦がない状態、葛藤のない状態が、"ただ見る"ということです。
この"ただ見る"ことができる時、

> 本来の充分なエネルギー状態・・・

> そのエネルギーは、僕という器を通してないので、
> 減ることもなければ、増えることもありません。
> いつも、そこにあります。

ということになります。
そこで、内面と外面のズレのない、そして、摩擦や葛藤のない、
"ただ見る"とは、どういうことなのか？
という、たぶん、もっとも解りづらい話をしなければなりません。

Comment：20　ひとしさん
"ただ見る"の話に進む前に、ちょっと確認を！ 努力について！

> ここに、多少、こうあろうとする努力の跡が見られますが、・・・

のところを読むと、努力することは、エネルギー浪費を起こす、
何かいけないことのように聞こえますが？

Comment：21　ume.
> 僕は、目の前のことに全存在を懸けて対処しようとします。
> ここに、多少、こうあろうとする努力の跡が見られますが、
> 特に、そのことに依存してはいないので、
> エネルギーの浪費は、起こしません。いや、多少の浪費で済んでます。

ここのことですネ。
"頑張る、努力する、一生懸命"を、ひとくくりにして話してます。

２種類のエネルギー消費について、お話ししました。
ある行為自体へ没頭するエネルギーと、
ある行為に没頭して、２次的に起こる色んな要素、
結果、評価、賞賛、非難、などなどへの、
欲望？打算？自己の主張？といった、"私"を守るためのエネルギー。
前者は、エネルギーの素早い再充填が自然に起こり、
後者は、疲労感、徒労感が残る、みたいな話。
このうち、"頑張る、努力する、一生懸命"には、
必ず、両方のエネルギー消費が起こります。
いけないことか？という質問の答えはいつもように、
いいとか、いけないではありません。
いい場合もあるし、いけない場合もある。
ただ、行為自体へのエネルギー消費以外の、
副産物へのエネルギー消費には、"私"の強化が起こるので、
"私"のあるところに、必ず、依存が起こります。
依存ほど、エネルギーを浪費することはありません。
"頑張る、努力する、一生懸命"は、"私"のすることですネ？
"私"なく、"頑張る、努力する、一生懸命"できれば、
それは、"全存在を懸ける"ってことになります。
僕は、そんなふうに、この言葉たちを使ってるようです。

Comment：22　ume.

③ 心理的蓄積、内的依存
④ 恐怖、不安
から、脱線しつつありますが、今、話してることは、モロにポイントで、
ここが伝わらないと、だいたい伝わらないってヤマ場です。
－14のコメント18で、みにぶーが書いてくれたこと、

> 一番良いのは「一生懸命頑張らなく」ても、
> もっと気楽に「夢中に」なれる状態だと思うんだよね。

これを中心に、"ただ見る"とは、どういうことなのか？
日記を更新して進めていきます。

無選択の気づきとユーモアのセンス－18   2010-07-24

過去を背負って、見る？／ヤッカイな錯覚"私"／行為者と行為の一致
コメント：みにぶー、ひとし

―14のコメント18で、みにぶーが書いてくれたこと、

> 一番良いのは「一生懸命頑張らなく」ても、
> もっと気楽に「夢中に」なれる状態だと思うんだよね。

これを中心に、"ただ見る"とは、どういうことなのか？これを進めていきます。
だいぶ、さかのぼりますが、―4のコメント16で、僕は、

> あれこれ解釈したり、評価したり、結論づけたりせず、ただ、"見る"。
> 僕らは、ありのままをありのままに見ることは、ほとんどできません。
> 真の実在をありのままに見ることは、至高の行為です。

ナンて言ってます。
ここで進める、"ただ見る"ということは、そのまま、"至高の行為"です。
摩擦がない行為、葛藤のない行為であり、本来の充分なエネルギー状態であり、

> そのエネルギーは、僕という器を通してないので、
> 減ることもなければ、増えることもありません。
> いつも、そこにあります。

ということであり、そして、"全存在を懸ける"ってことです。
みにぶーの言う、「一生懸命頑張らなく」ても、
もっと気楽に「夢中」になれる状態。
誰でも経験のある、この状態のことです。
みにぶーが、僕らがふだん使ってる言葉で、
サラッと簡単に、こう表現してくれて解り易くなりました。
さあ！うまく伝えられるか？！

Comment：1　ume.
まず、僕らが同じ景色を見た時、見えてるモノは、１人ひとり違っている。
ということには同意して頂けるでしょうか？
目に映ってる風景は同じかも知れません。
しかし、その風景のどこに注意を置いてるか？ とか、
その風景をどう感じているか？ とか、これは、１人ひとり違いますネ？
それは、"私"という"過去の束"が、過去の経験をもとに、
色んな感じ方をしているからです。
同じモノ、こと、人に接しても、この"過去の反応"である思考は、
その人の過去に応じて違った反応を見せるンです。
"私"は、"過去の私"を思いきり背負って、対象を見ることしかできません。
ume.が、みにぶーを見る時、僕は、僕の過去を思いきり背負って、
みにぶーを見ます。
そこにいる真に実在してるみにぶーを"ただ見る"ことは、
ほとんどできません。
みにぶーを見る時に感じる僕の感情は、
明らかに僕の過去の蓄積に由来してます。
つまり、僕は、みにぶーを見る時、
みにぶーに投影した"過去の僕"を見ているンです。
僕らが見ているモノは、自分自身です。
美しい風景を見て感動する時、それは、
自分自身の美しい心を見ているのに他なりません。
クダらないニュースを聞いてイヤな気分になる時、
それは、自分自身の卑しい心にイヤ気が差してるのに他なりません。
全く、ピンと来ませんか？
ここまで、このブログにお付き合い頂いてる方には、
伝わってるのではないか？ と思うンですが、いかがでしょう？

Comment：2　みにぶーさん
ご無沙汰してました。
最初の頃は、分かるような分からないようなことも多かったんだけど、
このところ「フンフン、なるほど・・・そういうことか」という話が
多くなってきました。

また、初めは、「この話と、あの話と、関連があるのかな・・・？」
と思うことが多かったのが、
だいぶ、色んなことがつながりかけてきました。
(あまりコメントしない割りには、結構、見させてもらってますよ)

Comment : 3 ume.

みにぶー、サンキュー！
今日は、サッカーのシニア選手権の試合に、
ミユタンが差し入れ持って応援に来てくれました。
ミユタンありがとうネ！
真夏の炎天下、オヤジたちの熱い熱い戦い！イカれてるぜ！
勝っちゃったンでぇ、来週、8月1日(日)は準決勝です！
前日のアラフォー大会は、僕らサブってことで、みにぶー、みんな、頼んだよ！

さて、このブログ、色んな見方、意見が欲しかったので、
みんなからのコメントを待ちつつ進められれば良かったンだけどネ。
僕自身、日々、刻々と変わってます。今日の僕は、昨日の僕ではありません。
今、書きたいことが、数日後には、どーでもいーことになったりします。
とにかく、今のこの感覚、軽やかで、解放されてて、
ナニモノにも縛られてない、果てしないような自由な感じ。
このエネルギーに満ち溢れた感じを言葉に置き換えて残しておきたい。
今、書きたいことを、今、書いときたい！
時々、だぁ〜れも気にしちゃいないンだ、ナンて・・・、
やっぱり僕は、2万人に1人の変わり者・・・、
僕が、しゃべってることは誰にも伝わらないンだ、ナンて・・・、
淋しくなりながらも、進めずにはいられないでいるンですが、
みにぶー、こうして誰かにコメントもらえると、
よし！とにかく、まとめるぞ！って勇気づけられます。
ホント、ありがとう！さあ、進めるぞ！

Comment : 4 ひとしさん

お疲れ様です！ホント、奥深くて、難しい！
イヤ、難しいのではなく、慣れていなかった！

思考についてや、依存については特に！こんなに奥深く、
自らと向き合ったことはないですね！面白いです！
このブログが進むにつれて、"私"というものが薄れてきている感じがします！
薄れたことで、全部とつながってきていると言うか、何も知らないから広がる？
みたいな！
無我夢中ですることが、また、たくさん訪れそうな！
言葉では表現しにくいけれど、なにか溢れる感じになります！
あれ？感想になっていましたね！つい、書きたくて！

> 僕らが同じ景色を見た時、見えてるモノは、１人ひとり違っている。

ume.さんの言う、自分の過去を背負って見ているから違って見えている、
そんな感じがします！
そんなんで、"ただ見る"が気になってしょうがありません！

Comment：5　ume.

> "私"というものが薄れてきてる感じ・・・
> 薄れたことで、全部とつながってきている・・・
> 何も知らないから広がる・・・

！！！ひとし、よくここまで言えたネ！
伝わってる、伝わってる。大丈夫、僕だけの独り善がりじゃない。
無選択の気づきは、その先にあると思われます。
"私"という中心がある限り、無選択の気づきは訪れません。
そして、僕らがふだん一生懸命に頑張ってる"私"の強化。
これは、つまり、"非・私"との対立を強化させてることに他なりません。
これは、ひとしの言う、"全部とつながってきている"感じには、
決してなりません。
"私"が強化されればされるほど、孤立は深まります。
あらゆる真実在との一体感！
この瞬間、あらゆる真実在が生き生きと躍動してるダイナミズム！
これを一瞬でも感じたら、また、そこに戻って来たくなります。

例えば、直近のブログで、よく話してる、エネルギーの在り方。
範囲の限定されてる"私"のエネルギーをカラっぽになるまで使うンじゃなく、
全体の、無限のエネルギーとの一体感。
無限のエネルギーを、ちょっとお借りして、また返す。
もとより"私"は錯覚です。
"私"がなければ、"私"のためにエネルギーを
溜め込んでおく必要もありません。
"私"のためのエネルギーの消耗も起こりません。
"私"がなければ、全部とつながってる一体感があります。
孤立や孤独は、あり得ません。
外にナニもなくても、内には途方もない豊かさがあります。
全てが、愛しく感じられます。
そして、この孤独・孤立から免れるには、ただ独り立つことは、欠かせません。
ナニモノにも依存せず、ただ、自分の脚で立っている人。
この"生"の全祝福を受け取れる人です。

Comment：6　みにぶーさん
ちょっと確認！"私"というのは、「わたし」と読んでいい？「し」と読むべき？
読み方はどうでもいいとして、言わんとするところは、
いわゆる「私利私欲」というような、
マイナスイメージのある言葉として使ってるよね？！
単なる"自分"という意味とは使い分けてるよね？！

Comment：7　ume．
読み方は、どちらでも。「私」については、使い分けてないハズです。
もしも、本になるようなことがあれば、シッカリ校正して、
統一感を持たせたいとは思いますが・・・。
まず、僕、ume．のことを指す時は、「僕」です。
んで、「私」には、たぶんだいたい""がついてるハズ。
これは、みにぶーの言うように、説明したい意味がありますよ、ってことです。
でも、「私」を使ってるのは、たぶん全て、説明したい意味がある「私」です。
みにぶーの指摘の通り「私利私欲」っぽい、
マイナスイメージのある言葉として使ってますネ。

「これが"私"のやってる全てです」とか、「これが"私"の正体です」とか。
しかし、これが"私"の全てです。使い分ける必要はありません。
"私"がやることは、例え"世のため人のため"と言ったとしても、
それは全て、"私"が満足したいからです。
"私"という中心から発せられたモノは、全て"私"に戻ってこなければ
"私"は気が済みません。
いいことでも、悪いことでも"私"とは、そういうモノです。

打算が全くなく、僕らが、ダマされることなく、"本当に、心から感動できること"
それは、"私"がない状態、"セルフの不在"の状態がやったことです。
現在、ダマすほうは、非常に巧妙になってます。
ナンの打算もないかのように"感動"を仕掛けてきます。
僕らは、狡猾に、巧妙に、コントロールされつつあります。
ダマされてはいけません。目を覚まさなければいけません。
ダマされない、唯一の在り方は、
ナニモノにも依存せず、"ただ独り立つ"ことです。

Comment：8　ume.

この、みにぶーの質問は、欲しかった質問です。
ume.の話を聴いてると、"私"は、とにかく悪いモノみたいに言うけど、
そんなことはないだろ？！ってネ。
この反論へのお答えが、上のコメントです。
まあ、悪いという訳ではありませんが、
結果、だいたいろくなことにはなりません。
思考が、ろくなモンじゃねぇのと同様、"私"も、ろくなモンじゃねぇ！ですネ。
やはり、多少の愛しさは込めてますが。

こうして、皆さんからの質問が、僕の書きたいことを引き出してくれてます。
思いもよらぬひらめきがあります！
ホント、ナンでもいいので、気が向いたら入ってきて下さいネ！

Comment：9　ume.

例えば、ボランティア活動。

誰かの役に立ちたいって気持ちは、誰にでもありますネ？
その気持ちの深いところには入っていかず、
単純に、「良いことをしたい！」という動機だけを見ましょう。
お年寄りを見て、これまでの労をねぎらいたい、
感謝の気持ちをお伝えしたい、って思いで、
お年寄りのためのボランティアをしました。
ボランティアをしたのは、"私"です。"私"は、いいことをしました。
それだけで、充分にスガスガしい。はたから見てても、とてもスガスガしい。
お年寄りに感謝の気持ちを伝え、感謝されもして、
やった"私"も、だいぶ気分がいい。周りも気持ちがいい。
まだ、「良いことをしたい！」って動機が有効なままです。
動機に応じた結果が得られました。
単純に、これを繰り返せば、"私"は、いつもスガスガしいままでいられます。
毎回、毎回、これを、やって、終えれば、いつもスガスガしい。
でも、残念なことに、"私"の記憶は、ドンドン蓄積されていきます。
繰り返しにより、次第に鈍感になり、お年寄りの喜びを感じられなくなります。
お年寄りに感謝されるのでは足らなくなり、
ボランティア活動をしてる"私"を誰かに評価してもらいたくなります。

完全に、最初の動機が変わってしまいました。
ボランティアがお年寄りのためだったのは最初だけです。
間もなく、"私"のためのボランティアに変わってしまいます。
ボランティアは、報酬なしでやるモンですが、
"私"のやることに、報酬なしはあり得ません。
もとより、お金はもらえないことは解ってますので、
それ以外の見返りを求める気持ちは、
かえって、一般の賃金労働より大きくなったりします。
「私は、お金ももらわずに、こんなに頑張ってるのよ、エラいでしょう！」ってネ。

これが"私"のやる全てです。
過去の蓄積がある限り、
"私"は、"ボランティアをしてる私"が大切になってしまいます。
ナニか、いいことをしてる"私"に依存が始まってしまいます。

"私"がある限り、この過程から逃れることはできません。

Comment：10　ひとしさん

お疲れ様です！ うーん、"私"ってのは非常にヤッカイですね！
でも、"私"ですものね！ "私"から"私"は、離れないですものね！
この、"私"をなくすことってできるんでしょうか？

Comment：11　ume.

"私"をなくすこと。できるか、できないか？ で言えば、できません。
私＝過去の束。過去の束をなくすには、記憶喪失にでもなるか、
あるいは、"死"です。
しかし、なくそうとして、なくせるモノではありませんが、
不意に、"私"がなくなってることはあります。
"ただ、見る"ってことは、その、不意に、"私"がなくなることです。
そして、"私"をなくすには、どうすればいいか？ は、解答のない質問です。
"私"をなくす方法はありません。"ただ、見る"方法はありません。
それは、不意に訪れます。
誰でも、"私"がなくなってる時があります。
誰でも、"ただ、見てる"ことがあります。
それが、みにぶーの言う、"夢中"の時です。

僕が、ナニかをする時、ナニかを見る時、ナンでもいいです。
行為をする"私"がいて、"私"が行為します。見る"私"がいて、"私"が見ます。
行為者がいて、行為があります。観察者がいて、観察があります。
ここに、行為者と行為の、観察者と観察の分離があり、
摩擦が起こり、エネルギーの浪費が起こります。
《行為者と行為の一致》
《観察者と観察の一致》
これが、僕らの"生"の至高の在り方です！

Comment：12　ume.

"私"がある限り、"私"は、"私"の維持のため、安全を確保するため、
また、昨日と同じか、あるいは、都合よく修正されて、
ちょっとだけ良くなった明日を求めて、今を費やします。

"私"のエネルギーは、このことに、全て、費やされます。
マズ、"私"を守るために、ほとんどのエネルギーが浪費されてしまいます。
そして、"私"が、ナンらかの行為に向かった時、
その行為のためのエネルギーは、
もう、ほとんど枯れかかってるといった始末ナンです。
僕らはみんな、この状態で、"私"のための結果に向かって、頑張る訳です。
大変ですネ。疲れちゃいますネ。
いくら一生懸命、ある行為を頑張ってみても、その行為へのエネルギーの前に、
"私"を維持するためのエネルギー消費が膨大ナンです。
これが、いわゆる、"頑張る、努力する、一生懸命"です。

"私"というワクがなくなって、"私"が、行為そのモノになってる状態。
これが、行為者と行為の一致です。
"私"というワクが、その行為に一切の歯止めをしない状態。
"私"が、その行為に、一切、関わらない状態です。
こういった時に、ナニか、とてつもないことが起こってます。
"私"のエネルギーではなく、全エネルギーが、その行為に注がれる瞬間です。
僕の大好きな、"全存在を懸ける"瞬間です。
その行為は、限りなく透明に近く、エネルギーに満ち溢れ、力強く躍動し、
この"生"の全喜びを表現し、"生"の全祝福を受け入れてます。
エネルギー切れによる疲れはあり得ません。
"私"というワクが、この"生"を一切邪魔しない"至高の行為"です。
いかがでしょうか？

Comment：13　ume.

だいぶさかのぼりますが、－10のコメント14で、
僕は、Nonreyのコメントに返して、
学ぶということ、について、ちょっとだけ触れました。

> 学ぶということは、瞬時のモノで、
> ナニか、セッセと溜め込み、それをあとで使うというのは、
> 決して、学んでいるということではありません。
> まさに、Nonreyが言うように、そんなモン、ろくなモンじゃねぇ！

こんなこと言ってます、エラそうに。
まあ、だいたい、こうやって書いてると、
エラそうで、独善的になってしまいます。お許し下さい。
この、行為者と行為の一致＝至高の行為、これこそ、"学ぶ"ということです。
もちろん、おおかた無意味である試験勉強中にも、
この、本当の"学ぶ"とうい瞬間が訪れてること、ありますよネ？
どんな行為の中にも、本当に"学ぶ"瞬間はあります。

Comment：14　ひとしさん

"学ぶ"ことができるのも、瞬間だけ、ということですよね？
確かにそんな感じがします！
それと、《行為者と行為の一致》という、夢中になっている時を、
自分でも、「あの時だ！」って思い当たることがあります！
思い当たるってことが意識できたからには、
どうやれば、その状態にたどり着くのかを知りたいですね！

Comment：15　ひとしさん

あっ、あとコレ！

> もとより"私"は錯覚です。

俺は、錯覚ってことでしょうか？
今、こうして質問している俺は、錯覚なんでしょうか？

Comment：16　ume.

うん。みにぶーの、

> "私"を、単なる"自分"という意味とは 使い分けてるよね？！

という質問に正確に答えてないような気がしてタンで、ちょうどいいです。
マズ、今、質問してくれた"ひとし"は、錯覚じゃないよネ。
明らかに、実在してる"ひとし"です。
この実在を疑い出したら、

キアヌ・リーブスの「マトリックス」の世界の話になっちゃうからネ。
マズ、ひとしや、ume. は実在してるってことでいいでしょう。
"場"としての、ひとしや、ume.は、錯覚ではありません。
一方、記憶や、過去の反応である思考の産物としてでき上がった、
過去の束であるところの"私"、観念としての"私"。
これについては、その内容が良くも悪くも"錯覚"です。
僕らが"私"と認識してる内容は、全て錯覚です。
それは、"木"と言った時、
みんなそれぞれが違う"木"を思い浮かべるのと同じです。
"木"という言葉は、決して"木"そのモノを指してません。
そこに、真に実在してる"木"を、とりあえずシンボル化して、
"木"と言ってるに過ぎません。
言葉は、真実在の一部をシンボル化したモノです。思考もまた同じです。
思考も思考者の過去に限定されてます。
この極めて、断片的、限定的な思考を持って、
"私"と認識したものは、真に実在してる"私"ではありません。錯覚です。

続いて、"学ぶ"ってこと、伝わってるかな？
瞬間、瞬間に学ぶということで、蓄積はない、ということだネ。
蓄積されたモノは、また全て、腐ります。
腐っちまうようなモノは、溜め込んどかないほうがいい。
解りづらいネ。書いてても、伝わってない・・・？と思う。
こうやって、やり取りしてる間に、解り易い表現が、
ハッとひらめいたりするンで、それを期待しときます。
"学ぶ"ということは、学んでいることを、
すでに、学び終えたモノにしてはならない、ってことだネ。
最後の

> どうやれば、その状態にたどり着くのかを知りたいですね！

これは、ワクを改めて。

Comment：17 ume.

その前に、エネルギーの話に、ちょっと戻って。
つまり、"場"としての"私"を動かすには、
たいしてエネルギーは必要ありません。
"観念"としての"私"のために、莫大なエネルギーが浪費されてしまってます。
"場"としての"私"は、非常に、効率良く機能するように作られています。
誰が作ったンでしょうネ？
"観念"としての"私"は、燃費の悪い、不良品です。
"私"が作り出したモノですネ。

Comment：18 ume.

さて、ひとしの質問への挑戦に戻ります。
みにぶーの言う、気楽に「夢中に」なれる状態。そして、《行為者と行為の一致》
これらに、ひとしから質問がありました。

> どうやれば、その状態にたどり着くのかを知りたいですね！

みにぶーも、

> 一番良いのは「一生懸命頑張らなく」ても、
> もっと気楽に「夢中に」なれる状態だと思うんだよね。

と言ったあとに、

> ただ、なかなか そういう状況になれなかったりするんだけど・・・

と結んでます。
この状態を僕は、"忘我"とか、"セルフの不在"とか言いました。
"私"がなくなってる、ってことです。
つまり、燃費の悪い不良品のマシーン、
大切なエネルギーを、やるべきことに使う前に、
摩擦や葛藤に散々浪費してしまう、"観念"としての"私"。
これををなくす方法は？ってことです。

ありません。断じて、ありません。
誰が、その方法を知りたいンですか？"私"が知りたいンですネ？
知ったところで、"私"がなくなるンだから使えません。
知りたいと言う、"私"そのモノがないだから、
"私"をなくす方法を知りたい。という質問自体がないモノです。

Comment：19　ume.

ナンて、解りづらい屁理屈はやめといてぇ・・・、
どうすれば、気楽に「夢中に」なれるンでしょうか？
スッと、忘我、セルフの不在状態になれるンでしょうか？
努力することなしに、行為者と行為の一致が訪れるンでしょうか？
ポイントは、気楽に、スッと、努力することなしに、ってところです。
"私"をなくそうと、"努力、頑張る、一生懸命"だと、
決して、"私"は、なくなりません。
なくなるどころか、ますます"私"が強化されます。
"努力、頑張る、一生懸命"が、いつも頼りにする、
うまくやるための"方法"から離れた時、その時、不意に訪れます。
方法ではないンです。方法は、結果への過程ですネ？
結果の保証が欲しくて、方法を知りたがりますネ？
これは、"私"の典型的な欲求です。
まるっきり、"私"が、なくなりそうにはありません。
大切なのは、ナニかいいことがありそうな
"あちら"へ行く方法を知ることではなく、
今、"私"は、どうなのか？"私"を知ることです。
"私"の、今この瞬間の状態を、よく知ることです。
どうすれば？は、ナニも解決しません。
今、どうなのか？この深い理解が、全ての調和をもたらします。

Comment：20　ひとしさん

まずは、高南５３の皆様！！
アラフォーカップ、大変お疲れ様でした！！
またのお越しを、お待ちしております！！
話戻りまして、"私"について！

> どうすれば？は、ナニも解決しません。今、どうなのか？

確かに、どうすれば？などと考えてしまうと
"私"がくっついてきちゃいますね！
"私"の、今この瞬間の状態を深く理解していることで、

> "忘我"とか、"セルフの不在"、

となり、《行為者と行為の一致》が訪れるということでしょうか？

Comment：21　ume.
昨夜は、お世話様。
今日、これからのシニア選手権準決勝に備えて、
セーブしてやるってのは爽快感がない。
やはり、クタクタになるまで、力を出しきってこそだな。
この不快感を今日の準決勝にぶつける！！

さて、ひとし、携帯スクロールができなくなってます。
日記を更新して、話を進めます。

無選択の気づきとユーモアのセンス－19

2010-08-01

放っとけば、奇跡は起こる／"私"の動機、"私"の本性／未知へ！
コメント：ひとし

携帯スクロールが、コメント19で、すでに、できなくなってるようです。
転記して進めます。

③ 心理的蓄積、内的依存
④ 恐怖、不安
を進めていたンですが、"ただ、見る"という、もっとも解りづらく（？）、
そして、もっとも伝えたい話に入っていってます。
この－19で、
④ 恐怖、不安
に戻り、ケリをつけ、次から、ちょっと楽しそうな、
⑤ 幸せ、自由、愛
に入っていきたいと思ってます。

Comment：1　・・・　－18のComment：19　から、
Comment：3　・・・　Comment：21　までの転記です。

Comment：4　ume.

ひとしの質問に答える前に、
今日は、どうしても書かなきゃいけないことがあります。
昨夜は、アラフォー・フットサル大会。
ヤギキンとume.は、今日の試合に備えて、力をセーブしての大会でした。
全存在を懸ける！
これがフツーの僕にとって、とても、後味の悪い大会となってしまいました。
しかし、今日の結果が、全てを吹き飛ばしてくれました。
群馬県シニア選手権準決勝。相手は、5年連続リーグチャンピオンのチーム。
ヤギキンと一緒に死力を尽くして、見事、決勝進出！
まるで、高校生のように集中して、力を出しきり、
エネルギーを余すところなく、今日を終えることができました。
ナンて幸せな、この全身の疲労感！

真夏の炎天下、ＧＫでも、終了後は、クラクラでした。
ヤギキンの気合もスゴかった！
県大会でチャンピオンになる。そう多くの人が経験してないことナンです。
チームのメンバーも優勝未経験者が多い！
次の決勝で、優勝未経験者に初体験をプレゼントしたい！
そのために、また、僕ら、全存在を懸けてプレーします。
仲間はいいぜ！ 本当に！

それにしても、この時期、サッカー向きじゃない。
４０過ぎのオジさんが、この炎天下、
大汗かいて、クラクラになるまで、叫び続ける！ イカれてるぜ！
これが、生きてるってことさ！

８月１５日（日）
あずまサッカースタジアム
１４時００分開始
vs 図南

ペッツは、決勝に出たら、応援に来てくれるって言ってました！

Comment：5　ume.
ひとしの質問に戻れます。"私"が、どうすれば？と言った時、
そのあとに続くのは、どうすれば、私は安全でいられるのか？
どうすれば、私は満足できるのか？ です。
どうすれば、世界平和は実現するのか？と言った時、
そう言った自分に満足したい"私"がいます。
"私"の動機は、全て、これです。

"方法"は、ルールの中で結果を出すためのモノ。
資本主義のルールの中でも、とても、モテはやされます。
いわゆる、"ハウツー"はナニよりも大事で、ハウツー本などを小脇に抱える、
イケ好かないビジネスマンなんかもよく見かけます。
"問題解決能力"とかネ。カッコいいですネ？ いかにも仕事ができそうですネ？

それら、全て、自己満足へのプロパガンダです。
僕は、そういった一切に、だいぶ冷めた目を持ちます。

本当に、－だいたいウソに決まってますが、本当に、世界平和が欲しいンなら、
家族の平和が欲しいンなら、心の平和が欲しいンなら、
－これら、全て、同じことですが・・・、
それは、『自分自身を知ること』です。
『選択を伴わない"生"の全体性の鋭敏な自覚』、これが、"英知"です。
英知あるところに、愛があり、幸せがあり、自由があります。美、創造があります。
この時、僕らは、『無条件の絶対的な解放』の瞬間を知るのです。

Comment：6　ひとしさん

>『選択を伴わない"生"の全体性の鋭敏な自覚』、これが、"英知"です。

だいぶ難しい言葉で、何となくの理解ですが、－17で、

> 僕らが知ることができるのは、
> 僕は、いかにナニも知らないのか！ ということだけです。
> そして、知らなければならないことは、
> その決定的に無知である、"自分自身の全構造"についてです。

何にも知らない俺たちが、知ることのできる
"自分自身の全構造"の深い理解が"英知"となる！
ということでしょうか！？

それと、－18のコメント17で

>"場"としての"私"は、非常に、効率良く機能するように作られています。
> 誰が作ったンでしょうネ？
>"観念"としての"私"は、燃費の悪い、不良品です。
>"私"が作り出したモノですネ。

そう言えば、ume.さんが、

「放っとけば、奇跡は起こる」と言っていたのを思い出しました！
"私"なんてものに振り回されず、理解して放っておけ！
世界は勝手に奇跡を起こすんだ！・・・みたいな！
ちょっと長くなってしまいましたがイッちゃってますか？どうでしょう？

Comment：7　ume.

イッちゃってますネ。ナニを質問されてるのか、全く、解りません。
ナンつって！
この質問にも最大限の誠意を込めて、お答えしなければなりません。
僕が、今この感覚を書き記しておきたい！
できるものならば、伝わる範囲で共有したい！と思ってる、核心の話です。
前半の質問。ひとしが、だいぶ難しい言葉と言ってる、

> 『選択を伴わない"生"の全体性の鋭敏な自覚』、これが、"英知"です。

これが、無選択の気づきです。無選択の気づき＝英知です。
英知は、また、感受性の最高形態でもあります。
－8のコメント6で、僕は言ってます。

> ベクトルのない気づき＝方向や強弱のない気づきです。
> 完全に、消極的で、受動的な、並み外れて機敏な注意です。

これが、感受性の最高に研ぎ澄まされた状態です。
並み外れて注意深く、並み外れて機敏で、並み外れた成熟。
僕らは、だいたい"私"の維持継続に疲れきってます。
こういった"英知"からは、かけ離れた状態でいます。
"私"の維持継続に、エネルギーを使わなくなった時、この"英知"が訪れます。

Comment：8　ume.

> 何にも知らない俺たちが、知ることのできる
> "自分自身の全構造"の深い理解が"英知"となる！
> ということでしょうか！？

全く、その通りです。
ひとしは、ちゃんと解って、この質問をしてるのか？
と思うほど、全く、その通りです。
僕らが、外のことを知ろうとするのは徒労です。知りきれる訳がありません。
僕らは、内のことを完璧に把握していなければなりません。
無知というのは、自分を知らないことのみを指します。
外のことで、僕らが知ってると思ってることナンて、たかが知れてます。
どれほど、「僕は知ってる」と言ったとしても、外の全ての、ホンの一部分です。
外のことを知ってると言う人と知らない人の差は、５０歩１００歩です。
たいした差はありません。
しかし、外のことを知れば知るほど、内に目が向かなくなります。
こういった観点からは、知識ナンてない方がいい。
この言い方が、言い過ぎで乱暴だというのであれば言い換えます。
知識はあっても頼りにしない方がいい。必要な時にだけ、ちょっとお借りして、
使い終わったら、知識の居場所を作ってあげて、そこに戻してあげればいい。
僕ら、知識のヨロイをまとって、自らをガンジガラメにすることはない。
なぜ、僕らは、知識のヨロイとか、理論武装とか、
あたかも、その知識が自分であるかのように、
そういった余計なモノに頼らなければ気が済まないンでしょう？

Comment：9 ume.
後半部分。

> そう言えば、ume.さんが、
> 「放っとけば、奇跡は起こる」と言っていたのを思い出しました！
> "私"なんてものに振り回されず、理解して放っておけ！
> 世界は勝手に奇跡を起こすんだ！・・・みたいな！

クーッ、来たネェ～！！！「放っとけば、奇跡は起こる」、間違いないでしょう？

> "私"なんてものに振り回されず、理解して放っておけ！
> 世界は勝手に奇跡を起こすんだ！

これ、いいネ！ 理解して放っておけ！
こんなことが言えるヤツは滅多にいないよ。
やっぱり、ひとし、並み外れてるよ。
うん！ ひとしと、ume.の間で、完全に悦に入ってます。
これが、ひとしと、ume.の"私"のシワザです。
しかし、"私"から離れたところで、この現実認識は、並み外れてます。
あまりにも、「来た」ので、もう、この説明は、ここでやめときます。

Comment：10　ume.
さて、この話を続けると、この執筆が完了してしまいそうな核心ナンで、
一旦、やめとくンですが、ちょうど、キリもいいし、話題も外れてないンで、
④ 恐怖、不安
に戻ります。
以前にも、書きましたが、僕らは、皆、自己の重要性を確かめたいンです。
誰かに必要とされてることを確認したいンです。
誰かの役に立っていたいンです。
また、マザー・テレサの引用ですが、誰かから愛されていたいンです。
愛されてないと感じることこそ、貧困や飢え以上の不幸です。
いつも、誰かに気にかけていてもらいたいンです。
いつだって、誰かとつながっていたいンです。
僕らは、ただ独り立たなければなりませんが、1人ではいられません。
孤独ではいられないンです。孤立したくないンです。いかがでしょうか？

僕らが、頑張る時、その動機は、全て、このことに集約されます。
ナニか、一生懸命にやる時、色んな理由があると思いますが、
それは、ナンのため？ それは、なぜ？ と突き詰めていけば、
必ず、「自分を認めてもらいたいから」という動機に行き着きます。
そんなことはない！ という人がいたら、ご意見下さい。

Comment：11　ひとしさん
お疲れ様です！ そうですね！
俺はやっぱり、「自分を認めてもらいたいから」にたどり着いてしまいますね！

Comment : 12 ume.

"私"の動機は、それ以外にありません。
なぜ、そうまでして、"私"は、"私"が大事ナンでしょう？
例えば知識や技術。得た知識や技術を、
それが必要な時、適切に使うことが"知恵"です。
知識や技術は、それが適切に使われて、初めて報われます。
知識や技術は、僕らにヒケラカしてもらいたくて在る訳じゃありません。
ヒケラカしたいのは、決まって"私"です。
"私"は、ナンでも得たものをヒケラカしたくなります。
これも、全く、ムダなエネルギー浪費です。
"私"は、"私"の維持継続に、これほどまでに夢中ナンです。
見て見て！ 僕は、こんなに頑張ったよ！ こんなに覚えたよ！
こんなことができるンだよ！って。
この無邪気な自己主張の持ち主は、子供ですネ？
でも、僕らは、いくつになっても、これナンです。
死ぬまで、変わることはありません。
この"私"をよく見て、
自分の中の、この"子供"をよく理解してる人はクールな人です。
一方、この子供じみた動機をナンとかして隠そうと、色んなモノで着飾って、
自分と他人を欺くのに必死なのが、現在の僕らの確実な有様です。
"私"の日常は、尋常ではないエネルギーの浪費の積み重ねナンです。
"私"は、どうしたいンでしょう？

Comment : 13 ひとしさん

>"私"は、どうしたいンでしょう？

良く思われたいとか、認めてもらいたい！などなど・・・
"私"以外の人のことが、気になって仕方がない？
ホント、ただ独り立てない、悲しい生き物なんですね！

Comment : 14 ume.

そうだネ。"私"って、ナンなんだろうネ？
④ 恐怖、不安

これが、"私"の本性ナンじゃないだろうかネ？
いくらカッコつけても、"私"は、いつだって、不安で不安で、
コワくてコワくてしょうがないンです。
ナニかしら、頼れるモノ、安心できる居場所、これが、"私"だ！
と、"私"のモノサシが計ってみて、ＯＫ出しできるモノ、
－これら全て、依存の対象です。
こういったモノがなければ、生きてる実感が持てないンです。
存在や行為を、あるモノサシで計って評価してもらえなければ、
見返りがなければ、他からどう思われてるか知れなければ、
不安で不安でしょうがないンです。
これが"私"の本性でしょう。
"私"の考えることは、"私"の安全です。それだけです。
安全を保証してくれるモノ、評価だったり、持ち物だったり、
居場所だったり、大切な人だったり、あるいは自信だったり、
そういった"知られているモノ"に囲まれてないと、
不安で不安で、コワくてコワくて、生きた心地がしないンです。
"知ってるモノ"がないと死んじゃいそうな気分ナンです。

僕らは、"未知のモノ"が怖くてしょうがないンです。
僕らは、"既知のモノ"に完全に縛られているンです。
"既知"を手放すことの恐怖に怯えているンです。

Comment：15　ume.

遺伝子について、相変わらず、全く、詳しくありませんが、
遺伝子の唯一の指令、それは、「この種を保存せよ」、
これだと思うンですが、いかがでしょうか？
誰か、頭のいい人が、とっくに証明してるのかも知れませんし、
そんなこと、証明ナンてできっこないことかも知れません。
しかし、遺伝子は、自分自身を永続させようと、
あらゆる知恵を持ってるように思われます。
ある個体には必ず終わりが来ます。
その種の個体数が増え過ぎると、必ず滅びます。
種が絶滅しないように"死"がインプットされてる。

個体は滅びても、遺伝子は受け継がれます。

それに、進化！ 進化は、ホント、驚異的です。
ある快適な環境の王者に追い出された弱者が、
快適ではなくなった新しい過酷な環境に適応しようと、進化が起こる。
僕らが起こすことのできる、奇跡的と言われる出来事の、
どれよりも、信じられないほどの奇跡です。
ある環境の王者は、やがて繁殖のし過ぎで衰退し滅びます。
しかし、追い出された弱者は、進化を遂げ、新たなる知恵を身につけ、
生き残っていきます。

Comment : 16 ume.

一体全体、誰のシワザなんでしょう？
僕ら"私"の知恵が、この遺伝子の知恵に勝てると思いますか？
僕らは、この遺伝子の命令を、ナンとか遂行しようと、
マンマと操られているに過ぎないンじゃないでしょうか？

"私"は、"私"の安全を求めます。
昨日と同じか、昨日より、多少良くなった明日の保証を求め、
今この瞬間を犠牲にしています。
"私"は、"私"の維持継続のために、
この広大で深遠な"生"をないがしろにしてるンです。
"生"そのモノが不安定で危険極まりないモノです。"生"に安定はありません。
継続するモノは、ナニもありません。
この一瞬、一瞬に、"生"の全体性があります。過去や未来に"生"はありません。
そして、その"生"の全体性に触れることができるのは、"私"を手放した時です。
"私"を理解して放っておける時です。

僕ら、英知を持つならば、全生命を方向づける、
決定的に利己主義な遺伝子の命令から、
自由になってみるナンてことも、小粋ナンじゃないでしょうか？
遺伝子は、こう言います。「私を守りなさい。私を永続させなさい」
僕ら、「それは単なる結果だよ。

おマエの命令を遂行するために、この"生"をひとかけらも削りはしないよ」
と逆らってみるのも、粋ナンじゃないでしょうか？

Comment：17　ひとしさん
超クール！！！！！ume.さん！ロックですね！完全にシビれたー！

Comment：18　ume.
世界で最もクールなビジネスは、ロックンロールバンドだネ！
昨日の自分に、ＮＯを突き付ける。過去の自分に対して、毎瞬、死ぬ。
持ってるモノ全てを懸けて、この瞬間を生ききる。
これら全て、ロックンロール・スピリッツそのモノ！
見せかけの反逆は、子供ダマし。
知られているモノ全てを破壊する、この真の反逆の中にのみ、創造がある。
真の反逆者だけが、この"生"の全体性に触れることができる。
僕らは、反逆者でなければならない。

Comment：19　ひとしさん
恐怖、不安＝"私"の本性
であるならば、それを解ってくると、
"私"に力が入っていることがバカバカしいものに感じますね！
恐怖や不安は放っておいて"未知のモノ"と向き合いたいですね！

Comment：20　ume.
僕ら、ようやく、スタートラインに立てたネ。
"場"としての"私"、つまり、この身体だネ。
僕らの持ってる、この身体は、高度に組織化された精密な乗り物です。
今のところ、進化の頂点にある、僕らの身体は、
進化の神秘、進化の奇跡の集合体です。
僕ら、この身体を持ってることが、即、奇跡です。
一方、"私"が、"私"と認識する"私"、つまり、"観念"としての"私"。
作者＝"私"。
これは、明らかな駄作です。
ムダなことに、莫大なエネルギーを浪費し、

その過程を"生きてる"などと錯覚する、愚かな思考の産物。
"私"のやることのほとんどは、ムダです。
"私"のやることは、"だいたいのことが、どうでもいいこと"ナンです。
"私"を注意深く見れば、"私"を理解し始めます。
理解できれば、手放すことができます。

>"未知のモノ"と向き合いたいですね！

僕ら、ここで初めて、未知のモノに向う合意ができました。
ひとしの言葉を借りれば、「バカバカしい"私"の恐怖や不安を放っておく」
果たして、この"私"を手放すことが、僕らにできるでしょうか？
"私"を手放すことが、未知との出会いです。
何回か言ったと思いますが、"私"を手放す方法はありません。
当然、未知と出会う方法は、ありません。
"私"が、未知と出会うのではありません。
"私"が、「未知と出会った」と認識できるようなモノは、未知ではありません。
"未知"とは、他ならぬ"死"です。

Comment：21　ひとしさん

>"未知"とは、他ならぬ"死"です。

これは、ビックリ！って言うか、やっぱりそこなのか！という感じです！
ということは、ume.さんは俺に、死ねと言っているのでしょうか？
もうひとつ、気になるところで、

>"私"のやることは、"だいたいのことが、どうでもいいこと"・・・

例えば、どこまでがどうでもよくて、何をしている時が、どうでもよくない？
つまり、何が価値のあるものなんでしょうか？

Comment：22　ume.

> ume.さんは俺に、死ねと言っているのでしょうか？

はい、そうです。未知との出会いは、"死"です。他は、ありません。

> だいたいのことが、どうでもいいこと・・・

この言い草について。
日記を更新して、
⑤ 幸せ、自由、愛
に入りたいところでしたが、この、ひとしの質問に答えなければなりません。
"死"についても、少し、話さなければなりません。
コメント22になってしまったので、更新して進めます。

無選択の気づきとユーモアのセンス‐20

2010-08-09

既知を手放す／幸せについて／幸せの継続・理由／幼い頃の愛
コメント：ひとし、みにぶー

⑤ 幸せ、自由、愛
に入る前に、ひとしの質問に応えます。
そのあと、"死" についても、少し話します。

"私" のやることは、"だいたいのことが、どうでもいい"。
言い直します。
"私" のやることは、"全て、どうでもいい"
"私" は、いつだって、"私" を守ってもらいたい。"私" を認めてもらいたい。
"私" に注目していてもらいたい。こう思ってます。
そのために、特別性を発揮したがります。特別性＝エゴです。
エゴのやることは、必ず、エゴイズムに行き着きます。
にも関わらず、"私" の叫びは、いつだって同じです。
"私" を解って！ "私" は、あの人と違って、こんな特別なことができるのよ！
私が必要でしょ！
こうして、日々、なにがしかであるところの "私" でいたがります。
"私" の存在に意味を持たせたがります。
僕らの "生" に、ナンの意味もありません。
"私" のしたことに意味を持たせたがるのは、人間存在の弱さゆえです。
しかし、その弱さを一瞬でも克服しなければ、
未知のモノに出会うことはできません。

Comment：1　ume.

"僕らの行為は、全て、価値がある"。
さて、今、話したことと、全く、矛盾してますか？
ひとしの質問は、どういった行為が、どうでもよくて、
どういった行為が、価値あるモノですか？ でした。
ある行為を取り上げて、この行為は、どうでもいい、この行為は、価値がある。
というのはありません。
行為に罪はありません。

その行為に、意味を持たせようとする"私"に罪があります。
例えば、この執筆。
全存在を懸けて、こうしてる時、この行為は、美しい行為でしょう。
価値ある行為でしょう。
しかし今、僕は、本になって売れるかな？ とか考えます。
見返りを要求する"私"が顔を出したら、そんなのダサダサ、クソったれです。
この"私"をなくすことはできません。誰でも、見返りを計算します。
むしろ、そういった下心が、チラッと顔を覗かせるくらいのほうが、
人間的ですネ？
ダサダサのクソったれの、ナニがいけないンだよ！って感じ。
しかし、それが繰り返され、蓄積されると、またしても、依存が始まり、
目的が変わってしまいます。
売るために、これ書いてます。僕を認めて下さい。本、買って下さい。と。
愛すべき、ダサダサのクソったれが、
本当のダサダサのクソったれに、育っちゃいます。
初めから、そのつもりでやってンなら、それでいいでしょう。
僕は、そういうのには興味ありませんが。

現在の僕ならば、もっとコメントくれ！です。
こんなふうに、物事に集中しちゃうと、
執筆してる自分に、依存が始まっちゃいそうな時は、よくあります。
解り易い例として挙げてしまいましたが、
このエゴが見えてしまえば、皆さんドン引き、
シラけて、入ってきたくなくなります。
そんな自分は、充分なユーモアのセンスを持って、
笑い飛ばしてしまわなければなりません。
おマエの思い通りに、他者を動かせる訳ないだろ？
ナニ、おマエ1人、その気になっちゃってンだよ？ お笑いだぜ！ってネ。

行為の中に、価値あることと、どうでもいいことが混在してます。
"私"のいない、行為者と行為の一致してる時、その行為は、ナンであれ、
透明で、美しく、価値があり、躍動してる。と見えますが、いかがでしょうか？

Comment：2　ひとしさん

お疲れ様です！"私"のやることについては、良く解りました！
それより何より、気になってしまうのが！俺、死ねと言われても・・・。
どうか、その"死"について、お話しして頂けますか？

Comment：3　ume．

僕らはみんな、"既知"を手放すことの恐怖に怯えています。
"私"の安全を保証してくれるモノ、評価だったり、持ち物だったり、
居場所だったり、大切な人だったり、あるいは自信だったり、
そういった"知られてるモノ"に囲まれてないと、不安でたまりません。
これら、"知られてるモノ"を手放す。すなわち、イコール"死"ですネ？
死がどうなのか？知ってる人はいません。
"知られてるモノ"を手放すということは、
誰も知らない状態になるということ。それは"死"です。
"既知"を手放すことの恐怖に怯える。
これは、"死"への恐怖と同じと思われますが、どうでしょう？

この命を終わらせる訳にはいきません。
この身体の死をオススメしては、ヤバい話になっちまいます。
そーゆーことではありません。
僕ら、生きながらにして、死と同じ状態になれるでしょうか？
僕ら、生きながらにして、死と共にあることを気づけるでしょうか？
死と同じ状態とは、既知を手放した状態です。
"既知"は、"私"が作り出した錯覚です。
"私"への固執から解き放たれることが必要です。

お題の「無選択の気づき」とか、「ただ、見る」とか、「行為と行為者の一致」とか、
こういった多少意味ありげな言い回しは、
全て、"私"を手放した状態、"既知"を手放した状態、
過去の"私"に対して死んでる状態、
生きながらにして、死んでる状態のことを言ってます。
そして、それらを"至高のモノ"と言ってます。
この状態が訪れるチャンスが来るのは、ジャマッケな思考が静まってる時です。

243

脳の思考活動が停止してる時です。
脳が静まってる時、不意に"至高のモノ"が訪れてる時があります。

Comment：4　ume.

僕らは、過去の自分にガンジガラメにされてるので、
常に、過去の自分というモノサシを持って、対象に迫らずにはいられないので、
フツー、"私"を手放すことは、できません。
まして、方法を持って手放すことは、絶対にできません。
方法を駆使するのは、"私"ですから。
不意に、"私"を手放してる状態、これは認識不可能です。
ほとんどの人が、その状態を経験してはいるハズです。
しかし、経験したと知ってる人はいません。

ここで、思いがけず、"死"について、少しだけ触れることができて幸運でした。
不意に、"私"を手放してる状態が訪れる。
不意に、生きながらにして死んでる状態が訪れる。
これが、
⑤ 幸せ、自由、愛
に、どうつながっていくか？ さて、うまくつなげていけるかどうか？

Comment：5　ひとしさん

お疲れ様です！
確かに、命を終わらせる訳にはいかないですね！良かったです！

> 不意に、"私"を手放してる状態が訪れる。
> 不意に、生きながらにして死んでる状態が訪れる。

ここから ⑤ 幸せ、自由、愛ですか！ 想像がつかないですね？ 楽しみです！

Comment：6　ume.
---
⑤ 幸せ、自由、愛
これらに入っていきます。
僕らみんな、日々、色んな事情を抱え、現実をナンとかやり繰りし、

ああ、今日も頑張ったネ! ナンつって、ビール飲んだりします。
苦しかったり、ツラかったり、悔しかったり、
また、楽しかったり、嬉しかったり、感動したり、
色んなことがあって、僕らの日常は過ぎていきます。
僕は、そういった日常が大好きナンです。
そんな日常が、幸せ、自由、愛に満ち溢れてたらいいですネ?

皆さんのコメントをお待ちします。幸せ、自由、愛について。
あなたにとって? とか、いつ、そう感じるか? とか、捉え方とか、
どんな視点でも、どんなアプローチでもOKです。
しばらくは、話を進めず、皆さんのコメントを待ち、
僕の偏狭な視点や考え方を、一旦、リセットしたいと思います。
ヨロシク、お願いします。

Comment:7　ひとしさん

お疲れ様です! 幸せから! 俺なんてもう、ナンか幸せ!
自分なりだと思いますが、1日が充実してたぁ、と振り返れた時は、
最高ですね!
特に、近い存在の人の喜ぶ姿や、幸せそうな姿を見るのが幸せです!
心が穏やかになれますね!

Comment:8　ume.

ひとしクン、1日が充実してたぁ、と振り返れるのは、
どんな1日を過ごした時ですか?
充実してなかったと思うのは、どんな1日?

Comment:9　みにぶーさん

ご無沙汰です。久しぶりに、結構な夜更かしを楽しんでいるところです。
なかなか隅々まで、ジックリ読めてないんだけど、
語り易いテーマになったようなので、自分なりに、思っていたことを語ります。

「幸せ」についてです。
俺は自分の人生を振り返ってみた時に、

イヤなことも人並みにはあったろうし、
今、仕事もちょっとキツかったりするんだけど、
色々ひっくるめてトータルで「幸せだったか、不幸だったか？」と言うと、
迷わず「幸せだった！」と思えるんだよね。
今後、かなり厳しい局面が訪れたとしても、
結局 トータルでは幸せだろう、と思うくらい。
最大の理由は、たぶん"十二分に愛されてきた"から。
物心つくまでに（その後もかな？）家族や親戚・ご近所から、
十分に可愛がられていた気がする。
友達や先生からも、常に、温かく接してもらえてた気がする。
俺自身も、結局は、自分が好きだった。
たいした者ではないと思うけど、皆に、よくしてもらってた気がする。
コンプレックスもあったり、他人をうらやむこともあったけど、
長所・短所ひっくるめて、結局、そんな自分が好きだった。

裏返すと、物心つくまでに十分な愛を感じられずに育った人は、
キツいだろうと思う。
自分を嫌いな人も、結構いると思うけど、
何とか、自分くらいは、自分を認められるようになって欲しいと思う。
こんなふうに思えるのは、少数派だと思うので、
かなり幸せ者（ラッキー）なんだと思う。
イヤミに聞こえちゃったら失礼。一旦、区切って、続けます。

Comment：10　みにぶーさん

もうひとつ、幸せだと思える理由を付け加えるなら、
ある程度"夢が叶った"から。
やりたいこと（欲求）が、ある程度できたから。大きいのは、先生をやれたこと。
俺は、小学校か中学校の先生になるのが、順当だったんだと思うんだけど、
色々あって、教育学部でなく、経済学部にしか行けず、教職も取らなかったんだ。
でも、学習塾や、会社の新人教育担当や、専門学校などで、
先生と呼ばれる立場を経験でき、持てる力を発揮しきれた気がする。
それと、半分ふざけたような話をすると・・・
高校生から２０歳過ぎくらいの頃に、冗談ぽく言っていたのが、

「俺の将来つきたい職業は、① ギャンブラー、か、
② ヒモ（自分は仕事せずに、女性に食べさせてもらう）、か、
③ 女子高の体育の先生」
というものでした。（ウケ狙いの発言です）
自分らしくないもの？ というか、本音？ というか、
現実離れしたことを冗談で言っていました。
それが、
（学生の頃ですが）一時期"パチプロ"のような生活をすることができ、
① は体験できました。
また、たまたま、女子サッカーチームの指導者を
何年かやらせてもらう機会があり、
③ の雰囲気を味わいはしないものの、推測はできたような気がします？
③ で期待したようなことは、もちろん、実現してないと思います・・・たぶん？
② については、体験していないと思います。
そんなわけで、俺にとっては
"冗談に決まってるような・縁のなさそうな・ふざけた夢？"が、
多少、叶っちゃった気がするわけです。
（すいません、クダらない話をしてしまいました。
夜中で妙なノリになってるかな？）

ただ、今、思ったのは、俺が幸せだという理由は、
"欲求（エゴ）が、（ある程度）満たされたから"と言えるのかも。
でも、たぶん ここでのテーマは、
「エゴなんて、追求しても、たいてい不幸にしかならないから、
いかに、エゴを捨て去り、幸せになれるか！」ということだろうね・・・
俺は、たまたま運の良かった特殊なケースだろうね。
（そんなわけで、絡みづらい話だったら、軽く受け流してね。）

Comment：11　ume.

みにぶー！ またも解り易い話に進めるコメント！ 感謝、感謝です！
実は、昨日、決勝戦に惨敗して、さすがに、身も心も、クタクタ状態です。
一晩寝ただけでは回復しなかった。
まだ、敗戦処理に手が離せないでいるところです。

さて、みにぶーのコメント、後半部分。

> でも、たぶん ここでのテーマは、
> 「エゴなんて、追求しても、たいてい不幸にしかならないから、
> いかに、エゴを捨て去り、幸せになれるか！」ということだろうね・・・
> 俺は、たまたま運の良かった特殊なケースだろうね。

まずこの、みにぶーの指摘、分けて進めると、

> エゴを捨て去り、幸せになれるか！

間違いなく、その通りと言っていいでしょう。
でも、誰もエゴを捨て去ることはできません。死なない限り。
数百年に１人くらい、そういった人が現れてるみたいですが、
僕らには関係のない次元の話です。
欲求とか、欲望とか、それ自体は悪いモノではありません。
もっとも人間的な部分です。
ここで、テーマにしてることは、欲求とか、欲望とかに、どう対処するか？です。

> 俺が幸せだという理由は、
> "欲求（エゴ）が、（ある程度）満たされたから" と言えるのかも。

この、みにぶーの発言について。

Comment：12　ume.
欲求がゼンゼン満たされない人もいると思います。
でも、ゼンゼン満たされない欲求は、そのうち消えます。
全くの高望みだった、諦めよう、と。
一方、ナニか満たされると、次の欲求、その次の欲求、
と欲求は、留まることがなくなります。
ビジネスの世界では、欲求が満たされたら終わり。
次、次と欲望を持て！ と言われます。
拡大への欲求は、尽きることがないようです。

これは、日々、満たされない欲求との戦いです。
このストレスが、ビジネスの大きな成果の
エネルギーになってることは間違いない。
僕は、そんなのウンザリなんで、
その終わりのない欲望追求競争からは、サッサとリタイヤしましたが。

さて、みにぶー、前から知ってましたが、
ナンで、満たされた欲求の状態を継続しようとしなかったンですか？
僕らは、１度、味わった快感を維持継続させようとします。
また、明日も、この気持ちのいい状態を続けたい、
知られているモノ、安全を確保できる状態を維持したい、と考えます。
みにぶーが、"夢が叶った"と言うこと。
これら全て、ナンで今、続けてないンですか？

> 俺は、たまたま運の良かった特殊なケースだろうね。

決して、そうではありません。

Comment：13　みにぶーさん

なるほど・・・「叶った夢を、なぜ続けなかったか？！」
そうか・・・それは、自分でジックリ考えなかった！
（そこには、あまり着目してなかった）
今、整理してみると・・・叶った夢を続けなかった理由は、
俺が、単に飽きっぽかった（精神的な持続力がなかった）というのもあるけど、
結局の理由は"続けられなかった"んだ！
"先生"は、精神的にタフでなかったからか 結局は不向きだったのか、
自然体ではやり続けられなかった。
頑張って、自分を追い込んで、欲望を可能な限り押さえ込んで、疲れちゃった。
パチンコは勝てなくなり、スッパリ足を洗った。
女子サッカーチームの監督は、結婚により、家庭優先のため、断念？したんだ。
ということは、いずれも挫折したような感じだね？！
　１度体験できたという意味で幸運だと思ってたけど、
やり続けられるほどの幸運ではなかった、と言えるのか？！

でも、自分は"本当に幸運だった"と思っていた・・・
そう思っていたのは、俺が欲張り過ぎなかったということかい？
それとも、叶いきっていない自分の欲望に、目を背け、
「幸運だった」と自分に思い込ませてた、ってことかい？
（自分では、あまり考えていなかったことなので、
自分ではスグに分からないなぁ。誰か、教えて！）

ちなみに、"先生"ということについては、形態は違うものの、
今でも、それらしい者でいるつもりではあるんだよね。
俺が先生になると思っていたのは、
「若者の応援団でありたい」という気持ちがあったから。
今は先生ではないけれど、子供に対しての親として、また、地域の一住民として、
今でも「若者の応援団」でいるつもりなんだ。

Comment：14　ume.

お盆休み様サマ！ みにぶーに時間がある時は、大チャンス！
楽しいネ！ 相変わらず、楽しけりゃいい！ ノリです！
楽しくなけりゃ、この"生"に申し訳が立たない！

> ということは、いずれも挫折したような感じだね？！
> １度体験できたという意味で幸運だと思ってたけど、
> やり続けられるほどの幸運ではなかった、と言えるのか？！

ここは、どうナンだろうネ？
人それぞれのモノサシ、ー僕はクダらないモノとしてモノサシと言ってますが、
もっともらしく言えば、人それぞれの価値観ーで感想は違うよネ。
でも、どんな評価でも知ったことではないよネ？
その時、その時、自分が幸せならばいいンだから。
ただ、ナニに幸せを感じるか？ は、成熟してくるモノだと思うけどネ。

続けられないことに関しては、僕も負けてません。
以前にも話してる通り、正社員採用の会社を７社辞めくらす。
でも、僕は、ゼンゼン変わっちゃいないンで、

そんなことは、どーでもいーことです。
世間は、そう見てくれませんが。

挫折と言うけど、挫折する勇気ってのもありますネ？
これまで成功経験を持ってることを、誰だって、簡単には手放せません。
知ってるやり方を持って、また、今日もやればいい。これは安心です。
こうやって、知ってるモノにしがみついて、ガンジガラメにされてるのが、
僕らの日常です。
安心はもっとも怠惰と鈍感を助長させます。
断じて言いますが、この"生"に安全はありません。
不安定で、危険極まりない、この"生"に気づく必要はあります。
挫折して、次なることに進むことのほうが、よっぽど、勇気が必要です。
知ってるモノを手放すことの勇気は、
知ってるモノにしがみつく勇気より勇敢です。
うまくいくことが多少続くことはあります。
しかし、ずーっと続くことは、"絶対に"あり得ません。
この"生"に継続するものは、ナニひとつありません。
継続するものは、全て、腐ります。

Comment：15 ume.

> 俺が欲張り過ぎなかったということかい？
> それとも、叶いきっていない自分の欲望に、目を背け
> 「幸運だった」と自分に思い込ませてた、ってことかい？

これに答えるナンテ、まさしく、おこがましい！
おこがましい話の連続ではありますが・・・。
欲張り過ぎなかったとは言えるよね？
うまくいったことに、意地でもしがみつこうとはしてないネ？
いいか悪いかは、人それぞれにお任せしましょう。
幸運だったと自分に思い込ませようとするのは、まさに、観念の"私"だよネ？
そういう過程ってのは、多かれ少なかれ誰でもあると思います。
しかし、そんなふうに、自分が自分を評価する以前に、
幸せ！夢が叶った！という瞬間が、僕にとっては全てです。

継続してるモノに幸せはありません。
ー見せかけの幸せは、いくらでも演出されますが・・・、
瞬間、瞬間に幸せはあります。
みにぶーの素直な気持ち、感情、これに、口を挟める人は、誰もいません。

Comment：16　ume.
みにぶーのコメント、前半部分。コメント９、１０の、９のほうについてです。
幸せだと言う、みにぶー。

> 最大の理由は、たぶん"十二分に愛されてきた"から。
> 裏返すと、物心つくまでに、十分な愛を感じられずに育った人は、
> キツいだろうと思う。

これは、僕も、全く、その通りだと思ってました。
今でも、かなり当たってるンじゃないかと思ってます。
イヤ、それだけじゃないかもよ？ってことで、この執筆を始めたンですけど。
僕は、少し前まで、両親か、あるいは、その代わりの役割をしてくれる人、
つまり、もっとも身近な人から、３歳くらいまでに、どれだけ愛されたかで、
もう、その人の人生は決まってしまうと思ってました。
人は、愛されたぶんだけ、人を愛せる。愛されなかった人は、人を愛せない、と。
まあ、この言い方も、そもそも愛があることが幸せ、
という前提のある言い草ですが・・・。
ためらいつつ・・・、かなり、間違っていないと思います。

Comment：17　ume.
小さな頃に充分に愛されたということは、自分の存在を認めてもらった。
自分は重要な存在であると認識できた。ということですネ？
もちろん、子供ですから、こう文章にして認識する訳じゃなく、
僕らのように、スッカリ鈍感になった感覚器じゃない、鋭敏な感覚器が、
繊細に、間違えることなく、キャッチしてるってことです。
充分に経験を積んで、自分を守る術を身につけた僕らと違って、
子供は、感受性がむき出しになってます。
その頃に受けた、いいことも悪いことも、心の奥深く、浸透してしまいます。

流行りのトラウマなんてのも、簡単になくせるモノではありません。

小さな頃に受けた充分な愛も心の奥深く染み渡ります。
僕は認められてる。私は重要な存在ナンだ、と。
この安心感は、その後のあらゆる恐怖をなだめてくれます。
そして、安心にすがろうという気持ちを持つ必要がないので、
機敏さ、俊敏さ、鋭敏さを失わずに済みます。怠惰と鈍感に陥らずに済みます。
もとより、依存こそ、この怠惰と鈍感そのモノです。
ナニかに、すがろうとする時、それは、うすのろで素早さを失います。
依存してるモノに集中してンで、外の在り方に、全く、気づけない状態です。

人は誰でも、安心を求めます。どこにもない安全を求めます。
しかし、唯一あり得る安心が、愛されていると感じることではないでしょうか？
愛されていると感じることができないことで、
ナニか、他の安心できることを捜し求め、
見つけたモノに依存して、依存したモノと共に滅びるンです。
愛がある人は、依存する必要がないンです。
ゆえに、依存したモノに滅ぼされることもありません。

Comment：18　みにぷーさん

んん・・・"なるほど"と思うところなど、
コメントしたい箇所がいくつかあるんだけど、
全て、コメントすると、話があちこちにいき、収集がつかなくなりそうなので、
少し時間をおいてます。
コメントしたいことが絞れたら、また、コメントしますね。

ところで、こういった話をしていると、いつか１度は、
「人間て何？　俺たちは何のために生きてるの？」という問題に、
たどり着いちゃう気がするな・・・
ここでは、(俺は) そこには、たどり着かないほうがいいと思ってるんだけどね。
そこに行くと、話が終わっちゃうか、煮詰まっちゃうか・・・という気がして。
(特に反応してもらう必要のない、つぶやきです)

Comment：19　ume.

どうナンでしょう？
「人間て何？ 俺たちは何のために生きてるの？」という問題は、
誰にとって必要ナンでしょう？
そういったことを追求して名を上げたい人のためとしか思えませんが・・・。
あるいは、深く考えてることを気取る人の自己満足のため？
結論が出る訳ないし、知ったところで、どうにもならないし。
思考がたどり着くモノなんて、ろくなモンじゃねぇ、と吐き捨ててます。
僕らの"生"には、ナンの意味もない、と何度か言ってます。
僕が生きる理由は、僕には必要ありません。ただ、この"生"を生ききる。
そう生きて、死んでいった、亡き父のように・・・。

Comment：20　みにぶーさん

俺は、他人のことを親身に考えたり、思ったりすることがあると思うんだけど、
それは、俺が慈悲深い、崇高な人間だからではなくて、
子供の頃に十分に愛情を注がれて、全く不安がなかったから、
だから、他人のことも気にかける"余裕"があっただけなんだと思う。
精神的に満たされていなくて、不安や恐怖が多くあれば、
他人のことなんか、気にする余裕はないよね。
十分な愛を注いでもらうというのは、ありがたいことだよね。
でも、それ(愛を注がれるか否か)は自分ではどうしようもないことも多いから、
では、自分では何ができるのだろう？ というのが問題なんだね？

Comment：21　ひとしさん

お疲れ様です！そして、昨日の決勝戦も大変お疲れ様でした！
ume.さんの声も、響き渡っていましたね！
さらに、愛情の話も盛り上がっていますねー！
更新しますよね？ 次から入らせて頂きます！

無選択の気づきとユーモアのセンス－21　　2010-08-17

幼い頃の愛が全て？／全存在を懸けるって？／何のために生きてるの？
コメント：みにぶー、ひとし

お盆休みも終えて、今日から仕事の人も多いのかな？
みにぶーも、また忙しくなっちゃうのかな？
ひとしのコメントに促されて、日記を更新します。
みにぶーの、コメント 20 の告白、

> 俺は、他人のことを親身に考えたり、思ったりすることが
> あると思うんだけど、
> それは、俺が慈悲深い、崇高な人間だからではなくて、
> 子供の頃に十分に愛情を注がれて、全く不安がなかったから、
> だから、他人のことも気にかける " 余裕 " があっただけなんだと思う。
> 精神的に満たされていなくて、不安や恐怖が多くあれば、
> 他人のことなんか、気にする余裕はないよね。

僕は、ホント、この心の構造が、ソックリそのまま、世の中の構造だと思います。
イヤ、そう思ってました。
でも、だとすると、小さな頃に充分な愛を受けられなかった人は、
幸せになるには、ノー・チャンスってことです。

小さな頃に、心に染みついた愛への飢餓感。
自分の存在、重要性を感じられない不安。
これらが、一生、ナニかを捜し求めずにはいられない、
不安定な心の飢餓状態を作り出します。
それは、ナニを手に入れても決して埋まることのない、
ブラックホール並みの不安と恐怖の心の空洞です。
全ての富を手に入れて、外は、最高の幸せを実現したかのように見せかけても、
内では、決して豊かさを実感できません。
心の豊かさには、決してたどり着けません。
その心の空虚をナンとかして埋めようと、
次から次へと、依存する対象を捜し求めます。

しかし依存です。それによって滅ぼされることはあっても、
決して、幸せになれることはありません。
不安や恐怖を一瞬だけ、忘れさせてくれますが、
また、同じことの繰り返しが始まります。
ゾッとするような、不安と恐怖のアリ地獄です。
これが、世界じゅうで起きている、極めて一般的な過程であり、
そして、僕らの心の中で繰り返されてる、全ての悲しみの原因です。

これが、不変の真実なら、ー僕は、長きに渡り、そう信じてましたが・・・、
小さな頃に愛されなかった人は幸せになれない。
絶対に、心の平安を知ることはない。ということになります。絶望的です。
父の死後、それだけじゃないのでは？と思うようになり、
この執筆を始めたという訳です。

Comment：1　ume.

ひとしの、合いの手のようなコメントにも、
応えたいことがいっぱいあって、僕のコメントが長くなってしまいます。
みにぶーが、あれだけコメントくれると、もう、書きたいことだらけです。
ー20の、コメント20には、突っ込みたいことが多い。
その前のいくつかも、そのままにしておけないことがある。
ー20の、コメント20。前半部分は、上の日記本編に転記引用しました。
後半部分です。

> 十分な愛を注いでもらうというのは、ありがたいいことだよね。
> でも、それ（愛を注がれるか否か）は
> 自分ではどうしようもないことも多いから、
> では、自分では何ができるのだろう？というのが問題なんだね？

小さな頃に、愛を注いでもらえる環境にあるかどうかは、
"親は選べない"のと同じだもんネ。本人には、全く、罪はない。
愛を注いでもらったことは、ホント、ありがたいし、
ラッキーだったと言えるよネ。
んじゃ、僕は、小さな頃に、愛を注いでもらえなかったとします。

僕は、一生、愛を知らないままで、終わるンでしょうか？
愛に飢えて、愛を求めて、認めてもらいたくて、
気にかけてもらいたくて、温もりが欲しくて、
一生、満たされぬまま、心にポッカリ空いた空洞を埋めたくて、
さ迷い続けるしかないンでしょうか？

Comment : 2　ume.

答えは "Yes" です。
大きくなって、愛してもらえる人に出会うこともあるでしょう。
ひと時の心の安らぎは手に入るでしょう。
しかし、やっと見つけたモノを手放したくはないですネ？
そうです。また、例の依存が始まります。
成長して充分に "私" が形成されてからの愛は、
幼い頃、"私" のないうちに受ける愛のように、
大切な心の支えとして、心の奥深くに浸透し、
「大丈夫だよ、安心していいよ、あなたは大切な存在だよ」
といったようなメッセージを発信し続けてくれる、
人間存在の核にはなってくれません。
"私" が愛を評価します。
この人の私への愛は本物なのかどうか？
いづれ私のもとから離れていきはしないか？
私の心の空洞を埋めてくれるのか？　私を本当に認めてくれるのか？
いつも私を気にかけてくれるのか？
出会えた愛に助けられることも多いでしょう。
しかし、"私" の本性は恐怖や不安です。
必ず、疑心暗鬼のオンパレードがやってきます。
意地でも手放さないぞ！ってことになっていきます。
典型的な依存への発展過程ですネ。これで、幸せな訳がありません。

Comment : 3　ume.

そこで、みにぶーの

> でも、それ（愛を注がれるか否か）は

> 自分ではどうしようもないことも多いから、
> では、自分では何ができるのだろう？ というのが問題なんだね？

ということですネ。
絶望して、自暴自棄になっていては、この"生"に顔向けができません。
－20の、コメント9、みにぶーは優しく言ってます。

> 自分を嫌いな人も、結構いると思うけど、
> 何とか、自分くらいは、自分を認められるようになって欲しいと思う。

認めてもらうと言うからには、
やっぱり他者からということになってしまいます。
そこで、"無選択の気づきとユーモアのセンス"って訳です！
認めてもらいたいという気持ちは、どこから来るのか？
私は、私のナニが嫌いなのか、それはなぜなのか？
そういった一切に気づくことによって、"私"を手放すことができる！
"私"を手放したところに残るモノ。それが、愛です。

Comment：4　ume.
また、皆さんのコメントを待たずに、
僕の偏狭な視点、考え方をセッセとしゃべってしまってます。
⑤ 幸せ、自由、愛
について、ナンでも嬉しいので、思うところをお寄せ下さい。
と言いながらも、みにぶーのコメントに、さらに、レスポンスしていきます。

> 俺は、他人のことを親身に考えたり、思ったりすることが
> あると思うんだけど、

これも思考ですネ？
この思考は、「ろくなモンじゃねぇ！」ではない、ってことを話します。
みにぶーが他人のことを思いやる時、
この思考するという行為の中で、ここにも、二重のエネルギー消費があります。
まず、心から親身に他人のことを考える。

この瞬間の行為は、"私"のシワザではありません。"私"のない尊い行為です。
ここで、やって、終われれば、僕らは、永遠に幸せです。
この尊い行為だけに留まってる時、
それは、とてつもない至高の行為となります。
爽やかなエネルギー消費、またスグに、再充填されるエネルギー消費です。
ところが、この純粋な行為に一瞬遅れて、
その行為に名づける作業が始まります。
経験として、記憶として取っておくためです。この作業は"私"のシワザです。
この作業には、過去の束である"私"が、過去の反応である"思考"を持って、
あとになって使える、"私"の安全を確保できる方法として
蓄積しとこうという、
その行為自体には関係ないエネルギーが使われてます。
それは、もう、"私"を守るためだけに使われる、
偏狭な知識として蓄積されていきます。
これは、伝わるでしょうか？
このように、継続するモノは、クソったれナンです。
瞬間、瞬間に至高のモノがあるンです。

Comment：5　みにぶーさん
思わず、気づいたら 誰かのことを気にかけてた。
という時点では、良いことだろうけど、
それが、やがて「俺はこんなに、君のことを心配しているんだよ！」
となってしまったら、その時点で"クソったれ"だね？！
（また、忙しくなりそうです。
でも、このページは、俺のコメントに応対してくれてるのもあり、
分かりやすく（同感しやすく）スラスラ読めました）

あまりコメントする余裕は、また少なくなるかも知れないけど、
「小さな頃の愛に十分恵まれなかった人への、何かしら"ヒント"がつかめる」
ことを期待しながら、覗かせてはもらいます。

Comment：6　ume.
みにぶー、サンキュー！

クサくならないようにやりたいとは思うけど、
"愛"と言ったら、即、クサいかもネ。
でも、やはりテーマは"愛"です。
僕などか、愛について語るなど、多少、気が引けますが、
皆さんの意見を頂きつつ、僕にとっての"愛"を表現してみるつもりです。

小さな頃に充分な愛を受け取れなかった人は、絶対に幸せになれない。
という考え方が、
そもそも、全く見当外れである可能性は低くないかも知れません。
しかし、犯罪者の生い立ちとか聞くと、
間違いなく、小さな頃に親の愛を受けてません。
親の愛とは、当然、経済的な豊かさを与えておく、
などということではありません。
依存に走る原因も、突き詰めていくと、必ず、そこに行き着いてしまいます。
「世の中に、悪いヤツはいない。悲しいヤツがいるだけだ」
という言葉が思い起こされます。

いきなり、みにぶーとの意見が一致しちゃったので、
核心から始まってしまいましたが、また、みにぶーも忙しくなります。
できるモノなら、幸せ、自由、愛について、
皆さんから、いくらかのコメントを頂ければと思ってます。

Comment：7　ひとしさん

お疲れ様です！　ume.さんの質問で、

> 1日が充実してたなぁ、と振り返れるのは、どんな1日を過ごした時ですか？

充実してた1日は、ほとんどが、たくさんの人と会っていた時ですかね！
向き合っていると、何かお役に立てないかなあ？と考えている自分がいます！
おせっかいにならず、自然と皆で盛り上がれると、
その日は、嬉しくなって幸せな気持ちになっています！

> 充実してなかったと思うのは、どんな1日？

これは、やることがたくさんあると思っていて、頭がこんがらがってしまい、
他のことが見えずに、
結局、やらなきゃと思っていることすら進まなかった時ですかね！
自分に詰まってしまっているという感じ！ありますよね？

Comment：8　ume.
ないよ、そんなこと。
充実を感じる時はいいとして、充実してないほうは頂けませんなあ。
やらなきゃと思ったら、やるし、
やらなきゃかなあ〜、あとでもいいや〜と思ったら、やンないし。
やらなきゃと思ってるのが本気かどうか？ってことだけナンじゃない？
やらないのは、本当に「やらなきゃ」とは思ってないってことでしょ？
そーゆーことは、今日やることリストから、サッサと外すことじゃないの？
やんなきゃ、やんなきゃ、っていう葛藤は、
完全に、ムダなエネルギー浪費だよな。

Comment：9　ひとしさん
お疲れ様です！そうですね！
「やらなきゃ」の思考は、完全に、ムダなエネルギー浪費です！
そうと言いつつも、引っ張ってしまう俺がいちゃうなぁ。なんか、ダッセーゼ！

Comment：10　ume.
ダサさの極致だな。何事にも全存在を懸けてれば、－"私"なくやれれば、
決して、そのような怠け者の思考は生まれません。

何事にも全存在を懸けてやるってのは、ムリなので、
とりあえず、"私"のやることとして、何事も一生懸命やる！
でもゼンゼンＯＫでしょう。
割りとスジの通った、自分を慰める言い訳にはなります。
これだけ一生懸命やってンだ。もう、これ以上はできない。
これが、オレの限界だ。
さあ、見てくれよ。これ以上やれってのかい？
と、開き直る資格のある人は、いつも一生懸命の人です。

限界までやってみる。限界を知る。
これで、初めて、限界を越えることもできるようになります。
真剣に、本気で、工夫しなければならない、ギリギリの窮地に追いやられた時、
そういった時ですネ？ ナニか、とてつもない突破口を発見するのは。
人間は、イヤ、生物はそうやって進化してきました。
進化の奇跡と比べたら、日常業務の中で、
奇跡的なアイディアがひらめいたといったところで、
たいしたことではありませんネ？

「やらなきゃ」などとアセるのは、
間違いなく、真剣みが足りないから、怠けてるから、
一生懸命、本気でやってないからです。
一生懸命やらないヤツは、当然、全存在を懸けるという感覚は持てません。

このようにして、僕らはみんな、アリバイ作り、言い訳作りといった、
"私"を守るための作業、"私"を満足させるためのムダな作業に、
膨大なエネルギーを浪費し、
大切な行為そのモノに注げるエネルギーを欠いてしまってるンです。
ラクじゃないよネ？
"ただ、やる"。"ただ、やって、終わる"。
このことが、どれほど、エネルギーのロスなく、
行為そのモノに向かえるかってことが、お解かり頂けると思います。

Comment：11　ume.

改めまして・・・、"全存在を懸ける"と、
"頑張る、努力する、一生懸命"の違いについて。
語句を定義してるのではなく、ここで、僕は、こう使ってますということで。

"全存在を懸ける"。"私"のいない状態です。
行為そのモノしかない状態です。
その行為へのエネルギーは使いますが、イヤな疲れの残らない、
スガスガしいエネルギー消費です。
ほとんど疲れません。疲れを知らない状態です。あるのは、心地良い疲労感のみ。

結果とは、無関係です。
なかなか、この状態になっていられることは多くありません。
"ただ、やる"、"やって、終わる"も、こっちの状態です。

"頑張る、努力する、一生懸命"。いつもの在り方、"私"のいる状態です。
"私"を満足させるためにやってる状態です。
行為そのモノへのエネルギーと、"私"を守るためのエネルギー。
この２通りのエネルギー消費があります。
"私"のためのエネルギー消費が多ければ多いほど、イヤな疲れが残ります。
結果が、とても重要です。
僕らが、日々、疲れた、と口にするのは、この疲れです。

Comment：12　ume.
えーっと、みにぶー、入ってこられるかなあ・・・？－20、コメント18。

> ところで、こういった話をしていると、いつか１度は、
> 「人間て何？ 俺たちは何のために生きてるの？」という問題に、
> たどり着いちゃう気がするな・・・
> ここでは、(俺は) そこには、たどり着かないほうがいい
> と思ってるんだけどね。
> そこに行くと、話が終わっちゃうか、煮詰まっちゃうか・・・という気がして。
> (特に反応してもらう必要のない、つぶやきです)

そう言われてもぉ・・・、これは見過ごす訳にはいかないよなあ・・・。
まあ、このコメントに、僕は、相変わらず、
思考がたどり着くモノなんて、ろくなモンじゃねぇ！
僕には、生きる理由は要らない。
ナンて、全否定の立場を表明しちゃってるけど・・・。
僕の立場ナンて、それこそ、"私"の錯覚ナンでぇ・・・。
ナニか、続けてもらいたいなあ・・・。

Comment：13　みにぶーさん
どうもです。－20、コメント18の続き、というか、

それに関連しては、今、整理中です。
その前に、コメント１０について「そうだよね・・・」と思っております。

> 限界までやってみる・・・これで、初めて、限界を越えることもできる・・・
> ギリギリの窮地に追いやられた時・・・とてつもない突破口を発見する・・・
> 一生懸命やらないヤツは、当然、全存在を懸けるという感覚は持てません。

そうだよね。俺も、子供の頃から頭では分かってる気がするんだけど。
（何人かの人には話したことがあったと思うんだけど）
俺は、子供の頃から、"本気で"、"一生懸命"やったことが、
ほとんどないんだよね。
一緒にサッカーをやらせてもらった人たちは、分かってるだろうけど、
そんな情けない奴なんだよね。
"ガムシャラ"なんて言葉を知らない奴だったんだ。
理由は、自己防衛というか、勇気がないというか、根性がないというか、
恥ずかしがりというのもあるかな・・・
限界や弱みを人に見られたくなくて、
また、自分でも目を背けたかったんだろうな。
"一生懸命"や"ガムシャラ"を、カッコ悪いとも思ってたのかも・・・

最近、仕事が行き詰まり気味だったのもキッカケに、
少し自分を変えようかと思ってたところで・・・
まず「自分を（なるべく）ごまかさないように、
自分に（なるべく）正直に」なろうと思って。
そして「まず、言い訳や逃げ道を探しておくのではなく、
素直に純粋に、まず、取り組む」ことに挑戦してみようかと。
そんなわけで、このところ（たぶん良い意味で）試行錯誤しているような、
１ステップ成長した自分はどっちにあるのか、
さ迷っているような状況だったんだよね。
というか、初めて、脱皮に挑戦してるような感じかな。
スグには無理だろうけど、ごまかしのない・本気の自分を、俺の限界を、
自分でも見てみたい気がしてるんだよね。
それが、ume.さんの言う"全存在を懸ける"と言うのと

似てるんじゃないかという気もして。
"全存在を懸けた"、"本気の・全力の" みにぶーって、スゴいかもよ～！
（ダメだ、そんな冗談を言ってるうちは、ステップアップできないな・・・）
（失礼、ただの、つぶやきになってました。また、のちほど）

Comment：14　みにぶーさん
（－20、コメント18に関連して、何から、どう言おうか考えてたんだけど、
面倒臭いので素直にいきます。
この場でのテーマに相応しくなかったら、他の場で語りましょう）
－20、コメント18を書きながら思っていたのは、次のようなことです。

俺は、「人は何のために生きるのか？ なぜ生きなければいけないのか？」
ということを、あれこれ考えた頃がありました。（若い頃は 結構、皆そうかな？）
他にも色んなことを、妙に哲学的に？ 考える時期がありました。
また、俺は「若者（後輩）たちの応援団でありたい」
というような気持ちを昔から持っていたので、そういう意味でも、
"生きることに苦しんでいる" 若者に出会った時に、
かける言葉を持っていたかったんだ。
"なぜ生きていかなければならないか？" の回答を持っていたかったんだ。

なかなか模範解答が見つからなかったんだけど、
ある時（誰か著名人の言葉だったか）、それだ！ という言葉に出会ったんだ。
「人はなぜ生きるか？」 → 「生まれたからだ！」
俺は一瞬にして、納得した。
屁理屈のような、答えになっていないような、でも、実に単純明快なその言葉。
妙に納得した。
ume.さんの言う、
「生きる理由は必要ない。この生を、全存在を懸けて、生ききるのみ！」
というのと同じだと思う。
でも、それは、俺の欲してる回答としては、不十分だとずっと思ってたんだ。
俺はスゴく納得した。でも、"生きることに苦しんでる" 人に、
その言葉で納得させられるか？
無理な気がするんだけど・・・どうだろう？

Comment：15 ume.
夜更かしして上のコメントをくれたみにぶーは、まだ寝たばかりの時刻。
早起きした僕は、これから今日〜明日、奥利根カヌーキャンプです。
携帯から、どこまでレスポンスできるか？ コピーもできないしネ。
しばらくは携帯もつながらない場所に探険だし。
みにぶーの休みの土、日、貴重ナンだけどなあ〜。

Comment：16 ume.
ひとしへのキツめのコメントに、いち早く、みにぶーに反応してもらいました。
"全存在を懸ける"そんな時の快感は、言葉では表現しようもありません。
"このまま死んでもいい"って感じ。でも、バランスは大切だよネ？
片方に、振りきれるのは、スタイルとしては、ラクだろうけど、
自分を保てなくなりがちナンじゃないかな？
張り詰めた緊張感から、スッと、トランス状態に入る。"私"から解放される。
もはや、行為者はいなくなり、行為のみがある。また、フッと、我に帰る。
その全てが、例えようもない極上の快感です。
しかし、僕ら、その快感を「また欲しい、維持したい」と考えます。
快感の中毒、そして依存ですネ？
そのような状態、"私"がなくなった状態、"全存在を懸ける"状態は、
瞬時のモノで、それに至れる方法はないと、サッサと諦める必要があります。

そして、追い求める自分を、みにぶーのように、
笑い飛ばしてしまうのは、かなり重要だと思われます。
自身を対象化して、ジョークのネタにするってのは、
自分をよく把握してないとできることではありませんネ？
クールじゃなけりゃできません。

Comment：17 ひとしさん
"何事も一生懸命やる！"俺は、このことに憧れているだけなんですね。
ume.さんの言う、"やる"ではなく、
イヤだなー、と感じた１日は、本気でなかった！
キツいのもらいました！ マズ、そんな"私"の把握ですね！

Comment：18　ume.

みにぶーの「人間て何？ 俺たちは何のために生きてるの？」
に時間をかけたいと思ってるところです。

本題に入る前に、ちょっと・・・。
全存在を懸けるとか、一生懸命とかについての続き。
みにぶーネ、
僕が、一生懸命やらざるを得なかったのは、明らかに、才能がなかったからです。
サッカーにおいて、そのことは顕著です。僕は、ボール扱いは、多少、器用でした。
しかし、身体能力はスポーツマンとしては並み以下。
みんなと同じパフォーマンスを実現するには、
みんなより多くの準備が必要でした。
効率が悪いンです。燃費は、相当悪いってこと。
例えば、大学受験には、ゲッピで受かりたい。
他の誰よりも最小限の努力で、同じ大学に入る。
笑えますネ。燃費は相当いいってことになります。
どっちがいいですか？って解り易い投げかけがいいですネ？
僕は、1週間後のある試合に臨むに当たって、1週間、準備に費やします。
能力の高い別の誰かは、
1週間、試合のことナンて考えたこともありませんでした。
結果、パフォーマンスは同じでした。さて、どっちがいいでしょう？
大学受験程度のことなら、効率がいいとか悪いとか言って、笑ってられますが、
僕の"生"に効率は必要でしょうか？
僕は、この1週間、大好きなサッカーのことで、
有意義な時間を過ごすことができたンです。
別段、ムリに試合のための準備に努力した訳じゃなく、
ふだんからやってる当たり前の試合前の過ごし方をしただけです。
これらの積み重ねの全てが"生"です。

同じパフォーマンスを発揮したという結果。
その結果のためにやったことは大違い。
そうやって、"生"は、積み重ねられていくンです。
僕は、この"生"を犠牲にしたり、見過ごしたりしたくありません。

僕は、才能がなかったことに感謝してます。

Comment：19　ume．
あるいは、モテるか、モテないか。僕は、割りと簡単に、人を好きになります。
小4で、初恋を知り、それからは、好きになった女性は結構多い。
んで、ナンとかして、気持ちを伝えたい。相手にも好きになってもらいたい。
こう思って、色んなタクラミを巡らす訳です。
しかし、特に若い頃ってのは残酷な時期で、基本、きれいなヤツがモテます。
僕は、ゼンゼンきれいじゃなかったンで、ゼンゼン、モテませんでした。
連戦連敗。不思議なのは、その間、全く、ヒルまなかったってことです。
今、思えば、誰かのことを好きでいる、
そのこと自体が気分ヨカッタとしか思えません。
んで、気持ちを伝えよう、振り向いてもらおう、っていう、絶え間ない努力は、
明らかに、今日の僕の在り方を決定づけてます。

Comment：20　ume．
サッカーのことでも、恋愛でも、
僕は、他人と比較して、うまくいってないからって、
「僕はダメだな」とは、決して思いませんでした。なぜでしょう？
もともと、そういう楽観的な性格だった？　負けず嫌いだった？
どちらも当てはまりそうにありません。
ただ、これだけは言えてます。
「大丈夫、いいンだよ、それで」
僕の心の中に、いつも、そう励ましてくれる"声"がありました。
僕は、いつも、誰かに応援してもらってました。
決して、1人じゃありませんでした。
"愛"がありました。

Comment：21　ume．
いつも誰かが僕を大切な存在と認めていてくれる。
いつも誰かに見守ってもらってる。
不安や恐怖をなだめてくれる、この安心感。
自分を初めから終わりまで全面的に認めてくれるナニか。

これが、小さな頃に、親から受けた愛です。
心に潤いを持たせてくれる親からの愛です。
こんな認識を持ってたので、みにぶーの言うように、
物心つく頃までに、親とか、その代わりをする人から、
充分な愛を受け取れなかった人はキツいだろうな、と。
心の平安がもたらされることはないだろうな、と。こんなふうに思ってました。
今でも、それは、かなり当たってると思ってます。でも、それだけじゃない。

まだ、自分を守る術を知らない小さなうちから、"私"は形成され始めてます。
不安や恐怖が本性の"私"は、親から守ってもらえないと、
自分を守るために、過度に強化されていきます。
自分を守りたいという気持ちが強ければ強いほど、
"私"＝"不安や恐怖"が、ますます強化されていってしまうンです。
自分を守るために完全武装しようとしてしまうンです。
しかし、そのヨロイは、不安と恐怖でできてます。
不安と恐怖でガチガチに固められた、完全武装を解除するのは
容易じゃありません。
ガチガチに固められた"私"は、そう簡単には溶解しません。

しかし、"私"がなくなったところに"愛"が現われます。
"私"が"愛"を覆い隠してしまってるだけナンです。
"私"を手放すことができれば、愛が姿を現します。
"私"の本性は、不安や恐怖ですが、人間存在の本性は、"愛"です。

Comment : 22 ume.

「愛されたぶんだけ、愛せるようになる」
この僕の認識が正しければ、人類は絶望的です。
小さな頃に愛されなかった人は、人を愛せない。
しばらく、それを信じ込んでいました。しかし、これは全くの間違い！
愛されたぶんだけ、"私"を強化する必要がなかった！
強固な防護壁"私"を取っ払ってしまえば、そこに、愛が現れる。
僕ら、誰でも愛豊かに生きていける。心の平安がもたらされるチャンスがある。
僕らの存在そのモノが、愛そのモノなんです！

この新発見は、そう簡単に手放せません。
このことの証明に、思いきり依存して、
このことの証明と共に滅びてしまってもいい！
と思える、僕にとっての大発見です！
言い過ぎてますネ？ しかし、これを言うために、この執筆を始めたンです。

Comment：23　みにぶーさん

なるほど・・・
初期の頃の安心感を与えてくれる十分な愛、それが非常に大事で、
かなり根本的なものだろうとは思っていたので、同感です。
問題はその次、

> 強固な防護壁"私"を取っ払ってしまえば、そこに、愛が現れる。
> 僕ら、誰でも愛豊かに生きていける。
> 心の平安がもたらされるチャンスがある。

俺はまだ（梅さんが以前そうだったという）
「小さな頃に愛されなかった人は、人を愛せない」かも？！
という気がしてる段階でした。
「そうではない」という話をさらに色んな角度から、
あるいは色んな例えで聞いてみたいと思います。
期待を込めて。

Comment：24　ume．

みにぶー、期待してて下さい。
まあ、期待ハズレってのは、よくあることだけどネ。
これは、世界平和は、絶対にあり得ない。
という僕の観測をあっさり否定してくれるモノです。
争いのない世界が訪れるチャンスがあるかも知れない、
ってことの証明でもあります。
例えば、政治とか、経済とか、いわゆる宗教とか、
その他のなにがしかの"方法"を用いて、
段階的に世界平和へ近づけていく、というのは、相変わらず、あり得ません。

"私"の脳の考える"方法"は、"私"の存続のためのモノです。
世界じゅうのみんなの"私"を納得させる方法ナンテ、あり得ません。
しかし、僕らは、瞬時に変容できる可能性を秘めてます。
争いのない世界は、今この瞬間、瞬時に訪れるモノです。それ以外にありません。

無選択の気づきとユーモアのセンス─ 22

2010-08-23

若者の応援団！／全ては、自分が救われたい／教育について
コメント：みきる、みにぶー

⑤ 幸せ、自由、愛
について進めてます。ナニか、コメントがある方は、ナンでも歓迎です。
ヨロシク、お願いします。

ただ、今は、みにぶーの
「人間て何？ 俺たちは何のために生きてるの？」
に時間をかけたいと思ってるところです。
昨日まで、奥利根にカヌーキャンプに行ってて、多少、high になってたようで、
"愛" についての私見を吐き出すのに集中してしまいました。
それは、これからいくらでもできるので、
今は、みにぶーのコメントに時間をかけます。
でも、
⑤ 幸せ、自由、愛
について、ナニかあれば、もちろん、どうぞ！

Comment：1　ume.

─ 21、コメント 14 みにぶーのコメントを丸ごと転記します。
ジックリ見ていきたい内容です。

(─ 20、コメント 18 に関連して、何から、どう言おうか考えてたんだけど、
面倒臭いので素直にいきます。この場でのテーマに相応しくなかったら、
他の場で語りましょう)
─ 20、コメント 18 を書きながら思っていたのは、次のようなことです。

俺は、「人は何のために生きるのか？ なぜ生きなければいけないのか？」
ということを、あれこれ考えた頃がありました。(若い頃は 結構、皆そうかな？)
他にも色んなことを、妙に哲学的に？ 考える時期がありました。
また、俺は「若者（後輩）たちの応援団でありたい」
というような気持ちを昔から持っていたので、そういう意味でも、

"生きることに苦しんでいる" 若者に出会った時に、
かける言葉を持っていたかったんだ。
"なぜ生きていかなければならないか？" の回答を持っていたかったんだ。

なかなか模範解答が見つからなかったんだけど、
ある時（誰か著名人の言葉だったか）、それだ！ という言葉に出会ったんだ。
「人はなぜ生きるか？」 → 「生まれたからだ！」
俺は一瞬にして、納得した。
屁理屈のような、答えになっていないような、でも、実に単純明快なその言葉。
妙に納得した。
ume.さんの言う、
「生きる理由は必要ない。この生を、全存在を懸けて、生ききるのみ！」
というのと同じだと思う。
でも、それは、俺の欲してる回答としては、不十分だとずっと思ってたんだ。
俺はスゴく納得した。でも、"生きることに苦しんでる" 人に、
その言葉で納得させられるか？
無理な気がするんだけど・・・どうだろう？

Comment：2　ume.

応えたいところが、いっぱいある投げかけです。

> "生きることに苦しんでる" 人に、その言葉で納得させられるか？

これは、僕の応えが判ってて聞いてるよね？
「どんな言葉も納得させることはできない。誰も納得させる必要はない」
ところが、割りとみんな、あるいは、誰もが、納得させられたがってる、
という事実があるネ？
この不安定で、危険極まりない "生" において、
みんな、安全を約束してくれる指針、
心の平安をもたらしてくれる支えを探してます。
んで、高学歴の若者とか、新興宗教にはまっていったりしますネ？
僕は読んだことありませんが、
ハウツー本などに一生懸命になるのも同じ理由です。

労せず、ラクに、うまくいく方法を知りたがります。
ナニか、寄り添っていられるモノを探し求めます。
しかし、そういった指針、支えは、ほぼ間違いなく、"依存"の対象です。
そして、行き着くところは、決まって、"依存してるモノと共に滅びる"、
これです。

"納得させた"、"納得させられた"、は、明らかに錯覚です。
特に、気をつけなければならないのは、"納得させられた"と思われることです。
悪い意味の"させられた"ではなく、
「あの人の、あの言葉で、僕は目覚めた。
あの人は、僕の師匠だ。僕の先生だ。尊敬する」
などと思われるのは最悪です。
典型的な責任転嫁の、きれいごとサイドの表現です。
責任ナンて負えっこないのに、その後の全ての責任を負わされます。
つき従う者、つき従われる者、共に滅びゆく運命を背負うことになります。

心の支え? 人生の指針? そういったことは、
絶対に他人から与えられるモノではありません。
自分で探すモノです。自分で納得"する"モノです。
そして、"私"にとっての共通の答えは、絶対にありません。
"私"が共通の答えを見出せるのなら、
"私"の脳の考え出す"方法"で、世界平和を作り出せるでしょう。あり得ません。

Comment:3　みきるさん

ume.さんこんにちは。お盆の集まりでは、色々ありがとう。
最後タクシーで2人きりになったけど、やっぱりume.さんは紳士だった!!

今日、久しぶりにこのブログをじっくり読ませてもらって、
私にとってスゴく大切なテーマに近づいてきてて、興奮してます。
みにぶーが投げかけたテーマ、「人間て何? 俺たちは何のために生きてるの?」
について、私もかつて散々考えました。
で、とりあえずの私の感じでは、
「人間に与えられた使命でもあり、特権でもあるもの、

それは"感動すること"」です。
なぜかと言えば、この世界の、自然の造形・香り・音の、あまりにも完璧な姿に、
何か意味がないハズはない、と感じるから。
それを見て、嗅いで、聴いて、感動することのできるのは、人間だけです。
仮に神様と呼ぶべき、何か大いなるものがこの自然を創ったのであれば、
神様は、神様自身の作品を映す鏡として、人間に「心」を与えた、
というふうに感じられて仕方ないんです。
これは、昔ある方がお話されていたことですが、
それを聞いた時、私は感動のあまり心臓が震え、
身体が浮き上がるようになる感覚を覚えたよ。
もちろん、自然の姿だけじゃない。
心がなければ、私たち人間は何を見ても聴いても、感動することはできない。
心を開き、眼を開き、耳を澄ますこと。
感動している時、私たちは自分自身を忘れているんじゃないかなあ。
それはもしかしたら、ume.さんの言う「全存在を懸けて生ききる」ことと
スゴく近いと思うけど、どうでしょう？

みにぶーの疑問、「生きてることに苦しんでる人はどうしたらいいか？」だけど、
苦しい時でも、人は一瞬、何かを見て感動することはできると思う。
心を開くことで。
ただ、そのことをその人に伝える方法はあるかどうか。そこが一番難しいね。
気づき、と言うけど、言葉で伝えられるものじゃないかも知れない。
その人のその時の心の状態に左右されてしまうだろうし。
でも、こういうことで悩んでいる人って、
悩まない人よりは気づきに近いところにいる、
っていうことは間違いないよね。
色々ダラダラ書いてしまいましたが、心は自分自身のものであるようでいて、
そうでもないんだっていうことが、私にとってはスゴい発見です。

Comment：4　ume.

みきる、ごきげんよう。ようこそ、お久しぶり。
みんなで会うと、なかなか個々には話し込めないけどネ。楽しかったネ。

> この世界の、自然の造形・香り・音の、あまりにも完璧な姿・・・

宇宙は、完璧に調和してると思われます。
宇宙の在り方の奇跡的な様は、完全に見過ごされてるようです。
そして、その完璧な調和をかき乱してるのが、他ならぬ、僕ら人間です。
花は、いかなる時も、全存在を懸けて、そこに咲いてます。
小鳥は、いかなる時も、全存在を懸けて、さえずります。
僕は、そのように生きたい。

> 心を開き、眼を開き、耳を澄ますこと。

並み外れた注意を持って、ただ見ること。
感受性の最高形態の英知に触れること。
無選択に気づくこと。全存在を懸けて、見て、聴くこと。
みな同じ、刻々の"生"の体験であり、測定不能の至高のモノだと思います。
しかし、そこに"私"が介入してくると、
たちまち推し量れるモノになってしまいます。
"私"のために、"私"を守るための経験に置き換えたがります。
その時、それは時間の領域にあるモノになってしまい、やがて、腐ります。

> その人に伝える方法・・・

絶対にありません。

> 言葉で伝えられるものじゃないかも知れない。

間違えなく伝えられません。至高のモノは、自分で発見するしかありません。
その至高のモノに出会える唯一の環境が"個"です。
学校や、社会や、寺院や、なにがしかの団体とか、
指導者や、親や、上司や、神様とか、
そういったいかなる環境に頼っても、決して、発見できません。
ナニかに頼って、発見したと思ってるモノは、明らかに、錯覚です。
単なる思い込みです。

"個"が、この上もなく大切で、掛け替えのないモノであるゆえんです。

> 心は自分自身のものであるようでいて、そうでもないんだっていうこと・・・

このみきるの言う"心"は、"愛"にも置き換えられますネ？
心は、自分のモノじゃない。愛は、自分のモノじゃない。その通りだと思います。

Comment：5 ume.
んで、みにぶー、言葉で納得させられないと言うのなら、
生きるのに苦しんでる若者に、どう接するのか？ですネ？
それは、下の世代にナニを残せるか？ナニを伝えるか？
ってことでいいでしょうか？
それとも、ある特定の個人に対して、ナニをしてあげられるか？ってことかな？
まあ、同じようなモンだけど、多少、アプローチが違ってくるかな？

マズは、「若者の応援団でいたい」って気持ちは、誰のため？
つまり、どの程度、若者のためで、どの程度、"私"のため？
あるいは、その他のためがあれば、ナンでも。

Comment：6 みにぶーさん
今回 ここで取り上げてもらった俺の疑問は、
俺なりには、ひとつの回答が見えてきた気もします。
前の－２１で、うめさんが思っていることが、だいぶ分かってきた気がして、
（まだ分かってないことも、たぶん、たくさんある）
目からウロコが落ちたようなところもあり、ひとつ何かが見えたかも知れない。
それについては、あとで少しまとめてからコメントします。
そんなわけで、俺の中では疑問がある程度解決しそうなので、
無理に応対してくれなくても大丈夫そうです。
もちろん、コメントもらえるなら、色々聞いてみたいとは思ってます。
（いずれにせよ、上の、うめさんの質問は、どストライクなので、答えます）

Comment：7 みにぶーさん
俺の「生きるのに苦しんでる若者に、どう接するか？」という疑問は、

特定の個人を想定していません。
そんな人に出会ったら、なんとかしてやりたい。というものです。
それと、肝心なのは、「若者の応援団でいたいのは誰のためか？」です。
大半は、「俺のためです」
これまでの、うめさんの話で、「そうそう、同感。俺も、大半は自分のため・・・」
と思っていて、手頃なタイミングがあれば、コメントしようと思ってたんだ。

たまたま、若い頃の俺は、生きる理由を納得できた。
でも、何かが少し違っていたら、納得できなかったかも？
どんな状況だったとしても、納得できたらいいなぁ・・・と思うわけです。
苦しんでいる若者を見たら、純粋に「何とかしてあげたい」
という思いもあると思うんだけど、
「自分も、一歩間違えれば、同じ状況になっていたかも？」と、
「ちょっと運命が違っていたなら、
そうなっていたかも知れない"自分"を救いたい」んだ。
自分が、どんな運命だったとしても、
何とかやっていけるようにしたいんだと思う。
（もう少し、同じような話を続けちゃいますね）

Comment：8　みにぶーさん

俺は子供の頃から、"正義感が強い"ようなところがありました。
社会人になってからは、間違っていると思えば、
上司にも噛みつくようなところがありました。
でも、それは立派なことじゃないんです。（少なくとも俺の場合は）
正義感が強かった根底・出発点は、俺が弱い人間だからなんです。
気持ちも・腕力も弱かった俺は、横暴が通る世界では困っちゃうんです。
だから、弱い自分を守るために
"正義"とか"平和"とかを唱えようとしてたんです、たぶん。
たまたま、それ（正義）は、悪いことではなかったろうけど、
動機としては、結局"自分のため"なわけで、
悪い意味のエゴと何が違うのかは何とも言えません。
うめさんの言う"私"という話は、よく分かるような気がしました。
（あれ、話が前に戻っちゃったかな・・・）

Comment：9　ume.

みにぶー、本当にありがとうネ！ 忙しいところ、本当に嬉しいよ。
これは、貴重なやり取りになりました。

> 無理に応対してくれなくても大丈夫そうです。

ナンて言うなよ。
ここにコメントしてくれたことは、
僕のほうが、半ばムリにコメントしてもらってること。
頂いたコメントには、最大限の誠意を込めて、お応えするよ。
まして、自分の内面の告白をしてくれるナンて・・・。

ここでは、常に僕が言いたい放題。独善的、断定的で、エラそうな話の連続です。
ひと回り歳下のひとしに、ムリやり付き合わせるのは、
進め方として、うまくいってると思うけど、
僕の解ったような、エラそうな私見に付き合ってくれて、
まして、心の弱みの告白までしてくれる。
「同級生の ume. に、
ナンで、そこまでエラそうなこと言われなきゃならないンだよ」
いつも、そんな批判を浴びつつ進めてたような気がしてます。
同級生どうしのブログでは、この試みはムリがあったと思ってます。
しかし、途中で諦める訳にはいかない。
自分がやってることに疑いを持ちつつも、
とりあえず、まとめるンだ！ という気持ちでやってましたが、
このみにぶーの告白をもらえることができたことで、この試みは成功です。
必ず出版します。

Comment：10　みにぶーさん

どうも。最近、"本当の自分から逃げないように"、"なるべく 正直に"
という方向に行こうと思ってるんだけど、
先ほどのコメントは、さほど「心の弱み」とか「告白」
という感じでもないんだよね。
どっちかって言うと「俺は自分で気づいてるんだよ、分かってるんだよ」

と、むしろ自慢に近いかな。
でも、俺たちは、ツイツイ色んなヨロイを着込んで防御しようとしちゃうけど、
実は、ヨロイを全て脱ぎ捨てた"裸一貫"が、あなどれないんだよね。
うめさんが言いたいことのひとつも、それだろうね。
頭では分かっていても、自分では恥ずかしかったり、
勇気がなかったりでいたんだけどね。
少し踏み出してみようかと思っているところかな。
うめさんを見てて、「俺も、少しは・・・」と思ったのもあるよ。
俺も、うめさんみたいに、「いつでも、どこでも、誰にでも、裸を見せられる」
ようになれるかな・・・
(ん？ちょっと意味を取り違えると、マズいな)

Comment：11　ume.

はははは、裸が一番ラクなのは間違いないよ。
僕は、もともとエネルギッシュじゃないンで、フツーに活動するには、
どうしても重いヨロイを脱ぎ捨てる必要があったンだね。
でも、僕は、カッコつけだよ、たぶん。そう言われるし・・・。
どこがだか、よく判らないけど・・・。
コミュニケーションを取るには、"私"を通さなければなりません。
その時、伝わり易いように、"私"のスタイルには、
ケッコー気を遣ってると思いますよ。
功を奏してるかどうかは、別として。

どちらにしても・・・、"私"のすることに、いい悪いは関係ありません。
私利私欲的な、自分さえ良ければいい、という、いわゆる"悪い私"は、
ここでは、取り上げる気にもなりません。お好きにして下さいって感じ。
例えば、「世のため人のため」とか言って、頑張っちゃう、いわゆる"いい私"。
この"私"も、"私"のやることは、全て"私"のため。
"私"という中心から発せられたモノは、
全て"私"に返ってこなければ気が済まない、
という動かしようのない事実。この"私"をよ〜く見ることナンですネ。
ナニ、ムキになって、そんなに頑張っちゃってンだよ？
ナニ、ムキになって、そんなにカッコつけてンだよ？

結局、おマエのためだろ？ おマエが認めてもらいたいからだろ？ってネ。

"私"とは、この上もなく愛しく、この上もなくコッケイなモノです。
この"私"をよ〜く見て、理解することで、"私"を手放すことができます。
このコッケイな"私"を、愛しさを込めて笑い飛ばす。
これが、この高度なストレス社会を軽やかに生き抜いていくのに、
欠かすことのできない、"グッド・センス・オブ・ユーモア"です。

Comment：12 ume.
僕が、教育学部を出たのに教員にならなかったのは、
笑える理由とか、とりあえず言っとく理由とか、
いくらでもありますが、ホントの理由は、
教育をビジネスにしてはいけないと思ったからです。
食うために教育をしてはいけない。
教育とは、特定の立場の人から、その他の人へ一方的になされるモノではない。
まさに、あらゆる瞬間、瞬間に、教育がある。
ナンテ、若く先鋭的なクダらない拘りがあったからです。
今は、ゼンゼンこんなふうには思ってませんが。

まあ、ナニが言いたいかっていうと、
教育こそが、僕の最大の関心事だということです。
んで、みにぶーの「若者の応援団でいたい」って気持ちは、
決して、放っておけるモノではないンです。
「助けを求める人の声に気づき、それに反応していく」
これこそ、真のリーダーシップだと思ってます。

> 苦しんでいる若者を見たら 純粋に「何とかしてあげたい」
> という思いもあると思うんだけど、

あるよネ！ 自分より経験が少ないだろうと思われる人には、
ナニか役に立てるとも思うしネ。
エラそうにしてる人が困ってても、あまり助けてあげたい、とは思わないしネ。
んで、僕の質問に戻って、

> それは、下の世代にナニを残せるか？ ナニを伝えるか？
> それとも、ある特定の個人に対して、ナニをしてあげられるか？

これらも、全て"私"がすることって訳です。
なぜ、下の世代にナニかを残そうとするのか？
なぜ、ナニかを伝えようとするのか？
なぜ、ナニかをしてあげたいと思うのか？
これら、全て、"私"の存在の証しを立てたいからです。
間違いなく、自分のためです。"私"の動機は、そこにしかありません。
結果、下の世代にナニかを残すことになるかも知れませんが、
それは、単なる結果です。

Comment：13　ume.

まず、上の世代からナニかを残される、下の世代から見たら、
「これこそ、僕らの世代の大切なモノだ。これを受け継ぎなさい」
と言われたら、大きなお世話ですネ？
大きなお世話だよ！言ってられればいいですが、
真面目な人が、解りました！と引き継いだら、
それは、守らなければならないモノ、依存の対象、逃避の場、
他のことを拒否する言い訳になるだけです。
その人の自由な存在を限定してしまいます。

下の世代は、僕らが思ってる以上に、感受性豊かです。
僕らがやってることを敏感に察知してます。僕らの生き方を鋭く観察してます。
そして、下の世代の解釈を持って、不要なモノを捨て、必要なモノをすくい上げ、
下の世代なりの価値観を作っていけばいい訳です。
先に死んでいく僕らには、彼らの在り方に干渉する権利はありません。
決して、僕らの自己満足に彼らを付き合わせてはいけません。
僕ら"私"の脳に思いつく残してあげたいモノなんて、
間違いなく、ろくなモンじゃないンだから。
ろくでもないモノで、彼らを縛ってはいけません。
それでも、

> 苦しんでいる若者を見たら、純粋に「何とかしてあげたい」
> という思いもあると思うんだけど、

"私"のない、この純粋な思いは、あると思います。
人間存在の根源的なところに、この思いはあると思います。
教育を真剣に考えるのならば、
人と人との関わり合い、コミュニケーションの問題、心の問題、
これらに深く関わっていくことに関心があるのならば、
"私"をなくすことは、どうしても必要なこととなります。

Comment：14　みにぶーさん

これまでの、うめさんの話は、ジックリ読みきれていないことや、
言葉による伝達の難しさもあってか、俺は、分かりきれていないと思います。
分かりづらい話もあったり、すごく共感できる話もあったり、
大半は「何だか、分かる気がする」という感じかな。
でも、うめさんが、最終的に"森"を語りたいために、
マズ１つひとつの"木"の話をしていると例えると、
俺は、１つひとつの"木"は多少分かったかも知れないけど、
全体像の"森"が、まだ見えてない感じかな・・・
だから、随分前にあったかも知れない話を忘れてたり、
話が行ったり来たりだったり、
重要でない話に、妙に食いついたりしてるかも。
行き当たりばったり、みたいになってるかも。
（と１度断っておいて、自分の好きなテーマ"教育"について、
ちょっと話します）

Comment：15　みにぶーさん

俺は、小学生くらいで「将来（小学校か中学校の）先生になるんだろうな」
と思っていました。
「全ての子供たちに、有意義な充実した子供時代を過ごさせるんだ！」
という思いがありました。
それが、なぜ教職を取らなかった（先生を断念した）か？
「勉強不足や他のこともあり、スンナリ教育学部に入れなかったから」

というのが、ひとつの事実ですが、屁理屈のような、
でも、自分なりに強く思ったことがあったのも大きな理由です。
自分では、それが一番の本当の理由だと思ってます。それは、
「本当に"子供たちを救いたい"なら、教師をやってる場合ではないのでは？！」
と思ったからです。

自分は、運良く 良い先生に何人も出会いました。
でも、どうかな？と思う先生のほうが多いようだ、と思ってました。
だから、
「俺が先生になって、多くの子供たちに、俺のような楽しい・
充実した子供時代を過ごさせてやりたい」と思っていました。
でも、高校生くらいになって気づいたのは、
「学校の問題は、１人ひとりの教師の問題ばかりではない。
学校の指導方針という問題も見過ごせない。
学校の指導方針・・・それは教育委員会が重要か？
教育委員会・・・ということは文部省が問題だ！
文部省？・・・ということは政治か・・・？！」、ということでした。

若かった俺は、「全ての子供たちを救おう」というくらいの勢いでしたが、
自分がどんなに立派な先生になっても
"自分が確実に救えるのは、年間でせいぜい４〜50人"です。
子供たちは、毎年もっとたくさんいます。

Comment：16　みにぶーさん

俺が"先生になる"と思ったのは、
「川に流されている子供がいるなら、俺が救う！」というような思いでした。
でも、川には次から次へと、ドンドン流されてくるわけです。
でも、俺が１度に救えるのは４〜50人。ゼンゼン間に合いません。
もちろん、諦めるより、救いに行くべきです。俺も 救いたいんです。
でも、俺が川に飛び込んでいっても"焼け石に水"では？！
本当に何とかしたいなら、根本的に解決するには、
目の前の子供を救うために、川に飛び込んでる場合ではないんじゃないか？！
目の前の子供たちを見捨ててでも、

もっと根本的な解決に走らなきゃいけないのでは？！
そうも思うようになりました。

本当に、将来の子供たちを思うなら、
教師になっている場合ではなく、政治家にならなければいけないのでは・・・
でも、政治家になんか興味ないし・・・
でも、子供たちのことを思うなら、イヤでもそうしなきゃ？
でも、政治家のなり方なんてよく分からないし・・・適性もないだろうし・・・
そもそも俺は教師になりたかったのに、
本当に教師魂があるなら、教師になんかなっていないで政治家を目指すべき？
・・・・・・
でも、目の前の子供たちを見捨てられる者が、
子供たちの将来を語る資格があるの？
・・・・・・
といった感じで、何が何だか分からなくなっちゃったんです。
結局、今時点での俺の結論としては、
「全ての子供を救おうなんて、おこがましい。１人の人間には不可能。
できることは、教師であれ、政治家であれ、地域の１オジさんであれ、
自分の立場で"子供たちの応援団"でいることだけ」というものです。
あ、うめさんゴメン。そんな話は、ここでは関係なかったかも。

でも、うめさんが、「教育は最大の関心事」というのは意外だったなぁ。
俺としては同じことに関心があって嬉しいけど、
てっきり、「そんなことも"クソったれ"」と言うのかな、
もっと、その先（上）を行ってるのかな、という気がしてた。
うめさんの言う"教育"とは、
俺がイメージする"政治臭いような教育"のことではなく、
もっと自然な、俺が思うところの"伝達"とか"ふれあい"とか
"心の理解"みたいなものかな・・・
言葉は難しいね。

無選択の気づきとユーモアのセンス−23　　2010-08-27

"私"をなくす？／認められたい！／たった1人を全面的に認める
コメント：ひとし、みにぶー

携帯スクロールが、コメント16で、すでに、できなくなってるようです。
転記して進めます。

⑤ 幸せ、自由、愛
について進めてますが、みにぶーの
「人間て何？ 俺たちは何のために生きてるの？」について、話してました。
んで、今は、お互いに関心が高かった教育について、
あーだの、こーだのとやってます。
文脈のことナンて構わず進めてるンで、
皆さんも、ナニかあれば、構わず、どうぞ！

Comment：1　・・・　22のComment：16　の転記です。

Comment：2　ume.
ははは、みにぶーのおっしゃる通りです。
僕の最大の関心事は、"伝達"とか"ふれあい"とか
"心の理解"みたいなモノです。
ー 22、コメント13で書いた、
心の問題、コミュニケーションの問題、人と人との関わり合いの問題です。
これは、これまで47年間変わらぬ関心事でした。
これからも、変わりそうもありません。
そして、さらにおっしゃる通り、
教育制度とか、教育界とかは、"クソったれ"です。
その先とか、上を行ってるということはなく、
"個"の段階では、いつも掛け替えのない尊いモノなのに、
徒党を組んだ途端にクソったれになる、っていう、いつものヤツです。
僕が関心あるのは、教育です。
教育制度や、教育界には、ひとかけらの関心もありません。
僕は、教員免許は持ってるけど、

教師になろうと思ったのは、ホンの一時期だけです。
サッカー続けたくて、大学を選びました。スグに教員にはならないと決めます。
入学して間もなく、ある先生が、教師になるつもりの人？ と聞いたンです。
ほぼ全員、手を挙げやがった、僕以外。
バカなヤツもいれば、利口なヤツもいる。いいヤツもいれば、ろくでなしもいる。
そういった、色んなヤツが、みんな教師になるっつンです。
僕は、その気持ち悪さに、僕は、ならない！ と決めました。
単なるアマノジャクですネ？
３年の時、やっぱり教師になるしかないのかな？
と思った時期が少しあっただけです。
結局、採用試験は受けませんでした。

僕には、Nonreyのような素晴らしい教員の友人がいます。
教員１人ひとりは、みんな頑張ってます。
いい教師、ダメな教師という評価もあるンでしょうが、
それは、どんな集団にもあることで、
一般企業でも、あるサークルでも、ただの友達仲間でも、同じです。
それは、"私"という色んな要素の集合体も、全く、同じです。
僕の中に、いい僕、ダメな僕、その他、色んな僕がいます。
僕の構造は、社会の構造そのモノです。
思いがけなく、"自分自身を知ることは、社会や世界の構造を知ることだ"
という、これから多少は触れたい話につながりました。これは、また、あとで。

Comment：3　ume.

クソったれに毒づくときます。教育は、"個"対"個"でなされるモノです。
掛け替えのない"個"と"個"の関わり合いが、制度になったら、
もう、その時点で、クソったれです。
たぶん、文科省とか、最高にバカバカしいくくり"有識者"とかが、
教育改革とか言って、一生懸命？ 制度を作ってンでしょうけど、
そういったクダらないモノが、教育をナンとかできると考えてる、
そのこと自体に、吐き気を催します。
イヤ、僕ナンかより、ずーっと頭のいい人たちがやってること、
制度ナンて考えたって、教育が変わりっこないだろ、

と思ってるに違いありません。
しかし、連中にとっても、それが仕事です。
バカバカしいと思っても、やらざるを得ません。
そして、その仕事をさせてるのは、他ならぬ僕らです。
僕らの要望が、あのような醜い形となって、表出しているンです。

教育制度ナンて、ちっとも子供のためにナンてなりません。
Nonrey 大先生も、きっと、そう言うでしょう。
真剣に、子供のことを考えれば、当たり前のことです。
制度などに、ウツツを抜かしてるのは、
教育をビジネスとして捉えてる人に限ります。
しかし、そういう人は、残念ながら少なくないので、
制度のことは、いつも大きな関心事です。
そんなヒマがあったら、子供のことを考えてもらいたいですが、
みんな社会人です。食ってかなきゃなりません。
子供のことより、マズ自分のことですネ。仕方ないことです。
教育制度は、教育界にいる人には大切でしょう。
しかし、教育は、教育界にいる人のモノではありません。
教育は、今この瞬間、ここにあるモノです。

Comment：4　ひとしさん

お疲れ様です！なんか、いつものume.さんですね！
関心事の、－22、コメント13

> 教育を真剣に考えるのならば、
> 人と人との関わり合い、コミュニケーションの問題、心の問題、
> これらに深く関わっていくことに関心があるのならば、
> "私"をなくすことは、どうしても必要なこととなります。

これを、もうちょっと詳しく教えて頂けますか？

Comment：5　ume.

みにぶーの、

> 苦しんでいる若者を見たら、純粋に「何とかしてあげたい」
> という思いもあると思うんだけど、

> "子供たちの応援団"でいる・・・

これらについてだネ？こうありたいと思っていても、言葉で励ますのは難しい。
「どんな言葉も納得させることはできない。誰も納得させる必要はない」
と僕は言いました。
言葉で納得させられないと言うのなら、
生きるのに苦しんでる若者に、どう接するのか？
それには、"私"をなくすことが必要だという話。
それでは、これをよく見ていきましょう。
僕らが、他の誰かのことを「初めから終わりまで、全面的に認める」
ってことがあるでしょうか？
どんな時、誰に対して、そんな気分になってますか？

Comment：6　ひとしさん

>　初めから終わりまで、全面的に認める・・・

赤ちゃんが、気ままにやってしまうことなんかは
見守ってあげたいという気分になっていますかね！
あと、放っておけない！　という衝動が起こります！

Comment：7　ume.

ありゃま、いきなり欲しかった回答ですな。
僕は、子がいないので、親になった時の気分は解りませんが、
１人の人間が、初めから終わりまで、全面的に認めてもらえるのは、
小さな頃だけです。
小さな頃、僕らは、ナニもせず、ワーワー泣き叫んでも、
糞尿垂れ流しでも、許してもらえます。ナニをしても否定されません。
最近は、それらが許せない親も多いようで、
自分の赤ん坊を愛しく思えない人の悲しいニュースもよく聞きます。
そういった悲しい人には、必ず、悲しい理由があります。

さて、まだ、自我が芽生えてない頃、まだ"私"がいない頃の話です。
この頃、親も子供に"私"を押し付けようとはしません。
言っても解る訳ないと思ってるから。
しかし、この頃にこそ、子供には"英知"が表出してます。
感受性の最高形態"英知"がむき出し状態でいます。
親からの、いわゆる無償の愛を鋭敏に受け取ってます。
お互い"私"のない至高のモノが訪れてる状態で、
本当の存在どうしが、真の実在どうしが、"ふれあい"を経験してるンです。
しばらくすると、親は、子をあれこれ評価し始めます。
この評価してるのは、"私"です。
"私"のモノサシを持って対象を見る時、
そこには、「初めから終わりまで、全面的に認める」
この"愛"の表出は、決して、ありません。
このように、僕らは、小さな頃、
親から、親の"私"を押し付けられないうちにしか、
初めから終わりまで、全面的に認めてもらう、
この感覚を知ることはありません。
これらは、多少、注意深い観察が必要です。
しかし、充分に認識できることとして、親が子を思うってこと、
「世界じゅうのどんな重大な出来事より、我が子のことが心配」、この気持ち。
偉大ですネ。ありがたいですネ。
この気持ちに、どれほど"私"がいるのか？
子のない僕には、決して解らないことのひとつです。

Comment：8　ume.

子供に、充分に自我が芽生えてから、"私"が形成されてから、
親も、親の"私"のモノサシで、あれこれ評価しながらも、
それでも、いいところも悪いところも、全て、ひっくるめて、
世界で一番大切なのは我が子と言える、特に女親、母親の存在は偉大ですネ。
さっきも言いましたが、そうでもない親もだいぶ増えてるようですが・・・。
この親子の関係が、全ての人間関係の根底にあるのは間違いないでしょう。
親子関係の崩壊が、
今日の人間関係の崩壊を招いているのも間違いないですネ？

親から見たら、大切な我が子のために、無償の愛を注ぐのは当たり前。
子から見たら、してもらったことを当たり前と思わず、心から、感謝をする。
子供心に、感謝の気持ちは自覚できないでしょうけど、
親から、押し付けではない、見返りを求めない愛を注いでもらえれば、
自然と、感謝の気持ちが湧き上がり、やがて自覚もできるようになるでしょう。
この、ギブ＆テイクのゲームの外側にある人間関係こそ、
この危なげな世界を支えているモノです。
ギブ＆テイクは、契約です。人間関係は、契約ではありません。
契約で結ばれた関係は、契約違反は許せません。
お互い様だよネ、と言って許し合える関係は、契約にはありません。
人間関係はミスの連続です。しかも、ほとんど、お互い様です。
完璧な人間など、どこにもいません。
お互いの不完全さを許し合えることこそ、信頼関係です。
自分の不完全さをよく知れば、他人の不完全さが気にならなくなります。
この意味でも、自分を知るということは、極めて、重要なことと思われます。

こういったこと全てから、みにぶーと僕の共通認識、
「小さい頃の親からの愛が極めて大切」、
ということにつながっていくと思うンです。

Comment : 9 ume.

そこで、みにぶーの

> 苦しんでいる若者を見たら、純粋に「何とかしてあげたい」
> という思いもあると思うんだけど、

> "子供たちの応援団"でいる・・・

に、戻ります。
果たして、僕ら、若者や子供たちと共に、
親と同じような、真に有効なナニかを共有することはできるでしょうか？
僕らが、いわゆる知ってるモノを彼らに押し付けたところで、
作用・反作用の原理が働くだけです。

押し付けられたモノは、反発を食らいます。
彼らは、充分に"私"を持ってしまってます。
彼らの価値観で、色んな評価、判断をしています。
そこに、僕らの"私"の価値観を押し付けるのは、
だいぶ、ムリがあると思われますが、いかがでしょう？
僕らができることがあるとすれば、彼らに、ナニかを与えることではなくて、
彼らと、ナニかを共有することだと思うンです。
まあ、世代間の話になると、だいたい、ジェネレーション・ギャップとか
言って、うまくいきませんネ？
世代間にギャップなんてありません。
単なる"私"と、"非・私"の対立しかありません。
んで、"私"をなくすことだと言う訳です。

彼らは、ナニを欲しがってるンでしょう？
明確な言葉は、一時的な納得につながることはあります。
しかし、それを信じ過ぎると、また、依存が始まります。
与えられた言葉以外を否定するようになります。
僕は、そういった全ての過程に救いはないと思います。
彼らは、「初めから終わりまで、全面的に認めてもらいたい」ンです。
自分の存在を認めてもらいたいンです。
"私"があっては、全面的に認めることはできません。

Comment：10　ume.

さて、父が死に、3年が過ぎてますが、
この3年間で、これまで書いてきたようなことが、
僕の中で、強く自覚されてきてるところです。
んで、平行して、たまたまですが、このコミュに関わったり、
サッカーのこととかで、連絡係りをやったり、本業も、もちろん(多少)あり、
いわゆる発信することが、だいぶ多くなってきてます。
まあ、作家気取りで言えば、発信こそ、存在表明ナンても言えます。
そこで、思うンです。
僕の発信をどれだけの人が、どれほど正確に受け止めてくれるのか？
例えば、返信メール。

ああ、僕のメールをよ〜く読んでくれての返信だなあ、って思い。
思いを込めて発信すれば、思いのこもった返信は、スグ解ります。
そういった返信メールをもらった日は、もう、ゴキゲンです。
そういったメール、そういった人のことは決して忘れません。
でも、なかなかそういうことは滅多にない。
これが、現実です。ナニが言いたいか、そろそろお判りですか？

誰もが、自分の言うことをよく聴いてもらいたいンです。
誰もが、自分のことを理解してもらいたいンです。

僕らに、決定的に欠けてるモノ、それは、"聴くこと"です。
じっくり、相手の話に耳を傾けることです。
ああ、あの人は、僕の話をよく聴いてくれる。
僕のことをよく解っていてくれてる。
この安心感が、誰もが求めてる"心の核"です。
小さな頃、親から受け取ってるハズの人間存在の核となるモノです。

これまで、散々、書いてきたように、ただ、聴くことは、大変な困難な作業です。
僕らは、ナニに対するにも、"私"を背負って臨みます。
そして、"私"のモノサシで、あれこれ評価しないではいられません。
とてもとても、相手が求めてる、「私を理解してくれ」
というニーズには応えられない状態でいるのが、フツーなんです。
ただ、聴くこと。"私"は、これを邪魔します。

Comment：11　ume.
全ての子供たちを救ってあげたいと考えた若かりしみにぶー。
最近は、どう思ってンのかな？
全ての子供たちを救おうナンて、おこがましい。と言ってるけど、
"子供たちの応援団"は、ナニをしようとしてるのかな？
どんなことになると、「子供を救えた」という結果になるのかな？

Comment：12　みにぶーさん
"子供たちの応援団"でありたいと思ってる俺は、

今は、自分からは、何かを仕掛けようとはしていません。
誰かが相談に来たら、できる範囲で、親身に対応してあげよう、
と思っているだけです。
自分が見えるところに、困ってそうな子がいたら、それとなく注視し、
必要だと思ったら声をかけてあげよう、と思ってます。
比較的、受身という感じの、その程度のものですが、
でも、多くの人が、そういう態勢でいれば、それで十分だと思うので、
俺は俺で、そういう態勢でいれば良いのだろうと思ってます。
(他にも、そういう人が多いことを祈りつつ)

Comment：13　ume.
そうですネ。僕らは、誰も救うことはできません。
僕らが救えるのは、自分自身だけです。
救われた自分は、配偶者、親、子など、
極めて近い存在を巻き添えにすることはできますネ。
僕らが、意識してできることは、そこまでです。
しかし、それができる人は、ほとんどいません。
僕ら全員が、隣りにいる人を愛せば、世界は平和になれます。
しかし、僕らは、いつも、隣りにいる人をヒドいめに遭わせてます。

また、ナニかのキッカケで、
あるべき範囲外への影響力を持ってしまうことがあります。
男なら、大きな影響力を持ちたい、などと思うことは少なくないですネ？
しかし、それも、間違いなく自己満足でしかありません。
影響を与えた人を、つき従わせたいとも思います。破滅の始まりです。
影響を受けた人は、受けた人で、
影響を与えてくれた人に、つき従いたいとも思います。
同じく、破滅の始まりです。

僕らは、ナニモノにも依存せず、ただ独り立ち、
自分自身を救うことが差し迫った課題です。
それができなければ、破滅への道を加速度的に、突き進むしかありません。
救いたい、と思う人に出会った時、僕にできることは、"私"に、お休み頂いて、

あれこれ解釈したり、評価したり、結論づけたりせず、
ただ、聴き、理解してあげられるようにする。
それだけです。

Comment：14　ひとしさん

＞ただ、聴き、理解してあげられるようにする。

聴いてほしい、理解してほしい"私"で、それをするのって、大変なことですね！
でも、そうすれば、

＞初めから終わりまで、全面的に認める・・・

を、全ての人に向けられる！

＞小さい頃の親からの愛が極めて大切・・・

の他に、みんなの幸せが訪れる可能性がある！
俺も、心から願いたい、"平和"が訪れるんですかね？

Comment：15　ume.

"私"は、"非・私"を「初めから終わりまで、全面的に認める」ことは、
決して、できません。
"私"をよく見れば、"私"の脳には、平和は描けないことが解ります。
"私"には、"非・私"との対立が、ついて回ります。
断じて言いますが、"私"の脳の考え出す"方法"で、
平和を作り出すことなど、できる訳がありません。"私"とは、対立のタネです。
しかし、僕らには、変容の可能性が残されてます。
小さな頃に親から受けた愛に関係なく、誰でも！
僕ら、1人ひとりが変わること＝即、平和です。
世界平和の可能性は、なくはないでしょう。
でもネ、ひとし、

＞＞初めから終わりまで、全面的に認める・・・

> を、全ての人に向けられる！

などと言ってるうちは、決して変われません。
"全ての人"といったような、範囲や数量などは、典型的な"私"の欲求です。
僕らにできる精一杯のこと、ただひとつのことは、
"目の前にいる、たった1人を本当に認めてあげられるかどうか？"です。
やってごらんなさい。
それができた時、ナニもかもが変わった、今までとは違った世界が、
知られているモノの寄せ集めの陳腐な視界ではない、新しい視界が、
そこに現われてるでしょう。

Comment：16　ひとしさん
いやー！スゴい！目の前の、たった1人！やりましょう！スゴいです！

Comment：17　ume.
ふふふ、悦に入ってる自分を笑い飛ばさないとネ。
どーせ、訳が解らン呼ばわりだろうよ！つって！
たった1人の愛し方を本当に知ることは、全ての愛し方を知ることです。

Comment：18　ひとしさん
またまた、質問させて下さい！コメント13の

> 僕らは、ナニモノにも依存せず、ただ独り立ち、
> 自分自身を救うことが差し迫った課題です。
> それができなければ、破滅への道を加速度的に、突き進むしかありません。

差し迫った課題が、とても気になります！
緊迫した感じがありますが、どういう思いなんでしょうか？

Comment：19　ume.
これは、かなりいい質問です。
コメント13の内容が伝わってるかどうかは別として、
僕らに突き付けられた緊急の課題、

今スグに解決しなければならない問題、という意味で言ってます。
まさに、緊迫感を持つ必要があるということです。

このブログの内容は別として、
なるほど！っと納得して、ナニか新しい知識を得て、
実践に移すという過程があります。
ある結果が欲しい。そのための方法はこれである。
その方法がうまくいくか試してみよう。
うまくいきそうだから、その方法を取り入れよう。
まず、その方法を身につける訓練をしよう。
だいぶ身についたので、さあ結果に向けて実践！
これらの過程は、全て、"私"のシワザです。
僕らの変容には、こういった過程、全てが無意味です。
変容が必要だと思ったら、今スグ、この瞬間変わるしかありません。
段階を追って、だんだん変わるというのはありません。
変容が必要と思うかどうかだけです。かなり、解りづらいですネ？

例えば、ガンで、残り半年の命と宣告されました。
あなたの命の期限は差し迫りました。
こういった時、ドラマになるような、色んな感動的な出来事が起きたりします。
人間の死亡率は、100%です。僕らの命は、85年程度。これは誰もが知ってます。
半年と、85年。僕らのモノサシでは、だいぶ差がある、と判断され、
85年後のことは、だいぶ先のこと、と認識され、緊急性なしと処理されます。
僕らは、生まれた時から、85年の命と宣告されてるンです。
このことに、敏感に気づいたなら、85年後の死に、敏感に気づけたら、
僕らは、今、この瞬間を感動的に生きることができるンです。
僕らの死は、差し迫った問題です。
死と共に生きることが、"生"に気づきをもたらします。
"生"のあらゆる局面を先延ばししてはいけません。
今この瞬間に、"生"の全てがあります。

Comment：20　ume.
もっと、解り易く。

ひとし、フットサルクラブのマネージャー、この職業は、いつまでやれますか？
明らかに、次の若いヤツに、近い将来譲らなければなりませんネ？
そのために、今、ナニをしてるンですか？
それは、先の計画を立てるといったような、
資本主義のルールの中の問題という側面からの捉え方ではなくてネ。
若いヤツの育成に余念はありませんか？
どんな状況になっても生き抜いていける、たくましさが
身につきつつありますか？
その他、"生"を生ききってますか？
今、自分の現状に強烈に気づいたならば、
やらなければならないことが、山ほどあるハズです。
やった結果どうなるかナンて知ったこっちゃないし、気にする必要もないけど、
今、ゆっくりノンビリしてるとしたら、
現状に対する感性が、鈍感になり過ぎてると言えますネ？

ひとしも僕も、人に恵まれてます。
たいして能力もないのに、いつも助けられて、うまくいっちゃいます。
ナンか、いつも楽しい時間を送らせてもらっちゃいます。
助けてくれた人たちに感謝してますか？
大変な思いをしてる人に、申し訳ないと思ってますか？
今ある環境を、当たり前だと思ってないですか？

男、35歳！寝ずに仕事しても、誰にも文句言われない年齢です。

無選択の気づきとユーモアのセンス–24

2010-09-02

余計なモノを捨てる／問題の消滅／地球のガン細胞／自由・幸せ
コメント：みにぶー、ひとし

⑤ 幸せ、自由、愛
についてですが、ナニかと、脱線しつつ進めてます。

僕にとっては、幸せは、愛と共にあることだし、
自由は、愛が表出してる状態です。
幸せも、自由も同じようなモンですが、やはり、"愛"がテーマです。
多少、幸せ、自由についても、お話しさせて頂いて、
多少じゃなく、愛について、お話ししていく。
そんな感じになると思います。
その前に、みにぶー、時間がある時、入ってきて。僕は、テキトーに進めてます。
「人間て何？俺たちは何のために生きてるの？」の、みにぶーの答えは？
そして、同じ疑問を持ち、"生きることに苦しんでる"人には、
ナンて、言葉をかけてあげるの？

Comment：1　みにぶーさん

ご指名のようなので・・・
（ちょっと忙しかったのもあり、他の人のコメントを見たいのもあったりで、
少し、静観するみたいになってました）

これまでの内容を正確には確認しないまま、ちょこっとコメントしときます。
前に「あとでコメントします」と言っておいたままだったのが、
今、うめさんからの質問になってると思うので、それについて。
俺は「小さい頃に、どれくらい愛を注がれたか（小さい頃の環境）が、
かなり根本的な問題だ」と思っていました。
それで、「それを取り返すには・穴埋めするには、どうしたら・・・」
というような考え方をしていました。
幼少期に恵まれなかった人は、
その根本的なものを、どう"カバー"していけばいいか？
（生きるのに苦しんでいる者に、どんな言葉をかければいいのか？）

というような考え方でした。
そうして、決定的な答えを見つけられないでいたわけです。

ところが、うめさんの話は全く違いました。
その通りだとすれば、目からウロコが落ちる気分です。
（俺なりの理解だと、うめさんの言い分は）
「もっと根本には"愛"がある」ということみたいで。
「根本の"愛"のところまで、余分なものを取っ払え」ということのようで。
俺は、根本的な、幼少期に形成されたものの上に、
どんなものを積み重ねていこうか？
という"建設的（？）"な考え方に、はまり込んでました。
ところが、うめさんは、余分なものを"はがし取っていけ"という・・・
全く正反対のアプローチでした。
確かに、人間の根本に"愛"があるなら、そういうことになるよね。
本当にそうかはまだピンときてないけど、
考え方として、ツイツイ「詰め将棋」のような
「理論を積み重ねようとする」ような発想に陥りがちな俺に、
「余分なものを取り払う」ような「原点に帰る」ような発想を
思い出させてくれました。ひとつ、スッキリした感じです。

Comment：2　みにぶーさん
また、みきるのコメントも「なるほど」と思いました。
俺は、熟考する時"理科系人間"って感じで「詰め将棋」っぽくなりがちで・・・
人生のテーマ、みたいなことを考えると、
重めの堅苦しい言葉しか思い浮かばなくなっちゃう。
ところが、みきるは「感動」という言葉を持ってきた。俺には新鮮でした。
俺の考え方は、思っていた以上に偏ってたかもと思いました。
「感動」なんていう"爽やかな"、"感覚的な"言葉は、思いつけませんでした。
なんだか"文学的"というか"芸術的"というか・・・
やっぱり、色んな人の話を聞けるといいね。

Comment：3　みにぶーさん
それで、俺の「生きることに苦しんでいる・・・どうすれば？」という疑問だけど、

うめさんの言う通りだとすれば、俺なりには解決した気がしたわけです。

もしも誰かに、「こういう状況で、こう思うので、生きてるのがツラい」
と言われた時に、
"こういうことだったら、こう言ってあげよう！"
でも、"ああいうことだったら、ああ言ってあげれば大丈夫かな？"
でも、"そうでなかったら、どうしよう・・・"と、考えるとキリがなくて・・・
でも、うめさんの言う通りなら、
余分な想いや考えを取り払ってやれば、最後に愛が出てくるのだろうから、
愛がでてくれば、「生きるのがツラい」とはならないと思う。
つまり、「生きてるのがツラい、なぜ生きなければならない？」
という質問の答えはないかも知れないけど、余分な物をはがし取ってやれれば、
その質問（疑問）自体が消滅するってことになると思うんだよね。
回答はなくても、解決はしてやれると思うんだよね。
とにかく「余分な物をはがし取ってやればいい」なら、
時間とその気があれば、できる気がする。
というわけで、まだピンときてはいないけど、
「人はそもそも"愛"のあるものとして、生まれてきている」
といいなぁ、と思うわけです。

Comment：4 ume.
みにぶー、本当の本当に、いつも、ありがとう！

>「人はそもそも"愛"のあるものとして、生まれてきている」
> といいなぁ、と思うわけです。

"愛"については、ジックリ話したいと思います。
"愛"とは？
"愛"ではないモノを、1つひとつはぎ取っていくと、
そこに残るモノが"愛"です。
これを、ジックリ見ていきたいと思ってます。
みにぶーの期待に沿える話ができるかどうか？
ここで話すことが、最終的に落としどころとなるような気がします。

> つまり、「生きてるのがツラい、なぜ生きなければならない？」
> という質問の答えはないかも知れないけど、
> 余分な物をはがし取ってやれれば、
> その質問（疑問）自体が消滅するってことになると思うんだよね。
> 回答はなくても、解決はしてやれると思うんだよね。
> とにかく「余分な物をはがし取ってやればいい」なら、
> 時間とその気があれば、できる気がする。

この、嬉し過ぎる見通し！！
もう、みにぶーが、こう書いてくれたことで、
僕は、またも、完全に救われてしまいました。
僕ばかりが幸せになっていてはいけない。
このみにぶーの見通しを証明しなくてはならない！
ガッカリさせる訳にはいかない！

ある問題を解決しようとする時、私がいて、問題が発生して、解決を図る。
私、問題、解決策、この３者は、それぞれ別のモノのように考えます。
このパラダイムに、大きな誤りがあります。
私＝即、問題です。そして、私の中に、問題の中に、解決策があります。
私をよく見て理解すること、問題をよく見て理解すること、
これによって、問題は、≪消滅≫します。
みにぶーの

> その質問（疑問）自体が、消滅するってことになると思うんだよね。

この指摘。完璧な洞察だと思います。
さあ、愛とは、ナンでしょう？

Comment：5　ume.

その前に、－23、コメント19で、携帯スクロールができなくなってるようです。
転記しておきます。
ひとしの応えも聞きたいしネ。

※　以下、－23 の Comment：20　の転記が入ってます。

Comment：6　ume.
進化の頂点にあるっぽい僕ら人間には、ナンの特権もありません。
あってはいけません。
特に、万能と思われがちな想像力とか、クセモノですネ。
ここでは僕は、僕らの"思考"を徹底的に否定してます。
いくら深く考えたって、練りに練ったって、僕らの思考の範囲にあるモノは、
全て、浅はかだ、と。
"私"には、自信を持てる"ネタ"ナンテ、ナニひとつありません。
しかし、自信を持たないことには、やってけませんネ？

"愛"は、万能です。
当然、愛は、思考の外側にあるモノです。
つまり、時間の領域にはないモノだし、"私"にあるモノでもありません。
そして、愛は、万能です。
"私"固有のナニもかもに、自信ナンテ持っていてはいけませんが、
あなたと僕に共通の愛は、万能です。
この一点において、あなたと僕に隔たりはありません。
愛が、現れてる時、それは、ナニひとつ欠けてるモノはなく、
完璧に調和しています。
あなたと僕の調和は、不可能ではありません。
クギを刺して言っておきますが、
"私"と"非・私"の調和は、絶対不可能なのに変わりはありません。

僕らの隣に、そっといて、僕らの気づきを、そっと待っていてくれるモノ、
それが、愛です。そして、愛は、万能です。
僕らは、その一点のみにおいて、絶対的に自信を持っていい存在です。
ナンか、ヒドくクサいですか？　独善的ですか？　でも、これは譲れません。
この弱々しい僕ら人間存在が、ナンとか現実をやり繰りして、
明日を肯定し、生き抜いていくためには、この考え方だけは、手放せません。

Comment：7　ume.

そして、この愛は、人間だけのモノでもありません。
全ての"存在"に共通していて、共有のモノです。
僕らは、僕らの認識できないところで、万能のモノとつながってます。
僕らの思考の外側で、至高のモノとつながってます。
サッサと、思考を捨てるべきです。
僕らの脳の思考活動が停止してる時、
あれやこれやと、コウルサイ思考が静まってる時、
不意に、この至高のモノが訪れてることがあります。
愛が、現れてることがあります。

Comment：8　ume.

僕らの認識できることが、いかに、偏狭で、矮小で、
頼りにならないモノなのか、と気づくことです。
僕らの価値観とか、判断基準とかいったモノサシが、
いかに、独り善がりで、無意味なモノなのか、と気づくことです。
僕らの脳には理解できないことばかりだと気づくことです。
僕らの脳には、とうてい作り出せない奇跡が、地球とか宇宙に、起きています。
この存在の奇跡に気づくことです。
僕らの存在が、いかに奇跡的か気づくことです。
僕らや、犬や猫や、草や木や、山や川や、空や大地や、
アスファルトや道路標識の存在が、いかに奇跡的であるか気づくことです。
僕らの存在そのモノが祝福です。僕らの存在そのモノが愛に見守られています。

Comment：9　ひとしさん

お疲れ様です！　質問に応えます！

＞この職業は、いつまでやれますか？
＞明らかに、次の若いヤツに、近い将来譲らなければなりませんネ？
＞そのために、今、ナニをしてるンですか？

体力的にも、だいたい40歳前後ですかね。
その先のための・・・、深く考えていませんでした。

後輩へも、見習えるようなことがシッカリできているかと思うと、
できていないと感じます。

> 若いヤツの育成に余念はありませんか？
> どんな状況になっても生き抜いていける、たくましさが
> 身につきつつありますか？

ＳＴＡＦＥの皆とは、お互いのやり取りの中で、
伸ばし合えていると思えますが、
育成と言えるほど、見習わせるべきものに、たどり着いていないと感じます。
たくましさは、その状況にならないと分かりませんが、
まだ、身についていないと思います。

> その他、"生"を生ききってますか？

ume.さんからお話頂いた、自分の怠惰や、鈍感なところがあって、
生ききっていないですね。今も、できてないです。

> 助けてくれた人たちに感謝してますか？
> 大変な思いをしてる人に、申し訳ないと思ってますか？
> 今ある環境を、当たり前だと思ってないですか？

ホントに、人に恵まれていると感じます。
感謝の気持ち、申し訳ないとも思います。
俺は、気づきが足りないので
毎日の環境で、慣れが起こってしまっていると思います。
これを振り返ると、恥ずかしいやら情けないやら！

Comment：10　ume.

ひとしね、気づきは、"足りない"というのはないンだよ。あるか、ないかだけ。
ひとしは、現状に全く気づいてないンです。
野性の動物だっら、とっくに殺されてる。
野性動物の在り方こそ、命を守るために、無選択に気づいてる状態です。

彼らは、いつも死と隣り合わせです。怠惰や鈍感は、即、死を意味します。
僕らのような自営業は、誰も守ってくれません。
僕らのような生き方を選択した者は、
野獣のように、危機に対して、無選択に気づいていなければならない。
振り返ると、恥ずかしいとか、情けないとか、
ナンか、立派な会社にお勤めして、守ってもらってる人の言い訳です。

野獣に「計画を立てなさい」ナンて言わないネ？
そんな悠長なこと言ってられる立場にありません。
この"生"を生ききりなさい。今、死んでもいいように。
それが、僕ら、ナラズモノにできる、唯一のことです。
それができないなら、就職口をお探しなさい。

Comment：11　ume.

んで、みにぶー、「人間て何？ 俺たちは何のために生きてるの？」、
これについて、僕の回答です。
「人間とは、地球のガン細胞。僕たちは、死ぬために生きている」
ガン細胞は、散々、正常な細胞を食い散らかして、
自分の住みか（人体）を滅ぼし、それと同時に自らも滅びる。
あってますよね？ 相変わらず、知識に乏しいモンで。
これは、地球に対して僕ら人間がしてることと同じ、と思われますが、
いかがでしょうか？
僕らが生きていこうとする限り、
その罪を犯し続けなければならないとも思います。
また、"死"について、
"愛"と"死"も、切っても切れない関係にあると思われます。
どうして、そう思うか？ に関しては、
今、このブログを通して取り上げてる最中です。

ひとつ、象徴的？ な、僕の観察〜発見事項を。
上のコメントで、野生動物について話をしたので、ついでに。
天敵に襲われ命を落とす時、マズは必死に逃げますが、
捕まった弱者は、決して、泣き叫んでいません。どうですか？

チーターにハントされ、泣き叫ぶ鹿のシーンを観たことありますか？
逃げきれなかった弱者は、自分の命を捧げることによって、
仲間の命を救ったという使命感？満足感？そして、諦め？
みたいな感じで運命を受け入れ、死んでいってるように感じられますが、
いかがでしょうか？
"死"は、脳には理解できないことばかりです。

Comment：12　ひとしさん
お疲れ様です！厳しいご指摘を受けました。
俺は、まだ、見張ってくれている人が必要に違いありません。
誰かに、見張っててもらわないと、どうしても流されてしまいます。

Comment：13　みにぶーさん
うめさんが、ひとし君にアドバイス、というのは意外でした。
てっきり、「みんなも、ひとしを参考にするといいよ！」
ということだと思ってました。
「さらに、次の領域へ進め！」ということかな・・・
さて、"地球のガン細胞"うまいこと言うね。
確かに、共通点だらけ・・・なるほどね・・・

Comment：14　ume.
ははは、みにぶー、みにぶーのコメントで、ひとしまで救われたよ。
次の領域どころじゃないンだよ。
僕ら、ナンとか、まともにやりたい！って思ってるンだよ。
現代に生きる社会人である以上、ルールの中で食ってかなけりゃいけない。
食ってくためには、色んな罪を犯し、
この"生"を犠牲にしなきゃならないこともある。
完全に、罪を犯さず、"生"を全うしたら、
社会人として機能しなくなりかねない。
フツー、バランスをなくしちまうネ。
バランスを保つのは簡単じゃないので、
だいたいが片方には目をつぶってしまう。
片方に偏って、立場を確保したほうが、

立場を表明できて、コミュニケーション取り易いからネ。
僕は、社会に背を向ける気は、サラサラないので、
まともでいさせて欲しいと思ってます。
ひとしも、並み外れてるだけじゃなく、まともな大人になって欲しい、
と心から願ってます。

このブログで取り上げてるようなことは、まともな人には、"異端"だネ？
でも僕は、"絶対的な肯定"を表現しきるため、
絶対的な肯定につながらない、あらゆる知られてるモノを
否定してるところです。
そして、正気を保っていたいと思ってます。

Comment：15　ume.

それで、愛について、散々、言い散らかす前に、
幸せについて、自由について、少し話します。
ナニに、幸せを感じるかは人それぞれだけど、
それは、だんだん成熟していくモノだと思います。
みんなそうだと思いますけど、
僕は、やっぱり、一緒にいる人が嬉しそうにしてる時が、
僕も、嬉しい気分になります。
穏やかで、平和で、幸せだなあ、みたいな？

あと、極上の快感を味わえるのは、絶対的、無条件の解放の瞬間ですが、
どんな時かって言うと、
① 色んな立場の仲間がいるってこと。
② 仲間たちで、ナニかの目的に向かって心がひとつになること。
こんな時、目的も忘れ、"私"から解放され、
その行為に没頭してる時、夢が叶ったと思ったりしてます。
サッカーや、フットサルでは、よく味わえます。
みんなで遊びに行ってる時ナンかも、そんな気分になる時があります。
まあ、仕事でも、よくありました。
ひとしとは、そういった仕事面でのピークを何度か一緒に迎えてます。

それと、心と身体のバランスですネ！
僕は、このブログにも、意図的に、サッカーとかの話題を入れてます。
心の構造を見ていくこの試みが、心のことだけに偏らないよう。
ここで、訳の解らンこと言ってる ume. の日常は、
だいぶ、身体的ナンだよとお知らせするために。
「ナニかと、考えるほうですか？」、「スグに、行動するほうですか？」
「両方です！」、こうありたいと思ってます。
どちらか片方ってのは、色んな場合に、不都合が生じてきます。
オレは行動派！ とか、僕は思索家！ とか言ってれば、
スタイルとしては、ラクですネ？片方を拒否する理由になります。
あるがままを受け入れることが、ナニよりも大切です。
一方の立場を表明すると、もう一方の立場を否定することになります。
これは、決して、あるがままを受け入れることはできません。
立場など、ないのが一番です。
心と身体のバランスをなくさなければ、幸せが訪れ易い。

Comment：16　ume.

いづれにしても、僕にとって、幸せは、瞬間的なモノです。
そういう瞬間があるってことです。
僕らは、快感を持続継続させたいと考えます。
瞬時に感じた幸せに、時間的、空間的広がりを持たせようとします。
しかし、それは錯覚です。
時間の領域にあるモノは、やがて必ず腐ります。
継続するモノは、ナニもありません。幸せも継続しません。
継続してるモノの中に、幸せはありません。

Comment：17　ume.

続いて、自由。
自由は、形ではありません。自由という形がないことが、自由です。
ナニ族のインディアンだったかは忘れましたが、
彼らの言語には、"平和"とか、"自然"に当たる単語がないそうです。
彼らは、"平和"で、"自然"ナンで、ワザワザそれを言い表す必要がないンです。
"平和"と言葉で表されるには、その反対語があります。

"自然"と言葉で表されるには、その反対語があります。
反対の状態がないってことは、その状態もないンです。

対立するモノは、表裏一体で、お互いがお互いを含みます。
対立するモノは、ふたつでひとつ。以前にも、そんな話しましたネ？

あなたが、ナニか(誰か)を毛嫌いします。ナンでも(誰でも)いいです。
思い浮かべてみて下さい。
あなたは、毛嫌いしてるモノ(人)の一部です。
毛嫌いしてるモノ(人)を見て、気分悪くなってるのは、
他ならぬ、あ・な・た・です。
毛嫌いしてるモノ(人)は、ただ、そこにある(いる)だけ。
"見ただけでムカつくようなアイツ"と、
"見て、ムカついてるあなた"は、同じモノになってしまってます。
横にいて見てる僕は、あなたがムカついてるアイツを見ても、
ナンとも思いません。
僕から見たら、あなたとアイツは、ふたつでひとつです。
刺激と反応の関係にある、ひとつの事象です。

このような反対物がないのが自由です。
ナニかを犠牲にして、代償として手に入れる自由ナンて、あり得ません。
ナニかと引き換えに手に入れる自由ナンて、あり得ません。
僕らは、生まれ持って、自由な存在です。
僕らを自由じゃなくしてるモノは、ナンでしょうか？
"私"です。"過去の束＝私"が、僕らの自由を奪っています。
僕らの自由、無条件で絶対的な解放 ＝ "私"からの解放。
これ以外に、自由はありません。

Comment：18 ひとしさん

お疲れ様です！ ume.さんの言う、瞬間的にある"幸せ"と、
"私"からの解放である"自由"
この状態から、"愛"が訪れるということでしょうか？
この状態が、"愛"ということ？

先走ってしまいましたが、お願いします！

Comment：19　ume.
自由については、僕らを自由じゃないと感じさせる外的要因は、全て、錯覚です。
僕らの自由は、"私"からの解放以外にはありません。

幸せについては、色々あると思います。
恋愛に幸せを感じることもあるでしょうし、
ナニかを手に入れたことを幸せと感じることもあるでしょう。
それらを錯覚と言って否定するのは、やり過ぎと思われます。
ナンであれ、幸せならばいいンだから。
ただ、繰り返しになりますが、
ナニに幸せを感じるかには、成熟があると思います。

そして、"愛"について。愛は、どこかから訪れるモノではありません。
そこにあります。
僕らは、あまりに鈍感になり過ぎて、そこにある愛に気づけません。
"私"が重た過ぎるンです。
重装備のバリアに覆われた"私"は、俊敏さ、機敏さ、鋭敏さといった、
身軽さをスッカリなくしてしまってるので、
瞬間、瞬間に存在するモノに気づけません。
僕らが気づけるモノ、認識するモノは、
"私"が記憶に留めたモノの中で処理できる、
時間の領域にある、過去の蓄積の反応です。
僕らは、瞬時のモノに気づける素早さが必要です。
素早さは、"私"にはありません。

愛ではないモノを1つひとつはぎ取っていくと、そこに残るモノが愛です。
愛ではないモノとは、まさしく"私"です。
"私"とは、原因と結果の堂々巡りの中にある全てです。
動機があるモノは、"私"です。結果を求めるモノは、"私"です。
"私"がないところにあるモノ、それが"愛"です。

これは書かずにいられない！ 2010-09-08

コメント：ピロミン、みにぶー、Nonrey、ひとし、ハナ、雪ぼうず、うっしー

ピロミンから電話が入りました。
「とっても嬉しいことがあったの！ 電話、大丈夫？」
「そりゃいいネ！ 大丈夫だよ。何ナニ？」
「ゆーしろーがネ、興奮して帰ってきて・・・」
塚沢小６年生の三男ゆーしろークンのその日の体験談。
お気に入りの本を紹介する時間に、隣の女の子が、
ナンと、「天国のお父ちゃんへ」を紹介。
こういったところが良かった、とか、作者はこういう人、とか。

ナンと言ったらいいンでしょう・・・？ 僕は、幸せ者です。

僕には、子がいません。
父が僕にしてくれたことを、してあげられる人がいません。
僕に、子がいたら、あの本を書く必要はなかったし、
今、このブログで進めてる第２作も書く必要はありませんでした。
父が僕にしてくれたこと。小さな子供さんに、どこかで伝わってると思うと・・・。

以下、ピロミンのメールです。
ゆーしーろーの名前の書き方とか、本を読んでくれた子の名前とか、
その時の様子とか、質問したメールへの返信です。

おはよう☀ 田中勇士郎だよ。
うめさんファンは「○○直子さん」と「○○茉由子さん」
夏休みの課題で読書をして、
クラスの仲間に自分のお気に入りの本を紹介しよう！
というものがあり、今、授業で紹介しているみたい。

勇士郎は帰宅するなり、「スゴいことがあったぁ！」と興奮気味だったよ。
隣りの席の女の子が、うめさんの本を紹介したとのこと。

勇士郎は、「うめさんは、お父さんとお母さんの友達なんだ。
うちにも遊びに来るし僕も話しするもん」
と自慢すると、
「え〜😱うっそぉ⁉ ホントに？ サインが欲しい！ 欲しい！」
と大騒ぎになったらしいのだけど、
「またぁ〜勇士郎は！ 自分でサインしちゃうんでしょ！」
って信じてもらえなかったらしい😁

則ちゃんにも話すと、本を出してきて、
「ここに載ってる則ちゃんはパパだと言え」とわけ分かんない😅

今日、学校に行ったら、
うめさんが、沢田研二のモノマネがものスゴくうまいこととか、
教えてあげようって言っていたよ😁
「うめさんはスゴいね〜やっぱりうめさんになりたい」って‼

うめさんの本が出版された時期の話なら、
もちろん友人として嬉しいのは変わらないのだけど、
「今」、「小学生勇士郎の友人」ということが新鮮で、
出版時以上にドキドキして嬉しかったなぁ😊
小さなファンが何かを感じ取った瞬間があったんだね〜感動💕感動💕

昨日、則ちゃんもＫ５３に久しぶりに、この話題をアップする、
って言っていたのに、ここのところの多忙でダウン⤵
今朝も「うめの話、載せられなかった〜」って言いながら行ったよ😃

以上。
ピロミン、文章がうまい。解り易い。

事務所で、そばに人がいるンだけど、涙がこぼれてしまいます。
もう、僕は、死んでもいい。

Comment：1　みにぶーさん
スゴい！！ でも、そのお友達は、どういう経緯で本を手にしたんだろう？

Comment：2　ume.
みにぶー、早速ありがとう！
そうだネ。2人の子のブラインドにしてある苗字は、
知り合いにはいない名前でした。
ホント、嬉しいよ。

Comment：3　Nonreyさん
コンバンハ！ 久しぶりです。昨日のことをもうちょっと書かせて下さい。
昨日は少しばかり鼻が高くなる思いでした。
自分が小学生の頃を思い出すと、
あの年代に読んだ本は、今でも心に残っているものがある。
すなわち大切な思い出になっているのかな！

子供達にはテレビに映っている人や、街で売られている本の著者なんて、
スゴいところにいる人にしか思えないんだろうなって。
別世界のスゴい人に映っているんだね。
ましてスグ近くに住んでいるなんて考えもつかないと思う。

昨晩は息子がそんな話をするもんだから、父親の私の方が舞い上がってしまい、
我が家の「天国のお父ちゃんへ」を引っ張り出し、
私が書かれているところを見つけ、
これはうちのお父さんだって教えてやれとか、
家に呼んで写真を一緒に撮って、本にサインを書いてもらおうとか、
大盛り上がったね！
もしも、作者にインタビューなんてことになったらヨロシクね！

純真で、なんでも素直に受け入れられる小学生が、
この夏、心を打たれた本として、学校の友達や先生に、
「天国のお父ちゃんへ」を紹介するなんてスゴ過ぎる！
感動した本！ 心に残った本！ この年代の大切な思い出の本！

つまり一生大切な何かを心に刻んだ本。

Comment：4　ume.
Nonrey・・・、僕は、死んじゃうかも知れない。幸せ過ぎて・・・。

Comment：5　ひとしさん
お疲れ様です！ スゴい！ スゴいことがありましたね！
なんか、俺も嬉しくなっちゃいます！
読まれた人たちの心に確実に残っていくんですね！

Comment：6　ume.
やっぱ、子供のうちだよなあ・・・。Nonrey おっしゃる通り、

> 純真でなんでも素直に受け入れられる小学生・・・

自分を守る術を知らない無防備なこの頃、
人間形成の大切なモノが、心に深く染み着いていくンだろうな。
僕ら、大人の責任は、小さくないと思うよなあ・・・。

Comment：7　ハナさん
いいお話ですね！ 小学生の読者ファンがいるなんて、嬉しいですよね！
大人はもちろん、もっと多くの小・中・高生に読んでもらえると嬉しいですね！

Comment：8　ume.
ハナちゃん、いつもありがとう！
そうだネ。始めは、同じ境遇、父親を亡くした人向きかな？
と思ってたんだけどネ。
親は、亡くさないと、ありがたさが解らない、ナンテ、よく言うしネ。
でも、小・中・高の若い感性に伝わったら嬉しいな。

Comment：9　雪ぼうずさん
「書かずにはいられない」気持ち分かります。
執筆第2弾もそうだけど、

こうしてumeさんの思いを感じ心に残してくれる人が、
1人でも多くいてくれたら、もっと素敵な世の中になるのにね！
俺も日向に読ませよう！！

Comment：10　ume.

>俺も日向に読ませよう！！

プレッシャー感じるなあ・・・。読んだら、笑い飛ばしてもらたいよ。

>もっと素敵な世の中になるのにね！

うん、そうだネ、そう・・・、素敵な世の中になればいいネ！
ただ、僕には、もう、素敵な世の中過ぎちゃって・・・、
どうしたらいいンだろ・・・。

Comment：11　うっしーさん

お久しー、スゴい出来事ですねぇ～。こうなると・・・
全国でこの夏休みに『天国のお父ちゃんへ』を読んだ
賢い子供たちが他にもいるかも知れない・・・
ということで。感想文を募集しましょう！（笑）

Comment：12　ume.

お久しー、と言ってもぉ・・・、
毎朝、体重測定結果を送らせて頂いて、早や、ナン年？
お陰で、そこそこに体重をキープできてますぅ。

あの本が出たての頃、プロモーション活動も楽しかった。
特に、ネット系での色んなアイディアありがとうネ。
もう、あれから3年以上経ち、71歳の少し前で逝った父の、
今日は、74回目の誕生日。
今朝、長男が生まれた！ナンて、友人の報告もあって、
その子の今後とか、全ての子供たちの今後とかを憂いました。
憂いー悪い意味で使ってません。

"生"には色んなことが付き物。
悲しいめに遭ったり、寂しい思いをしたり、ツラくなったり・・・、
それらと共に"生"を過ごし、
ヒネクレたり、イジケたり、ガッカリしたり・・・、
色んなことが起こるンだろうなあ、と。
でも、楽しいことも、いっぱいあるよ！って。
こっちにおいでよ、楽しくやろうよ！って。
そんな気分になってました。

Comment：13　うっしーさん
そうそう、毎朝の定時連絡には無反応でスイマソン。いちお目は読してマス。
ほとんど今の話題は戸籍制度の問題になってますが、
「消えた高齢者」などと、年金欲しさに亡くなっているのに
届けない家族も世の中にはいるようで・・・、
そんな大人にならないように
「あの本」のプロモーションを再開しましょうか？(o^^o)
そうipadを買いまして・・・、
「あの本」の電子書籍化は、いつ頃になりましょうか？？？（笑）

Comment：14　ume.
電子書籍化！ グレート！ 推進致しましょう！
「あの本」にしても、本になるかどうか？ 執筆中の第2弾にしても、
僕が、ロックンローラー・デビューして、1曲当てて有名になるのが、
もっとも効果的なプロモーションでしょ？ Play Guitar！！

Comment：15　みにぶーさん
うめさんを知らない小学生も、読んで、「お気に入り」と薦めた本、
俺も最後まで読んでみました。
（今、本文を読み終えました。
あとがき、みたいなのは、先に読んであったかなぁ・・・）
というわけで、失礼。
本をもらったあと、1／3くらいしか読んでませんでした・・・ははは、
失礼しました。

(タイトルだけは、パロったものを、自分のブログにも使ってたんだけど・・・)
うめさんのブログや、自分のブログで、
似たようなことを言っていた箇所がいくつかあったなぁ、と思いました。
とりあえず、今まで、うめさんの本をほとんど読んでいなかったことを、
ご報告しておきます？（感想は、またの機会に！）

Comment：16　ume.
・・・僕も、意を決して読み直してみるかなあ・・・。
あれは、男にはキツいと思う。まして、同年代にはネェ・・・。
さらに、同級生ともなるとネェ・・・。
あの、僕の思い入れのカタマリのような本に付き合わせるのはネェ・・・。
よく判らないけど・・・。
読み直して、思い出して、また泣くぶんには、ゼンゼン構わないんだけど、
あの事件を、冷静に、客観的に見られる今、
ナンて強い思い入れナンだろう・・・、と恥ずかしくなりそうで・・・。

あの本と、今、執筆中の第２弾は、伝えたいモノは同じです。
フツーではない精神状態で一気に書いた、
思いきり、思い入れタップリの第１弾。
僕にとって、父は、並みの存在ではなかったことを冷静に解説した第２弾。
そんなつもりで進めてるンだけど、どうかな？
多少、気が引けるけど、読み直してみるかな。

いづれにしても、僕は、いつも女性に支えられてます。
心から感謝してるし、恩返しをしたいと思ってます。
男は、いいやネ？消耗品だし。お互い、頑張るしかない、ということで。

無選択の気づきとユーモアのセンス－25

2010-09-14

感謝される人間になれ？／真空？／愛って？
コメント：ハナ、ひとし

⑤ 幸せ、自由、愛
について進めてます。

ある名物社長のお話です。
その人は、パリと直接交渉して、ア○サ生命を日本で立ち上げました。
東○生命→ア○コ→ア○サ立ち上げ
それぞれの会社で、伝説的な数字を叩き出し、大活躍し、
キャリア・アップした人です。
その後も、保険にはない抜群の保障内容の共済を立ち上げたり、
その共済会社を保険会社化したり、業界の名物男となってます。
ものスゴい迫力のある人物で、そのスジではカリスマ化してます。
まあ、ただのろくでなしナンですけどネ。非常に、人間的ではあります。

その社長の好んでしてたお話。
父親の事業が失敗し、学校に弁当も持っていけない貧乏暮らしの日々。
貧乏で、ツラかったけど、人一倍、正義感が強かった、
ウンヌンという話ナンですが・・・。
いつも父親から言われていたことがある。
「たくさんの人から、ありがとう、と感謝される人間になれ」
自分のためじゃない、世のため人のために頑張った！
それで、誰もマネのできないような大成功を成し遂げた、
という成功物語のさわりです。
父親からの言葉が、強いモチベーションになって、
その後の、あらゆる困難に打ち勝つことができた。
素晴らしいお話です。

たくさんの人から、ありがとう、と感謝される人間。
いいですネ。皆さん、どうですか？

Comment：1　ハナさん

こんばんは！
ずっと、ただ読ませて頂くだけでコメントできなかったので、
久しぶりにコメントさせて頂きます。

＞たくさんの人から、ありがとう、と感謝される人間。

確かに、素晴らしいと思いますが、でも、感謝されることによって、
"私"が満足しているわけで、結局は、"私"のためということになりますよね。

Comment：2　ume.

ふふふ、ハナちゃん、ようこそ。ありがとうネ。
そうだネ。このブログにお付き合い頂いてる方には、
僕が、ナニを言い出すか、だいたいお察しの通りってところだネ。
－10、コメント15のハナちゃんの指摘、

＞その思考とは、結局は、自分の欲望を満たすためのもの。

これを改めて肯定します。
"世のため人のため"になってる行為ってのは、もちろんあるネ？
しかし、"世のため人のため"と言ったら、あるいは、認識したら、
それは、その時点で、間違いなく"私"のためだネ？

皆さんは、どうナンでしょ？
僕ナンか、プロセールスとしてトレーニングされる時、
例えば、「お客様第一主義」は、必ず、叩き込まれます。
そして、本気で、そうやってる人、あるいは会社が、業績を伸ばすし、
評価も得ます。
お客様第一主義に、どの程度、打算が入ってくンでしょうか？
どの程度でも、いいですが、打算がない訳はないですネ？
お客様第一主義を実行した結果、どんな見返りがあるのか？
ナニが得られるのか？
どんな大義名分も、美しいお題目も、

"私"がないところでは掲げることができません。
そして、"私"が掲げたスローガンは、どんなに美しいモノでも、
全て、"私"の満足のためです。
いいか悪いかは言ってません。肯定や否定をしてるンじゃありません。
必ず、そうだと言ってます。

資本主義のルールの中で、厳しい競争を勝ち抜くのは、
並たいていのことではありません。強いモチベーションが必要です。
父親から言い渡された、世のため人のためという刷り込みは、
強烈な動機となり、支えとなり、あらゆる困難を乗り越えました。
ビジネスの世界で、成功するための美談としては最高ですネ？
しかし、僕には、ゼンゼン、ピンときません。

Comment：3　ひとしさん
お疲れ様です！俺も、ハナさんに同感ですね！

＞たくさんの人から、ありがとう、と感謝される人間。

ありがとう、と感謝されるために、物事を進めていくと同時に、
そこに"私"が現れていますよね！
感謝される人間というより、色んなことに感謝したいです！

Comment：4　ume.
いいことを言いますネ。僕も感謝されるのは苦手です。
もちろん嬉しいよ。でも、スグ調子づいて、勘違いするからネ。
でも、心から感謝してる時は、いつだって幸せです。

いわゆる"成功"するためには、色んなモノを犠牲にしなければなりません。
かの社長は、ビジネス面では、カリスマですが、
○グセとか、○グセとかがヨロしくない。
だいぶ、周りじゅうに迷惑をかけてます。
まあ、スキャンダルだらけってヤツです。
立派だなと思うのは、ちゃんと責任を取るってこと。

社長ご自身も言ってます。
「これだけ世のため人のために頑張ってるんだから、好きにさせてくれよ」
ごもっとも！
ビジネス的に、ものスゴいストレスやプレッシャーに耐え抜き、
勝ち残っている訳です。
そのお陰で恩恵を受けてる人はいっぱいいます。まさに、社会貢献ですネ。
あれだけ身体を張って、気持ちを張って頑張れば、
ビジネス以外で、ちょっと"おいた"でもして、
息を抜かなきゃ、やってランないでしょう。
単純に、そーゆーことです。ただの人間ナンだから。
誰だって、正負両面を抱えてます。振れ幅が大きいか小さいかだけです。
成功が大きければ大きいほど、その反動も大きい。
例えば、○グセが悪くて、あっちにもこっちにも、隠し子がいたら？
ひとつの浮気が、どれほど多くの人を傷つけるか？
日常茶飯事的に、どこでも起きてるンで、
まるで、たいしたことじゃない感じですが、当事者には、大騒動でしょう。
そんな問題をあっちにもこっちにも抱えてたら？ボロボロの人生ですネ？
何人もの女性を泣かせることが、男冥利って訳です。
まあ、例えば、の話ですが・・・。

これは、世のため人のためでしょうか？
ビジネスでは、世のため人のため。
プライベートでは、だいぶ色んな人を傷つけている。
これが人間です。
世のため人のためという、一見、美しいお題目が、
いかに、あるルールの中で結果を出すためだけのモノであるか。
よく解る例です。

Comment：5　ume.

過去において、仕事で、リーダー的な立場になってしまった時、
僕は、「お客様第一主義」、「世のため人のため」とやりました。
今後、そういった羽目になることがあったとしたら、同じようにやるでしょう。
チームをまとめるには有効なやり方です。

特に、利益追求が本来の目的である、ビジネスにおいては。
しかし、僕はそんなに立派じゃないのをよく知ってます。
僕は、多少、繊細なところがあって、
その内面と外面のギャップに耐えきれるだけの強さは、
残念ながら、持ち合わせていません。常に、"素"でいたい。
だから、もう、絶対そういった立場には立ちたくありません。
もう、47歳にもなるンだから、できることと、できないことを見極め、
できないことはしないと決めることは悪いことじゃないですよネ？
相変わらず、やりたいこと、好きなことをやり続けます。スイマセン。

いつも"素"でいること。好きなことしかしないこと。
これにも、充分な痛みを伴うので、決して、逃げてる訳じゃないと思います。
"生"には痛みは付き物ですが、どっちの痛みのほうが気持ちがいいか、
ってことナンだと思います。

んな訳ナンで、「たくさんの人から、ありがとう、と感謝される人間になれ」
とか言われると、
感謝してもらいたくてやってらっしゃるンですネ。ご立派ですネ。
僕は、遠慮させて頂きます。ってなっちゃうンです。
僕にとっては、それは野暮ってモンです。
僕にとって、最高にクールなのは、
動機も結果も無関係のところで、"ただ、やる"これです。
僕の偉大なる父が、やっていたように。

Comment：6　ひとしさん

＞いつも"素"でいること。好きなことしかしないこと。
＞これにも、充分な痛みを伴うので、決して、逃げてる訳じゃないと思います。

"素"でいることが、なかなかできない。なんていう方もいますから、
俺も、これは逃げてる訳ではないと思います！
むしろ、大半の人が、"私"の思考に縛られて
"素"になることができないように思えますね！
"素"でいることが、"私"を全てはぎ取ったカタチということなんでしょうね！

Comment：7　ume.

はい。これは、全存在を懸けた挑戦です。

例えば、組織の中で機能し大きな業績を残すとか、
経営をして、たくさんの雇用を生み出し、世に貢献するとか。
これら、ロマンのある挑戦ですネ？
世の中で、成功と言ったら、多くの場合、これを指します。
しかし、僕は、これらには興奮できません。
この分かりきった過程を踏むのは、まっぴらゴメンです。
だいぶ挑戦的で、尊大な発言ですネ？
でも、この分かりきった過程は、ナニも解決しない、
ということは、もはや歴史が証明済みナンじゃないですか？
この分かりきった過程は、経済的な豊かさは生み出しました。
しかし、心の豊かさは、むしろ後退しました。
僕らが、意地でも手放すモンかと思ってる、知られているモノに頼っていては、
永遠に、この繰り返しです。

僕らは、今まで、慣れ親しんできた、当たり前だと思ってるやり方を、
全て、捨てる必要があります。
本当に新しいモノがもたらされるのは、真空の心にだけです。

Comment：8　ひとしさん

お疲れ様です！　意味深い言葉が出てきたので、質問させて頂きます！

＞本当に新しいモノがもたらされるのは、真空の心にだけです。

以前、－13のコメント21で

＞ほぼ、脳の中は、思考でいっぱいです。
＞その大半を占めてる思考がなくなったとしたら・・・、そこは、真空です。
＞ナニもないことこそ、即、創造です。

"私"の思考や、心が真空であれば即、創造です。ということでしょうか？

真空の状態にあると、勝手に新しいモノがもたらされる？
ここらへんをお願いします！

Comment：9　ume.
－13、コメント21で、僕は、真空について言及しました。
僕としては、かなりクールな認識と思ってるモノです。
その時は、無反応だったンだけど・・・、

> ほぼ、脳の中は、思考でいっぱいです。
> その大半を占めてる思考がなくなったとしたら・・・、そこは、真空です。
> ナニもないことこそ、即、創造です。
> 真空って、どういう状態ですか？ 小学校の時、理科で習いましたか？
> 真空状態とは、あらゆるものを引き寄せる状態ですネ？
> ナニもないことこそ、驚異的なエネルギーです！

> 脳の中の広大な空間、それを一瞬でも感じたら、
> この"生"の広大さに震え、爆発的な内なるエネルギーを感じ、
> 生きているということの神秘に涙が止まらなくなります。
> 存在ということの尊さに感動し、心から感謝せずにはいられなくなります。

ナンて、まあ、かなり解りづらいです。
そして、－19、コメント9では、ひとしのコメントに興奮して、

>> "私"なんてものに振り回されず、理解して放っておけ！
>> 世界は勝手に奇跡を起こすんだ！

> これ、いいネ！ 理解して放っておけ！
> こんなことが言えるヤツは滅多にいないよ。
> やっぱり、ひとし、並み外れてるよ。
> うん！ひとしと、ume.の間で、完全に悦に入ってます。
> これが、ひとしと、ume.の"私"のシワザです。
> しかし、"私"から離れたところで、この現実認識は、並み外れてます。
> あまりにも、「来た」ので、もう、この説明は、ここでやめときます。

ナンテ、先に進むのをやめちゃってます。

Comment : 10　ume.
さらに、みにぶーの、－24、コメント3に対して、
僕は、コメント4で言ってます。

>>「人はそもそも"愛"のあるものとして、生まれてきている」
>> といいなぁ、と思うわけです。

> "愛"については、ジックリ話したいと思います。
> "愛"とは？
> "愛"ではないモノを、1つひとつはぎ取っていくと、
> そこに残るモノが"愛"です。
> これを、ジックリ見ていきたいと思ってます。
> みにぶーの期待に沿える話ができるかどうか？
> ここで話すことが、最終的に落としどころとなるような気がします。

と、愛についての話が落としどころだと。
これらも含め、最初のひとしの質問です。

> ⑧ ナニもないことこそが、即、創造です。
> ―　ナニもないことって、どういうことですか？

に、戻ったと言うか、たどり着いたと言うか・・・。
僕は、この質問を
⑧ 自我の終焉
としてます。
つまり、僕らが、守りたくて守りたくてしょうがないモノ。
認めてもらいたくて認めてもらいたくてしょうがないモノ。
＝それを求める不安と恐怖のカタマリ＝"私"。
これらが、いかにバカバカしいか、よく理解して放っておける時。
"愛"ではないモノ＝"私"。
"私"という、この思考の束が、なくなった時、脳の中身が真空状態になった時、

自我の終焉を迎えた時、そこにあるモノが"愛"です。
愛こそが、創造であり、未知のモノ、全く、新しいモノです。

Comment：11　ひとしさん
お疲れ様です！"真空"について、何となく解りましたが、ume.さんの言う、

> 愛こそが、創造であり、未知のモノ、全く、新しいモノです。

そう！ そうなりますと、"愛"とはなんでしょうか？

Comment：12　ume.
そう、愛とは、ナンでしょうか？
この－25の冒頭の、ある社長のお話。「感謝される人間になる」
この社長の気持ちは、愛でしょうか？
これは愛かな？と思われるモノを挙げていって、
それが、本当に愛かどうか、よく見てみましょう。
そして、愛ではなければ、それは捨て去る。
そうやって、愛ではないモノを1つひとつはぎ取っていきましょう。
そこに、ナニが残るでしょうか？

ヨロしければ、愛についてコメント下さい。
あなたにとって、"愛"とは、ナンですか？
"愛"について、思うところをナンでもいいので、コメント頂けると、
間もなく終わろうかという、この試みも、
多少は、充実したモノになるンじゃないかな？ と思います。

Comment：13　ひとしさん
> あなたにとって、"愛"とは、ナンですか？

非常にコメントしづらい質問でしたが、
俺なりの"愛"を表現できればと思います！
間違いなく感じられるのは、親からの"愛"でしょうか。
離れている時間も多く、フッとした時にしか、

会ったり、連絡したりしていないのですが
決まって、身体の心配や、楽しくやっているか？など、
気にしてくれている親の存在ですね！
自分の家族も、そういった感じですかね！
何か、心からの気づかいが、"愛"なのかな？と感じています！

Comment：14　ume.
親からの愛、心からの気づかい。
そうだね、思いやりとか、自然な発露での、そいうったモノが、
この危なげな世の中をナンとか支えてるンだろうネ。
理由もなく、気づかう、思いやる。そういうことってあるよネ。
つまり、結果のこと、見返りのことナンて、全く、考えもしない、
そういった気持ちってのはあるネ。
それを自分が受けてると感じた時は、嬉しいよネ。

そこで、どうだろ？ 親の愛をウザったく感じたりすることってあるかな？
どんな時、そんなふうに思うかな？

Comment：15　ひとしさん
お疲れ様です！ ウザったいなと感じた時期もありましたね！
高校時代や、20代の頃、仲間と夢中になって、
色々と楽しく過ごしている時期には、
親からの心配を、ケムたく思っていました！
夜遅くの帰宅に、色々聞いてくる。ご飯をシッカリ食べなさい。などなど・・・。
大丈夫だよ！ 自分のことは自分が分かっているから！
いちいちウルサイな！ なんて。
仲間とのやり取りが、全てだったんでしょうかね！

Comment：16　ume.
お互い様ナンだネ、きっと。
親のおせっかいをウザったく感じる年頃は誰にでもある訳だけど、
きっと、そんな時、親も親切の押し売り、心配のし過ぎナンだろう。
親のありがたさが解らない僕らだけの責任ではないのでは？

僕には、解らないけど、親になってみて、気分はどう？
子を気づかう自分、子を心配する自分。
僕は、私は、こんなふうに子供を教育してます。
こんなふうに子供と接してます。
これほどまでに、子供のことを考えてます、ってネ。
「子供のことを心底、愛しく思う」ってのは美しい。
でも、「子供のことを心底、考えてる私」って思考は、もう、クソったれだネ？

Comment：17　ひとしさん

子が生まれてきて、親になったなぁ！　という実感は、・・・多少はあったのかな？
子が大きくなるにつれて、自分の分身のような、というか、
俺が、子の一部分というか、そんな感じですね！
一部分の俺が、何か伝えられることや、やれることをしてあげたい！
とは、いつも思ってますね！
教育方針みたいなのは特にありませんが、
挨拶と、感謝の気持ちを持つ子になって欲しいです！
なかなか、してあげられているのかどうか、不安になることもあります！
だいたい、心の中でゴメンね！って言ってます！

＞子供のことを心底、愛しく思う・・・

間違いないですね！　無償の愛、的な！
クソったれのほうには、なってないと思います！
お子様を持つ皆さんは、どうなんですかね？

Comment：18　ume.

いいですネ、子供のことで、あれこれ悩めるって。うらやましいです。
え〜、ひとしが、クソったれかどうかということではありません。しかし、

＞クソったれのほうには、なってないと思います！

これは、問題発言。これまで、僕ら全員が、例えば、今この話題なら、

>「子供のことを心底、愛しく思う」ってのは美しい。
>「子供のことを心底、考えてる私」って思考は、もうクソったれだネ？

この美しい部分と、クソったれの部分を併せ持ってる、という話をしてます。

> クソったれのほうには、なってないと思います！

これが、ホントなら、お釈迦様の領域の話ですが・・・、
自分自身を"ただ見る"ことができてなくて、
こんな問題発言をしてしまったのか？
それとも、ひとしは、お釈迦様の領域にあるのか？

Comment：19　ひとしさん

お疲れ様です！ 読み直して、笑っちゃいました！ まさに、親バカ発言ですね！

> 自分自身を"ただ見る"ことができてなくて、
> こんな問題発言をしてしまったのか？

思うがあまり、になっていました！
"ただ見る"ことができれば、親として、子として、ありのままを、
お互い受け入れられるんでしょうね。

Comment：20　ume.

結論めいた発言は控えたいところだけど・・・、
「ありのままを受け入れる」＝"愛"だと思います。
定義してる訳じゃなくて、そうとも言える？ってくらい。
あとは？ 自分の中の感情で、これは愛だと思うことない？

Comment：21　ひとしさん

気になって仕方のない女性への好意として何かをしてあげたい、
喜んでもらいたい！ってのは、"愛"でしょうか？
我を忘れ、夢中になって、その女性のためになることをしてあげたい！
・・・まあ、振り向いてもらいたいとか、彼女になってもらいたいとか、

イヤらしいところもありますが！

Comment：22　ume.
男女間の愛だネ。これも、どうナンだろうネ？
例えば、恋愛に限って話すなら、楽しい話で盛り上がれンかな？
更新して、恋愛を話してみましょう。

無選択の気づきとユーモアのセンス- 26

2010-10-22

恋愛について／恋愛・愛情・愛／気持ち弾むモード！
コメント：みにぶー、ひとし、peach

僕の45歳の友人の話です。バツイチで、子はありません。転勤で長野にいます。
ヤツは、ナンと、今、28歳の女性と付き合ってます。
ツイッターで知り合ったンだって！
ネットで知り合って、どんな女性が来るのかと思ったら、これが、可愛かった！
本人も、そんな、うまい話あっていいのかよ？！ 状態。佐久の女性。
長野県は、だいぶ広いので、長野〜佐久も近くありません。

ヤツは、今、覚醒状態です。バラ色の人生ってヤツ。
17歳も歳下の女性と付き合って、幸せいっぱい！
毎日のように、昨日、どーだったとか、こーだったとか、電話がきます。
ジェネレーション・ギャップに打たれつつも、起こる問題が、全て幸せそう。
いいですネ。
ヤツは、今、ラジオから流れてくる、男女の恋心を歌った音楽に、
車の窓に流れる信州の美しい神秘的な景色に、フッと涙したりしてます。
感受性がむき出しになってンですネェ。

お腹がオジさんっぽいとか言われ、特に太ってる訳じゃないンだけど、
腹筋を5〜600回、毎日やってるそうです。
腕も・・・、と言われ、腕立ても毎日やってるそうです。
お陰で、サッカーは絶好調！
恋をすることで、ナニもかもがいい方向に作用してます。

僕ら、46〜7歳、こんな気持ちになることってありますか？

Comment：1　みにぶーさん

いや〜、実は、俺もこの夏にね・・・なんて、
そんなことがあったとしても、言えないじゃない！
（そういう変な話を盛り上げたいわけじゃないよね・・・）

Comment：2　ひとしさん

何か、運命めいたもので巡り会うんでしょうかね！
まずは、出会いの奇跡に乾杯です！
うらやまし過ぎますね！サイコー！
そんな、気持ち弾むモードに、俺も突入したいです！

Comment：3　peachさん

わたしも・じつは・・・。
腹筋・腕立て・・・可愛い彼女のために・頑張っているのですね。
とりあえず・なんだか・感受性むき出しの・
絶好調な彼を応援したくなりました。・・・頑張ってね。

Comment：4　ume.

みにぶー、妻帯者としては、恋の話は公然ではしにくいネ。
しかし、この話のヤツみたいな気分になるのは、
恋してる時だけじゃないような気がします。

> そういう変な話を盛り上げたいわけじゃないよね・・・

みにぶー、大意はないよネ。でも一応、反論しときます。
恋の話は、決して、変な話ではありません。
恋をしてる時のフツーではない精神状態。
ナニもかもがバラ色に見える錯覚。
自分の心の中で、ナニが起きてるのか？ よーく観察できる大チャンスですネ？
忘我の極致。ヤツは、完全に自分をコントロールできなくなってますが、
コントロール不能な状態で、ナニもかもがいい方向に作用してます。
あばたもえくぼ。ナニをされようが、可愛くて可愛くて、許しちゃう。
今、僕ら、そこまで寛大になれることってあるでしょうか？

ひとし、最近、気持ち弾むモードにないンですか？
ナンか、いつもひとしは、気持ち弾んでるようなイメージですが。
結構、演じてる？

peachさん、応援したくなるよネ！
全く中学生みたいな話を毎日聞かされると、ウンザリしてくるけど、
単純！ 純粋！ とか思いながらも、
今まさに、この"生"を生ききってる！と思います。
僕の知ってる範囲では、今、ヤツほど生ききってる人はいません。
こうありたい。恋に頼らずに！できるでしょうか？

Comment：5　ひとしさん

お疲れ様です！ そうか！ だいたい弾んでいましたね！
今日もＳＴＡＦＥが、県フットサルリーグで勝利を納め、現在、８連勝中！
仲間とつかんだ勝利は、やっぱり嬉しいですねー！

Comment：6　ume.

８連勝！ そりゃ、スゴいネ！ 気分も弾むネ。

恋は、不思議だネ。
脳内物質の話はよく解らないけど、ナンか特別な状態にあるンだよネ？
んで、その状態でいられるのは、だいたい３年。
その間に、子孫を残すべく生殖活動が行われる。
そんな話は聞いたことがあります。
心トキメク恋愛気分が続くのは３年かあ、
うん、まあ、そんなモンだよなあ、と納得します。

恋愛、男女間の愛、ただ"愛"、それぞれ、だいぶ違ってると思います。
恋愛の期間が終わっても、夫婦が長くやっていけるのは、
恋愛とは違った男女間の愛があるからだろうし、
長く一緒にいれば、情も深まってきます。男女間の愛は、情ですネ？ 愛情です。
恋愛も、愛情もいいモンだと思います。
しかし、ただ"愛"は、違ったところにあります。
ただ"愛"については、だいぶ僕の独自色が出るのか？
それとも、同じような感覚を持ってる人もいるのか？
ジックリ話していきたいと思います。
その前に、恋愛と、愛情の違いみたいなところで、

意見を頂きつつ、それぞれ、ただ"愛"と、どう関係してるのか？
ナンてことを話してみたいと思ってます。
ヨロしければ、恋愛と愛情について、ナニか頂けたらと思います。

Comment：7　みにぶーさん
広い意味での"愛"は、俺は何となく3種類に分けて捉えていた気がする。

① 恋愛　・・・「動物的」
② 友情・家族愛など　・・・「人情的（人間的）」
③ 慈悲（？）・師弟愛など　・・・「神がかり的（？）」

①は、欲望的とか煩悩的とも言えるかな？"求める"ものとも言えるかな。
③は、神のようなものが存在するなら、その愛。
それと宗方コーチと岡ひろみの愛！信仰的なものも、これかも。
"片思い"というのも、この部類になることがあるかも。
"与える"ものと言えるかな。
また、①③は「一時的」なものと言えるかも・・・
① 恋愛は醒める気がするし、③は神の愛は永久だとしても、
我々人間の場合は（神ではないので）
四六時中、神のようにはしていられない・・・
でも、片思いは、ずっと続けられるかな・・・？
そんなふうに俺は思ってました。
ちなみに、これまでに何気なく使っていた「愛」という言葉は、
主に②の友情・家族愛のようなものをイメージしていました。

Comment：8　ume.
なるほど。んじゃ、僕も、そんなふうに分けて考えてみます。

① 恋愛＝病気みたいなモノ。
② 愛情＝異性間でも同性間でも、動植物やモノとでも、
関係性の中で芽生えるモノ。
友情・家族愛などや、宗方コーチと岡ひろみの愛は、
僕のくくりでは、ここに入ります。

③ 愛＝ただ愛。僕らの脳の中にある、あらゆるモノサシの外にあるモノ。

恋愛の中にも、僕の言う③ ただ愛の状態はあります。
冒頭の恋愛中の友人もその状態にいる時があります。
② 愛情の中にも、僕の言う③ ただ愛の状態はあります。
ある瞬間、完全に③ ただ愛が訪れてることが、誰にでもあります。
① 恋愛や、② 愛情は、出どころは、③ ただ愛だと思ってます。
でも、僕らが認識した瞬間、
それは、① 恋愛や、② 愛情と名づけられることとなります。
③ ただ愛は、僕らの既知のモノの中で、
認識したり解釈したりした瞬間に、ただ愛ではなくなります。
ただ愛は、いたるところにありますが、コメント6の僕の発言、

> しかし、ただ"愛"は、違ったところにあります。

これは、上のようなつもり言ってます。
で、みにぶーの話に戻って、病気みたいなモノであるところの恋愛は、
いづれ治りますネ？ つまり醒めますネ？ 恋愛は、愛ではありません。
つまり、取るに足らないと言ってるンじゃありません。
僕ナンか、いつも恋してたいタイプ。
ただ、恋愛には、所有したい、所有されたいという、
完全に、"依存"の状態が含まれます。
これは、ゴメンです。
妻帯者としては倫理的にマズいし、僕としては気分的にもイヤです。
このあたりは、どうでしょうか？

Comment：9　みにぶーさん
なるほど。俺の分類は、話のキッカケに、何となく思っていたことを、
あやふやなまま話しただけなので、
それほど、執着した考えというわけではありません。
うめさんの捉え方は、俺にはそんなに違和感はないし、
「恋愛は、愛ではない」という点などは、全く同感です。
うめさんの捉え方で、話を進めてもらって（俺は）大丈夫です。

でも、全然違う切り口・捉え方もあったら聞いてみたいね。面白そうな気がする。

Comment：10　ume.

そうだね、広く意見を頂きたいところだけど・・・、今さら、ムリかな？
コメント4で僕は言いました。

> コントロール不能な状態で、ナニもかもがいい方向に作用してます。

冒頭の45歳の友人のことですネ。これが"愛"の状態です。
愛は、思考の外側にあるので、コントロール不能です。
そして、愛は万能です。ナニもかもがいい方向に作用するに決まってます。
恋愛にも、こういった瞬間があります。
僕らの"生"のあらゆる瞬間に、この瞬間があります。
しかし、それは自己主張することなく、ひっそりと、
そこに、僕らの隣にいて息を潜めてるので、
スッカリ鈍感になってしまった僕らの脳には、気づくことができません。

さて、バラ色の恋愛期間を過ぎ、例えば、結婚するとします。
恋愛は夢ですが、結婚は現実です。
当たり前の成り行きとして厳しい現実に直面し、色んな問題に心を痛めます。
まあ、結婚しなくても、恋愛はバラ色なだけじゃなく、
色んな試練がありますネ？
イヤでも、自己を対象化して見つめることを強要されます。いい経験ですネ？
そうやって、人の心の痛みが解るようになり、
やがて、大人と呼ばれるようなモノになっていきます。
誰でも通過する成長過程でしょう。しかし、これらの過程は愛ではありません。
恋愛は、その過程で傷つくことも多いですネ？
傷ついたとしたら、それは愛ではありません。愛は万能です。いかがでしょう？

Comment：11　ひとしさん

お疲れ様です！コメント8のところで、

> 恋愛には、所有したい、所有されたいという、

> 完全に、"依存"の状態が含まれます。

"依存"しているから傷ついて、"私"が強く出ていることで、
うまくいかない、などと思ってしまうんでしょうね！

> コントロール不能な状態で、ナニもかもがいい方向に作用してます。

45歳の友人は、思考もなく、
ただただやってしまっている状態にいるのですね！
なんとなく、万能な愛が分かるような・・・感じです！

Comment : 12 ume.

ひとし、「わかる」とは簡単に言ってはいけません。
僕らが解ることができるのは、
「僕らは、いかに解ってないか」ということだけです。
これまで話してきたことを、過去の経験や知識の範囲の中で、
つまり既知のモノの中で、
「これは、こういうことナンだ」と認識したり、
あれこれ解釈したり、評価したり、結論づけたら、
新しいモノに触れることができなくなります。
既知からの自由がなければ、新しいモノは手を差し延べてくれません。
解ろうとしてはいけません。解ろうとしてるのは、他ならぬ"私"です。
既知からの自由とは、"私"からの自由です。"自我の終焉"です。

Comment : 13 ume.

んで、ひとし、そうだネ、依存には、ナニひとついいところがありません。
やがて、依存したモノと共に滅びることとなります。

> 45歳の友人は、思考もなく、
> ただただやってしまっている状態にいるのですね！

これは、そうではない、と言っておいたほうがいいネ。
非常に、ビミョーなところで、心の動きを観察する必要があります。

"私"がいなくなるのは瞬間的なモノです。
彼女に、オジさんっぽいと言われ、腹筋や腕立てをしてるのは、
明らかに"私"でしょう。
歌を聴き、景色を観て涙してるのも、多分に"私"でしょう。
そして、"私"のやることは蓄積し、蓄積したモノは、いづれ腐ります。
彼女のために腕立てしてる自分に酔い、
歌を聴いて、景色を観て涙する自分に酔い、
自分が重要になり、やってることの理由を欲しがるようになり、
原因と結果を考えるようになります。
"私"のやることは、全て、この過程に当てはまります。
やがて、ヤツのバラ色は、灰色になり、黒になったりします。
恋愛の過程は、このことをよく解らせてくれます。
愛には、こういった過程は当てはまりません。愛は万能です。

Comment：14 ひとしさん

お疲れ様です！ そうですね！ 解ろうとしているのは、"私"なんですよね！
また、コメント8ですが、

> 恋愛は、愛ではありません。

例えば、恋愛の過程で"私"が現われなければ、傷つかずに済むのでしょうか？
でも、"私"のない状態は、恋愛ではない気もするなぁ。

Comment：15 ume.

はい。傷つくのは、常に"私"です。
傷つくのが怖くて、色んなヨロイをまとい、
防御策を考えるのにエネルギーを使い果たしてるのが"私"の日常です。
マズは、傷つくのを恐れてはいけません。
恐怖は、"私"をますます強化し、"ただ見る"目を曇らせます。
傷ついてる"私"をよく見るンです。
感受性がむき出しになってる恋の状態は、とても傷つき易い状態でもあります。
そんな状態の"私"をよく見るのは大切な機会です。
"私"をよく見て理解すれば、"私"を手放せます。

"私"を手放した時、愛が訪れます。
その時、傷つくことはありません。愛は万能です。

> "私"のない状態は、恋愛ではない気もするなぁ。

恋愛は"私"がするものです。
"私"のない状態には、恋愛と名づけられるモノもありません。
"私"のない真空の境地には、名づけられるモノはありません。

この質問は、恋愛がないのは寂しいということだよネ?
では、恋愛のナニが必要ですか?
恋愛のどういうところを失いたくないですか?

Comment：16 ひとしさん
恋愛の必要なところ！やはり！気持ち弾むモードでしょうか！
その人のためにやっている何もかもが最高と感じられる状態！
愛しい人と、いっつもつながっているんだなぁ！俺、幸せなんだなぁ！
・・・アホっぽいですけど、そんな状態はアリかと！
もうひとつは、相手に対してのカケヒキと言いますか、
彼女（彼氏）は、こういったことを喜んでくれるのか？
こんなことをしてあげたら、どんな反応をしてくるのか？
どうなんだろう？というハラハラ感？スリル？といった、
ゲームっぽいですが、気になる彼女（彼氏）の攻略みたいなところですかね！
キャー！恥ずかしいっス！でも、失いたくないところですかね？

Comment：17 ume.
ナンか、楽しそうだネ。ひとし、恋愛モードにでもあるンじゃないの？
まあ、これほど幸せになれるンだから、恋愛は必要だよネ。
まず、前半部分から。

> その人のためにやっている何もかもが最高と感じられる状態！

そんな感じだよネ。

それに、冒頭の 45 歳の友人のように、
その人のためにやってることじゃなくても、
ナニもかもがバラ色に感じたりするネ？
そもそも、この「無選択の気づきとユーモアのセンス」は、
どの時代でも、どんな状況にあっても、軽やかに生き抜いてる人の共通点、
ということで始めました。
無選択に気づき、ユーモアのセンスを持てる人は、
ひとしの言う「気持ち弾むモード」にある人です。

> 愛しい人と、いっつもつながっているんだなぁ！

恋愛は、愛しい人とのつながりを感じ、幸せを実感するのかも知れません。
しかし、無選択に気づき、ユーモアのセンスを持てる人、
つまり、"私"を手放せる人は、以前、ひとしも言ってたように、
全てとのつながりを実感することができます。
"私"という範囲がない、つまり、"私"という壁がない。
これは、孤立を感じない、全体との一体感を知ることができます。
僕らは、恋愛という多少特別なモノに頼らなくても、
「気持ち弾むモード」でいられます。

Comment：18 ume.

後半部分。
これは、とても人間的な部分だよネ？ 恋愛のゲーム性。
ハラハラ感やスリルですネ？
達者な人は、相手が、ナニをすれば喜んでくれるか、よく知ってるネ？
カケヒキ上手。そーゆー人が、よくモテたりします。
"私"のシワザなんでしょうネ？
作用・反作用の中にあると言うか、思ったら思われたい、
"私"の都合を"非・私"に押し付けたい。
ゲームの勝ち負けに、非常に大きな関心が集中します。
自分の気持ちが伝わるのか？ 相手の気持ちも自分にあるのか？ 結果が重要。
"私"は、安定、安全を求めると同時に、
このゲーム性の中にあるスリルも求めますネ？

僕ら若い頃、あるいは今でも、危険なことに興奮しますネ？
例えば、スピードに対する興奮とか、誰でもあります。
僕らは、日常の安全性を確保すると、そういったモノを代用として
スリルを求めたりします。
しかし、実は、僕らの日常こそ、僕らの"生"こそ、危険極まりないモノです。
スッカリ鈍感になってしまった僕らの脳には、
"生"のハラハラ感、スリルを感じられなくなっているのです。

"私"がなくなり、この"生"の全体性に無選択に気づいたならば、
こんなスリリングな、エキサイティングなモノはありません！
無選択の気づきは、恋愛以上に、気持ち弾むモードそのモノです！
無選択の気づきは、"生"に恋してるってことにも似てます。

Comment：19 ひとしさん

> "私"がなくなり、この"生"の全体性に無選択に気づいたならば、
> こんなスリリングな、エキサイティングなモノはありません！

"生"に鈍感で、"生"の全体性が見えないのですね！
ここで、無選択の気づきなんですね！

> 無選択の気づきは、恋愛以上に、気持ち弾むモードそのモノです！
> 無選択の気づきは、"生"に恋してるってことにも似てます。

スサマじいパワーを感じますね！
今ある"生"を、無選択の気づきが追いかけられるか？ が鍵なんですね！

Comment：20 ume.

> 追いかけられるか？ が鍵なんですね！

ひとし、いい表現を使うネ。
うん。この瞬間、瞬間の"生"は、あまりにも素早過ぎて、
"私"には、追いつくことはできません。
"私"の眼界を見切って、

そんなモンには、サッサと見切りをつけちゃうことです。

無選択の気づきには、スサマじいエネルギーがあります。
破壊のエネルギーです。
変化というのは、何回か言ってますかネ？
多少の修正を加えた古いモノの延長に過ぎません。
過去の束であるところの"私"の一切を破壊してしまうほどのエネルギー。
そこにのみ、真の創造があります。それは、愛です。

ひとしが、"スサマじいパワー"だナンて、
エキサイティングな表現を使うモンで、
僕も多少興奮気味に先走ります。
愛は、環境とか影響とか、その他、全ての内的・外的要因から独立しています。
愛は、環境や影響に支配されてません。
よって、愛は、環境や影響を理解することができます。
理解したモノは手放せます。
環境や影響に支配され、依存状態の時、
決して、それらを理解することはできません。
ゆえに、手放せません。

愛とは、完全に自由な状態でもあります。
全ての影響や支配から自由な状態です。

恋愛にも、この"愛"の状態っぽい時はありますよネ？

Comment：21 ume.
恋愛について、少し話しました。
恋愛は、若さを保つには、かなりいいンですよね？
そんな話、聞いたことあります。
相手にどう見えてるのか？ とか、ナニかと気を遣うでしょうし、
色んな気づきをもたらせてくれるかも知れないですネ。
うん、恋愛は、いいモンです。
で、僕は、恋愛は愛ではありません、と言ってます。みにぶーのコメント、

> 恋愛は"求める"ものとも言えるかな。

ってのもありました。これナンかは、多くの人が共感できる指摘なのかな？
恋愛ではない愛について、
僕の言う"ただ愛"と区別するために、一応、"愛情"と言ってますが、
日記を更新して、また少し"愛情"についても話してみます。

無選択の気づきとユーモアのセンス－27

2010-11-05

愛情について／期待せずに信じる／愛情から依存へ？！
コメント：ひとし

② 愛情＝異性間でも同性間でも、動植物やモノとでも、
関係性の中で芽生えるモノ。
友情・家族愛などや、宗方コーチと岡ひろみの愛は、
僕のくくりでは、ここに入ります。

みにぶーのコメントに応じて、こんなふうに言ってる、② 愛情についてです。
まず、みにぶーが、便宜上、「神がかり的（？）」とか、
「神のようなものが存在するなら、その愛」とか、
「信仰的なもの」とか表現してくれてるモノについて。
相変わらずの言い草かも知れませんが、こういったモノは全て錯覚です。
神様とか信仰とか、全て、僕ら人類の創作です。
"私"の救済を求めて、"私"がすがるために創り出した、"依存の対象"です。
問題発言でしょうか？

ここで宗教に、多少、触れることをお許し下さい。
気に障った方は、スイマセン、忘れて下さい。
宗教的な人とか、宗教家とかいます。
そういった人間のカテゴライズは、僕の好みではありません。
サッカー選手には、クソったれもいれば、人格者もいます。
それと全く同じで、宗教家にも、クソったれもいれば、人格者もいます。
んで、今、僕がしてることは"宗教"です。
つまり、救済を求めて自己を知ろうと試みること。
僕の"私"が「救われたい」と言ってます。
この世に生きてる限り、あらゆる"救いようもない"状況があります。
でも、救われたい、永遠に。
宗教は、神様その他、僕らが創作した、
ナンらかの偶像を崇拝することではありません。
その崇拝は、必ず、それへの依存に行き着きます。
宗教とは、選択を伴わない"生"の全体性への鋭敏な自覚です。自己認識です。

以上、相変わらず、独善的な言い草でした。スイマセン、忘れて下さい。

んな訳で、みにぶーも、あくまでも便宜上言ってる「神の愛」
これも、やはり便宜上、僕は、
"私"と"非・私"の関係性の中で芽生える、② 愛情として、くくってしまいます。
みにぶーも言ってた、いわゆる、
何気なく使っていた「愛」ということになります。
僕の言うところの"ただ愛"ではありません。念のため。

さて、では、恋愛以外の「愛」について、
ナニか頂けたらと思いますが、いかがでしょう？
恋愛は、"求めるモノ"。愛は、"与えるモノ"。
こんな切り口は、ナニか頂き易いでしょうか？

Comment：1　ひとしさん

お疲れ様です！ 切り口からでなく、スミマセン！
宗教のことはゼンゼン分かりませんが、よく聞く、神を信じますか？ とか、
信じるものは救われる。神は近くでいつも見守っていてくれている。のように、
"私"と"非・私"の関係になってしまう、つまり、対象としている"神"には、
必ず、"依存"してしまうということでしょうか？
ume.さんの、

> 宗教とは、選択を伴わない"生"の全体性への鋭敏な自覚です。自己認識です。

これの、もうちょっと話が聞きたいです！

Comment：2　ume.

そうですか・・・。
宗教には、あまり深入りしないようにしましょう。と、クギを刺しておいて。
キチッと応えると、かなり文字数を割かなければいけません。
できる限り短く、できる限り僕の思いが間違って伝わらないよう、
努力してみます。

―26のコメント20で僕は言ってます。

> 愛は、環境とか影響とか、その他、全ての内的・外的要因から独立しています。
> 愛は、環境や影響に支配されてません。
> よって、愛は、環境や影響を理解することができます。
> 理解したモノは手放せます。
> 環境や影響に支配され、依存状態の時、
> 決して、それらを理解することはできません。
> ゆえに、手放せません。

> 愛とは、完全に自由な状態でもあります。
> 全ての影響や支配から自由な状態です。

でも、僕らみんな、自由でありたがってはいないのにお気づきですか？
いつも誰かから指針を与えられたがってます。
いつも誰かから支配されたがってます。
こうすればうまくいくンだよって保証されたがってます。いかがでしょう？
これは、それら、指針、支配、保証への依存に行き着きます。
ナニかを信じて、「そうに違いない」と思いたいンです。
信じるということは、ほとんど依存するってことです。

> 依存状態の時、決して、それらを理解することはできません。
> ゆえに、手放せません。

この部分。"私"を手放すことが、
「どの時代でも、どんな状況にあっても、軽やかに生き抜いてる」
ナンて解ったようなこと言ってますが、
フツー、手に入れたモノは、意地でも手放したくないですよネ？
ナニもなければ生活できません。社会生活を営めません。
"手放す"というのは、"精神的に"って意味です。
"依存"も全て、"精神的な依存"を指してます。
しかし、みんな手に入れたモノに執着し、
依存状態から解放されることは、ほとんどありません。

> 信じるものは救われる。神は近くでいつも見守っていてくれている。

ひとしのこの部分。こう言って、安心したいンです。
僕ら人間存在は、それほどまでに弱々しい存在ナンです。
"神"は、僕らの弱々しい心が、救済を求めて創り出したモノです。

Comment：3　ume.

後半部分。ひとしのこの質問、

>> 宗教とは、選択を伴わない"生"の全体性への鋭敏な自覚です。
>> 自己認識です。

> これの、もうちょっと話が聞きたいです！

今、してること、このブログ、この作業が宗教です。
宗教は場所を選びません。崇拝する対象も不要です。

"私"を律するという発想。より善い"私"でいようと努力すること。
これら、残念ながら不毛です。
これまで散々言ってきたように、これら全て"私"の都合です。
人間の数だけ"私"の都合があります。そんな都合良くいく訳ないンじゃ？
先走りますが、政治とか、経済とか、組織宗教とか、
そいうった"都合"で作られたモノに平和への道筋はありません。
平和へのチャンスがあるとすれば、それは、"真の宗教的精神"、これだけです。
真の宗教的精神とは、
選択を伴わない"生"の全体性への鋭敏な自覚をし、自己認識をすることで、
"私"を手放すことです。

Comment：4　ひとしさん

お疲れ様です！やはり、"私"はヤッカイなんですね！
でも、こうすればいいんだ！みたいな指針や、
保証のようなことがあると、確かに安心してますね！
何かを信じるというのは、悪くないような・・・。

> 信じるということは、ほとんど依存するってことです。

ume.さんは、信じているものはあります？　何を信じたりしているのですか？

Comment：5　ume.
> 何かを信じるというのは、悪くないような・・・。

"私"がうまくやるために、他を出し抜き"私"だけが生き残ろうという、
自分本位の考え方には、信じることは大変重要です。
世のため人のために、ナニかを信じると言った時、
よーく自分の心を覗いてみることが必要です。
本心は、"私"を守りたい。常にこれです。
ナニかを信じるということは、
その信じてることを信じない他者への非難につながります。
万人が信じることができる対象ナンテあり得ません。
信じてる対象別に争いが始まります。
ナニかを信じれば信じるほど、"私"は強化されます。
強烈な"私"のあるところに、万能の"愛"は、決して、訪れることはありません。

> ume.さんは、信じているものはあります？
> 何を信じたりしているのですか？

僕は、ナニも信じません。と言いたいところですが・・・。
その状態が、無選択の気づきであり、
選択を伴わない"生"の全体性への鋭敏な自覚であり、
感受性の最高形態＝英知です。
ナニも信じず、あるがままを、あるがままに受け入れる、
という、僕らには、ほとんどできない至高の状態です。
たまに、そんな状態があったような気がします。
でも、だいたいの時、僕の"私"が頑張っちゃってます。

信じるということは、強い信念にもつながります。
ナニかを成し遂げる時には重要ですネ。

しかし、それは、妄信と紙一重です。
自分の信念側にあると思われる事柄を無条件に信じ込む、
自分の信念に味方してくれる人を無条件に採り上げる、
といった盲目状態に陥ります。
信じ過ぎることは、また、必ず依存に行き着きます。
宗教的な色合いの濃いやり取りは、このあたりにしといて、
愛情について話してみませんか？

Comment：6　ひとしさん

そうですね！ 愛情ですね！ では、最後にひとつだけ！

> 僕は、ナニも信じません。と言いたいところですが・・・。

ume.さんは、何を信じちゃってることがあるんですか？

Comment：7　ume.

「信じる」ってのが、ナニを指してるのか？ 見てみる必要がありますネ。
「僕の期待するような結果を出してくれることを信じる」ってのがありますネ？
結果を出さなければいけない時、例えば、サッカーとか。
仲間のことを、そう信じてるネ。んで、期待した結果が出ないとムカつく訳です。
うまくやろうとしてナニかを信じるって時は、だいたい、これだろうネ？
よくあると思います。「何を？」っていう特定の対象はないけどネ。
"期待"ってのは、好きな心のありようではありません。
他者に期待するってのはネェ・・・、どうナンだろうネェ・・・。
期待されたくもないしネ。

それと、「おマエを信じるよ」ナンての。
こう言った時、結構、期待が入ってンだろうけど。
期待がなく、おマエの全人格を信じるよ、って意味合いの時。
"私"がいる限り、本来あり得ないことだけど、
I believe in you. は、最高の意志表示だろううネ。
あなたのあるがままを、あるかままに受け止めます。って、僕が好きなヤツ。
この意味において、全てを信じてます。そうしようと努力しちゃってます。

たぶん、ちゃんとできるようにはならないだろうけど。

Comment：8　ひとしさん
お疲れ様です！ 期待せずに、信頼する！ なんかクールです！！
ありがとうございました！
それでは、愛情について！

> 恋愛は、"求めるモノ"。 愛は、"与えるモノ"。

とありましたが、上記で ume. さんの、

> あなたのあるがままを、あるがままに受け止めます。って、僕が好きなヤツ。

あなたを理解して、受け止めるような、ただそれだけの感じ！
特に、あるがままっていうところ、実は"愛"ですかね？
求めたり、与えたり、に入り込んだところで、
"私"の現われた"愛"になっているのかな？

Comment：9　ume.
先を読まれた！ 話をふくらませてる時間もないので、サッサと先へ進もう。

> 期待せずに、信頼する！

いい表現だネ。

> あるがままっていうところ、実は"愛"ですかね？

その通りでしょう。さて、求める、与えるに関して。
これも、ひとしのおっしゃる通りです。
「求める、与える」これも明らかにコインの表と裏です。表裏一体です。
求めるだけ、はありませんし、与えるだけ、もありません。
与える愛というのはありません。
"愛"は、求めたり、与えたりするモノではありません。

ただ、そこにあるだけです。ただ、そこにあって、"私"の介入を拒みます。
そして、ナニひとつ欠けているモノはなく、完璧に調和していて美しい。
愛は万能です。

そして、あれやこれやと、コウルサイ思考が停止してる時、
脳が静まってる時、"私"がいなくなった時、
そんな時にだけ、"愛"は、不意に姿を現します。
そんな瞬間を誰でも経験してるハズです。
しかし、認識した瞬間に、それは"愛"ではなくなります。
並み外れて機敏な注意がある時にだけ、
その素早さに追いつき、気づくことができます。
これ以上は説明不能です。

んな訳で、"愛"ではない、愛情について話しましょう。
愛情なら、まだいくらか説明できます。
"愛"ってナンだ？を進めるには、愛ではないモノを認識し、
それらを１つひとつはぎ取っていくしかありません。

Comment：10　ume.
愛情も"愛"ではありません。恋愛が"愛"ではないのと同じです。
そして、恋愛のあらゆる瞬間に"愛"が存在してるのと同じで、
愛情のあらゆる瞬間に"愛"が存在してます。
僕らの"生"のあらゆる瞬間に"愛"が存在してます。
僕らの怠惰と鈍感が、それに気づかなくさせてるンです。

さて、恋愛気分と愛情に溢れてる日々だったら最高ですネ？
恋愛は、若さを保つには最高のようだし、
既婚者には、ナニかと支障があるので、その気分だけにして、
恋愛気分ってのはいいモンです。
配偶者に恋愛気分をいつまでも持てれば、こりゃサイコーかもです。
でも、そんな関係は滅多にないでしょう。
まあ、そうなのかな？と思えるよっなカッノルもいるンだけど、
Ｋ５３内の人ナンで、これ以上は書かずにおきましょう。

愛情は、この危なげな世界をナンとか支えてくれてます。
愛情ってのは、ホントに、いいモンです。
親子の愛情、配偶者への愛情、家族の愛情ですネ。
仲間への愛情とか、環境への愛情とか、考え方への愛情とか、
"私"と"非・私"の関係性の中で芽生える色んな愛情があります。
これら、愛情を持ってるモノとの関係で、
お互いが、決して傷つくことのない関係ってあるでしょうか？
傷つくことがあるとすれば、それは"愛"ではありません。

Comment：11　ひとしさん

お疲れ様です！　決して傷つかない関係ですか？
やはり、どちらかは、いや、どちらも傷つくように思えます！
そうなると、"私"と"非・私"の関係性にある愛情は、
"愛"ではないのでしょうか？

Comment：12　ume.

はい。愛情は、"愛"ではありません。
しかし、愛情と言われるモノの中に、"愛"は存在してます。

例えば、親子関係。人間関係の基礎にあるモノです。
親は、見返りを求めず、当たり前のこととして子を育てる。
子は、それを当たり前と思わず、心から感謝する。
こういった"瞬間"がある訳です。
この瞬間、"愛"が現われてることがあります。
しかし、こういったことの"継続"の中に"愛"はありません。
現在、親子関係と言ったらどうでしょう？
連想されるのは、危機とか崩壊とかじゃ？
愛に、危機や崩壊はありません。親子関係は、"愛"ではありません。

『"愛"は永遠で決して崩れることはない。
常に、あらゆるモノに打ち勝って、慎ましい』

いにしえの賢人の言葉ですが、暗記してしまうほど気に入ってます。

まあ、それはそれとして、また、親子関係に戻って。
原因や結果のない"愛"が現われてる瞬間が、
時間という継続の中で、どんな過程を経て、愛情になり、
そして、"愛"ではない愛情となってしまったため、いかにして腐っていくか？
簡単に、見てみましょう。

Comment：13　ひとしさん

お疲れ様です！"時間"と"私"が鍵ですね？
親子関係が腐っていく過程ってのも怖いですが、お願いします！

Comment：14　ume.

そうだネ、"時間"と"私"です。
親子関係が腐っていく過程は、今さら、新しいことはナニもありません。
これまでの繰り返しです。
そして、親子関係を例にしましたが、
"私"と"非・私"の関係は、全て同じ過程を踏みます。

瞬間、瞬間の"生"において、愛するとか、信じるとかは至高のモノでしょう。
しかし、過去や過去の延長である未来といった時間の領域では、
しばしば、最悪の状況を生み出します。

自分の子は、この上もなく愛しいですネ？
この"愛しい"という"瞬間"の気持ちは至高のモノでしょう。
しかし、"愛しい理由"はクソったれです。崩壊への第一歩です。
原因には結果がセットとして存在します。
原因と結果は、時間の領域にあるモノで、それらは、いづれ腐ります。
"愛"に、原因や結果はありません。
愛しい子に幸せになってもらいたい。誰でも思うことでしょう。
これも"幸せ"という結果が欲しい訳です。
"愛"ではない"愛情"が深ければ深いほど、期待をするようになりますネ？
期待は、もう完全に、親の"私"の押し付けです。
親は、自分の夢を子に託し、それがうまくいくよう、あらゆるサポートをします。
その結果、親のエゴを投影した子供ができ上がります。

深刻な場合、この子は、親が死ぬまで自分の人生は歩めません。
親の人生のやり直しをさせられることになります。
完全に、親が子に依存してるって状態です。
大丈夫でしょうか？心当たりはないでしょうか？
絶対にない、とは誰も言えません。多かれ少なかれ、必ずあることです。
致命傷にならないうちに、多少でも、
「"愛情"は"愛"ではない。私が子にしてることは、"愛情"なのか"愛"なのか？」
と自問するのは悪くないことだと思われますが・・・。

Comment：15　ume．

親の人生を押し付けられた子供は、たまったモンじゃないですネ？
親の人生まで背負わされてるって訳です。
しかも、これがタチが悪く、なかなか気づけないことが多い。
親から、あるいは世のシステムから、
そうするように仕向けられ、そうするのが当たり前になり、
そうすることを疑いもしません。
んで、親の、あるいは世のシステムの思惑通りに生きていくってことが、
いわゆる"幸せ"な結果に行き着くこともあります。
その"幸せ"の形は、誰が決めたンでしょう？疑う必要はありません。
それで幸せならいいンです。
ただ、その幸せには、このブログのお題である、
「どの時代でも、どんな状況にあっても、軽やかに生き抜く」、
この解放感はありません。
他人が決めた"幸せ"の形、"幸せ"の場所にガンジガラメにされ、
重々しい幸せな日々を送ることになります。
・・・ただ・・・、それでいいことも多いかも知れない・・・。

僕は、イヤです！無条件の絶対的な解放を味わいたい。
ナニモノにも制限されず、この"生"を生ききりたい。
できるモノなら、分かち合いたい。
んで、こんな訳の解らないことを進めてるって訳です。
んまあ、僕のことはいいンです。
関係が時間の中で腐っていく過程について、もう少し話しましょう。

Comment：16　ume.

んじゃあ、今度は配偶者との関係を例にしましょう。
ナンだって同じことナンですが。
恋愛をし、ある説によれば、３年で恋愛から醒め、
その間、情が深まってるので、愛情が育まれていきます。
恋は醒めても、愛情は深まりますネ？
僕らの関係は、全てこの愛情に支えられてると言って過言じゃないですネ？
で、僕らは、あまりにも不完全な"人間存在"ナンで、
この大切な愛情が、ヒドい結果に結びつくってことも多い訳です。

離婚とかは、僕の言いたい"ヒドい結果"には入りません。
入れてもいいけど、目に見える結果として、
解り易く"No"を導き出すってことは、一応のケリにはなりますから。
まあ、当事者としては、だいぶ大変みたいですけど。
それより、やはり依存です。
自分では、いいことしてると思ってて、
ヒドいことになってるって場合のほうです。
例えば、お金持ちの家に嫁いだ奥さんとか。
とっくに恋愛は醒め、愛情も感じられなくなった冷めきった夫婦が、
経済的な理由で離婚せず、一応、家庭を維持してるとします。
ナニかとヒドい問題にもつながりそうですが・・・、
この場合、奥さんは、経済的に依存するだけと割りきれてるとします。
精神的な依存状態ではありません。
これも、僕の言いたい"ヒドい結果"には入りません。
まあ、それは身の上相談の先生にでもお任せ致します。
取り上げたいのは、精神的な依存状態のみについてです。

Comment：17　ume.

愛情は、"愛着"となりますネ？私のモノ的な感覚。
配偶者のことを"私のモノ"と思ってるって感覚、どのくらいありますか？
恋愛には強く見られる感覚ですネ？
私のナニもかもが、あなたのモノよ。あなたの全てが私のモノよ、みたいな。
愛情も多少ニュアンスが違いますが同じです。

私の生活の全てがあなたにかかってるのよ。
あなたも私がいなけりゃ生活できないでしょ、みたいな。
決して、経済的にって意味だけじゃなくネ。
そして、この愛着は、"執着"になります。
もう、言葉の響きから言って、それっぽいでしょう？
執着は、必ず、依存に行き着きます。
そして、依存したモノ、されたモノ、共に滅びることとなります。

このへんは、もうあまり話さなくていいですネ？
依存は、とにかく私を守って！ という気持ちの最悪の顕現ですから、
思いきり"私"を押し付けてしまう訳です。
押し付けるほうも、押し付けられるほうも、いいことはありません。
「あなたのためにやってるのよ」ってことが、
ホントは全て、「私を守って！」ナンです。

ムリです。誰もあなたのことを守ってあげられません。
僕らが救えるのは、自分自身だけです。
自分自身を救える人だけが、目の前のたった１人を救えるかも知れません。

Comment：18　ひとしさん

お疲れ様です！ 愛情から、愛着、執着とは！
"私"のことが、とにかく離れられなくなっていしまいますね！
やはり、そんな自分自身を救えるのは、
"私"から解放されるかどうかなんですかね？

Comment：19　ume.

愛情→愛着→執着→依存
とまあ、こんな構図を示しましたが、
僕は、これを定義づけたい訳ではありませんし、語句的には、かなり曖昧です。
思い当たるところがありますよネ？って感じのモノです。

で、愛情に限らず、強く思い入れる関係は、
全て、この過程を多かれ少なかれたどります。

恋愛でも、愛情でも、信じる心でも、信仰でも、全て同じです。
この呪縛から解き放たれるには"自己認識"、自分を知ること、
これしかありません。

上のひとしの質問の中では、
"私"から解放されるかどうか、ってことナンですが・・・。
思ウンですが、そもそも、こういったやり取り自体が疑うべきモノです。
例えば、僕が訳の解らないことを言う。
それを、過去の経験や知識の中で、こういうことナンだな、と認識する。
これでは、過去の繰り返し、蒸し返し、過去の延長です。
未来が過去の延長であるのと同じ過程を踏んでしまいます。

> やはり、そんな自分自身を救えるのは、
>"私"から解放されるかどうかなんですかね？

"私"から解放されたがってるのは誰ですか？ "私"ですネ。
解放されたがってるこの主体がない状態の話なので、
"私"をなくそうと、あるいは解放されようと努力してる"私"がいては、
目的は達せられません。
目的にしてしまったら、目的達成のために、より"私"が強化されてしまいます。

こんな方法みたいなことを言うのは、ナンとも、うーん？って感じですが・・・、
"私"をただ見る。"私"をよーく観察することで、"私"を理解することで、
自然に"私"がなくなることがある。そんな感じでしょうか？

Comment : 20　ume.
もうスグ、佐野クンのライヴですネ！ 高崎の club FLEEZ。
佐野クンが地元に来てくれる時は、仲間たちと行けるので、
「ホームタウンにゲストをお迎えする」って感じがあります。
今回は、特に、小さなライヴハウスなんで、気合入れて営業？しました。
Ｋ５３から10人、仲間うち20人以上！ヒドく楽しみ！
300人くらいのキャパで、20人知り合いだから、
15人に1人は知り合い！！ウフッ！

ひとしもノドのコンディションはいいですか？

さて、僕は、佐野クンのファンクラバーです。
アーティストとファンの関係もまた、依存を解り易く示します。
まだ、佐野クンが有名じゃない頃にファンになった人は、
有名になったのでファンをやめたって話はよく聞きます。
やってる音楽のいい悪いは、あまり関係ありません。
通ぶりたい"私"を満足させられなくなるし、
私だけのモノって感覚も満足させられなくなります。
通ぶりたい。私だけのモノ。いづれも依存の症状の解り易い例です。
それらがなくなり依存の対象には不適格になったってことです。
初めから、依存したくて、対象を探してた訳です。
僕は、多少、通ぶりたいところはありますが、独占欲はないンです。
いいモノは、みんなと分かち合いたい。

Comment：21　ume.

あるいは、佐野クンのやることなら全て信じますってトーン。
恋愛の症状に似ています。
佐野クン命と言ってる自分に酔ってるって訳です。僕も以前はそうでした。
佐野クンを聴いたことがあるならば、誰でも好きになると思ってました。
ヒット曲があまりないのは知らないからだけだと思ってました。
今では、佐野クンを嫌いな人がいるってことを充分に受け入れてます。

批判精神は重要です。非難する必要はないけど。
佐野クンにとって、ナンでもＯＫのファンは悩みのタネです。
佐野クンだって、できの悪い音楽を作っちゃう時があります。
そんな時、批判の声は大切です。
「テキトーなモノ作っといても、僕の信者たちが買ってくれる」
という甘えは、クリエイターには致命傷です。
この状態は、ツマらないモノをまた作ることにつながり、
佐野クンも才能を磨けなくなり失速していきます。
それに、冷静に見れば、どう見たってできの悪い曲を、
佐野クンの曲ってだけで、いいと信じ込んで聴いてるファンも、

いいモノを聴き分ける耳を失っていきます。
「依存は、したモノ、されたモノ、共に滅びる」、このもっとも解り易い例ですネ？

そういう状態にある人に、「今回の佐野クンの新曲、イマイチだネ」
とか言っちゃうと、そこで関係が終わったりもします。おかしいですよネ？
佐野クンが大好きだって気持ちは一緒なのに。

今、大河ドラマでやってる幕末の話もこれに似てます。
攘夷派と佐幕派の殺し合い。
どちらも「日本を守りたい」って気持ちは同じです。
立場の違いだけ、信じてるモノの違いだけで、
人は対立し、争い、殺し合うことさえあるって訳です。
これら全部"私"の為せるワザです。
"私"は、ナニかに依存しないではいられません。
そして、依存は、こういった過程を踏み、対立を生み出します。

"愛"は、これら一切の過程に毒されていません。"愛"は万能です。

Comment：22　ひとしさん

お疲れ様です！ ２８日の佐野元春ライヴ！
ume.さんに編集して頂いたＣＤを聴きまくっております！
聴いていると、もうライヴハウスにいるかのよう！
心弾むモード突入！って状態！

> 佐野クンが大好きだって気持ちは一緒！

コレは決め手ですね！ ひとまず"私"は置いといて！

Comment：23　ume.

そう！ ひとまず"私"は置いといて！
完全に"私"の音楽である Rock'n Roll には、"私"を手放してる瞬間がある！

無選択の気づきとユーモアのセンス-28   2010・11・17

習慣について／真に緊急なこと？／みにぶーの質問
コメント：カツ丼、ひとし、みにぶー

とうとう、Ｋ５３部外者ひとしとの対談になってしまいました。
見直してみたら、２度めだったネ、
日記のコメントが、ひとしと ume. だけだったの。
まともな脳には、ますます受け入れ難い話になってきてるのかな？
２万人に１人の変わり者ぶりを発揮しちゃってるのかな？
と思うと、ゾッとするし、独り善がりは、かなり悲しい。
あと、ひと踏ん張りで、言いたいことも言い終わる。
気を取り直して、先に進めるぞ！

息抜きに・・・。
Ｋ５３のコミュが立ち上がった頃、僕は、心身ともに絶好調でした。
んで、今年の１月末に、これ始めました。
僕の生活と言えば、サッカー中心。
サッカーその他、好きなことやってる合間に仕事してるって感じ？
んで、５月のリーグ開幕前に、突然、身体が動かなくなりました。
長く続いた絶好調期が終わり、スランプに！
このまま身体が動かなくなるのかな？
これが年齢ってヤツなのかな？って感じでした。
まあ、先月あたりから、また、絶好調ナンですけどネ。
４月～９月、およそ半年、スランプでした。
その間、色んな対処をしました。ナニが効果があったのか？
よく解らないけど、また、絶好調！

僕のいいところ？ いいと思ったことは、毎日、続けるってことです。
やれば、いいって判ってるのに、やらないってことは、ほとんどありません。
ほんの些細なことばかりですが・・・。

Comment：１　カツ丼さん

がんばれ！キング ume.！

Comment：2　ひとしさん
身体の仕組みはあまり分かりませんが、体調を崩したりすると、気持ちも沈み、
ズンと重たい心身になってしまいますね！ やっぱ、健康サイコー！
ume.さんは、身体のことに関して、万全な準備や、アフターケアが念入りで、
健康についても、日頃から大事になる前段階での管理をしてますよね！

> 僕のいいところ？ いいと思ったことは、毎日、続けるってことです。

特に、身体のことで続けていることが多いような！

Comment：3　ume.
カツ丼ちゃん！ この時期、ここに来て、この書き込みは嬉し過ぎる！
ヒドく励みになります！ ありがとおっ！
また、言いたい放題、最後まで頑張っちゃいます！
11月中に終わらせるぞ！ ムリか・・・、年内に仕上げるぞ！

Comment：4　ume.
ひとし、明日にしよう。もう寝る。

Comment：5　ume.
フィジカルのケア、メンタルのケア、分けて考えると・・・。
以前、こんな感じのことを書きました。
"場"としての"私"、つまり、この身体。
精巧で効率良く作られた燃費バツグンの乗り物。作者＝？
"観念"としての"私"、つまり、このヤッカイな思考の束。
莫大なエネルギー浪費が得意の燃費の悪い不良品。作者＝私。

フィジカルのケアは、ちゃんとすれば、
この精巧な乗り物は、しっかり応えてくれます。
一方、メンタルのケアというのはありません。
そんなモノは、やればやるほど"私"が強化され、
それは、当然、依存に行き着きます。
メンタルのケアってのがあるとすれば、それは、"手放すこと"。

これしかありません。

Comment : 6 ume.
日頃からの健康管理、身体のことで続けてること。ナンか、イヤな響きだネ？
健康オタク的な、健康管理してる自分に依存してる、
まあ、あまり健康的ではない、よくあるお話みたいで。
僕は、ナニかを日課にして、"やらなければならないこと"、
として、やり続けてることはナニもありません。

Comment : 7 ひとしさん
ん？ 矛盾してませんか？ 続けると言ったり、続けてないと言ったり。
瞬間、瞬間に"生"があり、継続するものは全て腐る。
とも、いつも言ってますよね。
この違い、何となく解りますが、そこんとこ、もう少し説明お願いします。

Comment : 8 ume.
素晴らしい突っ込みですな！ やってることが、一見、同じように見えても、
その内容に天と地ほどの隔たりがあるってことについて、お話ができます。
気づいてるか、気づいてないかの違いです。

成功への公式みたいなの。
成功への思いを持つ→思いは行動を起こす→
行動は習慣を作る→習慣が成功につながる
こんなのがあります。
僕らが、日々受け取ってる結果は、この習慣の産物であると。
いい習慣が形成されれば、いい結果がもたらされると。
全く持って、ごもっともなお話でございます。

僕らの"生"を、いい習慣でいっぱいにできたらいいですネ？
いい習慣をひとつずつ取り入れていく。
そして、悪い習慣をひとつずつ排除していく。
これができれば、僕らの"生"は充実に向かってると言っていいでしょう。

Comment：9　ume.

父の他界後、僕は、「習慣は怠惰の始まり」とか、「夢や希望は、地獄」
などと言い出し、ひとしを混乱に陥れましたネ？
全ての絶対的な肯定である"無選択の気づき"のために、
一見、肯定的な"いい習慣"や"夢や希望"を否定しました。
習慣については、これまで触れてきてません。
夢や希望については触れてますが、おさらいをしときます。
僕には、夢も希望もありますよ。でも、それらに依存はしてません。

夢や希望を持つから、それに到達できない落胆を知る訳です。
特に、スポーツの世界では、このことが解り易く現れます。
スポーツ選手は、皆No.1を夢見て頑張ります。
No.1を夢見ないスポーツ選手に魅力はありません。
しかし、No.1は1人だけです。色んなドラマが起こりますネ？
一方、一般社会は、それほどドラマチックじゃありません。
問題なのは、「夢や希望を持たなきゃ、やってらんない現実」です。
なぜ、夢や希望が必要ナンですか？
現実が、退屈で、ツバを吐きかけたくなるような、
やってらンないクソったれだからですネ？
今、この瞬間の"無選択の気づき"は、愛と共にあります。
感謝・感動に溢れてます。"生"のあらゆる躍動と共にあります。
夢とか希望とか、未来のことにウツツを抜かしてるヒマはなくなります。
また、夢や希望は、このクソったれの現実からの逃避の場になります。
完全に、夢や希望に依存してる状態。クールじゃないですネ？
とまあ、こんな言い草でした。
多少は、ふーん、くらいに受け止めてもらえるでしょうか？
それとも、全く、受け入れ難いでしょうか？

Comment：10　ume.

朝、起きて、顔を洗います。これは習慣ですネ？
この「朝、顔を洗う」のと同じように、いい習慣を続けられれば、
そのいい習慣の産物として、いい結果がもたらされる。間違いはないでしょう。

もう、散々言ってきたことですが、結果は"私"の都合で求めるモノです。
結果の前提にある、夢、希望、目標なども、"私"の都合です。
"私"のモノサシあってのモノです。
原因と結果は、全て"私"に起因してます。
つまり、あなたにとっての良い結果は、
みんなにとっての良い結果となれる可能性は、ほとんどないということです。
"生"の色んな局面で、この原因と結果の堂々巡りを繰り返すのが、
僕らの日常、僕らの人生です。
ほぼ、この堂々巡りの繰り返しから逃れることはできません。
ワザと、"堂々巡り"と"繰り返し"を並べましたが、
僕らの人生は、この言葉通り、かなりクドクドしてます。

では、大局的に見て、人生の結果とはナンでしょう？
そんなこと考えるのバカらしくないですか？
それこそ、僕らが考えることではなく、
死んだ時に判明する、ただの結果じゃないですか？

さて、結果を求めてナニかをするという、
僕らがスッカリ慣れ親しんできたパラダイムから離れましょう。
ナニをするにも、結果はどうでもいいとします。
その時、習慣には、どんな作用があるでしょう？
朝、起きて、ボーッとしてても習慣で顔を洗います。
顔を洗ってる間、僕の"生"にナニが起こってるかナンて、気づきもしません。
習慣は、無選択の気づきの対極にあるモノです。
無選択の気づきがあったとすれば、
朝、起きたことに、そして、顔を洗うことに、完全な幸福を見出スンです。
こんな話のほうが、バカらしいですか？

Comment：11　ひとしさん
> 習慣は怠惰の始まり・・・

コレは本当、混乱しておりました！
習慣にすることで、日々、鈍感になってゆく。が理解しがたい感じでしたね！

それも、"無選択の気づき"が現われてからですよね！
"無選択の気づき"が、とてもスゴそうなのは感じますが
鈍感である僕らの状態からは、気づきはしない訳ですよね？

Comment：12　ume.

色んなことが習慣になって、惰性でやってることが多ければ、
それは怠惰と鈍感をますます助長し、無選択の気づきは訪れません。
仮に、毎日やってることがあったとしたら、決して、惰性でやってはいけません。
毎日毎日、顔を洗うことに覚醒していなければなりません。
自分のやってることに鋭敏な自覚が必要です。
並み外れて機敏な注意が必要です。
そこから、自己認識、自己の理解へと進むことができます。

僕らがナニかを知ってるなどと言う時、
本当に知らなければならないのは、"私"です。
無知というのは"私"を知らないことのみを指します。
"私"を理解すれば、"私"に固執する必要はなくなります。
その時、"私"を手放すことができ、無選択の気づきが訪れます。

Comment：13　ume.

僕が毎日やってる簡単なトレーニングとか、健康管理について。
昨夜、飲み会があったので、ナニもしませんでした。
飲み会がなくても、体調が悪かったり、気が乗らなければやりません。
んで、やらなかったことにナンの罪悪感もありません。
また、今日、やればいいンですから。
やらなければならないこと、決めたことをやらなかった罪悪感は、
溜まっていくと、大きなストレスになってしまいますネ？

ほぼ、ゲンを担ぐみたいな感じで、
次の試合に勝つためには、1日も欠かさず決めたトレーニングやるぞ！
ってのは、よくある話ですネ？
"やらなければならないこと"ナンてのは、はば、これです。
ゲン担ぎ、つまり気分的なモノですネ？

決めたことをやらずに負けたら後悔するンでやっておく。
やったのに負けたンなら仕方ない。
スポーツなら、罪のない考え方です。
この考え方は、一般社会で、どれほど有効でしょう？
前にも言いましたけど、仕事は男の言い訳になる場合が多いですネ？
仕事ナンでぇ、とその他の色んなことを放棄する。
"やらなければならないこと"は、言い逃れになったり、
そしてまた当然、依存になったりします。
仕事してンだからいいンだ、仕事がオレの全てナンだ、みたいな。

やるべき時にやる。これは、なかなか難しいですネ？
そう簡単には、こうはできないンで、
ふだんからやれるよう習慣づけとく訳です。
なぜ、やるべき時にできないンでしょう？
それは、本当に必要だとは思ってないからです。
だいぶ必要ナンだけど、まあ、やらなくても死ぬ訳じゃない、
程度の緊急性しか感じてないってことです。
本当に必要なことだと、完全に自覚できていれば、
それは、必ず、必要なその瞬間にやることになります。

Comment : 14　ume.

今この瞬間の"生"は、次の瞬間には、もうないかも知れない。
"生"と"死"は、隣り合わせ。表裏一体。
この自覚があれば、本当に必要なことは真に緊急です。
真に緊急ならば、本当に必要なその瞬間にやることになります。
断崖絶壁から落ちそうになったら、サッと身をひるがえし、
落ちないように体勢を整えます。
真に緊急です。
とりあえず落ちてみて、死にそうな感じがしたら、
崖にしがみつこうとは考えませんネ？
僕らの"生"は、いつも断崖絶壁のキワを歩いてるようなモノです。
それに気づけるかどうかです。

僕が、だいたい毎日やってるいくつかのことは、
毎日やると決めて、昨日の続きでやってるンじゃありません。
必要なことを必要なその瞬間にやってるだけです。
それが、たまたま、"毎日"ナンです。
でもまあ、惰性でやったり、後回しにしたり、よくあるンですけどネェ・・・。
違いが伝わればと思って．．．。
ちゃんと、そうしてる人が、"目覚めた人"ってことです。
無選択に気づいてる人です。

Comment：15　ひとしさん

お疲れ様です！ 習慣になってしまっている、毎日の必要なことも、

> 僕らの"生"は、いつも断崖絶壁のキワを歩いてるようなモノです。
> それに気づけるかどうかです。

このくらいの鋭敏さを持って、ただやるわけですね！
とてもスゴいことですが、この感覚は、ずっとは難しいですよね？
イヤ、こんなふうに思考している間は訪れないですよね？

Comment：16　ume.

はい。そんなふうな質問が出るようでは、
無選択の気づきは、ますます遠ざかります。
① "ずっと"とは、いつからいつまでのこと？
② ずっと、そうできたとしたら、それにナニを求めてるの？

Comment：17　ひとしさん

ヤベ！
① 時間の領域の質問をしてしまいました。
② そうですね。そうすることで、何かのいい結果を期待してますね。

Comment：18　ume.

僕は、どこにもない、僕らの脳の中にしかない、
過去や未来について話してません。

今この瞬間どうなのか？ってことです。
過去や未来という時間の領域にあるものは、全て腐ります。
コメント15のひとしの質問は、全く持って、ナッテませんネ？
明らかに、それを習慣的にできるようになれば、
ナニかしら、いい結果が待ってるのか？ という質問です。
既知のモノ＝過去の経験や知識という、クソったれなほど偏狭な範囲の中で、
ああ、こうすれば、こんな結果が出るンだな、
などと納得するためのハウツー本みたいな話はしてません。

今この瞬間、一瞬でも、その実感があるかどうか？ だけです。
それが一瞬でもあれば、ナニかが、イヤ、全てが変わります。
新しい視界が開けます。

Comment：19　ひとしさん

イヤー！ ついつい、"私"出しちゃいました！

> 今、この瞬間、一瞬でも、その実感があるかどうか？

だけですね！

Comment：20　ume.

"私"ってヤツは、過去の反応である思考の束です。
便宜上、
思考＝過去の反応
私＝思考の束
ナンテ、話は以前しました。
そもそも、"私"は、過去や未来といった時間の領域にあるモノです。
"私"には、瞬間の"生"を捉えることはできないと言っていいでしょう。
これが"生"だと認識し説明することはできないということです。
瞬間の"生"は、それほどまでに素早く、思考はうすのろだってことです。
しかし、僕らは間違いなく、この瞬間、瞬間に生きてます。
過去や未来は、どこにも存在しないンですから。
ところが、"私"としては、それ以外に方法がなく、

"私"の存在を時間の中で捉えます。
"私"には、過去や未来がある訳です。
イヤ、思考の束である"私"には、過去や未来しかありません。
今この瞬間を思考はできません。思考するのは全て過去や未来のことです。
恋愛や愛情は、観念の中で充分に捉えられます。
過去や未来といった思考遊びの中で充分に捉えられます。
愛は、観念ではありません。愛は、思考の中には存在しません。
愛は、思考では捉えられません。

とまあ、こんなことを言いきっちゃいましたが、
このブログを進めながら、僕の考えをまとめてる訳ですネ。
あとで読み直してみたらどうナンだろ？
僕の頭の中のモヤモヤしてるモノは正確に言葉に定着してるのかな？
ナンて、かなりヒヤヒヤです。
結末に近づき、話も結論めいたモノで締めなきゃだし・・・。
やあ、あれは間違いだったよ、ということもあると思います。
ああ、これは勘違いだった、で終わってしまうかも知れません。
その時は、ご愛嬌ってことで。

Comment：21　ひとしさん

お疲れ様です！そうでした！"愛"についてでしたね！

> 愛は、観念ではありません。愛は、思考の中には存在しません。
> 愛は、思考では捉えられません。

これは、"生"と同じ感じですよね！
"私"を手放した瞬間の、"生"への無選択の気づきによって、
そこに"愛"が垣間見えるということですか？
"愛"は、まさに全て！という感じでしょうか？

Comment：22　ume．

> "私"を手放した瞬間の、"生"への無選択の気づきによって
> そこに"愛"が垣間見えるということですか？

まるで、詩人のような描写だネ！ 素晴らしい！ そういう感じだと思います。
愛は、万物に作用してるンじゃないでしょうか？
僕ら1人ひとりを、
真に実在するあらゆる全てを覆い尽くしてるンじゃないでしょうか？
ただ、それは、全体を大きく覆っているというのではなく、
そう、愛には、大きさはありません。体積はありません。
ただ、僕らに寄り添って、そっとそこにあるって感じでしょうか？
"私"という不良品を通してでは真実在をありのままに見られないように、
"私"がいては、寄り添ってる愛に気づけません。
クダらない"私"を維持するのに疲れ果て、エネルギーを使いきり、
スッカリ鈍感になってしまってるのです。
"私"を手放し、身も心も軽やかになってる時、
"愛"が寄り添ってるのに気づけるンです。

"愛"は"私"と正反対の性質ナンだと思うンです。
"私"という中心があると、ベクトル＝方向性や強弱が生まれます。
例えば、関心や興味、注意の方向や強弱と言えば解り易いでしょうか？
そして、中心があるということは範囲があります。
範囲を区切る境界線は、内と外を分け隔てる壁となります。
やがて、その壁のこちらとあちらの対立が始まります。
これが、"私"の性質、"私"のたどるお決まりのパターンです。

愛には中心がありません。方向性も強弱もありません。
範囲も、大きさ＝面積や体積もありません。
よって、対立するモノを作り出すことがありません。
愛は、ただ、そこにあって、万物を祝福しているンです。
僕らは、誰でも、愛に祝福された存在です。

> "愛"は、まさに全て！ という感じでしょうか？

これは、ナンか俗っぽくて、あんまり良くないかな？
愛が全てさ！ とか言うと、愛の謙虚さが感じられなくなるネ？
ナンか、大きさも感じちゃうし。

Comment：23　みにぶーさん

どうもです。色々と余裕がなくて、
このところ、ジックリ見ている時間がありませんでした。
前から持っていた、疑問・質問があります。
近々？時間のある時にコメントしますね。とりあえず、コメント予告です。

Comment：24　みにぶーさん

早速、ひとつめの疑問です。少し、さかのぼった話で、
「余分な"私"を全てはぎ取っていけば、最後に"ただ愛"がある」
というような話がありました。
俺は「なるほど！」と思い、「そうならいいな！」と思いました。
その考え方？捉え方？に気づかせてもらっただけで、
俺にとっては十二分な価値？意味？がありました。
（うめさんが どういう結論づけをするかに関わらず）
俺にとっては、この一連の話で得た最重要な話だろうと思ってます。
ただ、「本当に、そうなんだろうか？」というのが疑問です。
"疑っている"という感じではなく、
そうかも知れないし、そうでない気もするし・・・という感じ。
明確な答えもないのかな・・・とも思っていて、
各人が、どう思うか、というだけなのかも知れない、とも思ってます。
そうだとすれば、俺は、
「余分な"私"を全てはぎ取っていけば、最後に"ただ愛"があるかも知れないよ」
というだけでも、十分な結論？です。（もう少し続けます）

Comment：25　みにぶーさん

俺は（うめさんも？）ろくでなしだけど、根は悪人ではない気がしてます。
だから、もし、すさんだ生い立ちや、劣悪な環境で育ち、
無法者の極悪人になっていたとして・・・
それでも、何かの拍子に「何をやってるんだろう・・・？」と何かに気づいたり、
時に、何の意図もない涙を流すようなこともあると思うんだよね。
つまり（自分で言うのは変なんだけど）うめさんが、
「俺もみにぶーも、余分なものを取り払えば"ただただ愛"になるんだよ！」
と言ったなら、納得するんだ。

でも、色んな人がいるよね・・・
根っから？ 意地悪そうな人、乱暴な気質の者、
平和だと退屈そうな攻撃的な人・・・
小さな子供を見ていると（動物とかもそうかと思うけど）
同じような環境でも、性格は随分違って、
"先天的なもの"というのがある気がする。
その"先天的なもの"は人によって随分違う気がする・・・
本当に、全員の根本に"ただ愛"があるのかな・・・

Comment：26　みにぷーさん

少し時間があったので、一気にもうひとつの質問もいっちゃいます。
これは、この一連の話が始まった当初から聞きたかったことです。
話が終われば解ること、と言わずにいたのですが、
先走って（忘れないうちに）質問しておきます。

うめさんが、一連の話で言わんとすることは、
経済が成長？し、裕福？になり、
文化も発展？した"日本のような国"の人に、
警鐘を鳴らしたいようなことだと思うんだけど、
それは、どんな国・地域の人にも、当てはめられることかな？
（これまでの話の中で、答えを言っていたならゴメン。
全てジックリは読めてなかったので。
また、「日本のような国でだけの話なら、あまり意味がない」
という意味ではありません。ただ、どっちなのかなというだけの質問です）
泥水みたいなのを飲むしかない国。
子供も毎日、ただ食料の確保だけを考えているような、
他人の物を奪ってでしか生き延びられない人々・・・
それらは、ちょっと特殊なケースかな？（話がズレそうなら、軽く流して下さい）

Comment：27　ume.

みにぷー、ようこそ。更新して進めるネ。

無選択の気づきとユーモアのセンス－29　　2010-11-23

悲しい人がいるだけ？／性格？／愛と共に／完璧な調和
コメント：ひとし、peach

　　この－29 は、－28 の終わりのみにぶーの質問に費やしましょう。
　　『"私" を手放した時、そこには "愛" がある』
　　『余分なモノを1つひとつはぎ取っていけば、最後に "愛" が残る』
　　これは、譲れません。人間存在の根本です。イヤ、あらゆる存在の根本です。
　　ただ、無選択の気づきが訪れ、"私" を手放し、愛に到ることができるかどうか？
　　これは、かなり疑わしいと思われます。

　　あるルールの導きに従って、"私" を徹底的に満足させること。
　　まあ、"私" とは、永遠に満足しないモノですが・・・。
　　"私" を手放し、無条件の絶対的な解放を知ること。
　　このどちらが現実的か？　という問題があると思います。

　　イエス、モーゼ、ブッダ、そして、日本ではあまり知られてない、
　　ジドゥ・クリシュナムルティ。
　　クリシュナムルティについては、－4 のコメント 11 で少し書きました。
　　彼ら "目覚めた人" は皆、同じモノを観てました。"愛" と共にあった人たちです。
　　組織宗教となり、信仰の違いによる対立を生み出したのは、
　　のちの目覚めてない伝承者たちです。
　　その対立を見越して、組織宗教にしなかったところが、
　　クリシュナムルティの偉大なところナンですが・・・。

　　彼らと同じ境地にいる人は、ほとんどいません。
　　何百年に1人いるかいないかの話です。
　　一方、いわゆる経済的な成功を遂げてる人は、結構、たくさんいます。
　　"私" を強烈に押し通し、資本主義その他、色んなルールの中で、
　　いわゆる成功をするほうが、よっぽど確率が高いということです。
　　確率を言ってしまえば、こうなります。
　　しかし、例えば、資本主義のルールで言えば、限られた資本の取り合いですから、
　　成功するのは、絶対に一握りのパーセンテージとなります。

勝者は、称賛され、豊かさを享受し、比較をすることで優越感を味わいます。
敗者は、貶められ、惨めな思いをし、比較をすることで劣等感を味わいます。
必ず、一握りしか成功しないルールの中では、
この優越感と劣等感がモノサシとなります。
一方、ルールのない幸せ、"無選択の気づき"、この絶対的な解放感は、
一切の争いなく、奪い合いなく、誰でも知ることができます。

僕は、ほとんど結果に無頓着です。
誰かの上に立ちたいとか、誰かを従わせたいとか、
誰かを出し抜いて成功したいとか、ゼンゼン思いません。
ナニかのルールに従うのも苦手みたいだし、
誰かに従うのも、ゴメンこうむりたい。
どうやら、かなり大変なことのようだけど、
僕の好みで言ったら、ルールの中での成功より、
ルールのない絶対的な解放感ナンです。
ひょっとすると、みんなでそうなれるかも知れない。僕は、こっちに興奮します。

Comment : 1 ume.

> 『余分なモノを1つひとつはぎ取っていけば、最後に"愛"が残る』
> これは、譲れません。

と言っただけでは話にならないンで、なぜ、そう思うか？
を、みにぶーの質問を見ながら、進めていきます。

> 俺は（うめさんも？）ろくでなしだけど、根は悪人ではない気がしてます。

"ろくでなし"って、いい響きだネ。
僕は、完全にろくでなしだけど、だからかな？ ろくでなしが好きです。
ジュリーの「憎みきれないろくでなし」が好きだからかも知れないけど。

根は悪人か善人か？ まあ、性悪説か性善説か？ に似てるネ？
もう、こういったことの僕の答えは完全にお決まりです。
みんな、善いところもあるし、悪いところもある。

そして、物事の善悪は、完全に"私"のモノサシで計ってるモノ。
ここで、僕の"私"のモノサシのご披露をする訳です。
みにぶーは言ってます。

> 根っから？ 意地悪そうな人、乱暴な気質の者、
> 平和だと退屈そうな攻撃的な人・・・

この、根っから？ というところ。
もう死んでしまった写真家のお話。名前は忘れました。
この話も、以前ちょっとだけ書きました。
その人は、生涯、新宿の裏通りの住人を撮り続けました。
まあ、社会からドロップアウトして、裏の人生を歩んだ人たちです。
結構、壮絶な絵も多かったかな。
その人の言葉です。
「世の中に悪い人というのはいない。いるのは、悲しい人だ」
これは、見切ってる！ と思いました。100パーセント同感でした。
根っからの意地悪、根っからの乱暴者、根っから攻撃的な人・・・
これは、根っからのお人好し、根っから穏やかな人、根っから平和な人・・・
といったくくりと同じ、ちょっとした形容に過ぎないと思う訳です。
根にあるのは、悲しい人か、悲しくない人か？ これだけ。
つまり、愛を知ってるか知らないか。これだけです。
これが、僕の"私"のモノサシです。

Comment：2　ume.

新宿の裏通りで、極悪非道の人生を歩む人も、
やはり、愛を求めて、自分を認めてくれるナニがが欲しくて、
自分の重要性を確認したくて、寂しくて、悲しくて・・・、
その気持ちをうまく表現できなくて・・・、
全く子供じみたやり方で自分の存在を主張するンです。
非道の限りを尽くしたり、犯罪に手を染めたりするンです。
動機は、僕らと、ナンら変わりはない。多少、表現の仕方が違っただけです。
んで、みにぶーと僕の共通意見だった、「小さな頃、充分に愛されたかどうか？」
が、表現の仕方に表れてくるってことはあると思います。

やはり、裏通りを歩く人の共通点は、「愛されてない」、これにあると思います。
ここで、僕は極度の楽観主義ぶりを見せてしまうんです。
ドラマの観過ぎかも知れません。イヤ、実際、ドラマは観ませんが・・・。
裏通りの人生を歩く人の中にも、必ず、気づいてる人がいる。
僕らが、偏見を持って、違う人種に見えるような人たち、
無法者の極悪人と思えるような人たちは、
一般人には敵意むき出しってことが、よくあります。
しかし、ヤツら、仲間どうしでは、ヤケに優しかったり、
思いやりがあったりするンです。
"私"の壁のこっち側にいる人は味方、向こう側にいる人は敵。
この区別が異常に強く、壁の外側、つまり社会に適合してる側は完全に敵で、
一般社会に対する不信感が深層心理に根強く巣くってます。
その原因は、「小さな頃、充分に愛されなかった」、
にある場合は、非常に多いと思います。
連中は、自分を管理しようとするモノ、権威に対して、
異常なほどの強い嫌悪感を持ってます。
それは、小さな頃の親への感情ですネ？
愛されたかったのに、ちっとも愛をくれなかった。
おマエなんて絶対に信じてやンねぇぞ！と。
悲しい話ですが・・・、まあ、甘えテンですネ。
彼らは、子供じみた甘えん坊で、決して、
根っからの悪人ナンていないと思うンです。

Comment：3　ume.

> 小さな子供を見ていると（動物とかもそうかと思うけど）
> 同じような環境でも、性格は随分違って、
> "先天的なもの"というのがある気がする。
> その"先天的なもの"は人によって随分違う気がする・・・

先天的なモノは、どうナンだろうネ？ あるのかも知れないネ。
"場"としての"私"、つまり、この身体。
"観念"としての"私"、つまり、このヤッカイな思考の束。
これでいくと、前者、この身体は、

親からの遺伝情報に従ってできてンだろうから、
先天的な違いを持って生まれてくるよね。
後者が、性格に先天的なモノがあるかどうか？でいいかな？
環境で性格が形成されてくる以前の性格の違いがあるかどうか？

脳には、なのかな？遺伝子には、なのかな？
太古の記憶が全て記録されてるナンて話、聞いたことがあります。
進化の過程が全て記録されてると。
しかし、それは人類共通の記憶ナンで、個人差はないでしょう。
あるとすれば、生まれる前から、
人類共通の記憶の、ある特定な部分にナニかしら反応して、
すでに性格が形成されてる？ナニに反応するかに個人差がある？とか？
解らないですネ。先天的な性格の違いってのは、あるかも知れません。

ただ、この性格ってヤツこそ、"観念"としての"私"のモノです。
"私"は、錯覚だというのが、僕の初めからの言い草です。
つまり？性格ってのも錯覚ナンです。
観念の私が、私の性格はこうだと思い込んでます。
また、他人が見ても、アイツの性格はこうだと思い込むのは、
その人のモノサシで計った結果の錯覚です。
"私"を手放し、ありのままをありのままに見ることができるかどうか？
"私"の偏見や先入観なしに、"私"のモノサシなしに、
真の実在を見ることができるかどうか？
これが、この試みのテーマです。
"性格"は、真実在ではありません。

Comment：4　ume.

性格は、"私"同様、錯覚だなどと言ってしまいました。
先天的な錯覚か？後天的な錯覚か？ということは、
錯覚を全て取り払ったところに"愛"があるかどうか？
という探索には、全く、無関係ナンです。
いかがでしょうか？

Comment：5　ume．

筆が止まりません。今まさに、佳境のようです。
無選択の気づき。"私"を手放す。ありのままをありのままに、ただ見る。
これら、みな同じことです。
過去や未来といった、どこにもないモノに捉われず、
実在してる、今この瞬間の"生"を見ること。
既知のモノで固められた"私"の色メガネを通してではなく、
真に実在するモノを、真実在のありのままに見ること。
"私"を手放せた時、それが可能になります。
僕らの脳が完全に静まった時、脳の思考機能が停止してる時、
見えてるモノが、真に実在するモノ、真実在です。
瞬間、瞬間に過ぎ去っていく"生"を見る瞬間です。

・・・・・・・・・・・・、
・・・やはり、うまく説明できません・・・。
この爆発的な感じ・・・。
あらゆるモノが活き活きと躍動してる感じ・・・。
・・・ムリですネ。
瞬間の"生"を文字に置き換えようってのが、そもそもムリな話でした。

みにぶー、ムリみたい。やっぱり説明がつかない。
この感じを解ってくれ！って感じです。
瞬間、瞬間の"生"は、まさに、"愛"と共にある！ 真実在は、愛と共にある！
"私"を手放した時、出会うモノが、真実在であり、愛である。
真実在は、愛と共にある！

"私"は、愛に出会えませんが、
"私"を手放した、真に実在してる僕は、愛と共にある！

ナンで、そう言える？ そういう実感があるからです！
あるかも知れないじゃなく、あるンです！
ホラ、ここに！

ダメだ・・・・・・・・・・・・！！！

Comment：6　ひとしさん
ume.さん！ 実感ですね！ 文章がモーレツ過ぎて！
飛び火しちゃいますから！ 素敵過ぎますから！
著者としてお願いします！

Comment：7　ume.
ホッ、って感じだよ。んでも、

> 著者としてお願いします！

って、ナニ？

Comment：8　ひとしさん
本になったらいいなぁ、を込めて書いたんですが、特に意味はありません！

Comment：9　ume.
そうか、では、少し冷静になって・・・。
以前、「人間って何？」というみにぶーの問いかけに、
僕は、「地球のガン細胞」と応えました。
"私"は、嫉妬に支配されてます。
比較をし、他をうらやましがり、もっと、もっと！ と
際限のない欲望の拡大を演じます。
他ならぬ"私"が、この醜い世の中を作り出しました。
では、"私"のいない世界に目を向けてみましょう。
そこには"愛"が隅々まで満ち満ちてると思わずにはいられない、
ナニひとつ欠けているモノはなく、完璧に調和していて美しい世界があります。

地球の自転と公転の速度を見てみましょう。

・自転
地球の半径を、約 6,400 ｋｍとします。

円周＝直径×円周率
6,400ｋm×2×3.14＝約40,192ｋm
24時間で1周しますから、
40,192ｋm÷24時間＝約1,675ｋm/h

地球の自転は、時速約1,675キロです。

・公転
地球と太陽の距離は、約1億5千万ｋmです。
地球の公転軌道は、
　1億5千万ｋm×2×3.14＝約9億4,200万ｋm
365日×24時間＝8,760時間で1周します。
9億4,200万ｋm÷8,760時間＝約107,534ｋm/h

地球の公転は、時速10万キロ以上です。

Comment：10　ume.

自転、時速約1,675キロ。
公転、時速10万キロ以上。

いづれも想像もつかないスピードです。
このスピードで、もう45億年くらいでしたっけ？
グルンぐるん周り続けてるンです。
地球と太陽の間に、ぶっといワイヤーがあって、
それをブルンぶるん振り回してる訳じゃないンです。浮いてるンです。
それで、ちょっとした傾きが正確に保たれ、四季が廻ります。
その傾きも、このスピードの中で、45億年も保たれてます。
僕ら、いい場所に生きてます。
この絶妙な均衡が保たれることによって、
日本の美しい四季が演出されるンです。

このことだけで、僕は充分にお手上げです。奇跡と言うしかないですよネ？
どうナンでしょう？

皆さんは、このことを驚異的な奇跡とは思われないですか？
宇宙の奇跡、生命の奇跡、進化の奇跡、僕らの誕生だって奇跡の積み重ねです。
僕の存在は、何億もの精子の死の上にあります。
こいうった一切が、僕には驚異的に思えンです。
僕らの"生"は、この驚異的な奇跡の積み重ねの上に、
危なっかしく、そっと乗っかってるンです。
僕らの"生"は、断崖絶壁のキワを歩くのナンかよりゼンゼン不安定で、
今この瞬間、ナニが起こったって不思議じゃないような、
ギリギリの均衡の中にあるンです。

最近は、異常気象が話題になりますが、
そもそも、毎年、同じ時期に同じような気候が繰り返すほうが、
よっぽど不思議じゃないですか？
ナニかがあって当たり前で、ナニもないほうが奇跡ナンです。
僕らが、ナニもしなければ、この奇跡は、
やがて地球が太陽に飲み込まれてしまうまで、
ずーっと保たれていくンです。
"私"のいない世界は完璧です。完璧に美しい愛に満たされた世界です。

Comment：11　ひとしさん

お疲れ様です！スゴく面白いですね！

>"私"のいない世界は完璧です。完璧に美しい愛に満たされた世界です。

思考から生まれてくる"私"が、存在しない世界。
人間の持つ、素晴らしい特徴のハズの思考が、
意外と、この世界のバランスを崩してしまっているんですかね？

Comment：12　peachさん

ume.さん・・・頑張って下さいね。
わたしには・とても・ムズかしくて・・溜め息ばかり・・・。
コメントできない・・・。でも・頑張って・いつも・応援してマス。

Comment：13　ume.
peachさん！ あんっまりにも嬉し過ぎて心臓が停まるかと思った！
いつも、ありがとうネ！ 訳の解らない話に付き合ってもらって！
もう一息、頑張るよ！

ちょうどマダムも昨日、生涯2冊めの本を書き上げてるハズ。
出版も決まってるンだって！
僕のは出版できるか判らないけど、とにかく仕上げます！

Comment：14　ume.
＞人間の持つ、素晴らしい特徴のハズの思考が、
＞意外と、この世界のバランスを崩してしまっているんですかね？

ひとしのこれ。この世界のバランスを崩してるのは人間だけです。
"私"を持ってしまった僕ら人類は、全体の一部であることを拒否しました。
"私"以外は、全て、完璧に調和した均衡にある全体の一部です。

思考は、素晴らしい特徴ではありません。
思考は、その本性から言って、
どれほど「僕は深く考えてる」と言ったところで、浅はかです。
思考では、絶対に"生"の全体性を捉えることはできません。
思考は、以前話した"集中"に見られるように、対象以外を排除します。
極めて、断片的、部分的です。
そんなモノに頼る歴史は、どうだったのか？ 振り返って見れば、よく解ります。
人類は、明らかに、破滅に向かってます。

Comment：15　ひとしさん
ume.さんの言う、「人間は地球のガン細胞」、
人間なんて、いないほうがいいんですかね？

Comment：16　ume.
はい、残念ながら。
間違いなく人間がいないほうがいいでしょう、地球にとっては。

今、だいぶ地球の様子がおかしいようですが、
人類が消えて、100年もすれば、スッカリもとのように戻るそうです。

Comment：17　ひとしさん
思考を捨てて原始人に戻ればいいんですか？それも、面白そうだけど！

Comment：18　ume.
面白そうだネ！
これから3日間、電気、ガス、水道とか、
その他、文明の利器がない生活をしよう！
と言ったら、大変楽しい3日間が送れるでしょう！
奥利根へのカヌー探検ツアー、楽しかったネ？しかし、3日が限度でしょう。
ずーっと、原始人みたいには暮らせません。そんなのイヤです。

脳の発達によって、文明もドンドン発達しました。
この文明なしでは、もはや僕らは生きていけないでしょう。
僕らは、心の変容を遂げなければならないンです。
高度に進化した、この文明社会を、どう扱うか？これらに、どう対処するか？
今までのやり方では、確実に破滅です。

Comment：19　ume.
僕ら人類は、ある時点までは、完璧に調和した均衡にある全体の一部でした。
そして、いつの頃でしょうか？学者さんは知ってるかもです。
僕らの遺伝子の"嫉妬"のスイッチがONになったンです。
それは、自我の目覚めと時期を同じくするでしょう。
自分を対象として見ることができるようになる。
当然、他との比較が始まります。
そして、全体の一部であることを拒否して、
自分だけ特別であろうとする利己的な存在となったのです。
この、自我の目覚め、嫉妬のスイッチONが、破滅の始まりです。

自我のない頃、僕らは、完璧に調和した均衡にある全体の一部であり、
愛と共にありました。

愛は、宇宙と共にあります。地球全体にあります。
空や大地、山や川、犬や猫、建物とか、このパソコンとか、
その他、全ての存在と共にあります。
当然、僕ら人間存在と共にあります。
僕らの自我、スグ嫉妬するヤッカイな自我が、
それに気づくだけの敏感さを僕らから奪ってしまってンです。
もちろん自我とは、ここでずっと言ってきてる"私"です。

全ての人間存在の動機、自我の動機、"私"の動機は、
自分を認めて欲しい、自分の重要性を確認したい、つまり、愛が欲しい、です。
これは、実は、愛と共にあった記憶が、愛を懐かしがってるンです。

Comment : 20　ume.
自我が発達してしまい、嫉妬深くなり、他との比較に明け暮れ、
思考などというモノに頼って、過去や未来にガンジガラメにされ、
スッカリ鈍感になり、隣にある愛に気づくだけの鋭敏さがなくなってるンです。
だから、"私"の求めるモノは、常に愛ナンです。
"私"が、いつも欲しくて欲しくてたまらないモノは、
本当は隣にあるのに、その存在に気づけなくなってしまった
"ただ愛"ナンです。
愛に触れられないのは"私"だけです。
"私"以外のあらゆる存在が、愛と共にあンです。

僕らが、今、差し迫った緊急の課題として突き付けられてるモノ、
破滅を回避する心の変容、それは、

"自我の終焉"です。

うまく言えたような気がします。
これら、ナンの証明もない話だけです。
僕は、こう思ってるって話を吐き出してきました。
ナニかしらの理論を打ち立てようという意図は当然ありません。
ただ、僕は、救われたい。幸せになりたい。

それには、僕の知ってるみんなの幸せが必要です。
みんなと一緒に笑顔でいたい。
そのための試みでした。
ナンか、偽善者っぽいですか？

Comment：21　ume.

マダムが先日、夜も寝ずに本を書き上げてます。
僕もラストスパートに全存在を懸けられます。
仲間ですネ、仲間！
みにぶーの最後の質問を見ていきます。
みにぶーの－28、コメント26の質問も、だいぶ文字数を費やせそうです。

> うめさんが 一連の話で言わんとすることは、
> 経済が成長？し、裕福？になり、
> 文化も発展？した"日本のような国"の人に、
> 警鐘を鳴らしたいようなことだと思うんだけど、

そういったニュアンスではありません。
僕は、警鐘を鳴らすような立場にはありません。
破滅の真っ只中にいるのは、他ならぬ僕自身です。
僕が、救われたい。これが一番の動機です。

> それは、どんな国・地域の人にも、当てはめられることかな？

はい。この試みの始まりは、
「どの時代でも、どんな状況にあっても、軽やかに生き抜いてる人の共通点」
です。

>「日本のような国でだけの話なら、あまり意味がない」
> という意味ではありません。

イヤ、日本だけの話では、全く、意味がありません。
一部にとっての有効な話では、資本主義のルールをはじめ、

色んなルールの中で、うまくやればいいや、っていう、
極めて利己主義的な、僕らの慣れ親しんできた
"方法"とか"やり方"とかに頼る、
いづれ必ず対立に行き着く話になってしまいます。

> 泥水みたいなのを飲むしかない国。
> 子供も毎日、ただ食料の確保だけを考えているような、
> 他人の物を奪ってでしか生き延びられない人々・・・
> それらは、ちょっと特殊なケースかな？
> （話がズレそうなら、軽く流して下さい）

ゼンゼン、ズレません。これは、本当に重要な話です。長くなるかな？
うん、長くなるな。一旦、区切ります。

Comment：22　ひとしさん
突っ走ってますね！ ume.さん！ 楽しみです！

無選択の気づきとユーモアのセンスー30   2010-11-25

死生観／自己知／自我の終焉／人格
コメント：ひとし、みにぶー、miwa

―28のコメント26、みにぶーの質問を進めてます。
父の死後、思うところが「無選択の気づきとユーモアのセンス」
に集約されてきて、それについて進めてるンですが、
やはり、"死生観"ナンだと思うンです。

今じゃなけりゃ、スッと引き合いに出せるンですが、
今は、ブームなんで、ちょっと気が引けるンだけど、坂本龍馬。
龍馬の本領は、その死生観にあります。
33歳の若さで死ぬ訳ですが、やはり天才ナンでしょう。
その歳で、その死生観を持てるとは！ってところです。
僕らのような凡人が、年齢を重ね、少しずつ解ってくるようなことを、
初めから解ってるってのは、やはり天才です。

龍馬は、「生きるとか、死ぬとかってのはない」と考えてます。
僕ら、色んな注意をしてますネ？
ナニか突発的なことが起きた時、それが悪いことだった時、
痛手にならないように注意してます。
その悪いことへの注意は、しばしば、怯えることにつながります。
心の状態は怯えてます。実際はナニも起きてません。
勝手に自分の頭の中で、ガンになったことを想像し、
自分だけで、頭の中のガンに怯えてるようなモンです。

龍馬は、このバカバカしさに一切のエネルギーを使わなかったンです。
剣の達人龍馬は、色んな危機を切り抜けてきました。
龍馬を切れるほど腕の立つヤツはいませんでした。
しかし、仮に今、背後から不意打ちを食らい、命を落とすようなことになっても、
「その時は、死ぬまでよ」と考えてました。
生きるとか、死ぬとかってことに無頓着でした。
もちろん命を粗末にはしません。命あっての物種と考えていました。

でも、命なくしたら、それはそれまでのこと。
幕末の志士の流行りだった、命を捨てる！ってのもありません。
命があるとか、ないとかではないので、命を懸けるといった悲壮感は皆無です。

ただ、「面白きこと」に向かっているだけ。
死んだら、まさに、それこそが結果であり、
その結果のことをあれこれ思い悩んでも無意味と考えてました。
僕の言うところの、「瞬間、瞬間に生ききる」、これを地で行ってました。
生死に無頓着で、命を懸けるといった悲壮感はなく、
ただ、楽しみに向かい、結果は完全に天に任せてる。
まさに、今この瞬間の"生"に夢中ナンです。33歳の若者の境地です。

あの時代、こんな型のない人物はいませんでした。
皆、右か左かの立場を表明することで、男を競ってました。
龍馬は、そんなことは、バカバカしいエネルギー浪費と考えてました。
龍馬は、"私"の維持には、全く、無関心だったンです。

Comment：1　ume.

「右に行こうか左に行こうか迷ったら、大変そうなほうを選べ」
ある先輩からの言葉です。
僕らの間では、ナンか、こう言うのが
流行りみたいになってたこともありました。
若いうちは、こうするのは悪くないですネ？
若いうちの苦労は買ってでもしとけ、ナンて昔の人も言ってました。

今の僕は、
「右に行こうか左に行こうか迷ったら、どっちでもいい、同じこと」です。
まず、大変そうかどうか？は、"私"のモノサシです。
ある人には右が簡単そうに見えても、別の人は左と思うかもです。
そして、大変か？簡単か？とかは、どういった基準ナンでしょう？
ナニかしらの結果が出易いか、出にくいか？ってことですネ？
例えば、単純に山道を登るとします。
山頂に到着するのは、どちらが早いか？という基準があれば、

早そうなほうを選ぶ訳です。
１日かかる道より、５分で到着できる道を選びます。
ゆっくり散策をしながら、いい景色を観たいという目的があれば、
遠回りをして時間を食うかどうかは無関係です。
多少、険しい道でも、いい景色が観えるほうを選びます。
それぞれの目的、それに見合った結果を求めて道を選びます。

Comment：2　ume.

そこで、－28、コメント10の繰り返しになりますが、
では、大局的に見て、人生の結果とはナンでしょう？
そんなこと考えるのバカらしくないですか？
それこそ、僕らが考えることではなく、
死んだ時に判明する、ただの結果じゃないですか？
大変な人生の道を選ぼうが、簡単な人生の道を選ぼうが、
目の前のことをただただやればいいンです。

目先の結果に早くたどり着きたければ、
簡単な人生の方が早く結果は出るでしょう。
簡単な人生を選んだ人がゴールにたどり着いても、
大変な人生を選んだ人は、まだ道半ばにいます。
んで、それが、ナンだっつンですか？
簡単な人生を選んだ人は、早くゴールにたどり着けるけど、
その結果は、簡単な人生なりの小さな結果だった。
大変な人生を選んだ人は、なかなかゴールできなかったけど、
その結果は、大変なことをしたなりの大きな結果だった。
んで、それが、ナンだっつンですか？

全て、"私"を満足させるための基準ばかりです。
ナニかしらの結果を求めれば、大変な方法、簡単な方法、
どちらを選ぶかは、とても重要です。
しかし、人生の結果とはナンでしょう？
死です。死しかありません。
僕らは、どうあがいても死にます。死という結果が誰にでも待ってンです。

死という結果に方法は無意味でしょう？
死という結果に報いることができるのは、生きたかどうか？ だけでしょう？
生ききったかどうか？ だけでしょう？

Comment：3　ume.

んで、みにぶーのこの質問に戻ります。

> 泥水みたいなのを飲むしかない国。
> 子供も毎日、ただ食料の確保だけを考えているような、
> 他人の物を奪ってでしか生き延びられない人々・・・
> それらは、ちょっと特殊なケースかな？
>（話がズレそうなら、軽く流して下さい）

以前、このブログに、
フィリピンの貧困層の子供たちの映画のことを書きました。
（－4、コメント19参照）
かの国では、国民の70％が貧困層です。
まさに、上のみにぶーの指摘そのモノです。
僕らの豊かさは、彼らの貧困の上に成り立ってるンだと思いました。
そこの子供たちの、こんな光景に、そういうことナンだよと思いました。
いつも腹ペコで、ガリガリの子供たち、
自分はもちろん、自分の兄弟たちに分けてあげればいいクッキーを、
ナンと！ 取材班に分けようとするンです！
僕としては、意外ではなく、そうなンだよなあ・・・、でした。

彼らの一般的な家族構成は、両親と兄弟5人とか、7人とか。
そして、どの家庭も、飢えや病気で、兄弟の誰かが死んでる。
彼らの"生"は、まさに、"死"と隣り合わせナンです。
そこの子供たちの笑顔は、日本の子供たちの笑顔とナンら変わりません。
彼らは、貧困な国家に生まれて、貧困に直面してます。
日本の子供たちに貧困はありませんが、どれほど幸せでしょうか？
日本には、経済的に豊かになったがゆえの問題が多発してます。
フィリピンの子には、フィリピンの子の苦しみがあります。喜びもあります。

日本の子には、日本の子の苦しみと喜びがあります。
彼らが、どれほど幸せなのか？ という問いには、
「どこの子も同じだよ」というツブヤキが事実に一番近いような気がします。

Comment：4 ume.

「んじゃ、ume.！ フィリピンに行って、貧困生活を送れよ。
同じだって言うンなら」
という声が聞こえてきそうですが、それは、お断り致します。
僕は、日本に生まれ日本の豊かさを知ってしまいました。
それで、"私"の習性で、日々の豊かさを
当たり前のこととして受け止めてしまう鈍感さがあります。
今、貧困生活を送ることはできません。イヤです。

そしてさらに、最悪なことに？ あるいは、人情として当然、
フィリピンの貧困を見て、哀れ、などと思う訳です。
本当にフィリピンの子たちは哀れナンでしょうか？
ただの比較ですネ？ 思い上がりです。
僕らには経済的な豊かさがあるという思い上がりから、
フィリピンの貧困を哀れと見るンです。
フィリピンに生まれた人は、貧困こそが現実です。
その現実の中で、日々生き抜いてるンです。"生"を生ききってるンです。
そして、腹ペコでもクッキーを分けてくれる豊かな心があるンです。

> 他人の物を奪ってでしか生き延びられない人々・・・

これナンかは、まさしく、どこでも同じですネ？
どこかの経済大国は、発展途上国から搾取することで繁栄してます。
資本主義というシステムに恩恵を受けて生きてる僕らは、
その段階で既に、搾取に加担してるンです。

Comment：5 ume.

飢えて、ガリガリで死んでいく子を見て、
心を痛めない人はあまりいないでしょう。

色んなことが善くなればいいのに、と心から思います。
しかし、幼くして死んだその子も、
一生懸命生きようとして、精一杯頑張って、死んでいってるンです。
生ききった結果の死が、僕らの常識より、だいぶ早かったンです。
この一点においては、日本の子のほうが不幸だと解り易いですネ？
豊か過ぎて、"生"を生ききってる感覚ナンて決してないでしょう？
まあ、子供たちは、僕ら大人ほどは平和ボケしてないし、
ゼンゼン感受性に富んでますけどネ。

フィリピンのあの貧困の中にも、現実を受け止め、
精一杯生きようとする尊い命がたくさんあります。
僕らより、豊かな心がいっぱいあります。
僕らのモノサシを押し付けるのは、リスペクトに欠けてます。
僕が、たまたま豊かな国に生まれて、
彼らが、たまたま貧困な国に生まれたということは、
彼ら1人ひとりの尊厳には、ナンの関わりもありません。
彼らも、僕らとナンら変わらない尊い人間存在です。

Comment：6　ume．
続けてしまいますが・・・。
人間、そう簡単には死ねませんネ？
実際、死が訪れた場面において、人は簡単に死にますが。
しかし、その死が訪れる場面には、なかなかなるモンじゃありません。

僕は、今、なかなか死ねません。僕のような健康体では例が悪いですネ？
では、余命半年と宣告された末期ガンの患者さん。
彼は、半年以上生きるかも知れませんし、また、治ることだってあるでしょう。
でも、だいたいは、その宣告期限に向かって次第に衰弱し、
やがて、死の場面が訪れるでしょう。
この彼、まだ半年の命があるという日、
突然、ガンで死ぬということは、マズありません。
あるとすれば、死因は、ガンではなく、
突然、心臓が停まっちゃうとか、病院の階段から落ちたとか、

悲観しての自殺とか、医療ミスとか、ってことになります。
こうなる可能性は、極めて低い。
その事故に向かって、いくつもの様々な要因が重なって、
フツーならあり得ない死が訪れるという、マレなケースです。
自殺の文化があった日本人は、今、自殺がだいぶ多いようですが、
それだって、そう簡単には自殺には踏み切れないでしょう。

僕は、早く死んでみたいと思ってますが、
これらの理由で、そう簡単には死ねないンです。
僕が死ぬ時、それは、いくつもの色んな要因が重ならなければ、訪れません。
死が訪れるというこは、
そんないくつもの要因が奇跡的に重なったということです。
もう、それは "寿命" ってヤツでしょう？ 逆らえるモノではありません。
その時は、それまで。寿命を受け入れるまでです。
こと生死に関しては、人知の及ばない範囲にあります。
生きる、死ぬをジタバタしてもムダです。
「生きるとか、死ぬとかってのはない」、龍馬の言う通りです。

死への恐怖を手放せるでしょうか？
これが、無選択の気づき、私を手放す、このことへの最重要ポイントです。

Comment：7　ひとしさん

お疲れ様です！ ume.さんの "死生観" に、俺も同感です！

> 死という結果に方法は無意味でしょう？
> 死という結果に報いることができるのは、生きたかどうか？ だけでしょう？
> 生ききったかどうか？ だけでしょう？

これ、スゲー！

Comment：8　ume.

全て、言いさった気がしくました。んで、例の "ひとし目次" を見てみました。

① 思考について
② 時間について
③ 心理的蓄積、内的依存
④ 恐怖、不安
⑤ 幸せ、自由、愛
⑥ 学ぶということ、己を知るということ、関係、理解
⑦ ありのままをありのままに、ただ見る
⑧ 自我の終焉

このうち、
⑥ 学ぶということ、己を知るということ、関係、理解
について、言い足りないことがありました。
これは、以下の質問がもとになってます。
－ ume. －
自己知。
己を知ることこそ、社会の在り方、世界の在り方、
宇宙の在り方 を知ることだと思います。
－ひとし－
己を知ることが、何で全てを知ることにつながるんですか？

これについて、日記を更新して、－31 で話してみます。
ただ、この－30 は、最後を締めるにふさわしい、
みにぶーの貴重な質問があっての展開でした。
みにぶーのコメントを待ちたい。多少、脅迫的ですが・・・。
また、僕が先に進んじゃったとしても、ナニかあればここに欲しいです。

Comment：9　みにぶーさん

ご指名のようなので、ちょっと・・・
あまり熟読できていないので、
特別にぜひ言いたいというほどのことはないのですが、
（それは、そっけない意味ではなくて、
うめさんの言わんとすることに、あまり違和感がないんだと思います）
フッと思ったことを 記してみます。

「腹ペコなのにクッキーを分けてくれる子供」と、「自我の目覚め」
ということから、フッと思ったのですが、
幼稚園くらい？までの小さな子供って、
「ちょうだい！」って言うと分けてくれるんだよね。
自分の分がなくなりそうでも分けてくれるんだよね。
思考力が乏しいってのもあるかも知れないけど、
たぶん"所有権"というような概念がないみたいで・・・
「自分のもの」とか「誰かのもの」という感覚がない感じなんだよね。
それが、幼稚園くらいか小学生になってからか、
「自分のもの」、「他人のもの」という感覚を持つと、
自分のもの・自分のことを強く主張するようになって・・・
うちの子に限らず、一般的なことなんだと思うんだよね。
（保母経験者の方、解説してくれないかなぁ・・・）

それは、人格が発達する過程と思っていたけど、余分な"私"により、
純粋な本当の心が隠されてしまっていくことなのかなぁ・・・？

Comment：10　みにぶーさん

それと、ひとつ前のところで"自我"について話してたけど、面白いね。
「自我の終焉」と言っていたけど、
一般の感覚からすると、逆説的で、俺にはスゴく興味深い。
「自我とは"目覚めるべき"もの」と思っちゃってたけど、
「自我とは"脱却すべき"もの」ということだよね？！
「"私"から解き放たれ、つまり"自我からの脱却"により、
"ただ愛"に回帰できる」
ということかな？！
なるほどね・・・

Comment：11　みにぶーさん

もうひとつ、ちょっと質問。
重要な問題ではないだろうけど、
「うめさんの言う"ただ愛"は、人間以外の動物にもあるもの？」
（既に、どこかで語っていたらゴメン）

Comment : 12　ume.

おっと、コメント入力中に、みにぶーがコメントくれた！ありがとう！
今夜は、多少、酔っ払ってます。
入力中だったコメントだけ仕上げて、フロに入ってからにします。
・・・ムリか？明日になりそうだネ。
みにぶーのコメントに、

> 思考力が乏しいってのもあるかも知れないけど、

という象徴的なセンテンスが含まれてました。
未熟で思考力が乏しいのと、
成熟して充分に思考力が発達して、それを手放せるのとでは、
内容には行って帰ってくるほどの違いがありますが、
"私"が極めて希薄という要因により、
現象面だけを見れば、同じことが起こってます。
思考力が乏しい子供も、発達した思考力を手放せる大人も、
所有の概念があまりありません。
これはネ、ひとしの、

> 己を知ることが、何で全てを知ることにつながるんですか？

の答えにつながります。
"人類"を見ると、何千年か、何万年か前に、自我が芽生え、
対立のタネが蒔かれました。
そして現代人は、"私"に支配されてます。
"その子"の発達過程でも、何歳の頃にか、自我が芽生え、
対立のタネが形成されます。
そして、大人は対立に明け暮れてます。

このように、ミクロで起きてることが、マクロでも起こっているってこと。
僕の心の構造は、そのまま世界の構造となってるという話につながります。
これは、日記を更新して。

> 余分な"私"により、
> 純粋な本当の心が隠されてしまっていくことなのかなぁ・・・？

みにぶーのこの疑問に戻って。子供と大人では、思考の蓄積が違いますネ？
技術的、知識的な蓄積は、生きていく上で必要ですが、
心理的蓄積は、害です、ナンテ、だいぶ前に言ってます。
この心理的蓄積なしに歳をとることは、ほとんどできません。
歳をとればとるほど、思考の束は太くなります。
"私"は、ますます強化されていく訳ですから、
自己主張が強くなってきちゃいますネ？
上の質問は、残念ながら、その通りと言う他はないでしょう。

> それは、人格が発達する過程と思ってたけど、

について考えてみてるンだけど、酔っ払っててて散漫です。フロに入ってきます。

Comment：13　ume.

みにぶーのコメントで、ヤケに気にかかってるのが、
"人格が発達する過程"ってところナンだけど、
まず、コメント10と11について。

>「自我とは"目覚めるべき"もの」と思っちゃってたけど、
>「自我とは"脱却すべき"もの」ということだよね？！
>「"私"から解き放たれ、つまり"自我からの脱却"により、
> "ただ愛"に回帰できる」
> ということかな？！

全く、その通りです！ 美しい表現でまとめてくれました。

> うめさんの言う"ただ愛"は、人間以外の動物にもあるもの？

はい。愛は"私"以外の全ての存在と共にあります。
"愛"に気づけないのは"私"だけです。

"愛"は、僕の隣に寄り添ってますが、
僕に"私"が現れてる時、まあ、だいたいがその状態ですが、
そんな時は、その愛に気づけません。

次に、人格が形成発達する過程をちょっと話してみます。

Comment : 14 ume.
僕には、"人格"ってのは、いい響きに感じられます。
みにぶーのコメントを見て、
「あれっ？"人格"って嫌いな響きはないなあ。"私"とは、どう違うンだ？」
と思いました。
ナンか、"人格の形成発達"って、"私"の強化と同じナンじゃないかな？って。

思うに・・・、"私"は実在してません。観念上の存在です。
僕は、"性格"も真実在じゃないと言いました。
しかし、"人格"は真実在ナンじゃないか？と。
見えない真実在ですネ？ 僕の中でも、初めての認識です。
自分では認識できない部分で、自然に備わったモノ、ってところ？
例えば、人格者と呼ばれる人がいたとします。
それが正確な指摘かどうかは全く別で、
見る人の色んな"私"が勝手にそう思ってりゃいいことです。
んじゃ、人格者と呼ばれるその本人はどうか？ってことですが、
「自分は人格者」と"私"が認識した途端に、それは人格じゃなくなる。
観念としての"私"になってしまう。
人格とは、その人の自覚とは別のところでにじみ出るモノ。

龍馬の並み外れたところは、その死生観と共に、
その人格であるのは疑いようもありません。
龍馬の人格を通して、龍馬の口から出た言葉は、
他の人が同じ言葉を言ったのとは違った響きを持ってました。
自然に人を魅きつける人格的魅力が、龍馬の本領です。
龍馬は、そうなろうナンて全く考えてませんでした。
色んな要素の集合体としての龍馬が、

色んな要素のうちの、いくつかの抗い難い魅力によって、
自然と、そんな人格になってたンです。

Comment：15　ume.

んで、僕らの人格形成に重要と思われることは、たったひとつです。
それは、他者の心の痛みを知ること。
これは、言うまでもなく？ 自分自身をよく知ってるか？ ということですが。
自分に"私"があるように、他者にも"私"がある。人間の数だけ"私"がある。
そのことを理解できるようになるということだけだと思います。
自分とは違った多様な価値観があるってことを理解して、
それを尊重することができるかどうか？
これは、子供にはできないことです。
例えばの例として、
"私"がない子供と、"私"を手放せる大人が、
同じように、所有の概念があまりありません。
ナンて言いました。
これは、よくあることですが、子供に多様な経験はありません。
多様な価値観を理解しようもありません。
直感的に解ってるということはあると思いますが、
"私"の強化と共に、その直感は消えていきます。

多くの経験をして、それに拘り、固執し、
"私"を強化してるのが、僕らの日常ですが、
経験から、多様性を理解し、それを手放せるかどうか？
これは、最重要課題です。

僕ら、歳をとって涙もろくなったりします。ドラマを観て泣いちゃったりネ？
これは、自分の経験に照らし合わせてるンですネ？
あの時、私はそうだった。
今、この主人公も同じように心を痛めてるンだろう、と。
ドラマに感情移入して、自分のことのように泣いたりします。
子供には見られない現象です。悪くはないですよネ？

Comment：16　みにぶーさん
そうか・・・何気なく"人格"って言葉を使っちゃったんだけど、
結構 興味深い言葉だね！

Comment：17　miwaさん
ご無沙汰しちゃいました〜 🐱✨ ちょっと、飛び入り〜 🐱♪
色んな経験って、大切だと思います〜
特に、ツラかったり苦しかったりのほうが、人の痛みや悲しみが解るから・・・
そのぶん人に優しくなれるから 🐱
もちろんその経験をどう取り入れてるかにもよるけど・・・
うーん、やっぱ文字で表すって難しい・・・
伝えたいニュアンスが伝わるかなぁ〜 🐱⭐

Comment：18　ume．
みにぶー、miwaちゃん、コメントありがとう！
佐野クンのライヴから、ただ今戻りました！
高碕のclub FLEEZっていうライヴハウス。
佐野元春のようなメジャーなアーティストが来るようなキャパじゃない！
目の前の佐野クンと一緒に、叫びまくってきました。ノド、ガラガラ！
今、ライヴ会場で一緒だった、ひとしもログインしてる！コメント入るかな？
だいぶ知り合いが多く来てて、ホームタウンはいいなあ、やっぱり！
Ｋ５３系は、
おたけ、ペッツ、雪ぼうず、なおちゃん夫婦、
まーぼー、けんぼっき、ほうたま、ume．夫婦。
ライヴ後の、打ち上げも楽しかったネ！
ひとしは合流しなかったけど、
カヌーの師匠、福島さん夫妻とも一緒に飲みました。
楽しかったあ！！
まともな思考回路が回復してから、また、コメントします！

Comment：19　ひとしさん
佐野元春ーーーっ！！！今日は、お疲れ様でした！
あの！佐野元春が、ち、近いっ！ライヴハウスは、最高！

ume.さん編集CDのお陰様で、全部がノリノリでいけました！
ありがとうございました！佐野元春、イカシテルゼ！

Comment：20　ume.

近かったネェ！佐野クンのニコニコ顔がよく見えた！何度も目が合ったし！
まだ、酔いが醒めないよ。
とても、イカシテルゼ！！！！！

無選択の気づきとユーモアのセンス－31　　2010-12-10

フラクタル／思いの法則／死と共に
コメント：ひとし

いよいよ大詰めっぽいですネ。
－30、みにぶーのコメント16、miwaちゃんのコメント17、
について少し話して、
最後の話題"フラクタル"について話して終わります。

> 人の痛みや悲しみが解るから・・・そのぶん人に優しくなれるから 🐱

miwaちゃんの言う通りだよネ。そう思います。そして、

> もちろんその経験をどう取り入れてるかにもよるけど・・・

これに尽きますネ。
僕ら46～7歳。その年数ぶんの経験が誰にでもあります。
そう、誰にでもあるンです。
そして、それに拘り、固執し、"私"を強化してるのが、僕らの日常です。
自分の経験を特別だと思ってはいけません。
知らず知らずのうちに誰かを傷つけたり、
知らず知らずのうちに誰かに影響を与えたり、
そういった一切に気づき、手放せない限り、
経験は対立のタネにもなってしまいます。

> うーん、やっぱ文字で表すって難しい・・・
> 伝えたいニュアンスが伝わるかなぁ～ 🐱⭐

文字で表すにしても、言葉で伝えるにしても、
思考の限界は、スグに見えてきてしまいますネ？
そんなモン、サッサと手放しちまうンが一番ですネ？
みにぶーの

> 何気なく"人格"って言葉を使っちゃったんだけど、結構 興味深い言葉だね！

について少しだけ話しときます。

Comment：1　ume.
例えば、セールスの世界では、
「いい人だけで終わってはいけない」ナンて、よく言われます。
セールスとは？
「その人の人格を通して、お客さまのニーズを喚起し、
購買へとモチベートする活動」ナンてのがあります。
同じモノを売ってるのに、人によって成果が違ってくるのは？
スキルの差もありますが、それは経験によって身についてきます。
プロとは"結果を出し続けられる人"ですが、結果を出し続けるには、
この人から買おうと思ってもらえる人格を形成することだと。
「セールスの成功者は、人生の成功者だ」ある面、ある程度、納得できます。
本当に結果を出し続けられる人は人格者です、多くの場合。

んで、僕ナンか、「いい人だけで終わってはいけない」には、
ウッセーな、ナンでだよ？！です。
資本主義のルールの中に、僕を組み込みたいからだろ？
僕は「いい人だけ」になれれば充分です。ほとんどムリですが。

ここで、間違いを犯してはいけないのは、
ナニに喜びを感じるか？ 人によって違うってことですネ？
またも、ちゃんと覚えてないンだけど、
ナニに喜びを感じるかは、3種類に分類できて、
「いい人」的な、人格の形成に喜びを感じる人。
「切れ者」的な、頭の良さに喜びを感じる人。
「プロ」的な、結果を出すことに喜びを感じる人。
こんな感じだったかなあ？ 聞いたことがあります。
つまり、ここでこうして一生懸命書いてても、
3分の2の人には、全く、どーでもいーことナンです。
んで、3分の1の中のどれほどの人に気にかけてもらえるか？

僕のやってることは、
完全に、人として善くなりたいって人向けの話ですもんネ？
利口になりたい人、結果を出したい人には無意味な話です。
僕が、ここで、「うまく表現できた！」と悦に入ってる時、
3分の2の人は、気分悪くなってる訳です。

この絶対的な事実を受け入れなければなりません。
それは、強烈な"私"にはできないことです。
"私"を手放さなければできないことです。
しかし、「利口になる」、「結果を出す」のは、"私"のすることです。

Comment：2　ひとしさん
お疲れ様です！ 影響のことについて！

> 知らず知らずのうちに誰かを傷つけたり、
> 知らず知らずのうちに誰かに影響を与えたり、
> そういった一切に気づき、手放せない限り、
> 経験は対立のタネにもなってしまいます。

俺は、ume.さんに、ずいぶんと影響を受けている1人だと思うんですが、
良い影響だと思っているし、若い人たちと一緒に、
その影響の輪を広げられたらなんて思ったりしています！
良い影響であれば、受けたり、それを広げることも
素晴らしいことだと感じていますが、どうでしょうか？
続けて、

> 人として善くなりたいって人向けの話ですもんネ？
> しかし、「利口になる」、「結果を出す」のは、"私"のすることです。

これって、「人として善くなりたい」ということも
"私"がすることではないのでしょうか？

Comment：3　ume.

その通りだネ。「人として善くなりたい」ということも"私"がすることです。
"私"が、「人として善くなりたい」を追求した場合、
"私"を手放す、や、無選択の気づきが含まれます。
「利口になる」とか、「結果を出す」を追求した場合には、
"私"を手放す、や、無選択の気づきは、全く不要であり、無意味であり、
対極のところにあるモノです。
しかし、「人として善くなる」、「利口になる」、「結果を出す」
の優先順位に違いはあっても、どれかひとつだけを追求したり、
どれかひとつだけは不要だったり、どれかふたつを追求したり、
3つともを追求してみたり、人間の感情は簡単に割りきれません。
複雑に入り組んでます。だからこそ、やめらンないンです！
この不完全で、クソったれで、あまりにも愛しい人間存在。

> 良い影響であれば、受けたり、それを広げることも
> 素晴らしいことだと感じていますが、どうでしょうか？

影響に、"いい、悪い"はありません。
いいと思ってくれる影響を与えることができたとします。
与えたほうも与えられたほうも、一時的にはいい感じです。
しかし、ここでもお決まりの過程が進行します。
依存ですネ？ いいことでも悪いことでも、依存は破滅の始まりです。

仮に、僕がひとしにいい影響を与えることができたとしたら、
僕に、そのことの感謝を1回だけしてもらって、
そしたら"僕から"というのを忘れて下さい。
ひとしが自分で得たこととして、どこかに取っといて下さい。
それが、ひとしの行く道にとって、いい材料になってれば、
僕は、多少、微笑んで、良かったなと思います。
影響を与えたことを、僕がやったこととして良かったなと思うのではなく、
あくまでも、「ひとし、良かったな」と思います。
逆に、僕からの影響が悪い材料として作用してしまった時、
僕は、決して、その責任を負えません。

影響を与えるというのは恐ろしいことです。
僕は、誰にもナンの影響も与えずに死んでいきたい。
自分が影響を与えたなどと思うのは、完全に、そのことへの依存の始まりです。

Comment：4　ume.

さて、最後の話題"フラクタル"です。
"フラクタル"－数学の世界の語句のようです。
図形の全体と一部分が相似関係になってること。自己相似ナンて言います。
例えば、銀河系、太陽系、地球、原子はどれも、
「ある物体の周りを別の物体が回り続ける」というデザインを持ちます。
こんな関係のことです。
この一連の試みの中で、初めて知識のヒケラカし的なことをしますが、
これは、先端のサッカー理論、「戦術的ピリオダイゼーション理論」
に出てくる語句です。
簡単に言うと、サッカーはサッカーをすることでうまくなる。という理論です。
これは、世界のサッカーの憧れの的、スペインのサッカー、
あるいは、ＦＣバルセロナのサッカーの理論化で、
まさに、日本サッカーに欠けてる考え方です。
まあ、この話は、ここでするモノではありません。

ひとしの質問、
――　己を知ることが、何で全てを知ることにつながるんですか？
に答えるために、ちょっとだけ引用させて頂きました。
では、このことについて話していきます。

Comment：5　ume.

「あなたの人生は、あなたの思い通りになる」
こんな、ありがちな言葉を聞いた時、どんな印象を持ちますか？

Comment：6　ひとしさん

お疲れ様です！　自己啓発本とか成功本によく出てきますね。
でも、みんなそうなったら不幸な人はいなくなるハズです。
世の中は不幸な人に溢れてるように見えますが。

Comment：7　ume.

なるほど。
「あなたの人生は、あなたの思い通りになる」は、
だいぶ肯定的に捉えられがちな言い草ですネ？
では、「あなたの人生は、あなたの思い通りになってしまう」
と言ったら、どうでしょうか？
都合良く、ムシのいい話って感じではなく、
思い通りになっちゃうんだよ、気をつけろ！
と警鐘を鳴らすような、注意を喚起してるみたいな・・・。
僕は、「僕の人生は、僕の思い通りになってしまう」
のは、紛れもない事実だと思ってますが、どうでしょう？

Comment：8　ひとしさん

>「僕の人生は、僕の思い通りになってしまう」

思ったことを声に出したりとか、実現したように書いたりすると、本当に叶う。
なんてのを聞いたことがありますが、そのような感じのことでしょうか？

Comment：9　ume.

成功の法則
①：image　②：think　③：believe　④：do
ですネ？
①：なりたい姿を細部まで明確に想像する。
②：そのイメージを習慣になるほど考え続ける。
③：絶対にやれると実現を信じる。
④：①②③と同時進行で、状況が整うのを待たず、とにかく行動する。

いわゆる世の成功者は、誰もがこの過程を踏んでます。
苦難を乗り越え成功に至るには絶対に必要なことです。
しかし、僕の言ってるのは、
こういった特別な状況に際してのことではありません。
ふだんの僕らのことです。
いちいち気合を入れてやるようなことではない、

何気ない日常の法則についてです。
「僕の人生は、僕の思い通りになってしまう」と言っても、
肯定的な前向きな法則っぽく響きますか？

Comment：10　ひとしさん
お疲れ様です！　そういう感じですね？　確かに、ume.さんの、

> 都合良く、ムシのいい話って感じではなく、
> 思い通りになっちゃうんだよ、気をつけろ！
> と警鐘を鳴らすような、注意を喚起してるみたいな・・・。

のように、前向きというよりも危機的状況をイメージしてしまいますね！

Comment：11　ume.
危機的状況！　そうです、まさに危機的状況です。
僕らの"思い"とは、どんなモンでしょう？
半分いい思い、半分は悪い思いですネ？
僕らの思考を、それほど注意深く見なくとも、
思考通りのことが起きたらどうですか？
僕らはいつも、嫉み、羨み、憎み、苛立ち、怒ってますネ？
こういった思いが、全て、その通り起こってしまったら･･･。ゾッとしますネ？
僕らは、表面的には、いいことを望んでいながら、
本心では、全くそれを望んでいないような思考を持ってます。
「僕は、お金持ちになりたい。しかし、ムリだろう」と。
そして、その通りのことが起こってるンです。
いかがでしょうか？

Comment：12　ume.
思考は実現します。と言うより、思考そのモノが僕らの人生そのモノです。
僕の人生は、僕の思考の総和です。

例えば、交通事故に遭うことを想像します。
当然、即、交通事故を招く訳ではありません。

交通事故にナンて遭わないさ、とも思ってますから。
プラスマイナス、全てひっくるめて、
差し引いたことの総和が起こってるンです。
意識しているしていないに関わらず、
いつも思ってること、習慣的に思ってることが、
僕らの毎日そのモノです。
僕らは、ナニをいつも思ってるンでしょう？
ナニを習慣的に思ってるンでしょう？
自分自身の本心を正確に把握してる人は、ほとんどいません。
自分では、全く気づかずに特定の思考傾向を持ったりしてます。
ヒネクレた思考をする人は、ヒネクレた人生を送ることにります。
明るい思考をする人は、明るい人生を送ることにります。
僕らは、自分自身の本心を知らなければなりません。
自己を把握しなければなりません。

成功の法則の ③ 実現を信じる
これは、厳しい状況に直面しても、
その成功の姿を「とは言ってもムリだな」などと疑わず、
本当に実現する姿として習慣的に思い続けることを
思考に強制してる訳ですネ？
人間は弱いので、そうしないと、スグ、ラクなほうへ流され、
厳しい目標への挑戦を忘れてしまうからです。

「習慣性を持った思考は、やがて潜在意識に刻印され、
潜在意識に刻印された思考は必ず実現する」
この言い方を、的を射てると思うか思わないかは自由ですが、
成功のイメージを潜在意識に刻印するため、
① : image ② : think ③ : believe を実践する訳です。

しかし、ムリやり自分の思考をコントロールしようとしないところで、
つまり、成功したい！ という限定的な思考以外のところで、
いつも習慣的に考えてることがある訳です。
そして、その思考の内容の総和こそが、

今、僕らが日々過ごしてる僕らの人生です。
いかがでしょうか？

Comment：13　ひとしさん
＞僕らは、表面的には、いいことを望んでいながら、
＞本心では、全くそれを望んでいないような思考を持ってます。
＞「僕は、お金持ちになりたい。しかし、ムリだろう」

確かに！　これは、俺もそういう思考がありますね！　そうであれば、

＞思考そのモノが僕らの人生そのモノです。
＞僕の人生は、僕の思考の総和です。

僕らの素の状態での思考が、今、起こっていることなんですね！

Comment：14　ume.
ここでは、細かいことにいちいち拘るモノではないンだけど・・・、

＞僕らの素の状態での思考が、今、起こっていることなんですね！

素の状態の思考ってのは、ナニを指してるのかな？
素の状態ではない思考ってのは、どーゆーのかな？
深い意味はないのかな？特になければ、レスポンスも要らないよ。
素でも、素じゃなくても、ただ思考の総和が、僕らの人生そのモノです。

＞今、起こってることなんですね！

の"今"も、どーゆーつもりかな？
"今"思ってることが、"今"起こってるとは言えないな。
思考こそ、即、あなただとは言えるけどネ。
思考が実際に表面化してくるのには時間がかかることが多い。
思考の総和とは、思考の蓄積とも言い換えられる。
色んな思考の蓄積の中でも、意識的、無意識的に関わらず、

いつも習慣的に思ってることが、
より強く、今の"私"を形作ってるってことだネ。ピンと来てるかなあ・・・?

Comment：15　ひとしさん

お疲れ様です！ 素の状態の思考が、本心ですよね！
ややこしくしちゃいました！

> 思考そのモノが僕らの人生そのモノです。
> 僕の人生は、僕の思考の総和です。

とにかく、これはとっても納得できます！
だとすると、自分の思考はいつも良い思考で
いっぱいにしておかないとですね！

Comment：16　ume.

本心、本心ネ。そう、本心です。
僕らは絶対に！ 自分の本心を正確に把握する必要があります。
例えば、強烈に影響を受けた新しい発見。
全く持って、その通りだと思うようなこと。
これは、かなり意識的ですネ？
自分の中で、そうに違いないと思ってるってことに、気づいてる場合です。
しかし、習慣的に思ってること、知らず知らずのうちにそうなってる思考傾向、
これは、ほとんど自覚がありません。
自分の考えてることに気づいてないンです。
自分の思考こそ、無選択に気づいていなければならないモノです。

ひとしの言うように、頭の中を良い思考でいっぱいにしときたいモノです。
しかし、人間誰でも、スグ悪いこと考えちゃいますネ？ 仕方ないことです。
修行僧が、欲望を断ち切りたいと努力して、
ついには、その努力が報われず失望し、思い悩むのと似ています。
僕らは、悪い考えや思いをなくすことはできません。
欲望をなくすことはできません。
しかし、悪い考えや思い、欲望への対処の仕方を学ぶことはできます。

それらをよく見て、理解することです。
並み外れた注意を持って、ただ見ることです。

僕らは、日々、悪い考えや思い、欲望に振り回されてます。
突然、姿を現し、僕らを混乱に陥れる、
そういった思考の出どころである"私"を理解してないからです。
スグに、悪い考えや思い、欲望に身を焦がす"私"を理解していれば、
"私"の作り出した、そういった思考への対処の仕方が解ります。
理解することにより、手放すことができるようになります。
それによって、頭の中を良い思考でいっぱいにしとくことに近づけます。
思考の性質が善いものばかりになれば、
自ずと、善いことでいっぱいの毎日、日々の生活、
人生が表出されることとなります。

Comment：17　ひとしさん
> 悪い考えや思い、欲望への対処の仕方を学ぶことはできます。
> それらをよく見て、理解することです。
> 並み外れた注意を持って、ただ見ることです。

"私"と向き合い、注意深く見て、理解する。
理解ができれば、悪い思考や欲望をしまっておくことができるんですね！
ここから、全てを知ることにつながるんですね？

Comment：18　ume．
うん！その通り！
「思考そのモノが、僕らの人生そのモノです」
「僕の人生は、僕の思考の総和です」
マズは、これに同意してもらえるかどうか？
皆さんにはどうだったのか判りませんが、
ひとしに同意してもらった、この前提を持って進めていきます。

> 理解ができれば、悪い思考や欲望をしまっておくことができるんですね！

ただ、これには、訂正を加えときます。
フタをして押さえ付けて、しまっておく、
というニュアンスを否定しときましょう。
悪い思考や欲望に支配され、振り回されるンじゃなく、
悪い思考や欲望を支配し、自我と共に消滅させることができる。
うん、ピタッと来たネ。

Comment：19　ひとしさん

お疲れ様です！しまっておく、ではなく手放すことができる、ですね！

> 悪い思考や欲望を支配し、自我と共に消滅させることができる。

「自我と共に消滅」かぁ！ここに至るほどの、思考や欲望の支配！
なんか、スゴい！
俺ではなくなってしまうと言うか・・・無我な感じ？
ちょっと伝えにくいですね！

Comment：20　ume.

"私"ってのは、あらゆる問題の源泉ナンだネ。
"私"に起こる問題は、全て"私"が作り出してる。
以前にも書いてるよネ？
"私"がいて、問題があって、解決策があると錯覚してしまう。
私、問題、解決策は、それぞれ別個のモノではない。私＝問題＝解決策です。
私＝即、問題であり、問題の中に解決策がある。
私を理解することで、問題も理解できる。
"問題"は、解決するモノではなく、
"本当の理解"によって"私"と共に"消滅"するモノ。
こんな話。
"私"のいない世界に問題は存在しません。
"私"のいない世界は、ナニひとつ欠けてるモノのない、
完璧に調和した"愛"の世界です。

Comment：21　ひとしさん

お疲れ様です！うーん、なるほど。
俺の思考こそが、俺の人生であって、
手放すべき"私"は、以前、出てきた"思考の束"。
これは、"私"を手放す＝俺の人生そのものを手放すってこと？
・・・これって、やっぱり、"死"！？

Comment：22 ume.

！！！上のコメント、どのくらいの実感を持って言ってンのかな？

僕らは、１Ｇという重い重力のヨロイにガンジガラメにされてます。
この肉体がある限り、地上では１Ｇの重い束縛を受けてます。
そして、僕らはふだん、この重力の存在に気づきません。
僕らは、並み外れた注意を持って、自分自身を観察しないことには、
これら、僕らをガンジガラメにしてる色んなモノに気づけません。
僕らを束縛してるモノは、当たり前のこととしてそこにあります。

過去の反応である思考の束が"私"です。
"私"にとって"私"は当たり前のモノとして存在してます。
ナニを見るにも"私"のメガネを通さなければ見ることができません。
僕らは、全く無自覚に"私"にガンジガラメにされてます。
僕らは、思考の束である"私"に強烈に条件づけられています。
その強烈な"私"の束縛から解放されるには、
この１Ｇからの解放が必要なのかも知れません。
精神の解放には、肉体の解放が必要なのかも知れません。
僕らは、この肉体を持ったままで、"私"をなくすことができるでしょうか？
つまり、生きながらにして、死ぬことはできるでしょうか？
死への恐怖は、既知のモノを手放す不安です。
既知のモノを手放すことが"私"を手放すことです。
それは、紛れもなく"死"です。
僕らが一切の束縛から解放されるのは"死"しかありません。
この世で、なにがしかを溜め込んだとしても、
死に際しては、その全てを手放さなければなりません。
誰でも、それが怖いンです。恐怖があるところに英知は訪れません。

英知とは、"私"を手放すことであり、無選択の気づきです。
無条件の絶対的な解放とは、他ならぬ"死"です。
生きながらにして"死"と共にあることです。
僕は、欲しいモノはナニもありませんが、時々、これを欲しくなります。

Comment：23　ひとしさん

お疲れ様です！ちょっと、「思えば叶う」のことについてお聞きします！
ふだんの ume. さんは、これについて冷ややかな態度でいるように思いますが、
ここでは完全な肯定となっています！
そのへんの、違いを教えて下さい！何となーく、解りますが・・・。

Comment：24　ume.

解りました。これについては念を押しておきましょう。
"フラクタル"について、つまりここでの、
「自分を知ることが、なぜ、全てを知ることにつながるのか？」
を伝えるには、ハッキリさせておく必要があります。
日記を更新して進めます。

無選択の気づきとユーモアのセンス－32

2010-12-21

心の構造＝世の中の構造／僕にできることは？
コメント：ひとし

―31、コメント 23、ひとしの質問です。

> ちょっと、「思えば叶う」のことについてお聞きします！
> ふだんの ume. さんは、
> これについて冷ややかな態度でいるように思いますが、
> ここでは完全な肯定となっています！
> そのへんの、違いを教えて下さい！ 何となーく、解りますが・・・。

これに、キッチリ答えて、「自分を知ることは、全てを知ること」
につなげていきたいと思います。
まず、「思えば叶う」、これは、疑う余地のない真理です。
「思考そのモノが、僕らの人生そのモノです」
「僕の人生は、僕の思考の総和です」、これに、疑う余地もないのと同じです。

「思えば叶う」に、僕が冷ややかな態度でいるのは、
この真理が、あまりにも安売りされていて、
安く売買した貴重ではないモノとして、簡単に捨てられてしまうからです。
まず、売るほうは、こう言って買った人を操りたい訳です。
だいたいの人が、こうはいかなく失敗するだろう。
しかし、万が一にも成功する人がいれば私が儲かる。
なるべく、たくさんの人に安く売っとこう、と。
買ったほうも、安いので、とりあえず試しに買ってみて、
ちょっと使ってみたが結果が出ないので、
もったいなくもないから捨てよう、と。こうなる訳です。
大切なことの多くが、この過程を踏む中で、
使い古されて、大切さを失い、価値を失っていきます。
これには、ウンザリなんです。

つまり、「思えば叶う」の都合のいい部分だけを安易に売買してる訳です。

「思えば叶う」の言葉の響きはどうですか？
－31のやり取りの中でも、ひとしは、この言葉を、
肯定的な前向きな法則っぽく捉えてるところが見られます。
「思えば叶う」は、肯定的でも前向きでもありません。
否定的でも後ろ向きでもありません。その全てです。
僕らの思いの都合のいいところだけが叶って、
都合の悪いところは、そのままにしとく、ナンテ、
僕らは、本当の本当に都合のいい捉え方をします。
そんな都合のいいことは起こり得ません。
僕らの思いの全部の総和が叶うンです。
「思えば叶う」の都合のいい部分だけを安く買って、
うまくいかなかったからって、
「思えば叶うナンテ、ウソに決まってるよ。
そんなの一部の能力のある人、運のいい人だけの話だよ」
と、この大切な真理を否定することになってしまうンです。
これは、完全に、自分の"思い"に気づいてないことの結果です。

Comment：1　ひとしさん

－31で、ume.さんが言ってた、

> 僕らは、表面的には、いいことを望んでいながら、
> 本心では、全くそれを望んでいないような思考を持ってます。
>「僕は、お金持ちになりたい。しかし、ムリだろう」

ですね！確かに、俺の本心は何なのか？よく解ってないです。
自分をよく見てみます！

Comment：2　ume.

はい。「ビジネスで成功して金儲けしたい。成功できるか判らないが・・・」
と思った時、これは、どこに本心があるか？ってことですネ。
誰でも、新しいことに挑戦する時には、不安がつきまといます。
うまくいくか、いかないか？占いにでも頼りたくなったりするンでしょ？
不安の中で、あるいは、その人の固有の思考習慣の中で、

「ビジネスで成功して金儲けしたい。しかし、ムリだろう」と思い、
「しかし、ムリだろう」が、心の奥底で、より強く本心としてあれば、
これは、「成功したい」と思えば思うほど、
「成功できない」と思ってることになります。
そして、その通りになります。心の法則です。
そして、「あれほど、成功したいと強く願ったのに失敗した。
願望は実現するナンて、ウソだ」と言う訳です。
自分の心の奥底に潜む、「成功ナンてできない」という≪願望≫に、
全く気づいてないンです。

こういったことが日常的に繰り返されているンで、
「心の状態が、必ず現実のモノとなる」
という真理は、まゆつばモノと思われてしまうンです。

Comment：3　ひとしさん
では、宝くじで3億円当てたい！ と心の奥底、本心から思えば叶いますか？！

Comment：4　ume.
ふふふ、どうでしょう？「思えば叶う」ならば、当たるってことですネ！
しかし、それはムリです。
だって、「宝クジが、本当に当たりますように」と祈るのは簡単ですが、
「本当に当たる」と本心で思い込める人はいないでしょ？
一生懸命、思い込もうとして、
「オレは、宝クジが当たると信じてる」と言ったって、
心の奥底で、「オレの宝クジが当たることは真実だ」
と思ってる人がいる訳ないですネ？
「当たる確率はある！ ナンとか当たりますように」と思ってるに決まってます。
これは、ただの運です。

ただ、その幸運が舞い込んでしまった時、
それにどう対処するかは、完全にその人の"思い"が支配してることです。
3億円当たれば誰でも嬉しいですネ？
しかし、その3億円をうまく使える人は、あまりいません。

まず、資本主義のルールの中では、"3億円"ってのは、かなりのパワーです。
ルールに沿って、"お金持ち"と評価されます。
3億円を"持ってる"ってことの価値は、その評価のみです。

Comment：5　ume.さん

そこで、色んなことが起こります。
例えば、会ったこともないような親戚が、突然、連絡をよこすようになる。
当然、お金目当てです。あなたは、その人に対して幻滅します。
幻滅されたのは、その親戚ですが、幻滅したのはあなたです。
その親戚も、あなたも、同じ"幻滅"の中にいるンです。
あなたの心に"幻滅"が姿を現しているンです。
こんな心の動揺は、3億円ぶんだけ起こることになります。

悪銭身につかず、ナンて言います。
やったことに見合った報酬以上のお金を得てしまった場合です。
本来、その報酬を稼ぎ出せるような人間力がない訳です。
当然、有効な使い方もできません。
ナニに遣ったかも判らずに、みるみるお金がなくなったナンて、よく聞きます。

一番悲しいのは、大金に操られ人生が変わってしまう場合ですネ。
努力に見合わない大金は、人生をいい方向に変えることはありません。
必ず、お金の魔力に操られ、堕ちていくことになります。
もちろん、中には、降って湧いた大金に、うまく対処できる人もいるでしょう。
しかし、3億円もの大金に惑わされない人は、
そもそも、お金にそれほどの価値を置いていない人です。

お金は大切です。
しかし、心の中をいっぱいに満たしておきたい"いい思い"は、
お金では買えません。
お金では、幸せになれません。
それでも、お金は不幸を和らげることはできます。
お金は大切です。決して粗末に扱ってはいけないモノです。

Comment：6　ひとしさん
良く解かります！

＞お金は大切です。決して粗末に扱ってはいけないモノです。

ume.さんは、お金に厳しかったですもんね！　というか、正確だった！
１円たりとも、ズレを許さなかったですし、
公私の区別が半端なく徹底してました！
今も、当たり前のこととして行っていますが、
世の中を見ると、それも当たり前とは言えない状況みたいですね！

Comment：7　ume.
ビジネス面での成功者が陥る失敗は、金か女だからネ。
お金は、色んなことのモノサシになってしまってます。
お金のことで落とした評判は、なかなか回復しません。
言ってみれば、
「タカが金で、オレの評判を落とすのはバカバカしいだろ？」
って気分からの自戒だネ。

Comment：8　ume.
「思えば叶う」、この話を続けます。
スポーツでも、イメージトレーニングは重要ですネ。
勝利のイメージをありありと描く、
あるいは、勝利後の感動のイメージをありありと描く。
あたかも、すでに勝利してるかのような気分に魂を高揚させて戦いに挑む。
ルールに基づいた勝ち負けを決めるのがスポーツです。
スポーツに勝ち負けは、必ず、ついて回ります。
まあ、だからって僕らプロじゃないンだから、
市民スポーツは結果が全てではありませんが。

「金メダルを取ると決意し、その実現を信じ、厳しいトレーニングを積む」
結果の判り易いスポーツの世界では、「思えば叶う」は、より重要です。
しかし、金メダルを取るのは、オリンピックなら種目ごとに、

60億人に1人 (1チーム) です。
金メダルの受賞者が、「思えば叶う」と言えば美談です。
しかし、それこそ、受賞者以外は思っても叶わない訳です。
やはり、ここでも「思えば叶う」は美談になり、
僕ら一般市民には関係のないことと取られてしまいます。

スポーツは、才能が最重要だし、優勝には、運が必要です。
結果は、時の運です。勝敗にはゲーム性が伴います。
スポーツのそういった側面を差し引いてみればいいのかな？
決勝戦を戦う2者は、
どちらとも「思えば叶う」を極限まで突き詰めてるでしょう。
しかし、片方は思っても叶いません。
その時、もう、決勝を戦った段階で、両者は充分に称賛されるべきだし、
負けたほうを劣ってるとは見ないでしょう。
負けたほうが、「思いが弱かった」とは言わないでしょう。
「思えば叶う」を突き詰めていく段階で、すでに色んな経験をし、
貴重な体験を積み、掛け替えのないモノを手に入れてるに違いありません。

Comment：9　ume.

そういった特別なステージでの話は、ちょっと別のところに置いといて、
僕らの日常というどこにでもある毎日のステージにおいて、
才能もなく、運も必要としないところで、
ルール上の判り易い結果が伴うモノではないところで、
「思えば叶う」は僕らの "Life" を支配してます。
「思えば叶う」は前向きで肯定的なことっぽく響くので、再度、言い換えれば、
「思っていることが起きてしまう」、これは間違いありません。
意識して、あるいは、無意識で、自分の思ってること、
その思考の内容に、無選択に気づく必要は緊急の課題です。

うーん、これは、話したいことが、うまくまとまらなかった・・・。

Comment：10　ひとしさん

＞思っていることが起きてしまう・・・

> その思考の内容に、無選択に気づく必要は緊急の課題です。

自分の人生に起こることは、自分の思考が起こしていること、
と捉えて大丈夫ですか？
自分の思考から起こっているのであれば、
その思考の内容に、気づいていたいですね！

Comment：11　ume.
はい。間違いなく！ そして、それは使命です。
それができなければ、人類共通の課題、
「世界平和」や、「争いのない世界」はあり得ません。
「思っていることが起きてしまう」
これについて言い足りてないと感じるので、
突っ込みが欲しいところですが・・・。
最後の話題に進みます。

Comment：12　ume.
ひとしの質問、
―　己を知ることが、何で全てを知ることにつながるんですか？
これについてです。
「己の心の構造を見抜くことによって、社会の構造を見抜く」
「僕の心の中で起こってることが、社会で起こってる」、こういった話です。
まず、「思考そのモノが、僕らの人生そのモノです」
「僕の人生は、僕の思考の総和です」、これを前提とします。
これに疑いがあるのなら、このあとの話も全て疑わしいモノとなります。

僕の人生は、僕の思考の総和です。
それでは、ひとしと僕の関係はどうでしょう？
ひとしが僕に対して思ってること、僕がひとしに対して思ってること、
それらの総和が、ひとしと僕の関係です。
身近なグループの関係はどうでしょう？
グループ内の個々が思ってること、個々が、個々に対して思ってること、
それらの総和が、そのグループの関係です。

僕らが属してる社会とはナンでしょう？
それは、明らかに、その社会に属してる僕らの思いの総和です。

このようにして、フラクタルが当てはまっていきます。

今ある世界は、世界じゅうの人々の思ってることの総和です。
そして、僕らの思いの総和である世界は、
感動的なことや、ありふれたことや、醜いことでいっぱいです。
世界で起きてる、あるいは僕らのコミュニティで起きてる、
僕らの心を潤してくれる感動、
本当は気づくべき奇跡に溢れてる、ありふれた日常、
見るに耐えない心を痛める醜い出来事、
これらは、どの言葉をとっても、全て、そのまま僕らの心にあることです。
数を得て、あるいは熱を得て、
感動、平凡、醜いことの規模に大小の差があるだけです。

Comment：13 ume.

僕の心にある醜い思いは、それほど重大じゃありません。
しかし、それは、ひとしの心にある醜い思いと共鳴します。
ひとしと僕の心にある醜い思いは他の誰かの醜い思いと共鳴します。
やがて、多くの醜い思いが共鳴し、醜い出来事が起こります。
社会で起きてることは、僕の心の中で起きてることを具現化したモノです。
僕の心の構造は、社会の構造そのモノです。

世界じゅうで起きてる悲しい出来事の数々は、
僕らの心の中の悲しみの積もり積もったモノの具現化です。
毎日毎日、これでもかと言うくらい、クダらないニュースが飛び込んできます。
テレビとか観てると、世界は加速度的に破滅に向ってるように思えてきます。
僕らは、混乱し、惨めで醜い"生"を強要されつつあります。
誰に強要されてるのか？他ならぬ"私"にです。
"私"は、日々"私"のクビを絞め、
掛け替えのない"生"を台無しにしつつあるンです。

無選択の気づきとユーモアのセンス-32

この混乱はなはだしい現代人の惨めさ、社会の醜さに対して、
僕ら1人ひとりに、初めから終わりまで全面的に責任があるンです。

Comment：14　ひとしさん

世の中で起こっている全ての出来事には、
俺の中で起こっている全ての出来事とつながっている！
つながっているというか、一緒なんですね！
俺には、どうしようもないのでしょうか？

Comment：15　ume.

ナニをどうしたいンですか？

Comment：16　ひとしさん

お疲れ様です！ 確かに！ 失礼しました！
世界平和は大げさですが、でも、そんな世の中を夢見ています！
しかし、自分の本心に、「やはり、ムリなのかな」が、入ってきてしまいます！
そういう思考の状態が世の中の出来事とつながっているんですよね？

Comment：17　ume.

そうだネ。世界平和って言うと大げさっぽいかな。
でも、このブログにお付き合い頂いてれば伝わるのかな？
「世界平和＝あなたの心の平和」です。ひとしの心の平和が世界平和です。

> 自分の本心に、「やはり、ムリなのかな」が、入ってきてしまいます。

何度か言ってるように、
"私"の都合で考え出した"方法"が、
世界平和にたどり着くことはあり得ません。
なにがしかの方法を用いて、
段階的に平和に向っていくというのはあり得ません。
政治とか、経済とか、組織宗教では世界平和は実現しません。
世界じゅうのみんなが納得する"私"の考えナンて、ありっこないですネ？
世界じゅのみんなに共通してるのは"愛"だけです。

"愛"は"私"には存在しません。
"愛"とスリ替えられる"愛情"とか、"恋愛"とかはいくらでもありますが。
もちろん"愛情"とか"恋愛"とかいいモンです。
それが欲しくて人間やってる訳です。
しかし、不完全な人間には世界平和は実現できません。

"私"を手放した"愛"の世界は完璧です。即、世界平和です。

Comment：18　ひとしさん

>「世界平和＝あなたの心の平和」です。ひとしの心の平和が世界平和です。

んー、そうですよね！ 心の平和、穏やかな心の状態！
世界平和を願い、俺が何かを変えていこう！ というよりも
自分の心がどうなんだって話になりますね！
平和な世の中が広がるかは分かりませんが、
自己を把握して、"私"を放っておきたいと思いました！

そして、－23 コメント 15 にある

> 僕らにできる精一杯のこと、ただひとつのことは、
>"目の前にいる、たった１人を本当に認めてあげられるかどうか？"

これにビーン！ときたので、実行していきたいと思います！

Comment：19　ume.

> 世界平和を願い、俺が何かを変えていこう！ というよりも
> 自分の心がどうなんだって話になりますね！

その通りです。
「世界平和を願い、俺が何かを変えていこう！」のあとには、必ず、こう続きます。
「俺の都合のいいように！」
"私"は、極めて断片的で限定された条件づけの結果です。
そのような"私"の考えることは、全て"私"の都合のいいように！です。

「世界平和を願い、俺が何かを変えていこう！」ナンてのは、ウソなんです。
そういう人の本心は、正確には、「俺の利益を願い、俺が何かを変えていこう！」
ですネ？

誤解を恐れずに言ってしまいますが、
僕は、こういったスローガンのもとに起こる全ての運動に冷めた目を持ちます。
例えば、エコ運動とか。
なにがしかの運動に加担するのは、アイデンティティーになりますネ？
そういった人にとって、"エコ運動に参加してる自分"、これが大切な訳です。
エコロジーを考え実行するのは、個でやればいいことであって、
運動に加担するのはファッションです。
流行りごととなってしまったモノは、必ず廃れます。
エコロジーは、廃れてはいけないことですネ？
"エコ"ナンて言葉が流行りじゃなかった頃からエコロジーを実践し、
"エコ"ナンて言葉が流行らなくなった頃でもエコロジーを実践し続ける。
これは、明らかに、個の行為です。

他者を変えること、コントロールすることは絶対にできません。
しかし、"私"は、完璧に把握し、コントロールしなければなりません。
完全なる"私"の理解があってのみ、"私"を放っておくことができます。
"変わる"とは、そのことのみを指します。
表面的な都合のいい修正ではなく、全面的、根本的な変容です。

> 自分の心がどうなんだって話になりますね！

まさに、これに尽きます。

Comment：20　ume.
> 平和な世の中が広がるかは分かりませんが、
> 自己を把握して、"私"を放っておきたいと思いました！

このうち、「広がるかは分かりませんが」が理解のなさを露呈してます。
これは、完全に、

> 心の平和、穏やかな心の状態！

ひとしの心の状態がこうなれたら、つまり、ひとしの心に世界平和が現れたら、
それは、この世界の平和にどうつながっていくのか？ という疑問ですネ？
これは、ナニかしらの世界平和の形を想定して、それに向っていく方法は？
っていう質問ということになりますネ？
その世界平和の形は、制作者"私"ですネ？
僕らの脳に考えつくような世界平和の形は、決して平和じゃありません。
世界平和という、これまでに1度もなかった状態は、まさに未知です。
僕らは未知と接触しなければなりません。
"私"の中に未知はありません。
"私"は過去の反応であるところの思考の束ナンですから。
未知とは"私"のない状態のことです。
これを理解できるように説明することは、僕にはできません。

僕は、ここでずーっと、"私"が認識し得ないモノについての話、
数量や範囲、時間や空間、こういったモノは無関係の話をしてンです。
僕の心の中で起きてる、この瞬間、瞬間の動きが全てだと言ってンです。
自分で言ってても？？？ですネ。
伝わってっこないか！ とも思ってしまいます。

愛とか、幸せとか、平和とか、まあ、いわゆる僕が本当に欲しいモノ、
これらは、全て、瞬間的なモノです。
数値に置き換えることはできませんし、
時間的、空間的な広がりのあるモノではありません。

ある瞬間、完全に、無条件に、
"私"から解放されることがあるか？ってことです。

僕らが、自分の心の動きをよく観察し、完璧に把握し、理解し、
世の中の争いのタネは、完全に自分の心の中にあることに気づけば、
世界平和のタネも、完全に自分の心の中にあると気づきます。
その瞬間の全面的な変容こそが全ての平和です。

Comment：21　ume.

例えばの話、毎日の生活の中で、割りと頻繁に起こる絶望について。
車に乗ってる時、僕は、「これだモン、世界平和ナンてありっこない」
と、よく思います。

かなり悪い例え話をしますが、全て、そうだと言ってる訳じゃありません。
「私は、環境保護のために割り箸は使わない。マイ箸を持ち歩いてる」
という人に、たまに遭遇します。
さっきも言ったように、僕は、こういったことには冷めた目を持ちます。
もちろん、そのお方と話をしてみてからじゃなけりゃ、
いけ好かないヤツか、いいヤツかナンて判りませんが・・・。
割りと多くの場合、そういうお方は、いけ好かないヤツでもある。
そういう拘りをヒケラカすヤツに限って、
その他のことでヒドいことを平気でやってる。

車に乗ってて、僕が車線変更しようとしてウインカーを出します。
すると、後方の車が、ワザとスピードを上げ、入れさせないようにする。
よくある光景ですネ？
このスピードを上げて車線変更の妨害をした人の心理状態は？
色んな状況があるでしょう。
ナニか緊急のことがあって一刻を争うほど急いでた、とか、
あるいは、僕の運転マナーが悪く、
「おマエふざけンな！そんな運転してるヤツに道は譲れない」とか。
色んな状況があるにせよ、ワザとスピードを上げ、車線変更を妨害する時、
気分はどうでしょう？
競争に勝って、いい気分になりますか？
まあ、レーサー気取りの爽快感のほうが、まだ無邪気でいいですか。
ふだんの競争社会の習わしに慣れ、
自分の前に他人が割り込んで来るのが訳もなく許せない。
おマエ、俺様の前に割り込んで来るンじゃねぇよ！と、
アクセルを踏み込んでる訳です。
車に乗ってると、だいぶ匿名性があるンで、
歩いててスレ違った時とは比ベモノにならないほど、横柄な態度でいる訳です。

この心の状態をよーく見つめてみる必要があります。

Comment : 22　ume.
この心の状態が、積もり積もって、巡り巡って、戦争やテロにつながってる。
これは言い過ぎでしょうか？
胃潰瘍になろう、と願望を持つ人はあまりいないでしょう。
しかし、僕らは日々、心の中で、このようなタダレた思考を発酵させてるンです。
心の中の潰瘍性の思考が実際に胃潰瘍になったりしてるンです。
僕の心の中の争いが社会の争いを生み、
社会の争いは、やがて実力行使へとつながっていくンです。
僕にできることは？

ひとしの決意、

> そして、－23 コメント 15 にある、

>> 僕らにできる精一杯のこと、ただひとつのことは、
>> "目の前にいる、たった１人を本当に認めてあげられるかどうか？"

> これにビーン！ときたので、実行していきたいと思います！

これは、いいですネ。
世界平和ナンテ考えてると、ろくなことにはなりません。
愛国心とか、ナショナリズムとか、偏った主義思想へとつながります。
そして、そういった偏ったモノの見方には、必ず、依存が始まります。
破滅の始まりです。

僕は、この日本は素晴らしい国だと思ってますよ。
とりあえず、これまでの間、僕の"生"の場であってくれたことに感謝します。
これからも、ナンとか、ヨロシクどうぞ！と思います。
だからって、愛国心！とか言って、過剰反応する気にはなれません。
愛する心ってのは、テーブルに乗っけて議論するモンじゃありません。
その対象と、僕個人の秘密の約束として、

僕の心の中に、そっとしまっとくモンです。

Comment：23　ume.
ひとしの言うように、
目の前にいる、たった1人を本当に愛せるようになれば、
世界は、その瞬間に平和になれますネ？

範囲とか、数量とかは関係ありません。
世界規模ナンていう幻想に惑わされないで、
日本がどーだの、世界がどーだのと観念に囚われないで、
今、僕が接してる人、その人と仲良くやれればいいンです。

みんなが、今、接してるその人と仲良くなれれば、
その結果が世界平和でしょ？

無選択の気づきとユーモアのセンスー33   2010-12-27
ある12月の朝
コメント：ミユタン、みにぶー

ある12月の朝、
澄み渡った青空と空気。
僕の宇宙の何もかもが輝いて見える、そよ風の午前中。

僕はまた、クタクタになるまで走り続け、
エネルギーを使い果たし、
身も心も、心地良い疲労感に支配されていた。

まだ早い昼下がり、
天気のいい日の午前中のあの輝きは、
そこに息づいていた。
車の窓を開け、右ヒジをもたせかけ、
柔らかな陽射しと心地良い風を感じながら、
僕の思考機能は停止し、
脳は、スッカリ静まっていた。

そこには、全てがあった。

父は、思慮深く、
そして、特に関心がある訳ではない、って顔して言った。
「サッカーか」
僕は応える。
「うん、相変わらずさ」

陽射しは、あきれ顔で、そして満足げにつぶやいた。
「幸せそうだな」
「ああ、そのようだな」

そよ風は、面倒臭そうに、そして親しみを持ってささやいた。

「また、お前か」
「ふふ、僕ばかりが幸せになってちゃいけないな」

革命は、己の中にのみある。

独立せよ。

真の変容は、依存からの脱却にある。

愛は、そこにある。
全ての存在と共に。

Comment：1　ミユタンさん
イヤだぁ、いい文章ね。唐突に載ってしまいごめんなさい。
今幸せ90％くらい、私でも幸せです。
ume.さんのサッカーに対してレベルが低くて書けないけれど・・・
私は依存の申し子のようなものですが、たまには幸せを感じることがあります。
それを阻むものに対して悪戦苦闘の日々のほうが多いですけど。
クダらないことコメントしてごめんね🎗🦋

Comment：2　ume.
ミユタン、ようこそ。いいネ！ 幸せ90％！
W杯イヤー2010年も、もう過去となりつつありますネ。
2011年が、ミユタンにとって、また素晴らしい年でありますように。

このシリーズ、これで終了です。
今、編集中。果たして本になるかどうか？ 体裁を整えたら営業です！
僕としては、2010年の僕の真実を、ほぼ書ききれたので、
できには満足してます。
お付き合い頂いた皆さん、本当にありがとうございました。
今後、前書きとか後書きとかで、改めて、ご挨拶したいと思ってます。
本になればの話ですが。

Comment：3　みにぶーさん
どうもでした。(ご無沙汰してました。ちょこちょこと、拝見はしてました)

Comment：4　ume.
みにぶー、ホント助かりました。本当に、ありがとう。
もしも、出版できたら、携帯やＰＣ画面上のブログより、
だいぶ読み易くて、ジックリ目を通してもらえると思う。
そしたら、突っ込みどころがたくさん見つかるンじゃ？
その節には、みにぶーからの突っ込み集を書きます！

Comment：5　みにぶーさん
コメントをためらっている間に、話が進んでしまったり、
本題から外れていきそうで、コメントを遠慮したこともあったような、
なかったような・・・
フッと思い立った時に、また、ひょいと書き込める場があるといいねぇ。
(いつ書き込むか書き込まないか分からないけど・・・)

Comment：6　ume.
今、ブログを原稿に落とす編集中ナンだけど、
解りづらいだろうなあ、ってところや、
言い足りてない、忘れてた、ってところがドンドン出てきてます。
誤字・脱字は訂正してるけど、内容は手を加えずに、
あくまでも、ブログのやり取り、ってことで編集してます。
活字に定着させて、紙に書いてあるモノを読むと、
だいぶ伝わり方が違ってくるとも実感してます。
もしも、本になったら、ぜひ、目を通してもらいたいです。
そして、みにぶーの言うように、ナニか、ひょいと書き込むには、
ぜひ、このままここにお願いします！

あとがき

　お読み頂いたように、当初、過程を分かち合いたい、などとカッコつけたものの、僕の言いたいことを言って終わったという感じではあります。しかし、頂くコメントのお陰で、新しい視点を持てたり、考え方、表現など、ひらめくことが多く、僕1人で書いたとしたら、もっとゼンゼンつまらないものになってました。そういった意味では、この方法は成功でした。少なくとも、言いたいことは言いきりました。
　コメントを頂いた方々には、ホント、感謝、感謝です。僕ら、46〜47歳。まだまだ働き盛りで忙しい日常を個々に持ってます。そんな貴重な時間を割いて、お付き合い頂いたことには、本当に、感謝致しております。誠に、ありがとうございました。また、コメントを頂かなくとも、励ましや、その他、各種メッセージを頂いた方、読むだけでもお付き合い頂いた方、皆さんのお陰で、まとめることができました。ありがとうございました。
　夜、頂いたコメントを読んでおく。時間があれば、そのままコメントを返してましたが、一晩寝て、翌朝、7時から8時30分くらいまでの間に、コメントするってことが多く、面白いことに、このパターンは非常に冴えました。朝イチってのは冴える時間帯なのかも知れません。問題を一晩寝かせて、眠りの中で発酵させてたのかも知れません。面白い発見でした。

　父の≪絶対に不幸にならない生き方≫を受け継いだ僕は、絶対に不幸にはなりません。それは、幸運だからではありません。それはもう完全に僕の思考がそうなってるからです。どの時代でも、どんな状況にあっても、軽やかに生き抜く思考をしてるからです。（・・・ん？思考って？そうです・・・）
　本文でも少し触れてる、ジドゥ・クリシュナムルティの言葉に決定的なやつがあります。
　悲しみに対処する唯一のやり方、
「悲しみに対し、いかなる抵抗もせずに、外面的または内面的に、悲しみから遠ざかろうとするいかなる動きもなしにいること。悲しみを乗り越えようと願わずに、全面的に、それと共に留まること」
　この極めて美しい一節。

今、自分に起きてることを、あるがままに受け止め、正対し、ただそれに関わる。逃避したり、依存したりせずに、ただそれと共に留まること。これが全てだと思うのです。

　初めのほうの「僕らの外側に、僕らにはどうすることもできない力の存在がある」、僕のこの言い草のせいで、話を観念的な方向に導いてしまったことがありました。「私たちの否定や肯定を受け付けない"なにか"」という表現で応じてくれたコメントも頂きました。これに関しては、本文でも言ってますが、それが本当にあるのかどうか、そして何なのか？ということは、今回の探究の対象外でした。
　それよりも、"私たちの否定や肯定を受け付けない"真に実在してるもの。この探究をしてみたつもりです。そして、僕らのこの瞬間、瞬間の"生"こそ、真に実在してるものであり、真に実在するものと共にあることこそ≪絶対に不幸にならない生き方≫だと感じてます。

　そして、ひとしのー28、コメント21の"愛"についての指摘、「これは、"生"と同じ感じですよね！」という重大なコメントを見過ごしてしまい、無反応だったのですが、これこそ、まさに、その通りなんです。
　"生" = "愛" = "○" です。"Life" = "Love" = "○○○○" です。
　本書において、これらそれぞれの語句を互いに入れ替えてみても、全て、意味は通るはずです。
　これらが真実在です。

　　　　　　　　　　　　　　　　　　　　平成23年　正月

　　　　　　　　　　　　　　　　　　　　　　　　梅澤　義宣

ブログに参加してくれた仲間たち

ニックネーム	プロフィール
【miwa】	同級生・女性。『主婦＆販売員てとこで〜』(by 本人)
【かつ丼】	同級生・男性。『設備やで！』(by 本人)
【雪ぼうず】	同級生・男性。『ペンション経営。趣味：アウトドア全般、子育て』(by 本人)
【Nonrey】	同級生・男性。高校サッカー部監督。保育園からの幼なじみ。
【ロコ】	同級生・女性。adidas のピンクラインのジャージが似合う。『…会社員』(by 本人)
【NEGISHI】	同級生・男性。Ｋ５３コミュのオーナー。『会社員で、ML 管理人』(by 本人)
【みきる】	同級生・女性。『アルバイトでお願いします』(by 本人)
【バタ子】	同級生・女性。『手抜き主婦してます。只今ある事が記録更新中...』(by 本人)
【ほうたま】	同級生・男性。公務員。かなりの腐れ縁。
【ひとし】	コメント投稿者の中で、Ｋ５３の同級生じゃない２人のうちの１人・男性。大活躍！ありがとう。

ニックネーム	プロフィール
【みにぶー】	同級生・男性。このブログのやり取りの価値を深めてくれました。ホント、ありがとう。 『サッカー仲間。いいヤツで頭も割りと良く、いいものを持ってそうなんだけど、性格が不器用なのかビジネスは全くダメな男。惜しい』(by 本人)
【ハナ】	同級生・女性。この話題に興味を持ってくれて、大変注意深く聴いてくれてました。内容を深く理解してくれてて、タイトル〜サブ・タイトル〜おび文などの制作にも時間を割いてくれました。嬉しいです！
【うっしー】	コメント投稿者の中で、K53の同級生じゃない2人のうちの1人・男性。 『元同僚、後輩・♂・ギャンブラー・通院中（笑）』 (by 本人)
【peach】	同級生・女性。とっても恥ずかしがり屋さん。 応援ありがとう！
【ピロミン】	同級生・女性。Nonreyの奥さま。日記「これは書かずにいられない！」、ありがとうネ。
【ミユタン】	同級生・女性。『漬け物屋研修中です！』(by 本人)

著者紹介

梅澤 義宣（うめざわ・よしひさ）

本名：梅澤 克久（うめざわ・よしひさ）
1963 年　群馬県佐波郡玉村町に生まれる。
1982 年　群馬県立高崎高校時代、
　　　　全国高校サッカー選手権大会に出場。
1988 年　群馬大学教育学部保健体育科卒業。
1999 年　アクサ生命入社。以後、保険業を続ける。
2002 年　それまで、人間教育の場として
　　　　温め続けていたコンセプト「歩く人間塾」を
　　　　企画集団として結成し立ち上げる。
　　　　図南フットサルクラブを県内初の
　　　　商業フットサル施設として成功させる。
　　　　農業とサッカーを通した心の教育を目指し、
　　　　夢のような地域コミュニティーを創造するのが
　　　　「歩く人間塾」の役割、と思い込んでいる。
2008 年　『天国のお父ちゃんへ』出版（めるくまーる編集工房）

絶対に不幸にならない生き方
― 無選択の気づきとユーモアのセンス ―

2012 年 6 月 30 日　初版第 1 刷発行

著　　者　　梅澤義宣
発 行 元　　めるくまーる編集工房
発 行 者　　梶原正弘
発 売 元　　株式会社めるくまーる
　　　　　〒101-0051　東京都千代田区神田神保町 1-11
　　　　　TEL. 03-3518-2003 FAX. 03-3518-2004
　　　　　URL http://www.merkmal.biz/

印刷／製本　ベクトル印刷株式会社

© Yoshihisa Umezawa 2012, Printed in Japan
ISBN978-4-8397-0150-5

乱丁・落丁本はお取替えいたします。